读客科幻文库

跟着读客读科幻，经典科幻全看遍。

PRELUDE TO FOUNDATION

银河帝国

④基地前奏

[美]艾萨克·阿西莫夫 著
叶李华 译

江苏凤凰文艺出版社
JIANGSU PHOENIX LITERATURE AND ART PUBLISHING, LTD

目　录

第一章

数学家

克里昂一世：……银河帝国恩腾皇朝的末代皇帝。生于银河纪元11988年，亦即哈里·谢顿诞生的同一年。（有人认为谢顿的生年并不可靠，可能经过后人篡改，目的在于构成此一巧合。谢顿抵达川陀之后，想必很快便见到这位皇帝。）

银河纪元12010年，二十二岁的克里昂一世继承帝位。在那个纷扰不断的时代里，他的统治代表了一段传奇的平静岁月，这无疑得归功于行政首长伊图·丹莫刺尔的政治长才。丹莫刺尔则始终谨慎地隐迹幕后，避免留下公开记录，以致后人对他的了解极其有限。

克里昂本人……

——《银河百科全书》*

---

* 本书所引用的《银河百科全书》数据，皆取自基地纪元1020年的第116版。发行者为“端点星银河百科全书出版公司”，作者承蒙发行者授权引用。

01

压下一个小小的呵欠后，克里昂开口道：“丹莫刺尔，你会不会刚好听说过一个叫哈里·谢顿的人？”

克里昂继承皇位刚超过十年，在一些国家大典上，当他穿上不可或缺的皇袍，佩上象征皇室的饰物，看起来也能显得冠冕堂皇。举例而言，他身后壁凹中那尊全息立像便是如此。这尊立像显然摆在最突出的位置，令其他壁凹中几位先人的全息像相形见绌。

这尊全息像并非完全写实。例如它的头发虽然也是淡褐色，看来与真实的克里昂无异，却稍嫌浓密了一点。他真正的脸庞有些不对称，上唇左边比右边高些，这点在全息像中也不怎么明显。此外，假如他站起身来，走到自己的全息像旁边，旁人便能看出他比身高一米八三的立像矮了二厘米——或许还丰满少许。

当然，这个全息像是加冕典礼的正式定装照，况且当时他也比较年轻。如今，他看来年轻依旧，而且相当英俊，在没有官方礼节的无情束缚时，也会露出一种含糊的和善表情。

丹莫刺尔以细心揣摩的恭敬语调说：“哈里·谢顿？启禀陛下，这个名字我并不熟悉。我应该认识他吗？”

“科学部长昨晚跟我提到这个人。我想你或许听说过。”

丹莫刺尔轻轻皱了皱眉头，但那只是很轻微的一蹙，因为在圣驾前不应有此举动。“陛下，科学部长若要谈及此人，应该来找身为行政首长的我。假如上上下下都对您疲劳轰炸……”

克里昂举起手来，丹莫刺尔立刻闭嘴。“拜托，丹莫刺尔，你不能一天到晚指望别人中规中矩。昨晚的欢迎会上，我经过那位部长身边，跟他闲谈了几句，他就一发不可收拾。我无法拒绝，而我很高兴听到那番话，因为实在很有意思。”

“怎样有意思，陛下？”

“嗯，时代变了，科学和数学不再像以往那么时兴。那些东西似乎多少已经过气，也许是因为能发现的都被发现了，你不这样想吗？然而，有意思的事显然还是不会绝迹，至少他是这么告诉我的。”

“科学部长吗，陛下？”

“没错，他说这个哈里·谢顿参加了一个在我们川陀举行的数学家会议——基于某种原因，这个会议每十年举行一次——他在会上声称，他已经证明人类可以利用数学预测未来。”

丹莫刺尔故意露出一抹微笑。“科学部长这个人并不怎么精明，若不是他弄错了，就是这个数学家错了。不用说，预测未来这种事是小孩才会相信的把戏。”

“是吗，丹莫刺尔？民众都相信这种事情。”

“陛下，民众相信很多事情。”

“可是他们的确相信这种事情。因此之故，对未来的预测是否正确并不重要。假如一名数学家作出预测，说我能够带来长治久安，说帝国将有一段太平繁荣的岁月——啊，这难道不好吗？”

“当然，这种说法听来很舒服，可是陛下，它又有什么用呢？”

“只要民众深信不疑，当然就会依据这个信念而行动。许多预言最后终于成真，唯一的凭借只是信心的力量。这就是所谓的‘自我实现的预言’。没错，现在我想起来了，当初对我解释这个道理的就是你。”

丹莫刺尔说：“启禀陛下，我相信自己这么说过。”他小心翼翼地望着这位皇帝，仿佛在斟酌自己该再说多少。“话说回来，果真如此的话，任何人的预言都没有两样。”

“丹莫刺尔，并不是每个人都能令民众同样信服。然而，数学家却能用数学公式和术语来支持自己的预言。即使谁也不了解他说些什么，大家仍会深信不疑。”

丹莫刺尔说：“陛下，您的话总是很有道理。我们生在一个动荡的时代，值得借用一种既不费钱又不必采取军事行动的方式来稳定人心。反观近代史，军事行动总是弄巧成拙，反而造成很大的伤害。”

“丹莫刺尔，正是如此。”大帝兴奋地说，“把这个哈里·谢顿牵来。你告诉过我，你在这个纷乱的世界布满眼线，甚至渗透到连我的军队都退避的地方。那就抽回一根线吧，把这个数学家带来，让我见见他。”

“陛下，我立即去办。”丹莫刺尔说。其实他早已查出谢顿的下落，此时他暗自提醒自己，一定要嘉奖科学部长的优秀表现。

02

这个时期的哈里·谢顿貌不惊人。他与克里昂大帝一世一样，当年三十二岁，不过他的身高只有一米七三。他的脸庞光润，显得喜气洋洋，头发是接近黑色的深褐色，而他的衣着则带着一种一眼就看得出的土气。

没有满头的白发、没有满是皱纹的脸庞、没有放射智慧光芒的微笑，而且并未坐在轮椅上的哈里·谢顿，对将他视为传奇性半人半神的后人而言，这种形象几乎可说是对他的亵渎。不过，即使到了耄耋高龄，谢顿的双眼依旧喜孜孜，那是他始终不变的特征。

此时此刻，他那双眼睛显得特别喜气洋洋，因为他刚在“十载会议”上发表了一篇论文。这篇论文甚至多少引起了些许注意，老欧斯特费兹曾对他点了点头，说道：“有创意，年轻人，实在有创意。”这句话出自欧斯特费兹之口，令他觉得很有成就感，实在很有成就感。

可是现在却有一个新的——而且相当出乎意料的发展，谢顿不确定自己是否会因此更加喜孜孜，更有成就感。

他瞪着眼前这位人高马大、身穿制服的年轻人。在那人的短袖袍左胸处，有一个帅气的“星舰与太阳”标志。

“艾尔本·卫利斯中尉。”将身份证件收起来之前，这位禁卫军军官曾自报姓名。“阁下，请您这就跟我走好吗？”

当然，卫利斯是全副武装前来的，此外还有两名禁卫军等在门外。尽管对方刻意表现得相当礼貌，谢顿却知道自己别无选择。但无论如何，他总有权把事情弄清楚，于是他说：“去觐见大帝？”

“阁下，是前往皇宫。我接到的命令仅止于此。”

“可是为什么呢？”

“阁下，我并不知情。我接到严格的命令，一定要您跟我前去——无论用什么方法。”

“可是这样一来，好像我遭到逮捕了。我可没有犯什么法。”

“应该这么说，好像是我们在为您护驾——请您别再耽误时间。”

谢顿果然未曾再耽搁。他紧闭嘴唇，仿佛将其他疑问全部封在嘴里，点了点头之后，他便迈开脚步。即使他真要去觐见大帝，去接受皇室的嘉奖，他也觉得没什么意思。他的努力是为了整个帝国，换句话说，是为了所有人类世界的和平与团结，而不是为了这位皇帝。

中尉走在前面，另外那两名禁卫军殿后。谢顿对擦身而过的每个人报以微笑，设法表现得若无其事。出了旅馆之后，他们便登上一辆官方地面车。谢顿不禁伸手摸了摸椅套，他从未坐过这么豪华的车子。

他们目前所在的地点，是川陀最富有的地区之一。这里的穹顶相当高耸，足以带来置身露天空间的感觉。任何人都会发誓正沐浴在阳光下，就连生长在露天世界的哈里·谢顿也不例外。虽说见不到太阳或任何阴影，空气却显得明朗而清香。

随着周遭的景物迅速后退，穹顶开始下弯，墙壁也变得越来越窄。他们很快就进入一座密闭的隧道，里面每隔固定距离就有一个“星舰与太阳”的标志，它显然（谢顿心想）专供官方交通工具使用。

前面一道门及时打开，地面车快速穿过。当那道门重新关上之后，他们已经来到露天的空间——真正的露天空间。这里是川陀表面仅有的250平方公里露天地表，壮丽的皇宫正坐落其上。谢顿很希望有机会在这片土地上四处逛逛——并非由于皇宫，而是因为这里的帝国大学，以及最吸引他的帝国图书馆。

然而，一旦离开密封在穹顶中的川陀，来到这个露天的林地与原野，他便置身于一个乌云遮日的世界，一阵寒风立刻袭上他的衣衫。他随手按下开关，把车窗关了起来。

外面是个阴冷的日子。

03

谢顿一点也不相信能见到皇帝陛下。在他想来，自己顶多只能见到某个四五等官位、自称代表皇帝发言的官员。

究竟有多少人见过皇帝陛下？亲眼见到，而并非透过全息电视？有多少人见过真实的、有血有肉的皇帝陛下？这位大帝从不离开皇宫御苑，而他，谢顿，此时正踩在这片土地上。

答案几乎趋近于零。二千五百万个住人世界，每个世界的居民至少十亿之众——在这数万兆的人口中，有多少人曾经或将会目睹这位活生生的皇帝？一千人？

又有谁会在乎呢？皇帝只不过是帝国的象征，就像“星舰与太阳”国徽一样，却远不及后者那么普遍与真实。如今代表帝国的，是遍布银河各个角落的战士与官吏；是他们变成人民身上的枷锁，而不是皇帝本人。

因此，当他被引进一间不大不小、装潢豪奢的房间，看见一个年轻人坐在凹室的一张桌子旁，一只脚摆在地上，另一只放在桌缘摇晃，谢顿不禁纳闷怎么会有这样的官员，怎么会以这么温和的目光望着自己。他已经一而再、再而三体验到一件事实，那就是政府官员——尤其是皇帝身边当差的——总是显得十分严肃，仿佛将整个银河的重量担在自己肩上。而且似乎愈是不重要的官员，表情就愈严肃、愈凶恶。

那么，此人就有可能是个官位很高的大官。他掌握的权力有如灿烂的阳光，因而不必利用一脸阴霾面对问题。

谢顿不确定该表现得多么受宠若惊，但他感到自己最好保持缄默，让对方先开口。

那位官员说：“我相信你就是哈里·谢顿，那个数学家。”

谢顿以最简单的方式答道：“是的，阁下。”接着便继续等待。

年轻人挥了挥手臂。“应该说‘陛下’才对，不过我痛恨繁文缛节。我总是在繁文缛节里打转，这使我厌烦透顶。现在没有旁人，所以我要放纵一下，把繁文缛节抛到脑后。教授，坐吧。”

对方讲到一半，谢顿便发觉面前这位正是克里昂大帝一世，这使他感到有点喘不过气来。大帝本人（现在看来）与新闻中经常出现的正式全息肖像有几分相似，不过全息像中的克里昂总是穿得雍容华贵，似乎比本人高大一些，尊贵一点，而且面孔冷漠，毫无表情。

如今全息像的本尊出现在谢顿面前，却似乎显得相当平凡。

谢顿纹风不动。

大帝微微皱了皱眉头。他平常颐指气使惯了，此时虽想放弃这种特权，至少是暂时放弃，却仍然以专横的口吻说：“喂，我说‘坐吧’。那张椅子，快点。”

谢顿默默坐下，他甚至连“遵命，陛下”也说不出口。

克里昂微微一笑。“这样好多了。现在我们可以像两个同胞一样交谈了，毕竟，一旦除去一切繁文缛节，我们的关系就是这样。啊，你说是不是？”

谢顿小心翼翼地答道：“假如皇帝陛下喜欢这么说，那就一定没错。”

“喔，别这样，你为何如此小心谨慎？我想要以平等的身份和你交谈。这么做令我开心，你就顺着我吧。”

“遵命，陛下。”

“只要简单一句‘遵命’就行了，我真没办法教会你吗？”

克里昂瞪着谢顿，谢顿觉得那双眼睛充满生气与兴味。

最后，大帝总算再度开口：“你看来并不像数学家。”

谢顿终于能够露出笑容。“我不知道数学家应该像什么样子，皇帝陛……”

克里昂举起一只手来表示警告，谢顿赶紧咽下这个尊称。

克里昂说：“我认为应该满头白发，或许还留着络腮胡。年纪当然有一大把。”

“但即使是数学家，也总有年轻的时候。”

“可是那时他们都默默无闻。等到他们的名声传遍全银河，他们就是我所描述的那种模样。”

“只怕我并没有什么名气。”

“但你曾在此地举行的会议上演讲。”

“许多人都上了台，有些比我还要年轻。却没有什么人受到注意。”

“你的演讲显然吸引了我的一些官员注意。根据我的了解，你相信未来是有可能预测的。”

谢顿突然感到一股倦意。似乎不断有人误解他的理论，或许他根本不该发表那篇论文。

他说：“并不尽然，我得到的结果其实狭隘得多。许多系统都会出现一种情形，那就是在某些条件下会产生混沌现象。这就意味着，针对某个特殊的起点，我们不可能预测后来的结果。甚至一些相当简单的系统也是这样，而系统愈复杂，就愈有可能变得混沌。过去我们一直假定，像人类社会这么复杂的东西，会在很短时间之内变得混沌，因此不可预测。然而，我所做到的则是证明，在研究人类社会时，有可能选择一个起点，并做出一组适当的假设，用以压抑混沌效应，使得预测未来变成可能。当然不是完整的细节，而是大致的趋势；并非绝对确定，但是可以计算其中的几率。”

一直仔细聆听的大帝这时问道：“可是，这不正意味着你示范了如何预测未来吗？”

“还是那句话，并不尽然。我证明了理论上的可能性，但仅止于此。想要进一步探究，我们必须真正选择一个正确的起点，并做出一组正确的假设，然后找出能在有限时间之内完成计算的方法。在我的数学论证中，完全没有提到应该如何进行这些。但即使我们通通做得到，顶多也只能估算出几率。这和预测未来并不相同，它只是猜测可能会发生些什么事。每一个成功的政治人物、商人，或是从事任何行业的人，都必须能对未来做出这样的估计，而且估计得相当准，否则他们不会成功。”

“他们并未用到数学。”

“是的，他们凭借的是直觉。”

“一旦掌握适当的数学工具，任何人都有办法估算几率。这样一来，少数具有优异直觉的成功人士便无法垄断了。”

“又说对了，但我只是证明这个数学分析是可能的，我并未证明它实际上可行。”

“一件事既然可能，又怎么会不可行呢？”

“理论上，我可以造访银河系每一个世界，和每个世界上的每个人打招呼。然而，完成这项工作需要很长的时间，远超过我一生的寿命。即使我能长生不死，新一代出生的速率也会大于我拜访老一辈的速率。更重要的是，许多老一辈在等不及我拜访他们之前便会死去。”

“在你的有关未来的数学理论中，情况是不是真的这样？”

谢顿迟疑了一下，然后继续说：“这个数学计算或许要花太长的时间才能完成，即使我们有一台和宇宙同样大的电脑，以超空间速度运作也于事无补。在获得任何答案之际，岁月早已流逝多年，情势则已发生巨大变化，足以使得答案变得毫无意义。”

“过程为什么不能简化呢？”克里昂严厉地问道。

“皇帝陛下，”谢顿感到随着答案越来越不合胃口，大帝的口气变得越来越正式，便决定用最正式的方式回应。“想想科学家处理次原子粒子的方式。那些粒子数量十分庞大，每一个都以随机而不可预测的方式运动或振动。但是这个混沌的底层藏有一种秩序，所以我们才能创立量子力学，用以回答所有我们知道该如何问的问题。而在研究社会现象时，我们将人类摆在次原子粒子的地位，不同的是此时多了一项变因，那就是人类的心灵。粒子以无意识的方式运动，人类则不然。若想将心灵中各种态度与冲动考虑在内，会使得复杂度增加太多，令我们根本没有时间面面顾到。”

“心灵会不会和粒子的无意识运动一样，也存在一个底层的秩序呢？”

“或许吧。根据我的数学分析，不论表面上看来多么杂乱无章，任何事物背后都必定藏有秩序。至于如何找出这些底层的秩序，这套数学却完全没有提示。想想看——两千五百万个世界，每一个都有整体的特征与文化，每一个都和其他世界大不相同，每一个都至少包含十亿人口，人人又各自拥有一个独立的心灵，而所有这些世界，则以数不清的方式和组合在进行互动。不论心理史学分析在理论上多么可能，却难以有什么实际上的应用。”

“你所谓的‘心理史学’是什么意思？”

“我将‘对未来的理论性几率估算’称为心理史学。”

大帝突然起身，大步走向房间另一侧，然后一个转身，又大步走回来，驻足于仍坐着的谢顿面前。

“站起来！”他命令道。

谢顿赶紧起立，抬头望着比自己高几分的大帝，勉力维持自己的目光坚定不移。

克里昂终于开口：“你的这个心理史学……假如能变得实际可行，会有很大的用处，对不对？”

“显然会有极大的用处。若能知道未来有些什么，即使是以最概略性、最几率性的方式，也能为我们的行动提供一个崭新而绝佳的指导，这乃是人类从未掌握的。可是，当然……”他突然住口。

“怎么样？”克里昂不耐烦地说。

“嗯，情况似乎是这样的，除了少数决策者之外，心理史学分析的结果必须对大众保密。”

“保密！”克里昂高声惊叫。

“这很明显，让我试着解释一下。假如我们完成一个心理史学分析，并将结果公诸于世，人类的种种情绪和种种反应必将立刻受到扭曲。这样一来，心理史学分析就会变得毫无意义，因为它所根据的，是众人对未来不知情的情况下所产生的情绪和反应。您了解我的意思吗？”

大帝突然眼睛一亮，哈哈大笑几声。“太好了！”

他伸手拍了拍谢顿的肩膀，谢顿不禁轻轻晃了一下。

“你这个人，你看不出来吗？”克里昂说，“难道你看不出来吗？这就是你的用处。你根本不需要预测未来，而只要选择一个未来——一个好的未来、一个有用的未来——然后做出一种预测，让所有人类的情绪和反应都发生变化，以便实现你预测的那个未来。与其预测一个坏的未来，不如制造一个好的未来。”

谢顿皱起眉头。“启禀陛下，我懂得您的意思，但这同样是不可能的事。”

“不可能？”

“嗯，至少是不切实际。您看不出来吗？倘若我们不能从人类的情绪和反应出发，不能预测这些因素所将导致的未来，那就同样无法反其道而行。我们不能从一个选定的未来出发，反推它的源头是哪些人类情绪和反应。”

克里昂显得相当沮丧，紧紧抿着嘴唇。“那么，你的论文呢？……你是不是管它叫论文？……它又有什么用呢？”

“那只是一种数学论证。它提出一个令数学家感兴趣的结论，但我从未想到会有任何实际用途。”

“我发觉这实在可恶。”克里昂气呼呼地说。

谢顿微微耸了耸肩。他现在更加确定一件事，自己根本不该发表那篇论文。假如大帝自认为成了别人愚弄的对象，自己会有什么样的下场呢？

事实上，克里昂看来像是快要相信这一点了。

“话说回来，”他说，“假如你对未来做出一些预测，不论是否在数学上站得住脚，但根据那些了解大众趋向的政府官员判断，它们就是会带来有用的反应，你认为如何？”

“您为何需要由我做这件事？政府官员自己就能做这些预测，不必假手中间人。”

“政府官员做来不会那么有效。他们的确偶尔会发表这类的声明，可是民众不一定相信他们。”

“为何又会相信我呢？”

“你是个数学家，你会‘计算’未来，而不是……不是去直觉它——如果可以这样说的话。”

“可是我并没有这个能力。”

“谁会知道呢？”克里昂眯起眼睛望着他。

接下来是短暂的沉默。谢顿感到自己中计了。假如大帝直接对他下令，他敢拒绝吗？若是拒绝，他也许就会遭到监禁或处决。当然不会没有审判，可是面对一个专制的官僚体制，尤其是银河帝国的皇帝指挥之下的极权官僚体制，想要获得公平审判是难上加难。

最后，他终于答道：“这样行不通。”

“为什么？”

“假如要我做出一些含糊的一般性预测，必须等到我们这一代，甚至下一代死后多年才有可能实现，那么也许可以蒙混过去。可是，这样一来，民众却不会如何留意。对于一两个世纪之后才会发生的重大事件，他们是不可能关心的。

“为了获得成果，”谢顿继续说，“我必须预测一些结果较为明确的事件，或是一些近在眼前的变故。只有这种预测才能获得大众的回应。不过迟早——也许不会迟只会早——其中一项预测并不会实现，而我的利用价值将立刻结束。这样一来，您的声望也可能随之消失。更糟的是，以后再也不会有人支持心理史学的发展，即使未来的数学能将它改良到接近实用的程度，它也不会再有大显身手的机会了。”

克里昂猛然坐下，对着谢顿皱起眉头。“你们数学家能做的就是这件事吗？坚持各种的不可能？”

谢顿拼了命以和缓的语调说：“是您，陛下，在坚持一些不可能的事。”

“你这个人，让我来测验你一下。假如我要你利用你的数学告诉我，是否有朝一日我会遇刺身亡，你会怎么说？”

“即使将心理史学发挥到极致，这个数学体系仍然无法回答如此特定的问题。全世界的量子力学专家同心协力，也不可能预测单独一个电子的踪迹，而只能预测众多电子的平均行为。”

“你比我更了解你自己的数学理论，就根据它做个合理的猜测吧。我是否有朝一日会遇刺？”

谢顿柔声答道：“陛下，您这是对我设下圈套。干脆告诉我您想要听什么答案，我好直接说出来，否则就请授权给我，让我自由回答而不至招罪。”

“你尽管说吧。”

“您以荣誉担保？”

“你要我立下字据吗？”克里昂语带讥讽。

“有您口头的荣誉担保就够了。”谢顿的心往下沉，因为他不确定会有什么结果。

“我以荣誉担保。”

“那么我可以告诉您，在过去四个世纪中，几乎有一半的皇帝遇刺身亡，根据这一点，我推断您遇刺的机会约略是二分之一。”

“任何傻瓜都能说出这个答案。”克里昂以轻蔑的口吻说，“根本不需要数学家。”

“可是我跟您说过好几次了，我的数学理论对实际问题毫无用处。”

“难道你就不能假设，我从那些不幸的先帝身上学到教训了？”

谢顿深深吸了一口气，一鼓作气道：“不能的，陛下。历史在在显示，我们无法从历史中学到任何教训。举例而言，您准许我在这里单独觐见，万一我有心行刺呢？这当然不是事实，陛下。”他赶紧补充一句。

克里昂冷冷一笑。“你这个人，你没有考虑到我们的科技多么完善——或说多么先进。我们研究过你的背景，以及你的完整履历。在你抵达后，你就接受了扫描，你的面容和声纹都经过分析。我们知道你详尽的情绪状态，几乎可以说知道你的思想。对你的忠贞若有丝毫怀疑，就绝不会允许你接近我。事实上，是你根本活不到现在。”

谢顿感到一阵晕眩，不过他继续说：“即使没有那么先进的科技，外人也总是难以接近任何一位皇帝。然而，几乎每次行刺都源自宫廷政变。对皇帝构成最大威胁的，就是最接近皇帝的人。想要趋吉避凶，细查外人其实无济于事。至于您自己的官员、您自己的禁卫军、您自己的亲信，您总不能以对待我的方式对待他们。”

克里昂说：“这点我也知道，至少和你一样清楚。我的回答是，我对身边每个人都很好，让他们没有怨恨我的理由。”

“愚蠢……”说到这里谢顿突然住口，显得十分狼狈。

“继续，”克里昂怒冲冲地说，“我已经准许你自由发表意见。我如何愚蠢？”

“启禀陛下，我说溜了嘴。我原本想说的是‘无关’，这和您如何对待亲信根本无关。您一定会疑神疑鬼，否则就不符合人性。

一个不经意的字眼——例如我刚才的表现，或是一个不经意的动作、一个可疑的表情，都必定会令您提高警觉，并收回一点信任。而任何猜疑都将造成恶性循环——那位亲信感觉得到，他会恼恨您的疑心，并会改变他的言行举止，尽可能避免让您再度起疑；您则会察觉这个变化，因而疑心越来越重，到头来不是他被处决，就是您遇刺身亡。过去四个世纪的好多位皇帝，都无法避免这样的过程。帝国事务变得越来越难处理，这只是征兆之一。”

“那么，我无论如何无法避免遇刺喽。”

“是的，陛下。”谢顿说，“不过，反之，您也可能属于幸运的那一半。”

克里昂用手指轮流敲打座椅扶手，然后厉声道：“你这个人，你根本没用，你的心理史学也一样。给我走吧。”说完这几句话，大帝转过头去，突然好像比三十二岁的实际年龄老了许多。

“启禀陛下，我早就说过，我的数学理论对您没用。我致上最深的歉意。”

谢顿本来准备鞠躬，但两名卫士不知如何接到了讯号，及时进来将他带走。御书房中还传出克里昂的一句：“这个人从哪里来，就把他送回哪里去。”

04

伊图·丹莫刺尔适时出现，以适度尊崇的眼神瞥了大帝一眼。“陛下，您差点就发脾气了。”

克里昂抬起头来，挤出一个显然很勉强的微笑。“嗯，没错。那人实在令我非常失望。”

“但他并未做出能力范围外的承诺。”

“他一点能力也没有。”

“也就没有做任何承诺，陛下。”

“真令人失望。”

丹莫刺尔说：“或许不只令人失望而已。这人是一颗流弹，陛下。”

“一颗流什么，丹莫刺尔？你总是喜欢用许多古怪的词句。流弹又是什么？”

丹莫刺尔以严肃的口吻说：“启禀陛下，这不过是我年轻时听到的一种说法。帝国境内充满古怪的词句，有些是川陀从未听说过的，正如同川陀的某些惯用语，其他地方的人也听不懂一样。”

“你是来提醒我帝国疆域的辽阔？你说那人是一颗流弹，这到底是什么意思？”

“只是指他可能犯下无心之失，造成重大伤害。他不知道自己的力量，或者说重要性。”

"你推论出来的吗，丹莫刺尔？"

"是的，陛下。他是个乡下人，并不了解川陀这个地方以及此地的规矩。他以前从未到过我们的行星，以致无法表现得像个有教养的人，比如说像个廷臣。但是他竟然敢跟您顶嘴。"

"有何不可？我准许他有话直说。我取消了繁文缛节，以平等的方式对待他。"

"启禀陛下，并不尽然。您天生就无法平等对待他人，您习惯于发号施令。即使您试图让对方轻松自在，也很少有人能做到这一点。大多数人会变得哑口无言，更糟的表现则是奉承和阿谀。可是，那人却跟您顶嘴。"

"嗯，丹莫刺尔，你可以认为这很了不起，但是我不喜欢他。"克里昂看来十分不满，"你注意到了吗？他并没有尝试对我解释他的数学理论，好像他知道我一个字也听不懂。"

"启禀陛下，您的确听不懂。您不是数学家，也不是任何领域的科学家，同时也不是艺术家。在许许多多的知识领域，都有人比您懂得还多，他们的职责就是利用这些知识为您服务。您是皇帝，这点就不亚于他们所有专长的总和。"

"是吗？如果是个花了许多岁月累积知识的老头，令我感到自己某方面一窍不通，那我倒也不在意。可是这个人，谢顿，只不过和我同年。他怎么会知道那么多？"

"他不必学习领袖气质，也不必学习如何做出左右他人生死的决策。"

"有些时候，丹莫刺尔，我会怀疑你是不是在讥笑我。"

"陛下？"丹莫刺尔以责难的口吻说。

"不过算了吧，回到你刚才说的那个流弹。你为什么要认为他是危险人物？在我看来，他似乎是个纯真的乡下人。"

“没错，可是他拥有那套数学理论。”

“他说那根本没用。”

“您本来认为它也许有用。而在您向我解释之后，我也这么以为，所以其他人也有可能抱持同样的看法。既然这位数学家已经将心思集中在这个问题上，他自己的想法或许也会改变。谁知道呢，他也许会研究出利用这套数学的方法。假如他成功了，有办法预测未来了，不论多么朦胧模糊，他也等于掌握了极大的权力。即使他自己不希望拥有权力——我总认为如此自制的人少之又少——他也可能被别人利用。”

“我试图利用他，可是他不肯。”

“刚刚他没有好好考虑，也许现在他就会愿意。他若不喜欢被您利用，难道就不可能被——比方说——卫荷区长说服吗？”

“他为什么会愿意帮助卫荷区长，而不愿帮我们？”

“正如他刚才的解释，个体的情绪和行为是很难预测的。”

克里昂绷着脸，坐在那里沉思良久。“你真的认为，他有可能将他的心理史学发展到真正有用的地步？他十分肯定自己做不到这一点。”

“或许若干时日之后，他会发现否认这个可能性是个错误。”

克里昂道：“这么说，我想我该把他留下。”

丹莫刺尔说：“不然，陛下，当您让他离去时，您的直觉完全正确。倘若将他囚禁，无论做得多么不着痕迹，都将引起他的愤恨和绝望。这样不但无助于他进一步发展他的理论，也无法使他心甘情愿为我们服务。最好还是放他走，如您所做的那样，但是永远用一条隐形的绳索拴住他。这样一来，我们就能确定他不至于被陛下的敌人利用，也可以确定等到时机成熟，他将这个科学理论发展完备时，我们便能收回那条绳索，再把他拉进来。那个时候，我们可以……态度强硬一点。”

“可是，万一他被我的敌人抓走，或者应该说帝国的敌人，毕竟我就等于这个帝国，还有，如果他自愿为敌人效命呢？我不认为这点绝无可能，你了解吧。”

“您的顾虑没错。我会确保不至于发生这种事，但是，倘若尽了最大努力，仍然出现这种情形，与其让不适当的人拥有他，倒不如让谁都得不到。”

克里昂显得相当不安。“丹莫刺尔，我将这件事完全交到你手上，但我希望我们不要操之过急。无论如何，他有可能只是个理论科学的买办，并没有什么真正的用处。”

“启禀陛下，很有可能，不过为了安全起见，最好还是假设此人很重要——或者说也许很重要。假使到头来，我们发现只是在为一个无足轻重的角色伤脑筋，那不过浪费了一点时间而已，不会有其他损失。但如果我们最后发现，忽略了一个再重要不过的人物，那我们将会丢掉整个银河。”

“这样很好，”克里昂说，“但我确信我不必知道细节——倘若细节果真令人不快。”

丹莫刺尔说：“让我们期望不会有那种结果。”

05

经过了一个黄昏、整个夜晚，以及半个上午的时光，谢顿慢慢从觐见大帝的情绪中恢复过来。至少，川陀皇区里的人行道、活动回廊、广场与公园的光线明暗变化，使人觉得已历经了一个黄昏、整个夜晚，以及第二天的半个上午。

此刻，他坐在一座小公园的一张小型塑胶椅上，那椅子弯成与他的身躯刚好吻合的形状，令他感到非常舒服。根据光线判断，上午似乎刚过一半，空气凉爽适中，刚好使人感到清新，却一点也没有寒意。

气候是否总是这样？他想到了觐见大帝时遇到的那种灰暗天气。然后，他又想起故乡赫利肯星的阴天、冷天、热天、雨天以及下雪天，不禁怀疑有谁会怀念那种日子。坐在川陀的一座公园里，日复一日都是理想的天气，几乎令人感到周遭一片虚空，还有没有可能会怀念怒吼的狂风、刺骨的寒冷，或是令人窒息的湿气？

或许会吧，但不是在第一天、第二天，甚至第七天上头。而他只剩下今天最后一天，明天即将离开此地。他打定主意趁机享受一番，毕竟，自己可能再也不会重返川陀。

然而，他仍旧感到惴惴不安，始终无法忘怀曾在没有其他人在场的情况下，和一个能随意下令监禁或处决任何人的人（至少他能剥夺他人的社会地位，造成一种经济性与社会性的死亡）做过一次晤谈。

就寝之前，谢顿利用旅馆房间的电脑，从电子百科全书查到了克里昂一世的资料。内容照例是为这位皇帝歌功颂德，就像所有的皇帝生前所受到的歌颂一样，与他们的政绩毫无关系。谢顿略过那些内容，他感兴趣的是发现克里昂生于皇宫，一生从未离开御苑。他从来没有到过真正的川陀——这个覆盖着多面穹顶的世界。也许这是基于安全考量，但它代表的则是这位皇帝一直遭到囚禁，不论他自己是否承认这一点。那可能是全银河最豪华的牢狱，但无论如何还是牢狱。

尽管这位皇帝似乎相当温和，一点也不像历代多位嗜血的独裁暴君，但引起他的注意总不是好事。谢顿很高兴明天就要回赫利肯，虽说家乡如今正值冬季（而且是个酷寒的冬季）。

他抬头望了望漫射的明亮光线。虽然此地永远不会下雨，大气却绝对不算干燥。离他不远处有一座喷泉；植物是绿油油的一片，或许从未尝过干旱的滋味。灌木丛偶尔会沙沙作响，好像有一两只小动物躲在里面。此外，他还听到蜜蜂的嗡嗡声。

真的，纵然整个银河都说川陀是个金属与陶质建成的人工世界，但在这个小小范围内，却令人有置身田园的感觉。

附近有几个人也在享受这座公园，他们都戴着轻便的帽子，有些相当小。不远处有个挺漂亮的年轻女子，不过她正弯腰凑向一具观景器，他无法看清她的脸庞。此时一名男子经过，对他不经意地望了一眼，然后在对面的椅子上坐下来，埋头阅读一扎电讯报表。那人还翘起二郎腿，谢顿注意到他穿着一条粉红色紧身裤。

真奇怪，此地男士的衣着倾向于花俏，反倒是女子大多穿着白色衣裳。由于环境相当清洁，穿着淡色服装是很合理的一件事。他低下头来，看了看自己的赫利肯服饰，主要的色系是沉闷的褐色，令他感到有些可笑。假如他要留在川陀——虽说事实不然——就得购买一些适当的衣物，否则必将招来好奇的眼光，或是成为嘲笑或排斥的对象。比方说，那个拿着电讯报表的男子，这回便以较为好奇的眼光抬头望着他，无疑是被他的外星服饰所吸引。

谢顿庆幸对方并未露出笑容。他对成为笑柄可以处之泰然，不过，当然，他绝不可能会喜欢那种情况。

谢顿以不着痕迹的方式望着这名男子，因为对方内心似乎在进行一场激战。他看来已经准备开口，然后又好像改变了主意，接下来仿佛又回到原先的决定。谢顿很想知道最后的结果是什么。

他仔细打量这名男子。此人个子很高，肩膀宽阔，看不出有任何肚腩，头发是泛着金光的浅黑色，胡子刮得干净，一脸严肃的表情，看来孔武有力，不过并没有盘虬的肌肉，脸庞显得有几分棱角——十分顺眼，但绝对称不上“好看”。

等到这名男子内心交战失败了（或者也许是胜利了），将身子倾向谢顿的时候，谢顿认定自己对他已有好感。

那人开口道：“对不起，你是不是曾经出席十载会议？那场数学研讨会？”

“是的，我在场。”谢顿欣然答道。

“啊，我想我在会场见过你。就是因为——对不起——我刚才认出你来，所以才会坐到这里。如果我侵犯了你的隐私……”

“一点也没有，我正在享受片刻的悠闲时光。”

“让我看看还记得多少，你是谢东教授。”

“谢顿，哈里·谢顿，不过相当接近了。你呢？”

“契特·夫铭，”那人似乎有点尴尬，“只怕是个相当普通的名字。”

“我从未碰见过叫契特的人，”谢顿说，“也从不认识姓夫铭的，所以我会认为你相当特别。也许可以这样说，这总比跟数不清的哈里，或是无数的谢顿纠缠不清好得多。”

谢顿将他的椅子挪近夫铭，椅子在带点弹性的陶砖上摩擦出嘎嘎声。

“谈到普通，”他说，“我这身外星服装怎么样？我压根没想到该弄一套川陀衣饰。”

“你可以去买些。”夫铭一面说，一面以不敢苟同的目光打量谢顿。

“我明天就要离开此地，而且我也买不起。数学家有时会处理一些大数目，但绝不是他们的收入——夫铭，我猜你也是个数学家。”

“不是，这方面我毫无天分。”

“喔。”谢顿有些失望，“你刚才说曾在十载会议上见到我。”

“我在那里只是旁观，我是个新闻记者。”他挥了挥电讯报表，似乎这才发觉它还在手中，立刻将它塞进外衣口袋。“我为全息新闻供应消息。”然后，他以意味深长的语气说，“其实，我已经相当厌烦。”

“你的工作？”

夫铭点了点头。“从各个世界收集各种毫无意义的消息，这种差事令我倒胃口。我恨透了每况愈下的世风。”

他若有所思地瞥了谢顿一眼。“不过，有时还是会发生些有趣的事。我听说有人看到你和一名禁卫军在一起，朝皇宫大门的方向去。你该不会是蒙大帝召见吧？”

谢顿脸上的笑容顿时消失无踪，他缓缓说道：“即使真有这回事，也不是我能对新闻界发表的。”

“不，不，不是为了发表。谢顿，如果你不知道这种事，让我第一个告诉你——跑新闻的第一条游戏规则，就是有关皇帝或他身边亲信的消息，除了官方发布的，其他一律不能报道。当然，这样是不对的，因为谣言满天飞远比公布真相要糟得多，可是规则就是这样。”

“但如果不能报道，朋友，你为什么还要问呢？”

“私下的好奇心。相信我，干我这一行的，知道的消息比公诸于世的多得多——让我猜猜看：我没有听懂你的论文内容，但我推测你是在谈论预测未来的可能性。”

谢顿摇了摇头，咕哝道：“那是个错误。”

“你说什么？”

“没什么。”

“嗯，预测——正确的预测——会令大帝或任何一名政府官员感兴趣。所以我猜克里昂一世曾向你问及这档事，还有你愿不愿意帮他做些预测。”

谢顿以僵硬的语调说：“我不想谈这件事。”

夫铭轻轻耸了耸肩。“我想，伊图·丹莫刺尔也在场吧。”

“谁？”

“你从未听说过伊图·丹莫刺尔？”

“从来没有。”

“克里昂的另一个自我、克里昂的大脑、克里昂的邪灵——这些都是人们对他的称呼，还不包括那些辱骂性的绰号。他当时一定在场。”

谢顿露出困惑的表情。夫铭继续说：“嗯，你也许没看到他，可是他绝对在场。假如他认为你能预测未来……”

“我不能预测未来。”谢顿一面说，一面使劲摇着头，“如果你听过我发表论文，就会知道我只是在谈论理论上的可能性。”

“没什么不同，假如他认定你能预测未来，他就不会让你走。”

“他还是让我走了，现在我才能在这里。”

“这点毫无意义。他知道你在哪里，今后会继续掌握你的行踪。当他想要你的时候，不论你在天涯海角，他都能找到你。要是他认为你有用，必定会把你的用处榨干；要是他认为你有威胁性，则会把你的命榨出来。”

谢顿瞪着对方。“你想要干什么，吓唬我？”

“我是想提醒你当心。”

“我不相信你说的这番话。”

“不相信？刚刚你还提到某件事是个错误。你是不是认为发表那篇论文是个错误，因为它给你带来一种避之唯恐不及的麻烦？”

谢顿不安地咬着下唇。这个猜测与实情简直太过吻合——就在这个时候，谢顿突然发觉有外人出现。

由于光线过度柔和与分散，对方并未投射出任何阴影。只是他的眼角捕捉到一个动作——然后动作便停下来。

第二章

逃 亡

川陀：……第一银河帝国的首都……在克里昂一世统治下，它放射出“黄昏的回光”。不论从哪方面看来，那时都是它的全盛期。它二亿平方公里的地表完全被穹顶覆盖（只有皇宫周围的区域例外），穹顶下则是绵延不断的大都会，一直延伸到大陆棚之下。当时人口共四百亿，虽然（回顾历史显而易见）有众多迹象显示早已问题丛生，川陀居民无疑仍视其为传说中的“永恒世界”，从未想到有一天会……

——《银河百科全书》

06

谢顿抬起头来，看到一个年轻人站在面前，带着一种嘲弄的轻蔑低头望着他。那人身旁还有另一个年轻人，或许更年轻些。两人都身材高大，而且看来十分强壮。

谢顿判断他们的衣着应是川陀最尖端的流行——大胆的冲突色彩、有流苏的宽边皮带、有整圈阔檐的圆帽，此外还有一条亮丽的粉红色丝带，两端从帽檐一直延伸到后颈。

在谢顿眼中，这种打扮实在有趣，他不禁微微一笑。

他面前的年轻人吼道："邋遢鬼，你龇牙咧嘴在笑什么？"

谢顿不理会对方的态度，好言好语地答道："请原谅我刚才发笑，我只不过在欣赏你的服装。"

"我的服装？怎么样？你自己穿的又是什么？你管这身可怕的碎布叫衣服吗？"他伸出一只手，用手指弹了弹谢顿的外衣翻领。与对方的淡雅色调比较之下，谢顿心想，自己的服色沉重得很不体面。

谢顿说："只怕我们外星人士的衣服就是这样，我只有这一套。"

他不自觉地注意到，原本坐在小公园里的另外几个人纷纷起身离去。仿佛他们预期会有麻烦，而不愿继续留在附近。谢顿不知道他的新朋友夫铭是不是也正要开溜，但他觉得将视线从面前的年轻人身上移开并非明智之举。他将身子向后挪，稍微向椅背靠去。

年轻人说："你是外星人士？"

"没错，因而才穿这身衣服。"

"因而？这是哪门子说法？外星语吗？"

"我的意思是，正是由于这个缘故，你才会觉得我的衣服奇怪。我是一名游客。"

"从哪颗行星来的？"

"赫利肯。"

年轻人的两道眉毛挤在一起。"从来没听过。"

"它不是一颗多大的行星。"

"你为什么不回那里去？"

"我是要回去，我明天就走。"

"快一点！现在就走！"

年轻人看了看他的同伴。谢顿随着他的视线望去，结果瞥见了夫铭。他并没有离开，可是整座公园已经空了，只剩下他自己、夫铭，以及那两个年轻人。

谢顿说："我本来打算今天到处逛逛。"

"不，你不该那么做，现在就回家去。"

谢顿微微一笑。"抱歉，我无法照办。"

年轻人对他的同伴说："马毕，你喜欢他的衣服吗？"

马毕首度开口："不喜欢，真恶心，令人反胃。"

"马毕，不能任由他到处乱跑，害得人人反胃。这样会有损大众健康。"

"不行，艾连，绝对不可以。"马毕说。

艾连咧嘴笑了笑。"好啦，你听到马毕怎么说了。"

这时夫铭终于开口，他说："听着，你们两个，艾连和马毕，或者不管你们叫什么名字。你们玩够了，何不见好就收？"

艾连本来上身微微倾向谢顿，此时他把身子挺直，然后转头。“你是谁？”

“不关你的事。”夫铭吼道。

“你是川陀人？”艾连问。

“同样不关你的事。”

艾连皱着眉头说：“你穿得像个川陀人。我们对你没兴趣，所以别自找麻烦。”

“我打算留下，这就表示我们总共有两个人。二对二听来不像你们的打法，你们何不去多找些朋友，来对付我们两个？”

谢顿说：“夫铭，我真的认为你该趁早离开这里。你试图保护我是你的好意，但我不希望你受到伤害。”

“谢顿，这两人并非危险分子，只不过是值半个信用点的奴才。”

“奴才！”这个说法似乎把艾连惹火了，因此谢顿想到，在川陀它的意思一定比在赫利肯更具侮辱性。

“听好，马毕。”艾连咆哮道，“你对付另一个他妈的奴才，我来把这个谢顿的衣服剥光。他就是我们要找的人，动手——”

他双手猛然向下探，想抓住谢顿的翻领，以便将他提起来。谢顿立刻伸手一推，似乎是出于本能的动作，而他的椅子则往后翻倒。紧接着，他抓住探向自己的那双手，并抬起一只脚，此时椅子刚好倒下。

艾连像是从谢顿头上飞过，并在空中一个转身，最后落在谢顿身后。他的颈部与背部最先着地，发出一声巨响。

当椅子倒下时，谢顿及时扭转身形，很快站了起来，虎视眈眈地瞪着倒地的艾连。然后他又猛一转头，望向一旁的马毕。

艾连躺在地上一动不动，五官扭成一团。他的两只拇指严重扭伤，鼠蹊传来锥心刺骨的痛楚，此外脊骨也受到重创。

夫铭用左臂从后面勾住马毕的颈部，右手将对方的右臂向后拉到一个难忍的角度。马毕拼命想要喘气，涨得满脸通红。一把小刀躺在旁边的地上，刀缘的激光镶边正闪闪发光。

夫铭稍微松开手来，以真挚的关切语调说："你把那家伙伤得很重。"

谢顿说："我也没办法。如果他着地的角度再偏一点，他的脖子就会摔断了。"

夫铭说："你究竟是哪门子数学家？"

"赫利肯数学家。"他弯腰拾起那把刀子，检视了一下，又说，"真可恶，而且能要命。"

夫铭说："普通利刃就能要命，根本无需加装动力源——不过，让我们放这两个走吧，我不信他们还想继续打下去。"

他松开马毕。马毕先搓搓肩膀，再揉揉脖子，然后大口喘着气，以怨毒的目光望着他们两人。

夫铭厉声道："你们两个最好马上滚。否则我们将提出证据，控告你们伤害和谋杀未遂。从这把刀一定就能追查到你们。"

在谢顿与夫铭的注视下，马毕将艾连拖起来，再扶着直不起腰的他蹒跚离去。他们曾经回头望了一两眼，谢顿与夫铭则回敬以平静的眼神。

谢顿伸出手来。"你我素昧平生，你却帮助我对付两个人的攻击，我该怎样感谢你？我真怀疑自己能否应付他们两个。"

夫铭举起一只手，做了一个不表赞同的手势。"我并不怕他们，他们不过是专门在街头闹事的奴才。我需要做的，只是把双手放在他们身上——当然啦，你也一样。"

"你那一抓可真要命。"谢顿回想起刚才的情形。

夫铭耸了耸肩。“你也不简单。”然后，他以完全相同的语调说，“来吧，我们最好离开这里。我们正在浪费时间。”

谢顿问道：“我们何必离开？你怕那两个人会回来吗？”

“他们一辈子都不敢再来。不过，那些为了避免撞见不愉快的场面，而从公园慌忙溜走的勇士，其中可能有人报了警。”

“很好。我们知道那两个小流氓的名字，也能详细描述他们的长相。”

“描述他们的长相？警方有什么理由抓他们？”

“他们犯了蓄意伤害……”

“别傻了。我们连一点擦伤也没有，他们却要在医院躺几天，尤其是那个艾连。会被起诉的是我们两个。”

“但这是不可能的。目睹事件经过的那些人……”

“警方不会传唤任何人——谢顿，把这点装进你脑子里。那两个是来找你的，专门来找你的。有人告诉他们说你穿着赫利肯服装，而且一定将你描述得很准确，也许还让他们看过你的全息像。我怀疑派他们来的，就是控制警方的那些人，所以我们别再待下去。”

夫铭伸手抓住谢顿的上臂，匆忙迈开脚步。谢顿发觉无法摆脱他的掌握，感到自己好像一个小孩，落在一名鲁莽的保姆手中，只好乖乖跟他走。

他们冲进一条拱廊，而在谢顿的眼睛尚未适应较暗的光线时，便传来一辆地面车的隆隆刹车声。

“他们来了。”夫铭低声道，“谢顿，快点。”他们跳上一道活动回廊，消失在拥挤的人群中。

07

谢顿曾试图说服夫铭带他回下榻的旅馆，可是夫铭不肯答应。

“你疯了吗？”他以近乎耳语的音量说，“他们正在那里等你。”

“可是我所有的家当也在那里等我。”

“只好让它们等一阵子了。”

此刻他们待在一栋公寓的一间小房间里。这是一栋优雅宜人的公寓，不过谢顿对它的位置没有丝毫概念。他环顾这个仅有一房的居住单位，一张书桌、一把椅子、一张床铺，以及一套电脑终端机，占据了绝大部分的空间。房间里没有用餐设备，也没有任何盥洗台，不过夫铭曾带他到走廊尽头的公用盥洗间。当谢顿快出来的时候，刚好有另一个人进去，他没有怎么注意谢顿本人，却对谢顿的衣着投以短暂而好奇的目光，然后就别过脸去。

谢顿向夫铭提起这件事，后者摇了摇头，说道：“我们得把你这身衣服换掉。都怪赫利肯那么跟不上流行……”

谢顿不耐烦地说：“夫铭，整件事有多少可能只是你的幻想？你让我相信了一半，但它或许只是一种……一种……”

“你是不是想说‘妄想症’？”

“好吧，没错。一切都可能只是你的古怪妄想。”

夫铭说：“动动脑筋，好不好？我不能用数学方法做出论证，可是你见过大帝，别否认这一点。他要从你那里得到些什么，而你并没有给他，这点也别否认。我猜想他要的就是有关未来的详情，而你拒绝了。也许丹莫刺尔认为，你只是假装并未掌握详情——你是在待价而沽，或是其他人也在收买你。谁知道呢？我告诉过你，如果丹莫刺尔想要你，不论你到天涯海角也会被他找到。在那两个没脑袋的家伙出场之前，我就对你那么说了。我是一名记者，同时也是川陀人，我知道这种事会如何发展。在某个节骨眼，艾连曾说‘他就是我们要找的人’，你还记得吗？”

“我刚好记得。”谢顿答道。

“对他而言，我只是个碍事的‘他妈的奴才’，而他只顾进行真正的任务，那就是攻击你。”

夫铭坐到椅子上，指着床铺说：“谢顿，舒展一下四肢，尽量放轻松点。那两个人不论是谁派来的——我看，一定就是丹莫刺尔——他还会派其他人来，所以我们得把你这身衣服换掉。我想本区其他赫利肯人被撞见时，若是刚好穿着母星服装，就一定会惹上一场麻烦，直到他能证明他不是你。”

“喔，得了吧。”

“我没有开玩笑。你一定要把这身衣服脱掉，然后我们必须把它原子化——只要我们能偷偷接近一台废物处理器。在此之前，我得先帮你找一套川陀服装。你的体型比我小，我会考虑到这点。即使不完全合身也没关系……”

谢顿摇了摇头。“我没有信用点付账，没带在身上。我所有的信用点——其实也没多少——全都在旅馆的保险箱里。”

“这点我们改天再说。当我出去张罗必要的衣物时，你得在这里待上一两个钟头。”

谢顿摊开双手，叹了一声表示让步。“好吧。果真那么重要，我就待着吧。”

“你不会试图溜回旅馆吧？荣誉担保？”

“我以数学家的荣誉担保。可是我给你惹了这么多麻烦，还要让你为我破费，我真觉得过意不去。毕竟，虽然你把丹莫刺尔说得那么厉害，他们并未真正想伤害我或把我带走。我受到的威胁，只是险些被扒光了衣服。”

“不只如此。他们还想押你到太空航站，把你送进一艘飞往赫利肯的超空间飞船。”

“那是个愚蠢的威胁，我们不必认真。”

“为什么？”

“我马上就要回赫利肯。我告诉过他们，明天就会动身。”

“你仍然打算明天走吗？”夫铭问。

“当然啦。有何不可？”

“不可的原因多得很。”

谢顿突然感到不太高兴。“得了吧，夫铭，我不能再玩这种游戏。我的事情办完了，现在想要回家去。我的旅票在旅馆房间里，否则我会试图把行程改成今天，我是说真的。”

“你不能回赫利肯。”

谢顿涨红了脸。“为什么不能？他们也在那里等我吗？”

夫铭点了点头。“别发火，谢顿，他们一定也会在那里等你。听我说，如果你回到赫利肯，等于落入丹莫刺尔的手掌心。赫利肯是个忠实可靠的帝国领域，它曾经叛变吗？曾经追随过反帝旗帜吗？”

“没有，从来没有，而且理由充分。它周遭都是较强大的世界，需要帝国的和平以确保它的安全。”

“正是这样！因此赫利肯上的帝国军队能获得当地政府的全面

合作，你将时时刻刻受到严密监视。丹莫刺尔不论何时想要你，都有办法把你找出来。而且，要不是我现在警告你，你对这件事根本毫不知情，你会一直公开活动，一心以为安全无虞。”

“实在是荒谬。假如他希望我待在赫利肯，何不干脆让我自行离去？反正我明天就要走了。他为什么要派两个小流氓来，只为了让这件事提早几小时，却冒着让我提高警觉的危险？”

“他怎么想得到你会提高警觉？他不知道我会跟你在一起，对你灌输一些你所谓的妄想。”

“即使他们不担心我会提高警觉，但如此大费周章，让我提早几小时动身又是为什么？”

“或许因为他担心你会改变主意。”

“不回家的话，我又到哪里去？如果他能在赫利肯抓到我，我到任何地方都照样逃不掉。比方说，他能在……在足足一万秒差距外的安纳克里昂把我抓到——假使我竟然异想天开躲到那里。对超空间飞船而言，距离又算什么呢？即使我找到一个世界，它不像赫利肯那样对帝国军队百依百顺，又有哪个世界真正在造反呢？帝国目前处于太平时期，即使有些世界对过去的不公仍旧忿忿不平，却没有一个会为了保护我而招惹帝国的武装部队。更何况，除了赫利肯，我在其他地方都不具公民身份，它们根本没有义务阻止帝国对我的搜捕。”

夫铭一直耐心倾听，不时轻轻地点点头，但他依旧保持严肃而镇静的神情。“目前为止你说得都对，可是有个世界并非真正在皇帝控制之下。这一点，我想，一定就是丹莫刺尔寝食难安的原因。”

谢顿想了一会儿，将近代史回顾一番，怎么也想不出有哪个世界会令帝国军队束手无策。最后他只好问：“究竟是哪个世界？”

夫铭说："就是你脚下这个世界，我猜正是因为这个缘故，丹莫刺尔才会觉得情况那么危急。与其说他急着要你回赫利肯，不如说他急着要你尽快离开川陀，以免你突然又想留下来——不论理由为何，哪怕只是留恋此地的风光。"

两人默默对坐了一阵子，最后谢顿终于以讥讽的口吻说："川陀！帝国的首都，它的轨道太空站中有舰队的大本营，地面还驻扎有最精锐的部队。假如你相信川陀就是那个安全的世界，你的妄想症就已经进展到彻底的幻想。"

"不！谢顿，你是一名外星人士。你不知道川陀是什么样子。它拥有四百亿人口，放眼银河，人口数目是它十分之一的世界都不多。它有着难以想象的科技和文化复杂度。我们现在位于皇区，这里的生活水准是全银河之冠，居民则全部是帝国的大小官员。然而，在这颗行星上，总共有超过八百个行政区，某些区的亚文化和我们这里完全不同，而且大多不是帝国军队能掌控的。"

"为什么不能掌控？"

"帝国不能真正对川陀动用武力。这么做的话，一定会动摇某个科技层面。那些科技都是整个行星命脉所系，相互间有千丝万缕的关系，弄断任何一个联系，都会令科技整个瘫痪。相信我，谢顿，我们住在川陀的人都目睹过这种情形，例如一场未能成功缓解的地震、一次未曾及时疏导的火山爆发、一阵没有预先消灭的暴风，或者只是一个没人留意的人为错误。发生这些天灾人祸之后，这颗行星立刻摇摇欲坠，必须尽一切力量立刻恢复原有的平衡。"

"我从未听过这种事。"

夫铭脸上闪过一丝笑容。"当然没有。你想要帝国大肆宣传核心深处的脆弱吗？然而，身为一名记者，即使外星人士不清楚，即使川陀大多数人蒙在鼓里，即使帝国当局尽力隐瞒真相，我却对这种情形一清二楚。相信我！虽然你不晓得，但是大帝心里明白，丹莫刺尔也知道——侵扰川陀就有可能摧毁整个帝国。”

“那么，你因此建议我留在川陀？”

“没错。我可以带你到一个地方，你在那里将会绝对安全，不必担心丹莫刺尔。你不用改名换姓，完全可以公开活动，他却对你无可奈何，这就是他想逼你立刻离开川陀的原因。若非命运之神把我们拉到一块，你又有出人意表的自卫本领，他的计划已经成功了。”

“可是我得在川陀待多久呢？”

“视你的安全情况而定，谢顿，该多久就多久。或许，你一辈子都不能再离开。”

08

哈里·谢顿望着自己的全息像，那是由夫铭的投影机投射出来的。这要比照镜子更醒目、更实用。事实上，现在房间里仿佛有两个谢顿。

谢顿仔细打量这件崭新短袖袍的袖子。赫利肯心态使他希望色调最好再朴素点，但他还是谢天谢地，因为夫铭选的颜色已经比这个世界流行的要柔和了些。谢顿想到那两个小流氓的穿着，心中便打了一个寒颤。

他说：“我想我得戴上这顶帽子。”

“在皇区的确如此，在这里，不戴帽子是没教养的象征。至于其他地方，礼俗则各有不同。”

谢顿叹了一口气。这顶圆帽以柔软的材料制成，戴上后会根据他的头型自动调整。整圈帽檐都一样宽，但比那两个小流氓的帽檐窄些。谢顿注意到戴上帽子后，帽檐弯成一个优雅的弧度，这令他感到十分欣慰。

“它没有系在下巴底下的帽带。”

“当然没有。那是年轻叛客最前卫的流行。”

“年轻什么？”

“叛客是指为了惊世骇俗而穿戴某些衣饰的人，我确信你们赫利肯也有这种人。”

谢顿哼了一声。“有些人把一边头发留到齐肩的长度，却把另外一边剃光。”想到那种发型，他不禁大笑几声。

夫铭的嘴角微微撇了一下。“我想那一定难看极了。”

“还有更糟的呢。他们显然还分左派和右派，双方都无法忍受对方的发型，两派经常在街头大打出手。”

“那么我想你应该能忍受这顶帽子，何况它还没有帽带。”

谢顿说：“我会习惯的。”

“它会吸引一些注意。一来是它的颜色太素，让你看来像是正在服丧，二来大小也不顶合适。此外，你戴起来显然很不舒服。然而，我们不会在皇区待太久——看够了吗？”全息像立时消失无踪。

谢顿问道：“这总共花了你多少钱？”

“有什么关系吗？”

“欠你的钱令我不安。”

“别为这种事烦心，这是我自己的选择。不过我们在这里待得够久了，会有人把我报上去，这点我相当确定。他们会一路追踪我，最后找到这里来。”

“这样的话，”谢顿说，“你花费的信用点就微不足道了。你为了我而令自己身陷险境，身陷险境！”

“我知道。但这是出于我的自由意志，而且我能照顾自己。”

“可是为什么……”

“以后我们再来讨论其中的道理吧——对了，我已经把你的衣服原子化，我想并没有被人看见。当然，出现了一道能量涌浪，那是会留下记录的。有人可能会根据这点猜到是怎么回事——在锐利的耳目窥探之下，实在很难掩饰所有的行动。然而，希望在他们将一切拼凑起来之前，我们已经安然离开此地。”

09

他们沿着人行道往前走，四周是柔和而昏黄的光线。夫铭一直警觉地将眼珠转来转去，并刻意让他们的步调与人群保持一致，既没有超越他人，也没有被人超过。

他不断找些无关的话题，有一句没一句地闲聊着。

心浮气躁的谢顿无法那么镇定，他说：“这里的人似乎很喜欢步行，来往方向的人行道和天桥上都是无尽的人潮。”

“有何不可？”夫铭说，“步行仍是短程交通的最佳方式，是最方便、最便宜，也是最健康的。无数年的科技进展也未曾改变这个事实。谢顿，你有恐高症吗？”

谢顿从右手边的栏杆看出去，下面是一道很深的斜坡，将两条人行道分隔开来——两者通行方向相反，每隔固定距离设有一座天桥。他不禁有点发抖。“你若是指害怕站在高处，我通常不会。话说回来，往下看还是不怎么好玩。下面有多深？”

“这里，我想大概四十到五十层吧。在皇区以及其他一些高度发展的区域，这种设施都很常见。在大部分地区，人们则在所谓的地面上行走。”

“我有一种想法，这会鼓励人们萌生自杀的念头。”

“很少有这种事。想自杀，还有简单得多的方法。此外在川陀，自杀并非不容于社会的行为。在一些特定的中心，有种种被认可的方法供人结束性命——只要你愿意先花点时间，接受一下心理治疗。至于意外，偶尔也会发生几桩，但这并不是我问你有没有恐高症的原因。我们正要去租车站，那里的人知道我是记者。我偶尔会帮他们一些忙，有时他们也会回报我一下。他们会忘记把我记录下来，也不会注意到我有个同伴。当然，我得付一笔钱。而且理所当然，若是丹莫刺尔的手下逼得太凶，他们还是得吐露实情，推说那是因为会计过于马虎，但那可能会耗去不少时间。”

“这和恐高症又有什么关系？”

“嗯，如果我们利用重力升降机，可以节省很多时间。没有多少人利用这种设备，而且我必须告诉你，我自己也不太喜欢这个主意。但如果你自认应付得了，我们最好还是这么做。”

“什么是重力升降机？”

“它还在实验阶段。也许有一天会普及川陀，只要大众在心理上能够接受，或说至少能让足够多的人接受。到那个时候，或许它也会流传到其他世界。这么说吧，它是一种没有升降舱的升降通道。我们只要走进空洞的空间，就会在反重力作用下缓缓坠落，或是缓缓上升。直到目前为止，它大概是应用反重力的唯一装置，主要是因为这是最简单的一种应用。”

“我们在半空的时候，万一动力突然消失，会怎么样？”

“正如你所想的那样，我们会往下掉，除非当时相当接近底层，否则我们必死无疑。我未曾听说发生过这种事，相信我，要是发生过，我一定会知道。我们也许不能发布这种新闻，因为基于安全考量——那是他们隐藏坏消息的一贯借口——但我自己总有办法知道。它就在前面，你要是不能应付，我们就别去。可是活动回廊既缓慢又沉闷，很多人不一会儿就感到头昏。”

夫铭转进一座天桥，来到一个大型凹室，那里已经有些男男女女在排队等候，有一两位还带着小孩。

谢顿压低声音说：“我在家乡从未听过这种东西。当然，我们的媒体过分注重地方新闻，可是想来总该提提这种东西的存在吧。”

夫铭说：“这纯粹是实验性的设施，而且仅限于皇区。它使用的能量不敷成本，因此政府并不急于推广，不想过早公诸于世。是克里昂之前的那位老皇帝——斯达涅尔五世，他能寿终正寝令大家难以置信——他坚持要在几个地方装设这种升降机。据说，他是想让自己的名字和反重力连在一起，因为他很在乎自己在历史上的地位，这是没什么成就的老人常有的心态。正如我所说，这种科技将来可能广为流传，不过，反之，也有可能除了升降机之外，不会再有任何应用。”

“他们还希望有什么应用？”谢顿问道。

“反重力太空飞行。然而，那需要很多的技术性突破。据我所知，大多数物理学家坚决相信绝无可能——话说回来，当初，他们大多认为连重力升降机都绝无可能。”

前面的队伍很快变得越来越短，谢顿发现已经与夫铭站在地板边缘。前方是一道开阔的隙缝，那里的空气发出微微闪光。他自然而然伸出手去，感到一阵轻微的电击。虽然不算痛，但他还是迅速缩回手来。

夫铭咕哝道：“这是基本的防范措施，以防任何人在控制钮开启前越过界限。”他在控制板上按下几个数字，闪光随即消失无踪。

谢顿站在边缘往下望，下面是一条深邃的升降通道。

“如果我们勾着手臂，你再把眼睛闭起来，”夫铭说，“也许你会觉得比较好，比较容易。顶多只有几秒钟时间。”

事实上，他令谢顿毫无选择余地。一旦被他紧紧抓住手臂，谢顿又和上次一样无法挣脱。夫铭向一片虚空走去，谢顿（他听见自己发出一小声尖叫，感到很不好意思）拖着踉跄的脚步尾随在后。

他紧闭双眼，并未体会到降落的感觉，也未曾察觉空气的流动。几秒钟之后，他被一股力量往前拉，赶紧迈出一步才恢复平衡，此时他已再度脚踏实地。

他张开眼睛。“我们成功了吗？”

夫铭冷冷地说：“我们没有死。”然后便往前走，被他抓着的谢顿只好亦步亦趋。

“我的意思是，我们到达那层了吗？”

“当然。”

“如果我们落下的时候，正好有人上升，会发生什么事？”

“共有两条不同的路径。其中一条路径，大家以相同的速率下落，另一条中的人则以相同的速率上升。在每个人至少相隔十米的前提下，升降通道才能出入。如果一切运作正常，不可能有相撞的机会。”

“我一点感觉都没有。”

“为什么会有？根本没有加速度。除了最初的十分之一秒，你一直在进行等速运动，而你周遭的空气也是以同样速率跟你一起降落。”

“不可思议。”

“确实如此，可是并不经济。而且似乎没有多么迫切的需要，非得增进它的效率，让它变得真正实用不可。不论在何处，你都能听到同样的老调：‘我们做不到，那是不可能的。’这种话适用于任何事务。”夫铭耸耸肩，显然是动了气。“无论如何，我们总算到了租车站，让我们依计行事吧。”

10

在飞车出租站，谢顿尽量让自己看来毫不起眼，结果发现实在很难。想要刻意做到不引人注目——行动躲躲藏藏、避开每个路人的目光、过分仔细研究某一辆车——一定反而吸引他人的注意。他真正需要做的，只是采取一种单纯而正常的态度。

可是什么才算正常呢？这身衣服让他觉得不舒服，它没有任何口袋，所以他的两只手没地方放。腰际两侧皮带上各垂挂着一个袋囊，走动时不断撞到他身上，令他心神涣散，总以为有人在旁边推他。

他试着去欣赏路过的女子。她们都没有那种袋囊，至少没有垂挂在外面。不过她们带着一种类似小盒子的物件，有些人将它粘在臀部一侧。谢顿看不出它是怎么粘上去的，也许是靠一种赝磁性装置吧，他这么判断。她们的服装并不特别暴露，注意到这点令他有些遗憾。此外，没有人穿着袒胸露背的衣服，虽说有些服饰的设计似乎刻意强调臀部曲线。

与此同时，夫铭非常有效率地办完一切手续。他付了足够的信用点，换来一张启动某辆出租飞车的“超导陶片”。

夫铭说：“谢顿，上去吧。”他指着一辆小型双座飞车。

谢顿问道：“夫铭，刚才你需要签名吗？”

“当然不用。这里的人都认识我，不会坚持那些繁文缛节。”

“他们会认为你在做什么呢？”

“他们没问，我也没主动说明。”他把陶片插进去。出租飞车发动时，谢顿感到一阵轻微的振动。

“我们要往‘丁七’飞去。”夫铭打开话匣子。

谢顿不知道“丁七”是什么，但他猜想应该是指某种路线。

出租飞车在其他地面车之间钻来钻去，最后终于来到一条平滑的斜坡路。然后飞车逐渐加速，在轻微颠簸中腾空而起。

一组网状安全带早已自动将谢顿捆住，这时他觉得一股力量先把自己推向座位，然后又向上推向那张网。

他说：“感觉不像是反重力。”

“的确不是。”夫铭说，“这是小型的喷气作用力，刚好足够把我们推进隧道。”

此时出现在他们面前的，是一座看来像是断崖的结构，上面有许多类似洞穴的开口，远看活脱是个西洋棋盘。夫铭闪避着那些飞向其他隧道的出租飞车，一路向“丁七”入口飞去。

“你这样很容易撞毁的。”谢顿清了清喉咙才说。

“假如一切依赖我的感觉和反应，那么或许如此，不过这辆出租飞车完全电脑化，电脑可以轻易强行接管。其他的出租飞车也一样——我们要进去了。”

他们滑进丁七隧道，仿佛是被它吸进去。光线不再像外面广场中那般明亮，变成较温暖、较柔和的黄色调。

夫铭双手离开控制板，身子向后仰。他深深吸了一口气，然后说：“好，我们已经成功闯过一关。刚才在车站，我们有可能被拦下来。在这里面，我们则相当安全。”

随着飞车一路平稳向前行驶，隧道内壁不断迅速向后掠去。沿途几乎完全寂静无声，只有飞车加速时发出的稳定轻柔的呼呼声。

“我们的车速多少？”谢顿问道。

夫铭瞥了一眼控制板。“时速三百五十公里。”

“磁力推进吗？”

“没错。我猜，你们赫利肯也有吧。”

“是的，是有一条。我从来没搭过，虽然一直想试试看。我想应该不会像这样吧。”

“我确定不会一样。像这样的隧道，川陀总共有好几万公里，像蚂蚁洞那样在地底钻来钻去，还有好些蔓延到较浅的海底。这是我们长途旅行的主要途径。”

“我们要走多久？”

“到我们真正的目的地？五小时多一点。”

“五小时！”谢顿心都凉了。

“别担心。我们差不多每二十分钟会经过一处休息区，可以在那些地方停下来，把车子驶出隧道，伸伸腿，吃点东西，或是解个手。当然，我希望休息的次数愈少愈好。”

他们在沉默中继续前进，一会儿之后，右方出现一道强光，前后持续好几秒钟，令谢顿大吃一惊。一眨眼间，他认为自己看到了两辆出租飞车。

“那就是休息区。”夫铭回答了谢顿心中的问题。

谢顿说：“不论你要带我到哪儿去，我在那里真会安全吗？”

夫铭说："就帝国军警的任何公开行动而言，你都会相当安全。当然啦，至于单打独斗的人员——间谍、特务、职业杀手——则必须时刻提防。自然，我会帮你找个保镖。"

谢顿感到相当不安。"职业杀手？你不是开玩笑吧？他们真会想杀我吗？"

夫铭说："我确定丹莫刺尔不会。据我猜想，他想利用你胜过想杀你。话说回来，或许会出现其他敌人，也可能会发生一连串不幸事件。你不能永远像梦游般过日子。"

谢顿摇了摇头，别过脸去。想想看，仅仅四十八小时前，他还是个无足轻重、几乎无人知晓的外星数学家，只想在离开川陀前观光游览一番，以乡下眼光看看这个伟大世界的雄壮景观。而如今，情势终于明朗，他是帝国军警追捕的一名要犯。想到这种无比险恶的情势，他突然发起抖来。

"那么你呢，你现在又在做什么呢？"

夫铭若有所思地说："嗯，我想，他们不会对我仁慈的。可能会有个神秘而永远逍遥法外的凶手，迟早将我的头颅劈成两半，或者炸开我的胸膛。"

夫铭的声调没有丝毫颤抖，冷静的表情也完全没有变化，但谢顿却心头一凛。

谢顿说："我也晓得你会料到可能惹祸上身。但你看来好像……一点也不在乎。"

"我是个老川陀，我对这颗行星的了解不输任何人。我认识很多朋友，有许多还欠我的情。我乐观地自认为很精明，不容易让人智取。简单地说，谢顿，我十分有信心，相信我能照顾自己。"

"夫铭，我很高兴你有这种感觉，希望你这么想是有根据的。可是我怎么也想不通，你究竟为什么要冒这个险。我对你有什么意义？为了一个陌生人，即使一点点风险也不值得啊？”

夫铭全神贯注地检查了一下控制板，然后与谢顿正面相对，露出坚定而认真的眼神。

“我想要搭救你的原因，和大帝想利用你是一样的——因为你有预测未来的能力。”

谢顿感到极度失望与痛心，原来自己并非被人搭救。他只不过是个无助的猎物，被众多猎食者竞相争逐。他气呼呼地说：“我再也不能像在十载会议上发表论文之前那样，我毁掉了自己的一生。”

“不，数学家，别急着下结论。大帝和他的官员想得到你的原因只有一个，那就是让他们自己活得更安全。他们之所以对你的能力有兴趣，只是因为它或许能用来扶助大帝的统治，确保他的幼子得以继位，以及维系文武百官的地位和权势。然而，我想要你的力量，则是为了整个银河系着想。”

“这两者有差别吗？”谢顿尖酸地斥道。

夫铭严肃地皱了一下眉头，这才答道：“你若无法看出两者的差别，那是你自己的不幸。早在当今这位皇帝出现之前，早在他所代表的皇朝出现之前，早在帝国本身出现之前，人类便已存在于银河系各个角落。人类的历史比帝国久远许多，甚至可能比银河系两千五百万个世界的历史还要久远。根据传说，曾有一段时期，人类全部住在一个世界上。”

“传说！”谢顿耸了耸肩。

“是的，传说。但我找不到它并非事实的理由，我是指两万年或更久以前。我敢说人类刚出现的时候，并没有与生俱来的超空间旅行知识。不用说，一定曾有一段时间，人们无法以超光速旅行，当时他们必定被禁锢在一个行星系中。而我们若是展望未来，在你死去之后，在大帝驾崩之后，在他的整个世系结束之后，甚至在帝国政体瓦解之后，银河系各个世界的人类当然仍会存在。由这一点看来，过度关切个人、皇帝或是年幼的皇太子并无意义，甚至整个帝国的结构也没什么值得关心的。遍布于银河系的万兆人口呢？他们又如何？”

谢顿说：“我想，各个世界和全体人类都将继续存在。”

“你难道不觉得亟需探索在何种条件下，这两者才能继续存在？”

“我会假设两者将来的处境和现在很接近。”

“你会假设！但能否用你提到的那种预测未来的技艺弄清楚？”

“我管它叫心理史学。理论上，这是可能的。”

“你并未感受到化理论为实际的燃眉之急。”

“我很想这样做，夫铭，可是这种渴望无法自动产生能力。我曾经告诉大帝，心理史学不可能转变成一项实用科技，我不得不以同样的说法回答你。”

“难道你连试一试、找一找的意图都没有？”

“我没有，正如我不会试图整理一堆和川陀一样大的鹅卵石，将它们一个个数一数，再按照质量大小排列起来。我明白这种事绝不是这辈子所能完成的，我不会傻到假装要试试看。”

“假如你明白了人类目前处境的真相，你会不会想试一试？”

“这是个不可能的问题。什么是人类目前处境的真相？你是说你知道吗？”

“是的，我知道，几个字就能描述。”夫铭的双眼再度望向前方，瞥见单调而毫无变化的隧道迎面而来，洞口在车身接近时显得越来越大，穿过之后又渐渐缩小。然后，他绷着脸说出了那几个字。

他说：“银河帝国即将灭亡。”

第三章

大 学

斯璀璘大学：……位于古川陀斯璀璘区的一所高等学府……虽在人文与科学领域皆颇享盛名，该校名声得以流传至今却并非由于这些成就。若是让该校历任学者知道，斯璀璘大学在后人心目中印象深刻的主要原因，是因为某位名叫哈里·谢顿的人于“逃亡期”曾在那里暂住，他们一定会惊讶不已。

——《银河百科全书》

11

夫铭做出这个沉稳的叙述之后，哈里·谢顿颇不自在地维持了一阵沉默。他突然认清了自己的弱点，这使他羞愧得无地自容。

他发明了一种崭新的科学：心理史学。他以极其精妙的方式推广几率法则，以便处理新的复杂度与不准性，最后得到一组优美的方程式。这组方程式含有数不清的变数——可能是无穷多，他却无从判断。

但它只是一种数学游戏，除此之外一无是处。

他拥有了心理史学，至少是心理史学的基础，但它只能算个数学珍玩。唯一可能赋予这些空洞方程式一些意义的历史知识，试问又在哪里？

他一窍不通，他对历史向来没有兴趣。他只知道赫利肯历史的大纲，因为在赫利肯的各级学校，这一小部分的人类历史当然是必修课程。可是除此之外呢？他所吸收的其他历史知识，无疑只是人云亦云的皮毛与梗概——一半是传说，另一半显然也遭到扭曲。

话说回来，谁又能说银河帝国即将灭亡呢？它成为举世公认的帝国已有一万年的历史，甚至在此之前，还有二千年的时间，川陀身为雄霸一方的王国之国都，也等于领导了一个帝国。在帝国最初几世纪间，银河各区不时会有捍卫独立地位的活动，而帝国终究安然度过这个瓶颈。至于偶尔发生的叛变、改朝换代的战争，以及一些严重崩溃期所带来的起伏，帝国也都一一克服。大多数世界几乎未曾受到这些问题的困扰，川陀本身也不断稳定成长，最后整个世界都住满人类，如今则骄傲地自称为“永恒世界”。

无可讳言，在过去四个世纪中，动乱似乎有增无减，接连不断出现行刺皇帝与篡位事件。但就连那些动荡也已经渐渐平息，今日的银河又恢复以往的太平岁月。在斯达涅尔五世和克里昂一世这对父子统治之下，所有的世界都欣欣向荣——克里昂本人则从未被视为暴君。即使那些不喜欢帝制的人，虽然常常痛骂伊图·丹莫刺尔，对克里昂也鲜有真正的恶评。

那么，为何夫铭竟然说银河帝国即将灭亡，而且这么斩钉截铁?

夫铭是个新闻记者，他或许对银河历史有些认识，而且必须对当今情势充分了解。是否因为这样，使他有足够的知识作为这个论断的后盾？果真如此，那些知识又是什么？

谢顿好几次想发问，想求得一个答案，但夫铭的严肃表情都使他欲言又止。而阻止他发问的另一个原因，则是他自己有个根深蒂固的想法，认为银河帝国是一个前提、一个公设，以及所有论证的基石。毕竟，即使“它”是错的，自己也不愿知道。

不，他不能相信自己错了。银河帝国就像宇宙一样永远不会毁灭。或者应该说，假若有一天宇宙真毁灭了，唯有在那种情况下，帝国才会跟着陪葬。

谢顿闭上眼睛，试图小睡片刻，可是当然无法入眠。难道为了发展他的心理史学理论，他得研究整个宇宙的历史吗?

他怎么办得到呢？二千五百万个世界，每个都有自己无限复杂的历史，他怎么研究得完？他知道，讨论银河历史的影视书汗牛充栋。他甚至曾经浏览过其中一本，原因他自己也忘了，结果发现内容太过沉闷，连一半也无法读完。

那些影视书讨论的都是重要的世界。某些世界的历史全部或几乎全有记载，某些则只有它们兴起与没落之间的历史。他记得曾在索引中查过赫利肯，发现只有一处提到。于是他按下几个键，查看那一部分的内容，结果看到赫利肯和其他一些世界并列在一张清单上。原来在某段短暂的时期，那些世界曾支持一个声称拥有皇位继承权的人，不过那人最后并未成功。但赫利肯未曾遭到惩处，或许是因为它太过微不足道，连受罚的资格都没有。

这种历史又有什么用呢？不用说，心理史学必须考虑到每个世界的行动与反应，以及彼此间的互动——大大小小每一个世界。谁又能研究二千五百万个世界的历史，并考虑其间各种可能的互动关系呢？那无疑是个不可能的任务，而这更强化了谢顿的结论：心理史学只有理论上的价值，但绝对不会有任何实用性。

此时，谢顿感受到一股向前的微弱推力，判断一定是出租飞车开始减速。

“怎么了？”他问。

“我想我们走得够远了，”夫铭说，“不妨冒险稍作停留，吃几口东西，喝点什么，同时上个洗手间。”

接下来的十五分钟，出租飞车平稳地逐渐减速，最后来到一处灯火通明的壁凹。飞车立刻转进去，在五六辆车子之间找到一个停车位。

12

夫铭那双老练的眼睛似乎只瞥了一眼，便将整个壁凹的环境、其他出租车辆、进餐的民众、一条条人行道，以及附近的男男女女都一览无遗。谢顿望着他，一心想要显得毫不起眼，却仍然不知道该怎么做，只好尽量不表现得太过专注。

等到他们在一张小桌旁坐下来，按下点菜键之后，谢顿试着以不在乎的口气说："一切都还好吧？"

"似乎如此。"夫铭说。

"你又怎么知道？"

夫铭用一双黑眼珠瞪了谢顿一会儿。"直觉，"他说，"跑了许多年新闻，只消看一眼，就知道'这里没新闻'。"

谢顿点了点头，感到如释重负。夫铭的说法或许纯属讥嘲，可是一定多少有些真实性。

这种心满意足并未持续多久，在他咬下第一口三明治时便告结束。他抬起头望向夫铭，满嘴无法下咽的食物，脸上带着惊愕的表情。

夫铭说："朋友，这是路边速食店。便宜、快速，而且不怎么可口。这些食物都是土产，还加了气味强烈的酵母。川陀人的嘴巴习惯这种口味。"

谢顿硬着头皮吞下去。"可是在旅馆……"

“谢顿，那时你在皇区。那里的食物是进口的，使用的微生食品都是高级货，而且那些食物非常昂贵。”

谢顿不知道该不该再咬一口。“你的意思是，只要我待在川陀……”

夫铭用嘴唇做了一个禁声的动作。“别让任何人觉得你养尊处优。在川陀某些地方，你被误认为贵族还不如被认出是外星人士。我向你保证，不是每个地方的食物都这么难吃。这些路边摊一向以品质低劣闻名，你只要咽得下这些三明治，就能吃遍川陀任何角落的东西。何况它对你没有害处，它并未腐烂、变坏或发生其他变化，只不过有一种刺激而强烈的口味。而且老实说，你会慢慢习惯的。我曾经遇到一些川陀人，他们对纯正食物不屑一顾，认为缺乏土产的特有风味。”

“川陀生产的食物很多吗？”谢顿问道。他向左右迅速瞄一眼，确定附近都没有坐人，这才轻声地说：“我总是听说每天有数百艘太空货船为川陀运送粮食，而这些粮食需要周围二十个世界共同供应。”

“我知道，此外还需要数百艘把垃圾运走。你若想让这个故事听来真正精彩，就该说同一艘货船来程载送粮食，回程则载走一堆垃圾。我们进口大量食物是真有其事，但那些大多是奢侈品。我们也的确出口可观的垃圾，它们都经过仔细处理，对人体不再有害，反而是一种重要的有机肥料。那些垃圾对其他世界而言，就像食物对我们一样重要。可是，那只不过是一小部分而已。”

“是吗？”

“是的。川陀除了海里的渔产，各地还有菜园和蔬菜农场。此外更有果树园、家禽、兔子，以及庞大的微生农场——通常称为酵母农场，不过酵母只占作物总量的少数。我们的垃圾主要用在本地，用来维持作物生长所需。事实上在许多方面，川陀都非常像一座巨大而人口过多的太空殖民地。你去过太空殖民地吗？”

“我的确去过。”

“太空殖民地基本上就是密封的城市，万事万物都靠人工循环，例如人工通风、人工昼夜等等。川陀不同之处仅在于人口，即使最大的太空殖民地，人口也只有一千万，川陀的人口却是它的四千倍。当然，我们还有真正的重力，而且任何太空殖民地的微生食品都不能和我们相比。我们有大到无法想象的酵母培养桶、真菌培养垫和藻类培养池。此外我们精于人工香料，添加时绝无保留。你吃到的那种特殊口味便是这么来的。”

谢顿已经差不多解决了那份三明治，发觉它不再像第一口那么难吃。“它不会害我生病吧？”

“它的确会伤到肠内微生物，偶尔也会害得一些可怜的外星人士腹泻，不过那些情况都很罕见，而且即使如此，你也很快就会有抵抗力。话说回来，还是喝掉你的奶昔吧，虽然你也许同样不喜欢。它含有止泻成分，即使你对这些东西容易过敏，它也应该能保你安然无恙。”

谢顿抱怨地说：“别再讲了，夫铭，这种事容易受到暗示。”

“喝完你的奶昔，忘掉这些暗示吧。”

他们默默地吃完剩下的食物，不久便再度上路。

13

他们又开始在隧道中风驰电掣。那个在心中鼓噪了约有一小时的问题，谢顿决定让它化为真正的声音。

“你为什么说银河帝国即将灭亡？”

夫铭再度转头望向谢顿。“身为新闻记者，各种统计资料从四面八方向我涌来，直到溢出我的耳朵为止。而我获准能发表的，只有极少一部分。川陀的人口正在锐减，二十五年前，它几乎有四百五十亿人。

“这种现象，部分是由于出生率的降低。事实上，川陀的出生率一向不高。当你在川陀四处旅行时，只要稍加注意，便会发现街上没有太多儿童，和庞大的人口简直不成比例。但即使不考虑这一点，人口仍旧逐年锐减。此外还有移民的因素，移出川陀的人口比移入的多得多。”

“既然它有如此庞大的人口，”谢顿说，“这也就不足为奇。”

“但这仍是不寻常的现象，因为以前从未发生过这种事。再者，整个银河系的贸易都呈现停滞。人们认为这是由于目前没有任何叛乱，因为一切都很平静，天下太平了，数世纪的困苦都已成为过去。然而，政治斗争、叛乱活动以及不安的局势，其实也都是某种活力的象征。如今却是一种全面性的疲乏状态。表面上的确平静，但这并非由于人们真正满足，或是社会真正繁荣，而是因为他们已经疲倦了，死心了。”

“喔，我并不清楚。”谢顿以怀疑的口吻说。

“我很清楚。我们刚才谈到的反重力设施，就是另一个贴切的例子。我们目前有几座运作中的重力升降机，可是并没有再造新的。它是一种无利可图的投资，而且似乎谁也懒得试图让它转亏为盈。数个世纪以来，科技进展的速率不断减缓，如今则已有如牛步。在某些方面，则是完全不再进步。你难道都没注意到这种事吗？毕竟你是个数学家。”

“我不敢说我思考过这个问题。”

“没有人思考过，大家都视为理所当然。这年头的科学家，动不动就喜欢说这个不可能，那个不实用或没有用。对于深刻的反省，他们总是立刻加以否定。就拿你作例子，你对心理史学抱持什么看法？它有理论上的价值，却没有任何实用性。我说得对不对？”

“也对也不对。”谢顿以厌烦的口气答道，“就实用性而言，它的确没有用，但我向你保证，这并非由于我的冒险犯难精神式微了。事实上，它的的确确没有用。”

“至少这一点，”夫铭带着几分讥嘲说，“是你身处帝国整体的衰败气氛下所产生的印象。”

“这种衰败的气氛，”谢顿气呼呼地说，“则是你自己的印象。有没有可能是你弄错了？”

夫铭并未立刻回答，看来陷入了沉思。一会儿之后，他才说：“是的，我有可能弄错。我只是根据直觉、根据猜测来下断语。我需要的是心理史学这种实用的科技。”

谢顿耸了耸肩，并未吞下这个饵。他说：“我没有这样的科技能提供给你。但假设你是对的，假设帝国的确在走下坡，最后终将消失，变得四分五裂，可是全体人类仍将存在。”

“老兄，在什么情形下存在？近一万两千年来，在强势领导者统治之下，川陀大致能维持一个和平局面。过去也有过一些动荡——叛变、局部的内战，以及众多的天灾人祸——但就整体而言，就大尺度而言，天下仍然算是太平。为什么赫利肯如此拥护帝政？我是指你的世界。因为它很小，要不是帝国维护它的安全，邻近世界就会吞掉它。”

“你是预言万一帝国崩溃，会出现全面性的战争和无政府状态？”

“当然。整体而言，我并不喜欢这位皇帝和这种帝制，可是我没有任何取代方案。我不知道还有什么方式能维系和平，而在我掌握其他方案之前，我还不准备放手。”

谢顿道：“你这样说，好像银河系掌握在你手里。你还不准备放手？你必须掌握其他方案？你以为自己是什么人？”

“我这是一般性、比喻性的说法。”夫铭说，“我并不担心契特·夫铭这个人。也许可以断言，帝国在我死后仍将继续存在；而且在我有生之年，它甚至可能显现进步的迹象。衰微并非沿着一条直线前进，或许还要上千年的时间，帝国才会完全瓦解。你一定可以想象，那时我早就死了，而且，我当然不会留下子嗣。对于女人，我只是偶尔动动情，我没有子女，将来也不想要。所以说，我对未来毫无个人的牵挂——在你演讲之后，我调查过你，谢顿，你也没有任何子女。”

“我双亲俱在，有两个兄弟，但没有小孩。”他露出相当无力的笑容，“我曾经十分迷恋一名女子，但她觉得我对数学的迷恋更深。”

“是吗？”

“我自己不觉得，可是她这么想，所以她离开了我。”

“从此你就再也没有其他女伴？”

“没有，那种痛苦至今仍旧刻骨铭心。”

“这么说，似乎我们两人都能袖手旁观，把这个问题留给几百年后的人去烦恼。以前我或许愿意这么做，如今却不会。因为现在我已经有了工具，我已经能控制局面了。”

“你有什么工具？”谢顿明知故问。

“你！”夫铭说。

谢顿早就料到夫铭会这么说，因此他并未震惊，也没有被吓倒。他只是立刻摇了摇头，答道：“你错得太离谱了，我不是什么合适的工具。”

“为何不是？”

谢顿叹了一口气。“要我重复多少次？心理史学并非一门实用的学问。困难是十分基本的，全宇宙的时空也不足以解决那些难题。”

“你确定吗？”

“很遗憾，正是如此。”

“你可知道，你根本不必推出银河帝国整个的未来。你不需要追踪每一个人类，甚至每一个世界的活动细节也不必。你必须回答的只有几个问题：银河帝国是否真会瓦解？答案若是肯定的，那么何时会发生？之后人类的处境如何？有没有任何措施能够防止帝国瓦解，或是改善之后的处境？相较之下，这些都是相当简单的问题，至少我这么觉得。”

谢顿摇了摇头，露出一抹苦笑。“数学史中有无数简单的问题，它们的答案却再复杂不过——或者根本没有答案。”

“真的束手无策吗？我能看出帝国江河日下，但我无法证实这一点。我的一切结论都是主观的，我不能证明其中没有错误。由于这种看法令人极度不安，人们宁可不相信我的主观结论。因此不会有任何救亡图存的行动，甚至不会试图减轻它的冲击。而你却能证明即将来临的衰亡，或证明那是不可能的。”

“但这正是我无法做到的，我不能帮你找到不存在的证明。一个不切实际的数学系统，我没办法让它变得实用。正如我不能帮你找到加起来是奇数的两个偶数，不论你——或整个银河系——多么需要那个奇数。”

夫铭道：“这么说的话，你也成了衰败的一环。你已经准备接受失败。”

“我有什么选择？”

“难道你就不能试一试？无论这个努力在你看来多么徒劳无功，你这一生还能有什么更好的计划？还能有什么更崇高的目标？在你自己眼中，你还有什么更加值得全力以赴的伟大理想？”

谢顿的眼睛迅速眨了几下。“上千万个世界，数十亿个文化，好几万兆的人口，恒河沙数的互动关系——你竟要我化约成秩序。”

“不，我只要你试试看，就为了这上千万个世界，数十亿个文化，以及好几万兆的人口。并非为了大帝，也不是为丹莫刺尔，而是为了全体人类。”

“我会失败的。”谢顿说。

“那我们也不会比现在更糟。你愿意试试吗？”

不知道为什么，谢顿竟然听见自己说出违心的一句：“我愿意试试。”他一生的方向也因此确定了。

14

这趟旅程终于结束，出租飞车驶进一处停车场，这里比他们中途休息的地方要大得多。谢顿仍然记得那个三明治的味道，不禁露出一副愁眉苦脸。

前去归还飞车的夫铭走了回来，顺手将他的信用瓷卡塞进衬衣内层的小口袋。他说："面对任何公然和公开的活动，你在此地都绝对安全无虞。这里是斯璀璘区。"

"斯璀璘？"

"我猜，它是根据首先将本区开拓为殖民地的人命名的。大多数行政区都以某人的名字命名，这就表示大多的区名都很难听，而且有些还很难念。话说回来，你若想让此地居民把斯璀璘区改成香甜区，或是类似这样的名字，那你就是自找麻烦。"

"当然，"谢顿一面说，一面使劲吸气，"这里并非又香又甜。"

"整个川陀几乎都是如此，不过你会渐渐习惯的。"

"真高兴我们到了。"谢顿说，"不是我喜欢这里，而是那辆飞车让我坐得好累。在川陀来来往往一定是个可怕的经验。不像在我们赫利肯，从某处到另一处总有空路可走，即使走得再远，也比我们刚才不到两千公里的路程还省许多时间。"

"我们也有喷射机。"

“可是既然这样……”

“我可以用几乎匿名的方式安排出租飞车，但是安排喷射机则困难许多。而且不论此地多么安全，能不让丹莫刺尔知道你的确实行踪，我总会比较放心。事实上，这趟旅程并未结束，最后我们还得搭一段捷运。”

谢顿懂得这个名称。“一种在电磁场上运行的开放式单轨列车，对不对？”

“没错。”

“赫利肯没有这种交通工具。其实，是我们那里并不需要。我来川陀的第一天，就曾经搭过一次捷运，从飞航站前往旅馆。感觉相当新奇，但若是天天都得搭，我想噪音和拥挤会变得无法忍受。”

夫铭看来觉得挺有趣。“你迷路了吗？”

“没有，那些路标很管用。上下车有点麻烦，不过都有人帮助我。现在我了解了，大家都能从我的服装看出我是外星人士。不过他们似乎都很热心，我猜是因为看到我迟疑和蹒跚的模样很好笑。”

“如今身为一名捷运旅行专家，你既不会迟疑，也不会再蹒跚了。”夫铭以相当愉悦的口气说，不过嘴角却微微抽动。“我们走吧。”

他们沿着人行道悠闲地漫步，沿途的照明让人感到是个阴天。光线偶尔会忽然变亮，仿佛太阳不时从云缝中钻出来。谢顿自然而然抬起头，想看看是否果真如此，但头顶的“天空”却是一团空洞的光明。

夫铭将一切看在眼里，于是说：“这样的亮度变化似乎符合人类心理状态。有些日子街道上好像艳阳高照，也有些日子比现在还要暗。”

“但没有雨雪吧？”

“或是冰雹、冰珠？全都没有。此外，也没有过高的湿度或刺骨的寒冷。即使是现在，谢顿，川陀仍有它的优点。”

路上的行人有来有往，其中不少是年轻人，还有些成年人带着小孩——虽然夫铭曾说此地出生率很低。所有的人似乎都意气风发、有头有脸。两性的人数差不多相等，而众人的衣着显然比皇区朴素许多，因此夫铭帮谢顿选的服装刚好合适。戴帽子的人非常少，谢顿乐得摘下自己的帽子挂在腰侧。

左右两条人行道之间不再是无底洞般的深渊，正如夫铭在皇区所预言的，他们似乎是在地面的高度行走。此外路上也见不到任何车辆，谢顿特别向夫铭指出这一点。

夫铭说：“皇区有相当多的车辆，因为那是官员的交通工具。在其他地方，私人车辆十分罕见，而且都有专用的个别隧道。车辆并非真有必要，因为我们拥有捷运。至于较短的距离，我们则有活动回廊；至于更短的距离，我们还有人行道，可以让我们施展双腿。”

谢顿听到不时传来一些闷响与嘎嘎声，又看见不远处有许多捷运车厢不停穿梭。

“在那里。”他一面说，一面指了指。

“我知道，不过我们还是到专用车站吧。那里车比较多，也比较容易上车。”

等到他们安坐在捷运车厢内，谢顿便转头对夫铭说：“令我讶异的是捷运竟然这么安静。我知道它是靠电磁场推进，但即便如此，似乎还是太安静了。”他仔细倾听两两车厢之间偶尔擦出的低沉噪音。

“是啊，这是个不同凡响的交通网。”夫铭说，“可是你没见过它的巅峰期，当我较年轻的时候，它比现在更安静。甚至有人说，五十年前几乎一点声音也没有——不过我想，我们该考虑到怀旧心态所造成的夸大。”

“现在为何不是那样？”

“因为缺乏适当的维修。我跟你提到过衰败的趋势。”

谢顿皱了皱眉头。“无论如何，人们总不会坐视不理，只会说，‘我们正在衰败，我们就让捷运四分五裂吧。’”

“不，他们没有那样做，这并非有意造成的。损坏的地方修补过，老旧的车厢更新过，而磁体也曾经更换过。然而，这些工作做得太过草率、太过大意，而且时间间隔太长。这都是因为没有足够的信用点。”

“信用点到哪儿去了？”

“用到别的地方去了。我们经历了数世纪的动荡，如今舰队编制比过去庞大得多，经费则是过去的好几倍。武装部队的待遇过分优渥，这样才能安抚他们。动荡、叛乱，以及小型的内战烽火，都需要大笔费用才能摆平。”

“可是在克里昂统治之下，世局一向很平静。而且，我们前后已有五十年的和平。”

“没错，不过原本待遇优渥的战士，倘若只是因为天下太平而遭到减薪，心中一定忿忿不平。舰队司令则拒绝只因为不再有那么多任务而遭到降级，或是将他们的星舰编为后备舰队。因此信用点继续流失，流到不事生产的武装部队手里，任由攸关国计民生的领域日益恶化。这就是我所谓的衰败，你不同意吗？难道你不认为，最后你会把这个观点融入心理史学概念中？”

谢顿不安地挪动一下，然后说：“对了，我们要到哪里去？”

“斯璀璘大学。”

“啊，难怪本区的名字那么耳熟，我听说过那所大学。”

“我并不惊讶。川陀拥有将近十万所高等教育机构，而斯瓘璘大学属于排名最前面的一千多所。”

“我要待在那里吗？”

“要待一阵子。大体而言，大学校园是不可侵犯的神圣殿堂，你在那里会很安全。”

“可是我会受欢迎吗？”

“为何不会？这年头很难找到一位优秀的数学家。他们或许能善用你，而你或许也能善用他们——不只当成避难所而已。”

“你的意思是，我可以在那里发展我的理论。”

“你答应过的。”夫铭严肃地说。

“我只答应试试看。”谢顿一面说，一面想道：就像是答应试着用沙土搓出一条绳子。

15

他们的谈话就此告一段落，谢顿开始观察沿途的斯瓘璘区建筑。有些建筑物相当低矮，有些则似乎能够“摩天”。宽阔的陆桥不时将道路打断，还能常常看到大大小小的巷道。

在某一刻，他突然想到这些建筑虽然向上发展，但它们同样向下扎根，说不定深度甚至超过高度。心中一旦起了这个念头，他便相信事实正是如此。

他偶尔会在远处看到几块绿地，都是在远离捷运路线的地方，有几处甚至还有些小树。

他凝望了一阵子，然后发觉光线逐渐变暗。他向左右各瞟了一眼，再转头望向夫铭，后者已经猜到他的疑问。

“下午接近尾声，”他说，“夜晚快要来临了。”

谢顿扬起眉毛，两侧嘴角则往下一撇。“这可真是壮观。我心中浮现一个画面，整个行星同时暗下来，而在数小时后，又重新大放光明。”

夫铭露出惯有的、谨慎的浅笑。“谢顿，并不尽然。这颗行星的照明从未全部关闭，也从来不曾完全开启。黄昏的阴影渐次扫过整个行星，而在半天之后，又会出现一道破晓的曙光。事实上，这种效应和穹顶上真实的昼夜相当接近，因此在高纬度地区，昼夜的长短会随着季节的变迁而改变。”

谢顿摇了摇头。“可是为什么要把这颗行星封闭起来，然后再模仿露天的情形呢？”

“我想是因为人们比较喜欢这样。川陀人喜欢封闭世界的优点，却又不喜欢常常想到这个事实。谢顿，你对川陀人的心理知道得很少。”

谢顿微微涨红了脸。他只是个赫利肯人，对其他数以千万计的世界几乎一无所知，这种无知不仅限于川陀而已。所以说，他怎能期望自己为心理史学理论找出实际应用呢？

不论将多少人通通加在一起，又怎能保证他们知道得够多呢？

这使谢顿想起少年时期读到的一则智力测验：你能不能找到一块不算大的白金，它的表面附有握把，但是不论找来多少人，也不能赤手空拳合力举起它？

答案是可以的。在标准重力下，一立方米的白金重达22420公斤。假设每个人能从地上举起120公斤的重物，那么187个人就足以举起那块白金。可是你无法让187个人挤在一立方米白金的四周，而每个人都能抓住它；你也许顶多只能让9个人挤在它周围。而杠杆或类似装置都不能使用，因为前提是必须“赤手空拳”。

同理，也有可能永远无法找到足够多的人，来处理心理史学所需要的所有知识——即使那些历史事实储存在电脑中，而并非各人的大脑里。而唯有藉由电脑，众人才能围绕在这些知识周围（姑且这么说），并且互相交流。

夫铭说：“谢顿，你似乎陷入沉思。”

“我正在省思自己的无知。”

“这是个有用的工作。数万兆的人都该加入你的行列，这样大家都能受惠。不过，现在该下车了。”

谢顿抬起头来。“你怎么知道？”

“正如你到川陀的第一天坐捷运时一样，我是根据沿途的路标。”

此时，谢顿也看到一个一闪即逝的路标：“斯瑞璘大学——三分钟”。

“我们在下一个专用车站下车，小心台阶。”

谢顿跟着夫铭走下车厢，他注意到天空如今呈深紫色，而人行道、回廊与建筑物都已灯火通明，到处弥漫着一种黄色光晕。

这也很像是赫利肯的傍晚时分。假如他被蒙着眼睛带到这里，然后取下眼罩，他或许会相信自己正置身于赫利肯某个大城市的中心繁华区。

“夫铭，你想我会在斯瑞璘大学待多久？”他问道。

夫铭以一惯的冷静态度答道：“这很难说，谢顿，也许一辈子。”

“什么！”

“也许不用那么久。可是在你发表那篇心理史学论文之后，你的生命就不再是自己的了。大帝和丹莫刺尔立刻看出你的重要性，而我也是。据我所知，还有很多人和我们一样。你懂了吧，这就代表你再也不属于自己了。”

第四章

图书馆

铎丝·凡纳比里：……历史学家，生于锡纳……若非她在斯璀璘大学担任教职两年后，邂逅了处于“逃亡期”的青年哈里·谢顿，她很可能继续过着平静无波的日子……

——《银河百科全书》

16

哈里·谢顿如今置身的房间，比夫铭在皇区的住所来得宽敞。它是一间套房，其中一角充作盥洗间，却不见任何烹饪或进餐设备。四面都没有窗户，不过天花板上有个罩着网格的抽风机，不断发出稳定的轻微噪音。

谢顿带着些许失望，四处张望了一下。

夫铭以惯有的自信猜到了谢顿的心事，他说："谢顿，只是今晚暂住而已。明天早上会有人来，把你安置到大学里，你就会比较舒服了。"

"对不起，夫铭，可是你又怎么知道？"

"我会做好安排，我在这里认识一两个人。"他露出一丝冷笑，"我帮助过他们，可以请他们还我一两个人情。现在，我们来谈谈细节。"

他定睛凝视着谢顿，又说："你留在旅馆房间的行李等于通通丢了。里面有没有任何无法弥补的东西？"

"没有什么真正无法弥补的。有些私人物品我很珍惜，因为具有纪念价值，不过丢了就丢了吧。此外，当然还有些和论文有关的笔记、一些计算稿，以及那篇论文。"

"那篇论文如今是公开的资料，哪天它被视为危险的邪说，才会禁止流传——这是可能发生的事。话说回来，我总有办法弄到一份副本，这点我绝对肯定。无论如何，你都能重新推导一遍，对不对？”

“对，所以我说没有什么真正无法弥补的。此外，我还丢了将近一千信用点、一些书籍和衣物，以及回赫利肯的旅票，诸如此类的东西。”

“全都不成问题。我会用我的名义帮你申请一张信用瓷卡，记到我的账上。这样就能应付你的一般开销。”

“你实在慷慨得过分，我不能接受。”

“一点也不算慷慨，因为我这样做是希望能拯救帝国。你无论如何都要接受。”

“可是你付得起多少呢，夫铭？即使我勉强接受，也会良心不安。”

“谢顿，你的基本衣食住行，以及任何合理的享乐，我全都负担得起。自然，我不会希望你试图买下大学体育馆，或是慷慨地捐出一百万信用点。”

“你不用担心，可是让我的名字留下记录……”

“这没有关系，帝国政府绝不能对这所大学或其成员采取任何安全控制。这里有百分之百的自由，任何事都能谈论，什么话都可以说。”

“万一有暴力犯罪呢？”

“那么校方会以合理而谨慎的方式出面处理——其实几乎没有什么暴力犯罪。学生和教员都珍惜他们拥有的自由，并且了解它的分寸。过度的喧闹是暴动和流血的开端，政府可能就会觉得有权打破不成文约定，而派军队进入校园。没有人愿意发生这种事，甚至政府也不愿意，因而维持着一种微妙的平衡。换句话说，丹莫刺尔本人也不能把你从这所大学抓走，除非大学里出现了至少一个半世纪以来从未有过的严重事端。反之，假如你被特工学生诱出校园……”

“有特工学生吗？”

“我怎么说得准？或许有吧。总之，任何一个普通人都能被威胁、被设计，或是直接被收买，从此就一直为丹莫刺尔或其他人服务。所以我必须强调一点：理论上你无论如何都很安全，可是没有任何人是绝对安全的，你必须自己多加小心。不过，虽然我给你这样的警告，我却不希望你的日子过得畏畏缩缩。整体而言，比起回到赫利肯或是跑到川陀以外的任何世界，你待在这里要安全得多。”

“我希望果真如此。”谢顿闷闷不乐地说。

“我知道的确如此，”夫铭说，“否则我会感到离开你是不智之举。”

“离开我？”谢顿猛然抬起头来，“你不能这么做。你了解这个世界，我却不然。”

“你将和其他了解这个世界的人在一起，事实上，他们对此地的了解甚至在我之上。至于我自己，我必须走了。我已经跟你在一起整整一天，我不敢继续不顾自己的生活。我自己绝不能吸引太多的注意。你应该记得，我和你一样有安全上的顾虑。”

谢顿不禁面红耳赤。“你说得对。我不能期望你不断为我赴汤蹈火，希望现在还没有毁了你。”

夫铭以冷淡的语调说：“谁知道呢？我们生在一个险恶的时代。你只要记住一件事，若说有什么人能创造安全的时代——即使不为我们，也要为我们的后代——那个人就是你。谢顿，让这个想法成为你的原动力。”

17

今晚睡眠与谢顿无缘。他在黑暗中辗转反侧，思绪一直停不下来。在夫铭点了点头，轻轻握了握他的手，然后离他而去之后，谢顿感受到前所未有的孤独、前所未有的无助。如今他置身一个陌生的世界，而且是这个世界的一个陌生角落。连唯一可以当做朋友的人（却也不到一天的交情）都不在身边，而且他对自己何去何从毫无概念，不论是明天或是未来任何时刻。

当然，这些想法全都无助于入眠。差不多在他绝望地认定今晚将失眠到天亮，而这种情况今后还有可能发生之际，极度的困倦终于将他席卷……

当他醒来的时候，屋内依旧一片黑暗——也并非全然如此，因为在房间另一侧，他看见一道明亮的红光在迅速闪动，伴随着一阵刺耳的、断断续续的嗡嗡声。毫无疑问，将他吵醒的就是这个声音。

当他正在努力回忆身在何处，并试图从感官所接收的有限讯息理出一个头绪时，闪光与嗡嗡声突然停止。接着，他听到一阵凶猛的敲击声。

敲击声想必源自房门，他却不记得房门的位置。此外，想必有个开关能让室内大放光明，可是他也忘了开关在哪里。

他在床上坐起来，沿着左侧墙壁不顾一切摸过去，同时大声喊道："请等一下。"

他终于找到开关，房间在一瞬间注满柔和的光线。

他匆匆从床上爬起来，一面眨着眼睛，一面继续寻找房门。等找着之后，正要伸手开门，却在最后一刻想到应该谨慎行事。于是，他突然改用严肃而正经八百的声音说：“是谁？”

一个颇为温柔的女声答道：“我名叫铎丝·凡纳比里，我来找哈里·谢顿博士。”

话还未说完，一名女子已经站在门边，此时房门绝对尚未打开。

一时之间，哈里·谢顿万分惊讶地瞪着她，忽然又想到自己只穿了一件连身内衣。他发出一声像是被掐住脖子的喘息，慌忙向睡床奔去。直到这个时候，他才明白见到的只是个全息像。它不像真人那样轮廓分明，而且这名女子显然并未望着他，她现身只是为了表明身份。

于是他停下脚步，使劲吸了一口气，然后提高音量，好让声音穿出门外。“请你等一下，我很快会帮你开门。给我……或许半小时的时间。”

那名女子——或者说那个全息像答道：“我会等你。”说完影像就不见了。

房里没有淋浴设备，所以他用海绵擦了一个澡，将盥洗间的瓷砖地板弄得极其脏乱。盥洗间备有牙膏，可是没有牙刷，他只好用手指代替。然后，他又不得不套上昨天穿过的衣服。一切准备就绪，他才终于打开房门。

他在开门的时候，又想到她并未真正表明身份。她只不过报出姓名，但夫铭并没有说来找他的会是什么人——究竟是这个叫铎丝什么的，还是其他任何人。他会感到安全无虞，是因为全息像是个可人的年轻女子。可是他又怎能确定，她身边没有五六个充满敌意的年轻男子随行？

他小心翼翼地向外窥探，结果仅仅见到那名女子，于是将房门再拉开一点，刚好足够让她进来。然后，他立刻将房门关上并锁好。

“对不起，”他说，“请问现在几点了？”

“九点，”她答道，“已经不早了。”

只要是正式计时，川陀一律采用银河标准时间，因为唯有如此，星际贸易与政府行政才能顺利进行。然而，每个世界也都会使用当地计时系统，而对于川陀人随口所说的钟点，谢顿尚未完全熟悉。

“上午？”

“当然。”

“这个房间没有窗子。”他为自己辩护。

铎丝走到床边，伸手触向墙上一个小黑点。床头正上方的天花板立刻显现一组红色数字：0903。

她露出丝毫不带优越感的微笑。“很抱歉，”她说，“但我以为契特·夫铭会告诉你，我将在上午九点来找你。他的问题在于他一向无所不知，以致偶尔会忘记别人有时并不知道。而且我不该使用电波全息识别器，我猜你们赫利肯没有这种东西，只怕我一定把你吓着了。”

谢顿感到松了一口气。她的态度似乎十分随和而友善，而她随口提到了夫铭的名字，也就让他更加放心。他说：“你对赫利肯有相当的误解，凡……小姐。”

“请叫我铎丝。”

“铎丝，无论如何，你对赫利肯真的有误解。我们的确有电波全息像，不过我向来买不起那种设备。我周围的人也都没这个能力，所以实际上我并没有经验。但是，我很快就明白了是怎么回事。”

他开始打量她。她的个子不算很高，就女子而言是中等高度，他这么判断。她的头发是略红的金色，但是不怎么闪亮，烫成了许多短短的发卷。（他在川陀见到许多女子拥有这种发型。这显然是本地的一种流行，在赫利肯则会受到众人的嘲笑。）她并没有惊人的美貌，可是看来赏心悦目，再加上似乎带着些许俏皮弧度的丰满双唇，使她显得更加可爱。她身材苗条，体格健美，而且看来相当年轻。（太年轻了，他不安地想到，可能派不上什么用场。）

“我通过检查了吗？”她问道。（谢顿心想，她似乎和夫铭一样，也有本事猜中自己的心思，但也或许是他自己没有隐藏心思的本事。）

他说：“很抱歉。我好像在瞪着你，但我只是想对你做个估量。我身处一个陌生的地方，什么人都不认识，也没有任何朋友。”

“谢顿博士，请把我当朋友吧。夫铭君特别请我来照顾你。”

谢顿露出一抹苦笑。“就这个工作而言，你可能太年轻了点。”

“你会发现其实不然。”

“好吧，我会尽量不惹麻烦。可否请你再讲一遍你的名字？”

“铎丝·凡纳比里。”她一字一顿，说得很仔细。“我刚才说过，请叫我铎丝，而你要是不坚决反对，我准备称呼你哈里。在大学里我们相当不拘形式，而且人人都有一种几乎自觉式的努力，避免显露任何地位的象征，不论是天生的还是职位上的。”

“当然没问题，就请你叫我哈里吧。”

“很好，那我就继续不拘形式。比方说，拘泥形式的本能——如果真有这种东西——会让我请求你准我坐下。但是既然不拘形式，我就自便了。”说完，她就坐到室内唯一的一张椅子上。

谢顿清了清喉咙。“显然我还没有完全清醒，我应该先说请你坐才对。”他在皱成一团的床铺边缘坐下，后悔自己未曾想到将它拉平一点——但是刚才他根本措手不及。

她以愉悦的口吻说："哈里，我把计划跟你说一下。首先，我们到校园某间小餐厅去吃早餐。然后我会帮你在校舍找个房间，会比这间好些，至少会有窗子。夫铭曾嘱咐我用他的名义帮你申请一张信用瓷卡，不过我得花上一两天的时间，才能从官僚的校方行政系统弄一张来。在此之前，我负责支付你的花费，你可以事后再还给我——因为我们可以雇用你。契特·夫铭告诉我说你是个数学家，不知道为什么，这所大学严重缺乏这方面的优秀人才。"

"夫铭告诉你说我是个优秀的数学家？"

"事实上，他的确这么说过。他还说你是个了不起的人。"

"嗯，"谢顿低头望着自己的指甲，"我当然希望自己拥有这种评价，可是夫铭认识我还不到一天，而在此之前，他只听过我发表一篇论文，那篇论文的水准他根本无法判断。我想他那样说只是一种礼貌。"

"我可不这么想。"铎丝说，"他自己就是个了不起的人，而且他阅人无数，我愿意相信他的判断。无论如何，我想你总有机会证明你自己。我猜，你会写电脑程序吧。"

"当然。"

"我是说教学电脑，这点你要明白。我是在问你，能不能设计一些程序，来教授当今数学的各个领域。"

"可以，那是我的专长之一，我是赫利肯大学数学系的助理教授。"

她又说："是的，我知道，夫铭跟我提过。这就意味着，大家当然都会知道你并非川陀人，不过这并不会构成严重问题。我们这所大学的主要成员是川陀人，但仍有不少来自各个世界的外星人士，这是大家都能接受的。我不敢说你绝不会听到诋毁外星的言语，然而事实上，这些言语出自外星人士之口的机会还比较大。对了，我自己就是外星人士。”

“哦？”他迟疑了一下，然后决定至少礼貌上该问一问。“你是从哪个世界来的？”

“我来自锡纳星，你听过那个地方吗？”

倘若为了礼貌而撒谎，谢顿判断注定会露出马脚，因此他说：“没有。”

“我并不惊讶，它可能比赫利肯更名不见经传——不管这些，还是回到设计数学教学电脑的问题，我想这项工作也有良莠之分吧。”

“完全正确。”

“而你会做得又快又好。”

“我有这个信心。”

“那就没问题。校方会支付你酬劳，所以让我们出去吃一顿吧。对了，你睡得好吗？”

“出乎意料之外，睡得很好。”

“你饿了吗？”

“饿了，可是……”他迟疑了一下。

她喜孜孜地说：“可是你担心食物的品质，对不对？嗯，大可不必。同为外星人士，我能了解你对每样东西都掺入过量微生食品的感受，不过大学里的菜肴还不坏，至少教员餐厅如此。学生们则委屈一点，但正好能磨练他们。”

她起身朝门口走去，但谢顿不吐不快的一句问话又让她停下脚步。“你也是一名教员吗？”

她转过身来，对他露出顽皮的笑容。“我看起来不够老吗？我两年前在锡纳拿到博士学位，之后就一直待在此地。再过两个星期，我就三十岁了。”

“对不起，”谢顿回报一个笑容，“但你看起来顶多二十四，很难不让人对你的学位存疑。”

“你这是体贴吗？”铎丝说。谢顿立刻感到一股喜悦袭上心头，他想：当你和一位迷人的女子谈笑风生时，毕竟不会百分之百感到像个陌生人。

18

铎丝说得没错，早餐绝对不差。有一道菜显然是蛋类，肉类则熏得很香。巧克力饮料或许是人工合成的（川陀人喜爱浓烈的巧克力，这点谢顿并不在意），不过相当可口，而面包卷也很好吃。

他觉得实在应该实话实说。“这是一顿非常美好的早餐，食物，气氛，一切的一切都那么好。”

“我很高兴你这么想。”铎丝说。

谢顿四下望了望。一面墙壁上有一排窗户，虽然没有真正的阳光射进来（他突然想到，不知道过一阵子之后，自己会不会逐渐满足于漫射的光线，而不再在室内寻找一片片的阳光），餐厅内仍然光线充足。事实上，这一带相当明亮，地方气候电脑显然决定现在应该是大晴天。

每张餐桌都布置成四人座，大多也坐满这个人数，但铎丝与谢顿却单独占据一张餐桌。铎丝曾经和一些男男女女打招呼，并曾为谢顿介绍。那些人都很客气，却没有人加入他们两人。这毫无疑问是铎丝的本意，不过谢顿并未看出她是如何做到的。

他说：“铎丝，你没有为我介绍任何数学家。”

“我还没看到任何认识的。数学家大多起得很早，八点钟就有课。根据我个人的感觉，任何莽撞到敢修数学课的学生，总是希望愈早上完那堂课愈好。”

“我猜你自己不是数学家。”

“绝不是，”铎丝发出一声干笑，“绝对不是。我的专长是历史，我已经发表过一些有关川陀兴起的研究——我的意思是原始的王国，而不是这个世界。我想这将成为我专攻的领域——王国时期的川陀。”

“太好了。”谢顿说。

“太好了？”铎丝不解地望着他，“你也对‘王国川陀’有兴趣？”

“就某个角度而言。我并非专指这个问题，还包括其他类似的题目。我从未真正研究过历史，当初真该下点功夫。”

“是吗？要是你下过功夫研究历史，你就几乎没有时间研究数学，而如今正在闹数学家荒——尤其是这所大学。我们的历史学家、经济学家和政治科学家已经堆到这里，”她一面说，一面将手举到齐眉的高度，“可是我们欠缺科学和数学人才。契特·夫铭曾经向我指出这点，他称之为科学的没落，而且似乎认为这是个普遍现象。”

谢顿说：“我说自己当初该对历史下点功夫，当然不是指把它当成我的终生志业。我的意思是，我该获取足够的知识，用来帮助我的数学研究。我的专长领域是社会结构的数学分析。”

“听来真可怕。”

“从某方面来说，一点也没错。它非常复杂，我必须对社会演化知道得比现在多得多，否则根本没希望。你知道吗，我提出的绘景过分静态。”

“我不知道，因为我对这方面一窍不通。契特告诉过我，你在发展一种叫什么心理史学的理论，而这是一项很重要的工作。我说对了吗？心理史学？”

“完全正确。我当初应该称之为‘心理社会学’，但我觉得这个名字太别扭。或者，也许我曾经直觉地想到历史知识有绝对的必要性，可是并未真正注意到自己的想法。”

“心理史学的确比较顺口，但我不懂它究竟是什么。”

“我自己也几乎不懂。”谢顿出神地沉思了几分钟。他望着餐桌对面这位女子，觉得她或许会让这次流亡变得比较不像流亡。他又想到几年前认识的另一名女子，却立刻以断然的意志阻断了这个思绪。假如他再结识一个伴侣，这个她一定要对学术有所认识，并了解从事学术研究应该付出多少。

为了让心思转到另一条轨道上，他说：“契特·夫铭告诉我，这所大学绝不会遭到政府的侵扰。”

“他说得没错。”

谢顿摇了摇头。“帝国政府这种雅量似乎令人无法置信，赫利肯的教育机构绝不可能这么不受政府的压力。”

“在锡纳上也不可能，其他外星世界也都一样，或许只有一两个最大的世界例外。川陀则另当别论。”

“没错，可是为什么呢？”

“因为它是帝国的中心，而此地的大学全都享有极高声誉。任何地方的任何一所大学都能培养出专业人才，可是帝国的行政官员——包括那些高官，以及无数仿佛触须般伸入银河各个角落的低阶官员——通通是在川陀接受教育的。”

“我从来没看过统计……”谢顿的话只说了一半。

“相信我吧。让帝国官员有些相同的背景，并对帝国有一种特殊的感情，是十分重要的一件事。他们不能全部是川陀本地人，否则会令外星世界感到不安。由于这个缘故，川陀必须吸引数百万外星人士来此接受教育。不论他们来自何处，不论他们有着怎样的口音或文化，只要他们接受川陀的熏陶，并且认同自己的川陀教育背景。帝国就是这样凝聚起来的。此外，由于代表帝国政府的行政官员有不少是外星世界的同胞，他们生在外星长在外星，外星世界也就因此不难统治了。”

谢顿再次觉得脸红。像这种事，他以前就从未思考过。他不禁产生一个疑惑：假如某人仅仅精通数学一门，他是否能成为真正伟大的数学家？“这是众所周知的吗？”他问。

“我想并不是。”铎丝思考了一下才回答，“需要吸收的知识太多，所以专家一律紧守自己的专长，把它当做一面盾牌，以免需要知晓任何其他方面的知识。他们想避免被知识淹没。”

“而你却知道。”

“那可是我的专长。我是个历史学家，专门研究王国川陀的兴起。川陀能够不断扩张势力，进而从王国川陀跃升至帝国川陀，这种行政管理技巧就是它的法门之一。”

谢顿几乎是喃喃自语地说：“过度专业化的害处多大呀。它将知识切割成上百万碎片，让它处处在滴血。”

铎丝耸了耸肩。“又能怎么办呢？不过你要知道，既然川陀想要吸引外星人士进入川陀各大学，就必须给他们一些回报，以补偿他们离乡背井，来到一个具有不可思议的人工建筑，而且生活方式极其特殊的陌生世界。我在此地已有两年，而我仍旧不习惯，或许永远也无法习惯。话说回来，当然啦，我并不想成为行政官员，所以不会强迫自己变成川陀人。

“川陀所提供的交换条件，不仅是保证给你崇高的职位、可观的权势，以及想当然尔的财富，除此之外还有自由。在此接受教育时，学生们有自由公然抨击政府，进行和平的反政府示威，并提出他们自己的理论和观点。他们很喜欢这种特权，很多人来这里就是为了体验自由的滋味。”

“我猜想，”谢顿说，“这也有助于减轻压力。在这段期间，他们耽溺于年轻革命家的一切自大自满，将内心的愤恨发泄殆尽。等到他们在帝国体制中谋得一官半职，就很容易变得既温顺又服从。”

铎丝点了点头。“你也许说对了。无论如何，政府为了这许多原因，总是谨慎地保持所有大学的自由。并非他们有什么雅量，只能算是精明罢了。”

“如果你不想成为行政官员，铎丝，那你打算做什么呢？”

“历史学家。我准备教书，将我自己的影视书做成教材。”

“只怕不会有太高的地位。”

“也不会有太高的薪水，哈里，这点更重要。至于地位，那是一种吃力不讨好的东西，我避之唯恐不及。我见过许多拥有地位的人，但至今没有找到一个快乐的。地位不会让你稳稳坐着它，你得奋斗不懈才能保持不坠。即使贵为皇帝，也大多没什么好下场。有一天我可能就这么回到锡纳，在那里当一名教授。”

“而川陀的教育背景，会让你拥有地位。”

铎丝笑了几声。“我想是吧，可是在锡纳，谁又会在乎呢？它是个枯燥无聊的世界，到处都是农场，有许多牛群，四只脚的和两只脚的都有。”

“来过川陀之后，你不会觉得锡纳枯燥无聊吗？”

“没错，我也这么想。假如日子变得太无聊，我总有办法弄到一笔经费，随便到哪里去做点历史研究。这是我这一行的好处。”

“反之，一个数学家，”谢顿带着一丝前所未有的苦涩说，“却被认定就该坐在电脑前面思考。提到电脑……”他迟疑了一下。早餐已经结束，他觉得铎丝必然有些自己的事需要处理。

但她似乎没有急于离开的意思。“怎么样？提到电脑？”

“我能不能获准使用历史图书馆？”

现在轮到她迟疑了。“我想应该可以安排。你若是接下数学程式设计的工作，或许就会被视为准教员，我就能帮你申请许可。只不过……”

“只不过？”

“我不想让你心里不舒服，但你是一名数学家，而且你说你对历史一无所知。你会知道如何使用历史图书馆吗？”

谢顿微微一笑。“我想你们使用的电脑，应该和数学图书馆的非常接近吧。”

“这点没错，可是每个专业领域所用的程式都有自己的行话。你不知道什么是标准参考书，不知道快速筛选和跳读的方法。你也许闭着眼睛都能找到一个双曲微分……”

“你是说双曲积分。”谢顿轻声插嘴。

铎丝并未理会他。“可是你也许不知道，如何在不到一天半的时间内，查到波达克条约的详细条款。”

“我想我能学。”

“如果……如果……”她看来有些难以启齿，“如果你真要学，我可以做个建议。我负责一个为期一周的图书馆使用法课程——每天一小时，没有学分——是为大学部学生开的。要是让你旁听这种课，我的意思是跟大学部的学生一起，你会不会觉得拉不下脸？它在三周后开始。”

“你可以私下为我授课。”谢顿的声音中夹带着暗示的语调，令他自己都感到有些惊讶。

而她并非没有听出来。“我相信绝无问题，但我认为较正式的授课对你比较好。你要了解，我们会用图书馆来实习，而在一周结束后，我会要你们找出某些历史问题的相关资料。从头到尾，你都得和其他学生竞争，这将有助于你的学习。我向你保证，私下授课的效率会差得多。然而，我能了解和大学生竞争的难处，假如你做得没他们好，你会感到无地自容。不过你必须记住，他们已经修过基本历史，而你，说不定也许没修过。”

“我的确没修过，不只是‘也许’而已。可是我不会害怕竞争，也不在乎可能出现的窘境——只要我能学到查询历史参考资料的诀窍。”

谢顿心里很清楚，他已经喜欢上这个年轻女子，很高兴能抓住机会当她的学生。他还察觉到一件事实，那就是他的心灵正面临一个转折点。

他已经答应夫铭，将会试图发展出实用的心理史学，但那只是理智的承诺，与情感无关。如今为了把理论化为实际，真有必要的话，他决心和心理史学斗个你死我活。而这个转变，也许就是受到铎丝・凡纳比里的影响。

抑或是夫铭早就料到这点？夫铭这个人，谢顿判断，很可能是个最可怕的人物。

19

克里昂一世刚用完晚膳，而这一餐不幸又是正式的国宴。这就代表他必须花上许多时间，对各部门的官员（没有一个是他认识或熟悉的）说些一成不变的言词，为的是让每个人都感到如沐春风，以激励他们对皇室的忠心。这也代表食物送到他面前时只剩一点余温，而在他动口前又凉了许多。

一定有什么办法能避免这种情形。也许他应该自己一个人，或是和一两个可以让他无拘无束的亲信先行用餐，然后再去参加正式晚宴，到时他面前只需摆一颗进口梨子。他最爱吃梨子了。但是这样会不会冒犯客人，让他们认为大帝拒绝与他们共餐是一种刻意的羞辱？

当然，在这方面，他的妻子没有任何用处，她的出现只会令他恶劣的心情更加恶化。当初他会娶她为妻，只是因为她出身于一个势力强大的异议家族，经由这次联姻，便可指望他们装聋作哑，不再坚持反对立场。不过克里昂衷心希望，至少她个人不会如此。他万分满意于让她在自己的寝宫里过自己的生活，只有必须制造子嗣时例外，因为老实说，他并不喜欢她。如今，既然继位者已经出世，他可以将她完全抛到脑后。

在离开餐桌前，他随手抓了一把胡桃放进口袋。此时他一面嚼着胡桃，一面喊道：“丹莫刺尔！”

“陛下？”

丹莫刺尔总是在克里昂叫唤后立刻现身。不论是因为他始终徘徊在听力范围所及的门口，或是由于奉承的本能，使他警觉到几分钟后可能会受到召唤，因而及时走到近处，反正他就是出现了。而这点才是最重要的，克里昂无端冒出这个念头。当然，有时丹莫刺尔也得为帝国的事务四处奔走。克里昂一向痛恨这种日子，丹莫刺尔不在身旁总是令他心神不宁。

“那个数学家怎么样了？我忘了他的名字。”

丹莫刺尔当然知道大帝指的是什么人，但他或许是要试探一下大帝还记得多少，于是说：“启禀陛下，您指的是哪个数学家？”

克里昂挥挥手表示不耐烦。“那个算命的，那个来见过我的。”

“我们请来的那位？”

“好吧，就算是请来的，但他的确来见过我。我记得你说过要处理这桩事，办了没有？”

丹莫刺尔清了清喉咙。“启禀陛下，我尽了力。”

“啊！这么说你是失败了吗？”就某方面而言，克里昂感到很高兴。在所有的大臣中，丹莫刺尔是唯一绝不掩饰失败的人。其他人从不承认失败，但由于失败是家常便饭，这个陋习变得难以改正。或许，丹莫刺尔之所以表现得比较诚实，是因为他鲜有失败的时候。要不是有丹莫刺尔，克里昂难过地想到，自己可能永远不知诚实为何物。也许没有一个皇帝知道，也许帝国正是因为诸如此类的事……

他及时将思绪拉回来，对方的沉默却突然令他恼羞成怒。他想听到一句承认，因为他刚刚在心中赞许过丹莫刺尔的诚实，于是厉声问道：“嗯，你已经失败了，对不对？”

丹莫刺尔并未胆怯。“启禀陛下，我失败了一部分。我感到若是让他留在川陀，由于此地的情势颇为——困难，可能会为我们带来麻烦。因而我不难想到，把他放在他的母星应该比较容易处理。当时他计划次日回到母星，但总有机会突生变故，让他又决定留在川陀，所以我找来两个街头小混混，准备当天就把他押上飞船。”

“你认识街头混混吗，丹莫刺尔？”克里昂的兴趣来了。

“启禀陛下，有办法找到各式各样的人，是很重要的一件事，因为他们都有各自不同的用处——街头混混的用处也不少。结果没想到，他们并未成功。”

“为什么呢？”

“可真奇怪，谢顿竟然有本事打退他们。”

“那个数学家能打？”

“显然，数学和武术并不一定互不相容。后来我才发现，他的世界赫利肯在这方面十分有名——我是指武术，而不是数学。陛下，我未能及早知晓这件事，这确实是我的疏失，如今我只能恳求您恕罪。”

“可是这样的话，我想那个数学家便按照原定计划，隔天就回他的母星去了。”

“不幸的是，这个插曲反倒弄巧成拙。由于这个变故的惊吓，他决定暂时不回赫利肯，而要继续留在川陀。他可能是接受了一个路人的劝告，才做出这个决定，那人在他们打架时刚好在场。这是另一个意料之外的发展。”

克里昂大帝皱起眉头。“那么我们这位数学家——他到底叫什么名字？”

“启禀陛下，他叫谢顿，哈里·谢顿。”

“那么，这个谢顿脱离我们的掌握了。”

“启禀陛下，这么说也没错。我们已经追查到他的行踪，他如今在斯璀璘大学。只要他躲在那里，我们就碰不了他。”

大帝显露不悦之色，脸庞微微涨红。“我不喜欢这个词——碰不了。在整个帝国之中，不该有任何角落是我无法掌握的。然而在此地，在我自己的世界上，你却告诉我有人是碰不了的。简直令人无法忍受！”

“启禀陛下，您的手当然能伸进那所大学。您随时可以派遣军队，把这个谢顿揪出来。然而，这样做的话，会……不受欢迎。”

“丹莫刺尔，你何不干脆说‘不可行’呢？你这番话，听来就像那个数学家在讲他的命相术：它是可能的，实际上却不可行。我这个皇帝则发现一切都有可能，却很少有实际可行的事。记住，丹莫刺尔，逮捕谢顿或许不可行，逮捕你却是易如反掌。”

伊图·丹莫刺尔并未将最后那句话放在心上。这位“幕后掌权者”知道自己对大帝的重要性，何况以前他也听过这种威胁。当大帝吹胡子瞪眼的时候，他默默等在一旁。克里昂一面用手指敲打着座椅扶手，一面问道：“好吧，如果那个数学家藏在斯璀璘大学，对我们又能有什么用？”

“启禀陛下，绝处逢生后，就有可能柳暗花明。在那所大学里，他或许会决心发展他的心理史学。”

“即使他坚持实际上不可行？”

“他或许错了，而且有可能会发现自己错了。一旦他发现错在自己，我们马上设法把他弄出那所大学。在那种情况下，他甚至可能会自愿加入我们。”

大帝陷入沉思好一阵子，然后说：“万一有人抢先一步把他弄走，那该怎么办？”

“陛下，谁会想要那么做呢？”丹莫刺尔轻声问道。

“比如说卫荷区长，”克里昂突然高声喊道，“他仍旧梦想着接掌帝国。”

“启禀陛下，年岁已将他消磨殆尽。”

“丹莫刺尔，你竟然不相信。”

“启禀陛下，我们没有理由假设他对谢顿有任何兴趣，甚至听说过这个人。”

“得了吧，丹莫刺尔。既然我们听说了那篇论文，卫荷自然也能风闻。既然我们看出谢顿潜在的重要性，卫荷同样看得出来。”

“倘若真发生这种事，”丹莫刺尔说，“甚至只是有这样的机会，我们都有正当理由采取激烈手段。”

“多么激烈？”

丹莫刺尔小心翼翼地答道：“可以这么说，与其让谢顿落入卫荷手中，宁愿让他无法落入任何人的掌握。启禀陛下，就是使他终止存在。”

“你的意思是杀了他。”克里昂说。

“启禀陛下，如果您想这么讲，当然也行。”丹莫刺尔答道。

20

待在由铎丝·凡纳比里帮他在图书馆争取到的一间凹室中，哈里·谢顿靠在一张椅子上，心里感到很不满意。

事实上，虽然那正是他心中使用的词汇，他也知道“不满意”实在太过低估如今的感觉。他不只不满意，简直就是愤怒。而他又不确定到底为何愤怒，更是为这股怒焰火上加油。他是在气历史吗？还是气那些史书的作者与编者？或是创造历史的各个世界与全体人类？

不论他发怒的对象为何，其实都没什么关系。重要的是他做的笔记没有用，他学到的新知识没有用，一切的一切都没有用。

如今，他来到这所大学已将近六周。一开始他就设法找到一套电脑终端机，利用它展开工作——没有任何人指导，仅靠自己钻研数学多年所累积的直觉。进度虽然缓慢，而且并不顺利，不过渐渐发现走哪条路便能找到问题的答案，也自有一番乐趣。

后来，铎丝教授的一周课程开始了。这门课教给他数十种捷径，却也带来两组尴尬的窘境。其一包括那些大学生斜眼看人，似乎因为察觉到他的年龄而瞧不起他；每当铎丝频频使用“博士”的尊衔称呼他，他们全都会稍微皱皱眉头。

“我不希望他们认为，”她说，“你是个永远毕不了业的老学生，正在补修历史学分。”

“但你显然已经表明这一点。现在只要叫我‘谢顿’当然就够了。”

“不行。”铎丝突然微微一笑，“此外，我喜欢叫你‘谢顿博士’，我喜欢看你每次露出那种不自在的表情。”

“你有一种虐待狂的幽默感。”

“你要剥夺我的乐趣吗？”

不知道为什么，这句话令他开怀大笑。不用说，自然的反应当然应该是否认自己有虐待狂倾向。没想到她却接下这一记“杀球”，并立即予以反击，他觉得实在好玩。这个想法自然而然引发了一个问题：“你在学校打不打网球？”

“我们有网球场，但是我不会打。”

“很好，我来教你。而我在球场上，会称呼你凡纳比里教授。”

“反正你在课堂上就是这样称呼我的。”

“你不会相信它在网球场上听起来多么滑稽。”

“我可能会喜欢。”

“这样的话，我会试图找出你还可能喜欢些什么。”

“我发现你有一种色情狂的幽默感。”

她故意把这记杀球打到同一个地方，于是他说：“你要剥夺我的乐趣吗？”

她微笑不语。后来，她在网球场上表现得出奇优异。“你确定自己从没打过网球？”打完一局后，他喘着气问道。

“确定。”她说。

另一组窘境比较属于私人性质。当他学会查询历史资料的必要技巧，开始试图使用电脑记忆组的时候，曾经（私底下）一败涂地。那简直是与数学界全然不同的思考模式。他认为它应该同样合乎逻辑，因为它可以毫无矛盾、毫无错误地根据他的心意四通八达，可是这种逻辑与他熟悉的那套完全不同。

但不论有没有人指导，不论是跌跌撞撞或迅速进入情况，他就是不能得到任何结果。

他的恼怒在网球场上露出痕迹。铎丝很快就有长足的进步，他不必再为了给她时间来判断方向与距离，而喂给她好打的高吊球。这使他很容易忘掉她只是个初学者，不知不觉便将愤怒发泄在挥拍动作上，将球使劲向她击去，仿佛射出一道化作固体的激光光束。

她小跑步来到网前。“我能了解你为什么想要杀我，因为看到我频频漏接，一定让你非常恼火。可是，为什么要让球偏离我的脑袋三厘米左右呢？我的意思是，你甚至没打中我的汗毛，你能不能瞄得更准一点？”

谢顿吓呆了，连忙想要解释，却只说出一串语无伦次的话。

她说：“听着，今天我不想再接你的球了。所以我们何不这就去淋浴，再一起喝杯茶什么的，然后你可以告诉我，你想要杀的究竟是什么。如果不是我这颗可怜的脑袋，又如果你不将元凶从心头拔除，那么让你站在球网另一边，把我当成你的靶子，对我而言实在太危险了。”

喝茶的时候，他说：“铎丝，我已经扫描过无数的历史，只是扫描和浏览而已，我还没有时间做深入研究。即使如此，有件事已经十分明显，所有的影视书都只探讨相同的少数事件。”

“关键的事件，创造历史的事件。”

“那只是个借口，其实它们相互抄袭。银河系共有两千五百万个世界，记载详细的也许只有二十五个。”

铎丝说：“你目前读的都只是银河通史，应该查查某些小地方的特殊历史。在每个世界上，不论它多么小，学童也都要先学本星历史，然后才知晓外面还有个庞大的银河系。目前为止，你自己对赫利肯的了解，难道不比对川陀的兴起或‘星际大战’更多吗？”

“那种知识也有局限。”谢顿以沮丧的口吻说，“我知道赫利肯的地理、它的开拓史，以及詹尼瑟克这颗行星的恶行恶状——那个世界是我们的传统敌人，不过老师们曾经特别嘱咐，说我们应该称之为‘传统的对手’。可是，我从来没学到赫利肯对银河通史有什么贡献。”

“或许根本没有。”

“别傻了，当然有。也许赫利肯未曾卷入任何大型的太空战事、重大的叛乱事件，或是重要的和平条约，也许没有哪个皇位竞逐者曾以赫利肯为基地，不过微妙的影响一定是存在的。不用说，任何一个角落发生的事件，都会对其他各个角落造成影响。但我找不到对我有任何帮助的资料——听我说，铎丝，在数学领域里，所有的一切都能在电脑中找到，包括过去两万年来我们所知道的或发现的一切。历史界则不然，历史学家总是挑挑拣拣，而且大家都挑拣相同的东西。”

“可是，哈里，”铎丝说，“数学是人类发明的秩序结构，一样东西紧扣着另一样。其中有定义，有公设，所有这些都是已知的。它是……它是……一个整体。历史则不同，它是万兆人口的行为和思想形成的无意识结构，历史学家必须挑挑拣拣。”

“正是如此。”谢顿说，“但若想推出心理史学定律，我必须知晓全部的历史。”

“那样的话，你将永远无法写下心理史学定律。”

那是昨天的事。谢顿后来又花了一整天而毫无所获，这时正颓然坐在凹室中的椅子上。此刻，他还听得见铎丝的声音：“那样的话，你将永远无法写下心理史学定律。”

这正是自己最初的想法。要不是夫铭坚决相信并非如此，若非他具有奇异的能力，将他的信念像火焰般喷到谢顿身上，谢顿会一直抱持同样的想法。

然而他却也无法真正放弃。难道就没有任何出路吗？

他想不出任何解决之道。

第五章

上 方

川陀：……几乎从来没有人从外太空描绘这个世界。长久以来，在一般人心目中，它一直是个内部世界，其形象为无数穹顶之下的住人巢穴。然而它也有外部结构，某些摄自太空、留存至今的全息像，足以显示出不同程度的细节（参见图十四、十五）。请注意那些穹顶的表面——这座庞大城市与其上大气层的交界——这个当时称为“上方”的表面，是……

——《银河百科全书》

21

不过，哈里·谢顿隔天依旧回到图书馆。一来，他对夫铭有过承诺。他曾经答应会尽力一试，不能随随便便敷衍了事。另一方面，他对自己也有亏欠。他极不愿承认失败，至少不是现在。现在他起码还能告诉自己，他正在循着线索前进。

所以，他瞪着一串尚未查阅的参考书单，试图判断在这些令人倒胃口的编号中，究竟哪一个可能有丝毫的用处。他正要得到一个结论：答案是“以上皆非”，非得逐个取样不可。这时他忽然听到一阵轻敲凹室墙壁的声音，不禁吓了一跳。

谢顿抬起头来，看见表情尴尬的李松·阮达正从凹室开口的边缘窥视自己。谢顿认识阮达，那是铎丝介绍的，也曾经和他（还有其他一些人）一起吃过几顿饭。

阮达是心理系的讲师，个头很小，身材矮胖，一张圆脸喜气洋洋，几乎永远带着微笑。他拥有淡黄的肌肤与细小的眼睛，那是数百万个世界上居民的共同特征。谢顿对这样的外表相当熟悉，因为许多伟大的数学家都是这种模样，他们的全息像是他常常能看到的。但在赫利肯上，他却从未见过一个东方人。（那是他们传统的称呼，虽然没有人知道为什么；据说东方人自己对这个名称多少有些反感，不过同样无人知晓原因何在。）

“在川陀，我们这种人有好几百万。”当他们首次见面，谢顿无法完全压抑讶异的表情时，阮达曾经这么说，同时带着十分自然的笑容。“你也会发现很多南方人——黑皮肤，头发很卷。你曾经见过吗？”

“在赫利肯从没见过。”谢顿喃喃答道。

“赫利肯都是西方人，啊？多么单调！不过没关系，反正四海一家。”这番话使谢顿不禁纳闷，为什么有东方人、南方人与西方人，却偏偏没有北方人。他曾试图从参考资料中找出可能的答案，却没有任何收获。

现在，阮达望着他，和善的脸庞带着一种近乎滑稽的关切神情。“谢顿，你还好吧？”

谢顿瞪大眼睛。“当然，为什么会不好？”

“我只不过根据声音判断，朋友，你刚才在尖叫。”

“尖叫？”谢顿望着他，一脸不相信又不高兴的表情。

“不是很大声，就像这样。”阮达咬紧两排牙齿，从喉咙后方发出一阵掐住脖子的高亢声调。“如果我弄错了，我就要为这样的无端侵扰致歉，请原谅我。”

谢顿垂下头来。“李松，我不介意。有人告诉过我，我有时的确发出那种声音。我保证那是无意识的动作，我从来不曾察觉。”

“你明白自己为何这样做吗？”

“明白。因为挫折感，挫折感！”

阮达招手示意谢顿凑近些，并将音量压得更低。“我们打扰了其他人。还是到休息室去吧，免得等一下被人轰走。”

在休息室中，喝了两杯淡酒之后，阮达说：“基于职业上的兴趣，我能否请问你，为什么你会有挫折感？”

谢顿耸了耸肩。“通常一个人为什么有挫折感？我在进行一项工作，一直没有任何进展。”

“哈里，但你是一位数学家。历史图书馆有什么东西会让你感到挫折？”

“你又在这里做什么呢？”

“我经过这里只是为了抄近路，结果听到你在……呻吟。现在你看，”他又露出微笑，“这不再是近路，而是严重的耽搁。然而，我真心欢迎这种情况。”

“我多么希望自己也只是路过历史图书馆。事实却是，我正试图解决的一个数学问题，需要一些历史学的知识，但只怕我没做好这件工作。”

阮达带着难得的严肃表情盯着谢顿，然后说：“对不起，但我必须冒着触怒你的危险——我一直在用电脑查阅你。”

“查阅我！”谢顿双眼圆瞪，他感到极为愤怒。

“我果然触怒了你。不过，你可知道，我有个伯父也是数学家。你甚至可能听过他的名字：江涛·阮达。”

谢顿倒抽了一口气。“你是那位阮达的亲戚？”

“没错，他是家父的兄长。我没追随他的脚步，令他相当不高兴——他自己没有子女。于是我想到，要是让他知道我结识了一位数学家，或许他听了会开心。我想为你吹嘘一番——尽力而为——所以我查询了数学图书馆中的资料。”

“我懂了，这才是你去那里的真正原因。嗯——很抱歉，我想我没有什么能让你吹嘘的。”

“你想错了，结果我相当惊讶。你的论文究竟研究些什么题目，我连皮毛都不懂，不过那些资料似乎非常热门。而在我查阅新闻档案时，我发现你曾经出席今年的十载会议。所以……到底什么是‘心理史学’？显然，前两个字挑起我的好奇心。”

“我相信你看出了字面的意思。”

“除非我完全受到误导，否则在我看来，你似乎能推算出历史的未来轨迹。”

谢顿困倦地点了点头。“这差不多就是心理史学的意义，或者应该说，是它的意图。”

“但它是一门严肃的学问吗？”阮达又绽开笑容，“你不光是在丢树枝吧？”

“丢树枝？”

“那是指在我的母星侯帕拉上，孩童常玩的一种游戏。这种游戏是要预测未来，你如果是个聪明的小孩，就能从中得到好处。你只要告诉一位母亲，说她的女儿会长得很漂亮，将来会嫁一个有钱人，就会当场获赠一块蛋糕或半个信用点。她不会等到预言成真，你只要那么说，就能立刻获得奖赏。”

“我懂了。不，我不是在丢树枝。心理史学只是一门抽象的学问，极端抽象。它完全没有实际的应用，除非……”

“现在我们讲到重点了，‘除非’总是最有趣的部分。”

“除非我愿意发展出这样的应用。或许，假如我对历史多了解一点……”

“啊，这就是你研读历史的原因？”

“没错，可是对我毫无帮助。”谢顿以伤感的口吻说，“历史的范围太广，而有记载的部分却太少了。”

“这就是让你感到挫折的事？”

谢顿点了点头。

阮达说：“可是，哈里，你来这里才不过几个星期。”

“是的，但我已经能看出……”

“你不可能在短短几周内看出任何事。你也许得花上整整一辈子，才能获得一点点进展。想对这个问题真正有所突破，也许需要许多数学家好几代的努力。”

“李松，这点我也知道，但这并不能让我觉得好过一点。我想要自己做出一些可见的进展。”

“嗯，你把自己逼得精神错乱也无济于事。如果能让你觉得舒服点，我可以告诉你一个例子：有个题目远比人类历史单纯得多，可是许多人花了不知多少岁月，却一直没有多大进展。我会知道这件事，是因为本校就有一组人员在研究这个题目，我的一位好友也参与其事。要说挫折感哪！你根本不知道什么是挫折感！”

“是什么题目？”谢顿心中涌起一股小小的好奇。

“气象学。”

“气象学！”对于这个反高潮的答案，谢顿感到有些不悦。

“别扮鬼脸，好好听我说。每个住人世界都有大气层；每个世界都有各自的大气成分、各自的温度范围、各自的自转和公转速率、各自的轴倾角，以及各自的水陆分布。我们面对两千五百万个不同的问题，从来没有人能找到一条通则。”

“那是因为大气行为很容易进入‘混沌相’，人人都知道这个道理。”

“我的朋友杰纳尔·雷根就是这么说的。你曾经见过他。”

谢顿想了一下。“高个子？长鼻子？不怎么说话？”

“就是他——而且川陀几乎比其他任何世界更难理解。根据记录，在殖民之初，它具有相当正常的气候模式。然后，随着人口的增长，以及都市的扩张，能量的消耗不断增加，越来越多的热量排放到大气中。于是覆冰逐渐收缩，云层逐渐变厚，天气则愈变愈糟。这便促使居民向地底发展，造成恶性循环。气候愈差，居民愈是急于掘地和建造穹顶，因而使得气候变得更差。如今，整个行星几乎经年累月乌云密布，而且常常下雨——或是下雪，如果温度够低的话。只不过没有人能够研究出适当的解释。没有人做出正确的分析，来解释天气为何恶化到这种程度，或是合理地预测逐日变化的详情。”

谢顿耸了耸肩。“这种事很重要吗？”

“对气象学家而言，是的。他们为何不能像你一样，因为无法解决某个问题而感到挫折呢？别做个自我中心的偏执狂。”

谢顿想起通往皇宫的路上，那种乌云密布、潮湿阴冷的情形。

他说：“那么，目前做到什么程度呢？”

“嗯，有个庞大的研究计划正在本校进行，杰纳尔·雷根是负责人之一。他们觉得若能了解川陀的气候变化，便可对气象学的基本定律获得许多进一步认识。雷根渴望找出那些定律，就像你想找出心理史学定律一样。因此，他在上方……你知道，就是穹顶之上，架设了一个巨大的阵列，其中有各式各样的仪器。直到目前为止，他们还没有什么收获。既然一代代的气象学家，花了无数心血在大气问题上，却始终没有具体的成果，你不过是在几周时间内未能从人类历史中研究出结论，又有什么好抱怨的呢？”

阮达说得没错，谢顿心想，是他自己不够理智，而且态度错误。然而……然而……夫铭会说这项科学研究的失败，是这个时代在走下坡的另一个迹象。或许他也是对的，只不过他是指普遍的退化与平均效应。谢顿并未感到自己的能力与智力有任何退化。

他以略带兴致的口吻说：“你的意思是，他们爬到穹顶上面，进入外面的露天大气？”

“没错，那就是上方。不过，这可不是好玩的事。大多数川陀本地人不会那样做，他们不喜欢到上方去，光是想想就会令他们产生眩晕或其他症候。参与这个气象研究计划的大多是外星人士。”

谢顿从窗口往外望，视线穿过草地与校园中的小花园。一片阳光普照，没有任何阴影或丝毫闷热。他语重心长地说:“我不会责怪川陀人贪图温室的舒适，但我认为好奇心能驱使某些人到上方去，而我就是其中之一。”

“你的意思是，你想看看气象学的实际工作?”

“我想就是这样，怎样到上方去?”

“毫无困难。一部升降机就能把你带上去，门一打开，你就到了。我曾经去过，感觉实在……新奇。”

“这会让我暂时忘掉心理史学。”谢顿叹了一口气，“很高兴有这个机会。”

“此外，”阮达道，“我伯父常说‘知识皆一体’，或许很有道理。你也许会从气象学那里学到些什么，能对你的心理史学有所帮助。难道没这个可能吗?”

谢顿露出无力的笑容。“很多很多事都有可能。”然后，他又在心中补充道：但实际上却不可行。

22

铎丝似乎觉得很有意思。“气象学?”

谢顿说:“对。他们明天排了工作，我要跟他们一起上去。”

“你对历史厌倦了?”

谢顿忧郁地点了点头。“是的，的确如此，我希望来点变化。此外，阮达说，这是另一个过于复杂，以致数学难以处理的问题。

让我看看自己的处境并不孤独，对我也会有好处的。”

“我希望你没有空旷恐惧症。”

谢顿微微一笑。“我没有，但我知道你为何这样问。阮达说川陀人通常都有空旷恐惧症，不愿意到上方去。我可以想象，丧失这个保护层，他们会感到不舒服。”

铎丝点了点头。“你看出的是一件很自然的事，但是在银河系其他行星上，也能发现不少川陀人——观光客、行政官员、军人。反之，在外星人士之间，空旷恐惧症也并不罕见。”

“或许吧，铎丝，不过我并没有这个毛病。我感到好奇，我喜欢来点变化，所以明天我要加入他们。”

铎丝迟疑了一下。“我应该跟你一起上去，可是明天我的日程排得很满。话说回来，只要你没有空旷恐惧症，那就应该没问题，你可能会玩得很开心。喔，记得紧跟着那些气象学家，我曾经听说有人在上面迷路。”

“我会小心的。我很久没有在真实世界迷路了。”

23

杰纳尔·雷根生有一副阴郁的外表。这并非由于他的肤色，其实它相当顺眼；甚至也不是由于他又浓又深的眉毛。给人如此印象的真正原因，应该是他那两道眉毛突出于深陷的眼窝与又高又凸的鼻子之上。因此，他总是带着一种极不快乐的表情。他的眼角一向没有笑意，而他的话也很少，不过他一旦开口，就会有一种深沉、雄浑而且嘹亮的声音，很难让人相信是从这个相当瘦小的身体发出来的。

他说："谢顿，你需要暖和一点的衣服。"

谢顿说："哦？"然后四下望了望。

另有两男两女准备跟雷根与谢顿一同上去，他们都和雷根一样，在光滑如缎的川陀服装外面罩了一件厚毛衣。每件毛衣都是色彩鲜艳、设计大胆，但谢顿已经见怪不怪。当然，没有哪两件有丝毫雷同之处。

谢顿低头看了看自己。"对不起，我不知道。可是我并没有合适的外套。"

"我可以给你一件，我想这里应该还有多出来的——好，找到了。有点破旧，但总比不穿好。"

"穿这样的毛衣会让人热得很不舒服。"谢顿说。

"在这里的确会。"雷根说，"上方的情形却不一样，那里又冷风又大。可惜我没有多余的绑腿和靴子能借你，等会儿你就会想要了。"

他们带着一推车的仪器，正在一个一个测试，谢顿觉得他们的动作慢到没有必要的程度。

"你的母星冷吗？"雷根问道。

谢顿说："赫利肯某些地区当然冷。我住的地方则气候温和，而且经常下雨。"

"太糟了，你不会喜欢上方的天气。"

"我想我们在上面这段时间，我总有办法挺得住。"

准备就绪之后，一行人便鱼贯进入标示着"公务专用"的升降机。

“那是因为它直接通往上方，”其中一名年轻女子说，“要是没有好理由，一般人不该到那里去。”

谢顿以前未曾见过这名年轻女子，但刚才听别人叫她克劳吉雅。他不知道那究竟是名还是姓，或者只是一个昵称。

较诸谢顿之前在川陀或赫利肯所搭过的升降机，这部升降机似乎没什么不同（当然，那次他与夫铭使用的重力升降机例外）。但是，由于知道它将带着自己脱离这颗行星，抵达空无一物的上方，不禁令人有置身太空船的感觉。

谢顿在心中暗笑，这实在是愚蠢的幻想。

升降机在微微颤动，使谢顿想起夫铭有关银河帝国衰败的预言。雷根与另外两男一女似乎进入入定状态，仿佛在踏出升降机前，他们将暂停一切思想与行动。不过克劳吉雅却频频瞥向他，好像发现他极为引人注目。

谢顿向她凑近，对她耳语道（他唯恐打扰到其他人）：“我们要到非常高的地方吗？”

“高？”她重复了一遍。她以正常的音量说话，显然并未感到其他人需要安静。她似乎非常年轻，谢顿想到她可能是大学部的学生，或许只是来实习的。

“我们上升已有好一阵子，上方一定在很高层的空中。”

一时之间，她露出困惑的表情。然后她说：“喔，不对，一点也不高。我们从非常深的地方出发，校园位于低层。我们使用大量的能源，住得够深，能量的消耗就会相对降低。”

这时雷根说：“好，我们到了。大家把设备推出去吧。”

升降机在微微震颤中停下来，宽大的机门迅速滑开。此时气温立刻下降，谢顿赶紧将双手插进口袋，并庆幸自己身上套了一件毛衣。一阵冷风吹乱他的头发，他才想到最好还能有顶帽子。正当他这样想的时候，雷根已经从毛衣折袋掏出一样东西，一把将它扯开，再戴到自己头上，而其他人也纷纷照做。

只有克劳吉雅犹豫不决。正想戴上帽子之际，她却暂停了动作，然后将帽子递给谢顿。

谢顿摇了摇头。“克劳吉雅，我不能拿你的帽子。”

“拿去吧。我有长头发，而且相当浓密。你的头发短，而且有点……薄。”

谢顿很想极力否认这一点，若是换个场合，他就一定会这么做。然而，此时他只是接过帽子，咕哝道：“谢谢你。如果你的头觉得冷，我马上还给你。”

也许她并非那么年轻，而只是因为她有一张几乎是娃娃脸的圆脸。由于她提到自己的头发，谢顿才注意到它是迷人的红褐色。在赫利肯，他从未见过这种颜色的头发。

外面是沉沉的阴天，正如他经过露天的乡间，前往皇宫途中所遇到的天气。今天比那天冷了许多，但他猜想这是因为前后相隔六周，如今已是深冬的缘故。此外云层也比那时还厚，而且天色更加阴暗和恶劣——或者只是因为天快黑了？当然，他们既然到上面来从事重要工作，不会不为自己预留充分的白昼时间。或者说，他们算准了很快就能完成工作？

他原本想要开口发问，又想到此刻他们或许不喜欢有人问东问西。这些人似乎都进入某种特殊的精神状态，从兴奋到愤怒不一而足。

谢顿检视了一下周围的环境。

他站在某种东西上面，猜想可能是黯淡的金属。这是他暗中重踏一脚之后，根据响起的声音所判断的。然而，那并非裸露在外的金属，他行走时会在上面留下脚印。这个表面显然覆盖着一层灰尘，或是细沙或粘土。

嗯，为何不会呢？几乎不可能有人上来打扫这个地方。出于好奇心，他弯下腰来掐了一点尘土。

克劳吉雅已经走到他身边，注意到他的动作。她像家庭主妇被人逮到漏洞那样，以尴尬的口吻说："为了这些仪器，我们的确经常清扫这附近。上方大多数地方比这里糟得多，不过其实没什么关系。你知道吗，这些沙土可以用来隔热。"

谢顿含糊应了一声，又继续四下张望。那些看来像是从薄土壤（如果能这样称呼的话）长出来的各种仪器，他根本不可能了解它们的功用。对于它们究竟是些什么，或者测量些什么，他连最模糊的概念都没有。

这时雷根走过来，一路小心翼翼抬起脚，又小心翼翼放下来。谢顿想到，他这样做是为了避免仪器受到震动。于是他提醒自己，从现在起也要这样走路。

"你！谢顿！"

谢顿不太喜欢这种语调，冷淡地答道："什么事，雷根博士？"

"好吧，既然这样，谢顿博士。"他的口气很不耐烦，"阮达那小个子告诉我，说你是个数学家。"

"是的。"

"优秀的数学家？"

"我希望如此，但这是难以保证的事。"

"你对棘手的问题特别有兴趣？"

谢顿若有所感地说："我正陷在一个难题里面。"

"而我陷在另一个难题里。你可以随便看看，如果有什么问题，我们的实习生克劳吉雅会帮你解答。你也许有办法助我们一臂之力。"

“我乐意效劳，可是我对气象学一窍不通。”

“谢顿，这没有关系。我只希望让你对这件事有点感觉，然后我再跟你讨论我的数学问题，如果它也能称为数学的话。”

“我随时候教。”

雷根转身离去，那张又长又苦的脸看来绷得很紧。然后他又转回来，对谢顿说：“如果你觉得冷，冷得受不了，记着升降机的门是开着的。你只要走进去，在标着‘大学底层’的地方按一下，它就会带你下去，然后又会自动回到我们这里。万一你忘了，克劳吉雅会教你。”

“我不会忘记的。”

这次他真的走了开。谢顿目送他的背影，感到冷风如利刃般切割着身上的毛衣。此时克劳吉雅走回来，她的脸被风吹得有些发红。

谢顿说：“雷根博士似乎心浮气躁，或是他的人生观一向如此？”

她吃吃笑了起来。“大多数时候，他的确表现出一副浮躁的模样，不过现在却是真的浮躁。”

谢顿非常自然地问道：“为什么？”

克劳吉雅转头望了望，长发随之飞舞一圈。然后她说：“我不该知道的，不过我还是知道了。雷根博士本来全都算好了，今天这个时候，云层会裂开一道隙缝，他原本打算在阳光下做些特殊的测量。只不过……嗯，你看这个天气。”

谢顿点了点头。

“我们在这上面装有全息接收机，所以他早就知道乌云密布——比平常还要糟。我猜，他很希望是那些仪器出了毛病，这样问题就在于仪器，而不在他的理论。不过直到目前为止，他们还没有发现任何故障。”

“所以他显得这么闷闷不乐。”

“嗯，他从未显得快乐。”

谢顿眯着眼睛四下眺望。虽然乌云遮日，光线仍旧刺眼。他察觉到脚下的表面并非全然水平，他其实是站在一个浅坡的穹顶上。当他极目望去，四面八方都能见到许多穹顶，各有各的宽度与高度。

“上方似乎崎岖不平。”他说。

“我想很少有例外，当初就是这样兴建的。”

“有没有什么理由？”

“其实也没什么理由。你知道吗，我刚来的时候和你一样，也是到处张望，逢人就问。我听到的解释是这样的，川陀居民原本只在特定场所，例如室内购物中心、体育竞技馆这种地方建造穹顶，后来才扩及整个城镇。那时，全球各处有许多穹顶，高度和宽度都不尽相同。等到它们通通连起来，各处自然凹凸不平。不过到了那个时候，人们已经认定它就应该是这个样子。”

“你的意思是，原本相当偶然的一件事，后来却被视为传统？”

“我想是吧，你要这么说也可以。”

假如某些相当偶然的事件，会很容易就被视为传统，因而再也无法打破，或者几乎牢不可破，谢顿想道，这算不算心理史学的一条定律呢？它听来相当显易，可是，其他同样显易的定律还有多少呢？一百万条？十亿条？究竟有没有少数几条一般性定律，能将这些显易的定律逐一导出？他怎么弄得清楚呢？一时之间他陷入沉思，几乎忘记了刺骨的寒风。

然而，克劳吉雅依旧感到强风的存在，因为她一面发抖一面说：“天气真是恶劣，躲在穹顶底下好多了。”

“你是川陀人吗？”谢顿问道。

“是的。”

谢顿想起阮达曾经讥笑川陀人都有空旷恐惧症，于是说：“你不介意待在上面吗？”

“我恨透了。”克劳吉雅说，“可是我想取得学位、专长和地位，而雷根博士说，除非我做些田野工作，否则就无法毕业。所以我只好来啦，虽然我恨透了，尤其是这么冷的时候。对了，像这么冷的天气，你做梦也想不到真有植物在穹顶上生长吧？”

“真的吗？”他以锐利的目光望着克劳吉雅，怀疑这是专门设计来愚弄他的一种恶作剧。她看来全然天真无邪，不过这有多少是真的，又有多少只是由于她的娃娃脸？

“喔，当然是真的。即使在这里，天气暖和时也有植物。你注意到此地的土壤吗？我说过，为了我们的研究工作，我们总是把泥土扫走。可是在其他地方，到处都累积有泥土，穹顶交接的低洼处积得尤其深，植物就在那里生长。”

“可是，那些泥土又是从哪里来的？”

“当穹顶尚未将这颗行星全部覆盖的时候，风把泥土吹到上面，一点一点累积起来。然后，当川陀整个被穹顶笼罩、生活空间愈挖愈深时，不时会有些土壤被掘出来，合适的话，就会被洒到穹顶上。”

“不用说，这样会把穹顶压坏的。”

“喔，不会。这些穹顶非常坚固，而且几乎到处都有支撑。当初的想法，根据我从一本影视书所读到的，是准备在上方种植农作物，结果却发现在穹顶里面发展农业更加实际。而酵母和藻类也可以在穹顶内培养，减轻了普通农作物的需求压力，所以人们最后决定任由上方荒芜。此外上方也有一些动物——蝴蝶、蜜蜂、老鼠、兔子，都好多好多。”

“植物根部不会对穹顶造成损害吗？”

“好几千年以来，一直未曾发生这种情形。穹顶都经过处理，对根部有排斥性。大多数植物都是草，不过也有树木。如果是暖和的季节，或者我们再往南走，或者你在一艘太空船上，那么你自己就能看出来。”她很快瞟了他一眼，“你从太空降落时，有没有看一看川陀？”

“没有，克劳吉雅，我必须承认并未看过。超空间飞船一直没转到适宜观景的角度。你自己从太空中眺望过川陀吗？”

她露出无力的笑容。“我从未上过太空。”

谢顿往四处望去，只见一片灰暗。

“我实在无法相信。”他说，“我是指上方有植物这件事。”

“不过，这是千真万确的。我听人家说过——他们像你一样，也是其他世界人士，但他们真的从太空看过川陀——据说这颗行星看起来绿油油一片，好像一块草地，因为表面大多是草丛和矮树丛。事实上，还有树木呢。离这里不远就有一片树林，我曾经见过。它们都是常绿树，最高的有六米。”

“在哪里？”

“你在这里看不见，它在某个穹顶的另一侧。是……”

这时传来一阵微弱的呼唤：“克劳吉雅，回来这里，我们需要你。”谢顿发觉他们边聊边走，已经与其他人有了一段距离。

克劳吉雅说：“喔——来啦。抱歉，谢顿博士，我得走了。”她拔腿就跑，虽然穿着厚实的靴子，仍然设法将脚步放得很轻。

她有没有在跟他闹着玩？是不是为了找乐子，才对一个容易受骗的外人灌输那么多谎言？这种事在任何时间、任何世界上都时有所闻。透明般诚实的态度也无法做准；事实上，成功的说谎家总会刻意制造这种态度。

所以说，上方真有六米高的树木吗？他并未多加思索，便朝地平线上最高的一个穹顶走去。他不停摆动双手，试图使自己暖和一点，双脚却觉得越来越冷。

克劳吉雅并未指出方向。她应该给一点提示，告诉他那些树木的方位，可是她没有。为什么没有呢？是啊，她刚好被人叫走了。

穹顶一律十分宽广，可是都不太高。这是个好现象，否则这趟路程更要困难许多。另一方面，缓坡代表他必须吃力地走一大段路，才能登上一座穹顶的顶峰，俯视另一侧的景象。

最后，他终于看到那座穹顶的另一侧。他回头望去，想确定自己仍看得见那些气象学家以及他们的仪器。他们待在一个遥远的谷地，与他有好大一段距离，不过他还是看得足够清楚，很好。

他没有发现任何树林或树木，却看到两个穹顶间有一道蜿蜒曲折的凹洼。这条干沟两侧的土壤比较厚，偶尔可见一些绿色斑点，看来或许是苔藓。假如他沿着这条干沟前进，而前面的凹洼够低、土壤够厚的话，就有可能发现树木。

他向后眺望，试图将一些地标牢记心中，目力所及却尽是起伏的穹顶，这使他踌躇不前。铎丝曾警告他有迷路的可能，当时这似乎是毫无必要的忠告，如今已经显得较有道理。话说回来，他觉得那条干沟明明是某种小路。如果沿着它走一段，那么他只要向后转，就能循原路走回这个出发点。

他故意迈开大步，沿着拐弯抹角的干沟往下走。头顶上传来一阵轻微的隆隆噪音，不过他并未留意。他已下定决心要看看那些树木，此时此刻，他心中只有这一个念头。

苔藓越来越厚，像地毯一样四处蔓延，还不时可见一簇簇的草丛。上方虽然一片荒芜，这些苔藓却生得鲜嫩青翠，谢顿因而想到，在一个多云而阴暗的行星上，很可能有大量的雨水。

这条干沟继续弯来弯去，不久，在另一座穹顶的正上方，有个黑点镶在灰暗的天空背景中。他知道终于发现树木了。

看到这些树木之后，他的心灵好像获得解放，总算能想到其他事情，这时谢顿才注意到那阵隆隆声。刚才他不假思索，就把它当做机器运转的声音，因此根本未曾理会。现在，他开始考虑这个可能性：它真是机器发出的噪音吗？

为何不是呢？他如今站在一座穹顶上，而这个星球都市的二亿平方公里面积，全部覆盖着无数类似的穹顶。在这些穹顶之下，一定隐藏着各式各样的机械，例如通风系统的发动机。或许，在这个大都会的其他声音尽皆消逝的时空点，它的声音便清晰可闻。

只不过它似乎并非从底下传来的。他抬头看了看阴沉单调的天空，什么也没有。

他继续仔细扫描天空，两眼之间挤出笔直的皱纹。然后，在远方——

在灰暗的背景中，跳出一个小黑点。不论那是什么东西，它似乎正在四下移动，仿佛想在它被云层再度遮掩之前，趁机赶紧定好方位。

他突然有一种毫无来由的想法：他们是在找我。

几乎在他尚未想出行动方针之前，他已经采取行动。他沿着那条干沟，拼命朝那些树木奔去。为了更快抵达目的地，他在半途左转，飞也似地越过一个低矮的穹顶，踏过遍地垂死的棕色羊齿类，包括那些长着鲜红莓果的多刺嫩枝。

24

谢顿气喘吁吁，面对着一棵树，双手紧紧环抱着。他凝望天空，等待那个飞行物再度出现，以便能像松鼠那样，及时躲到树木的另一侧。

这株树木触手冰凉，树皮粗糙，抱起来一点也不舒服，但是却提供了掩护。当然，如果对方使用热源追踪仪搜寻他的下落，这个掩护或许还不够。但另一方面，冰冷的树干仍有可能造成干扰。

他脚下是硬邦邦的密实土壤。即使在这个躲躲藏藏的时刻，即使他一方面想要看清追捕他的人，一方面又要保持自己的隐匿，他仍然忍不住纳闷：这层土壤会有多厚？花了多久时间累积而成？在川陀较温暖的地区，有多少穹顶的背上长了森林？树木是否一律局限于穹顶之间的干沟，而将较高的区域留给苔藓、草丛与矮树丛？

他再次看到那个飞行物。它并非一艘超空间飞船，甚至不是普通的喷射机，而只是一架喷射直升机。他能看见离子尾的黯淡光辉，从一个六角形的六个顶点喷射出来。离子中和了重力的吸引，让机翼托着它像大鸟般翱翔。这是一种可以在空中盘旋、用来探勘行星地表的飞行器。

幸好云层救了他。即使他们使用热源追踪仪，也顶多只能知道有些人在下面。喷射直升机必须做一次短暂的俯冲，来到连绵不断的云幕之下，才有希望确定这里究竟有多少人类，以及是否包括机员正在寻找的那个人。

现在，那架喷射直升机飞得更近，但也因此无法躲过他的眼睛。引擎的隆隆声泄露了行踪，而只要坚持继续搜索，他们就不能将它关掉。谢顿熟悉这种喷射直升机，因为不论是在赫利肯，或是在任何没有穹顶、天空时阴时晴的世界，它们都是很普遍的交通工具，有很多还是私人所有的。

喷射直升机在川陀可能有什么用呢？这个世界的人通通生活在穹顶下面，天上几乎永远飘着低空云幂——唯有政府才会拥有少数这种飞行器，目的正是为了追捕被引诱到穹顶上的通缉犯。

这有何不可？政府军警人员无法进入大学校园，但谢顿现在可能已不在校园内。他正在穹顶上，它或许不属于任何地方政府的管辖范围。帝国飞行器也许绝对有权降落在任何穹顶上，盘问或带走那里的任何人。这点夫铭未曾警告他，但可能是他刚好没想到。

此时那架喷射直升机更接近了。它正在四处钻探，像一只瞎了眼的野兽，想用鼻子嗅出猎物的踪迹。他们会不会想到搜查这丛树木？他们会不会降落，再派出一两名武装士兵，把这片树林整个翻一遍？

真是这样的话，他又该怎么办？他手无寸铁，而面对神经鞭带来的剧痛，他矫捷的身手将毫无用武之地。

但它并未试图降落。若非他们并未发现这些树木有可疑之处……

就是……

他突然冒出一个新的念头：它会不会根本不是一艘缉凶飞行器呢？会不会只是气象试验的一环呢？气象学家当然也想对高层大气进行测试。

自己是傻子吗，竟然躲避它？

天空越来越阴暗，云层也越来越厚。或者，更可能的情况，是夜晚即将降临。

气温则越来越低，而且会继续下降。难道他要留在这里让全身冻僵，只因为出现一架全然无害的喷射直升机，触发了他从未察觉的妄想症？他兴起一种强烈的冲动，想要离开这片树林，回到那个气象站去。

毕竟，夫铭怕得不得了的那个家伙——丹莫刺尔——又怎么会知道，谢顿将在这个时候来到上方，向他们自投罗网？

一时之间，这个想法似乎成了定论。他一面冷得发抖，一面从树干后头走出来。

然后，他又匆匆跑回原处，因为那架飞行器重新出现，而且比刚才更加接近。他一直没看到它在进行任何类似气象研究的工作，它的动作完全不像是在采样、测量或试验。话说回来，如果他们真在进行这类工作，他又是否能够判断？他不知道这架飞机上究竟载有什么仪器，以及那些仪器如何运作。倘若他们的确是在进行气象研究，他或许也看不出来。然而，他能冒险走出去吗？

无论如何，万一丹莫刺尔果真知晓他正在上方呢？这很简单，只要在这所大学工作的一名特务，获悉此事而立刻向他报告即可。最初，是那个喜气洋洋、满脸笑容的小个子东方人李松·阮达，建议他到上方来看看的。他相当卖力地提出这个建议，但在他们的交谈中，这个话题出现得并不自然，至少还不够自然。他有没有可能是政府的特务，而且已经设法通报丹莫刺尔？

此外，还有借他一件毛衣的雷根。这件毛衣的确派上用场，可是雷根为何不早些告诉他需要毛衣，好让他能自己准备一件？他现在穿的这件有什么特别吗？它是单纯的紫色，其他人穿的却都是川陀流行的花花绿绿。任何人从高空向下眺望，都会看到有个单色斑点在缤纷的色彩中运动，而立刻知道要找的是谁。

至于克劳吉雅呢？她到上方应该是来实习，并充当那些气象学家的助手。她怎么可能有时间来找他，跟他悠闲地聊天，不动声色地把他从众人身边引开，将他孤立起来，令他很容易被捉到？

这样想来，铎丝·凡纳比里有没有嫌疑？她知道他要来上方，却没有阻止这件事。她大可跟他一道来，可是她偏偏很忙。

这是一项阴谋。毫无疑问，这是一项阴谋。

现在他已经说服自己，再也不会想离开那些树木的荫庇。他感到双脚好像两块冰，用力跺了几步，却似乎根本没用。那架喷射直升机永远不会走吗？

正当他这样想的时候，引擎的隆隆音调陡然升高，喷射直升机重新钻入云层，一下子就无影无踪。

谢顿尽力倾听，连最小的声音都不放过，最后确定它终于远去。不过，即使在确定这点之后，他仍旧无法肯定这是不是引他现身的计谋。时间一分一秒慢慢溜走，他依然留在原处，而夜幕则继续低垂。

最后，当他觉得再不冒险走出来，唯一的可能是被冻僵时，他终于迈开脚步，小心翼翼地离开树林的荫庇。

毕竟，此时已是暮色苍茫。除非使用热源追踪仪，他们再也无法侦测到他，但若果真如此，他就能听见喷射直升机折返的声音。他在树林边等着，心中暗自盘算，准备只要听到一点点声音，就立时再躲进树林。不过，一旦被侦察到，躲回去又有什么用，他却根本无法想象。

谢顿四下张望。假如他能找到那些气象学家，他们一定有人工照明设备，但除此之外，再也不会有任何光亮。

他勉强还能看清周遭的景物，可是再过一刻钟，顶多半小时，他将什么也看不见。身边没有灯光，头上不再有多云的天空，四周将被黑暗笼罩，伸手不见五指。

想到被全然黑暗吞没的可怕后果，谢顿了解到必须尽快设法回到那条干沟，然后循着原路回去。他一面紧抱双臂藉以保暖，一面朝着心目中那条干沟的方位前进。

当然，树林周围的干沟或许不只一条，但他隐约认出一些刚刚见到的莓果嫩枝，不过它们现在不再鲜红，几乎成了黑色的果子。他不能再耽搁，必须假设自己的判断正确。借着越来越弱的视力，以及脚下植物的指引，他尽快爬上那条干沟。

可是他不能永远待在干沟里。他已来到一座他自认为附近最高的穹顶，找到另一条与他的行进方向刚好垂直的干沟。根据他的计算，他现在应该向右转，接着向左急转，然后沿着那条路一直走，就能走到那些气象学家所在的穹顶。

谢顿左转之后，抬起头来，只能刚好看见一座穹顶的轮廓，镶嵌在明亮些许的天空中。一定就是它！

或者，那只是一厢情愿的想法？

他必须假设那并非一厢情愿。他尽可能加快脚步向那座穹顶走去，眼睛一直盯着那个顶峰，以便能够尽量沿着直线前进。当他逐渐接近，穹顶显得越来越大时，它镶在天空的轮廓却越来越难以确定。假使他没有弄错，他很快就会爬上一道缓坡，而当坡度变得水平时，他就能俯瞰另一侧，看到那些气象学家的灯火。

在一片漆黑中，他无法判断路上横亘着什么东西。他好希望至少有几颗星星射出些微光线，不禁想到失明是否便是这种感觉。他一面走一面挥舞双臂，仿佛将手臂当成两根触角。

气温一分一秒地降低，他偶尔会停下脚步，对双手吹一口暖气，再将手掌塞在腋下取暖。他又突发奇想，真心希望双脚也能如法泡制。他还想到，如果现在开始降水，那一定是下雪，或是更糟的情况——下冻雨。

继续……继续，没有其他的办法。

最后，他终于发现自己好像在往下走。如果不是一厢情愿的幻想，就代表他已经越过穹顶的顶峰。

他停下脚步。假如他已经越过穹顶的顶峰，应该就能看见气象站的人工照明。他会看到那些气象学家带着灯火到处走动，仿佛萤火虫般闪烁飞舞。

谢顿闭上双眼，仿佛要让眼睛先适应黑暗，以便再试一次，不过那只是个糊涂的举动。当他闭起眼睛的时候，并未感到比张开时更黑；而等到他重新张开眼睛，也不比刚才闭起时更亮一点。

也许雷根与其他人皆已离去，不但带走了他们的照明设备，还将仪器的灯光全数关闭。或者也有可能，是谢顿错爬了另一座穹顶。或者因为他沿着那座穹顶周围的弯路前进，以致如今面对着另一个方向。或是刚才他选错了干沟，从树林出发时早已朝错误的方向走去。

他该怎么办?

假如他面对的是另一个方向，那还有机会在左方或右方看到光线——可是并没有。若是他一开始就选错了干沟，现在绝不可能再回到那片树林，重新寻找另一条干沟。

他如今唯一的机会，在于假设方向正确，那个气象站差不多在他的正前方。只不过那些气象学家全走了，而将它留在黑暗中。

所以说，前进吧。成功的机会也许不大，却是他仅有的机会。

根据他的估计，当初从气象站走到穹顶的顶峰，总共花了半个小时。其中一半路程有克劳吉雅作伴，两人悠闲地走着，并没有迈开步伐。而此时此刻，处于令人毛骨悚然的黑暗中，他的步伐则要比悠闲漫步稍微快了点。

谢顿继续拖着沉重的脚步，有气无力地往前走。若能知道现在几点就好了，他身上当然有一条计时带，不过在黑暗中……

他停了下来。他戴的是一条川陀计时带，它能显示银河标准时间（如同所有的计时带一样）以及川陀当地时间。通常计时带在黑暗中并不会失效，磷光装置让人在昏暗的寝室里也能知晓时间。至少，赫利肯的计时带绝对具有夜视功能，川陀计时带又为何没有呢？

他带着迟疑而忧虑的心情望着计时带，触摸了一下将电能转换成光能的开关。计时带立刻发出微弱的光芒，告诉他现在时间是1847。由于夜晚已经降临，谢顿知道如今一定是冬季——冬至过去多久了？川陀的轴倾角是多少度？一年有多长？此时他的位置距离赤道多远？对于这些问题，他毫无线索，但重要的是眼前出现了可见的光芒。

他并没有失明！不知为什么，计时带的微弱光辉重新燃起他的希望。

他的精神振奋起来。他要朝那个方向继续前进，要再走上半个小时。假如什么也没有遇到，他将继续再走五分钟，就是五分钟，绝不会再多。倘若他仍旧什么也没遇到，他便要停下来，好好想一想。然而，那将是三十五分钟之后的事。在此之前，他要全神贯注往前走，并运用意志使自己感到温暖（他使劲动了动脚趾，仍能感到它们的存在）。

谢顿迈着蹒跚的步伐前进，半小时很快过去了。他停了一下，然后犹豫地再走了五分钟。

现在他必须做出决定。什么也没有看到，他可能在任何地方，远离任何一个穹顶入口。反之，他也可能正站在气象站的左方或右方三米处——甚至更近。他或许与穹顶入口只有两臂之遥，只不过它并未开启。

现在怎么办？

喊叫有没有用呢？除了飕飕的风声之外，全然的死寂将他重重包围。若说穹顶植物里藏有鸟类、野兽或昆虫，它们也不会在这个季节、这个时刻，或是这个地方出没。此时，只有刺骨的寒风不停袭来。

或许他应该一路不停地喊叫。在寒冷的空气中，声音有可能传得很远。但是，会有任何人听到吗？

穹顶里的人会听到他的喊叫吗？有没有任何仪器专门侦测上方的声音或运动？里面会不会正好有人值班？

这似乎是个可笑的想法。真有的话，他们早该听到他的脚步声，对不对？

然而……

他还是大声喊道："救命！救命！有没有人听到？"

他的叫声一半卡在喉咙里，还带着几分尴尬。冲着无边而黑暗的虚空大叫大嚷，似乎是一件愚蠢的事。

不过，他觉得在这种情况下迟疑不决，却是更愚蠢的行为。恐慌逐渐充塞他心中。他深深吸了一口冷空气，再度开始尖叫，并且尽可能将叫声拉长。接着他再吸一口气，以不同的音调发出尖叫。然后又再试了一次。

谢顿暂停叫喊，上气不接下气地转头望向四面八方，虽然他什么也看不见，甚至无法察觉到回声。除了等待天亮，已经没有什么办法了。可是在这个季节，夜晚究竟有多长？又会变得多冷呢？

他觉得脸上像是被寒针刺了一下，不久之后又是一下。

——那是一颗颗的冰珠，在漆黑中悄悄落下，而他根本无法找到任何遮蔽。

他想，假如让那架喷射直升机看到我，把我抓走，那么情况应该还要好些。此时我或许已是一名囚犯，但至少会感到温暖与舒适。

或者，假如夫铭从来没有插手，我可能早就回到赫利肯了。虽然生活在监视之下，却能享有温暖与舒适。此时此刻，那是他仅有的渴望——温暖与舒适。

然而，这时他唯一能做的却只有等待。他将身子缩成一团，不论夜有多长，他绝不敢入睡，这点他相当明白。他脱下鞋子，搓了搓冻僵的双脚，然后赶紧重新套上。

他知道必须整晚不断重复这个动作，而且还要摩擦自己的双手与耳朵，以保持血液循环流畅。但最重要的一件事，是记住一定不能让自己睡着，否则必死无疑。

将一切仔细想清楚之后，他不知不觉闭上眼睛，逐渐进入梦乡，而冰珠仍不停落下。

第六章

拯 救

杰纳尔·雷根：……他在气象学上虽颇有贡献，但与所谓的“雷根悬案”相较之下，那些贡献尽皆黯然失色。他的行动曾将哈里·谢顿置于险境，这已是不争的事实。不过引起众人争论——而且始终争论不休的——在于这些行动究竟是无意间导致的结果，抑或是蓄意阴谋的一部分。双方争得面红耳赤，但即使最深入的研究也无法得出定论。无论如何，在其后数年间，光是涉嫌便几乎毁掉雷根的事业与私生活……

——《银河百科全书》

25

当铎丝·凡纳比里找到杰纳尔·雷根的时候，白昼时光尚未完全结束。对于她带着焦虑的问候，他的回应是哼了一声，并随便点了点头。

“好，”她带点不耐烦地说，“他怎么样了？”

雷根一面将资料输入电脑，一面说：“谁怎么样了？”

“我的图馆课学生哈里，哈里·谢顿博士。你今天带他到上面去，他对你有没有什么帮助？”

雷根将双手从电脑键盘上移开，转过身来。“那个赫利肯佬？他一点用都没有，也没表现出任何兴趣。他一直在看风景，其实根本没什么风景可看。真是个怪人，你为什么要让他上去？”

“那不是我的主意，是他自己想去的。我无法了解，但他的确非常有兴趣——现在他在哪里？”

雷根耸了耸肩。“我怎么会知道？在附近吧。”

“跟你们下来之后，他到哪里去了？他有没有说？”

“他没有跟我们一起下来。我跟你说过，他没兴趣。”

“那么，他是什么时候下来的？”

“我不知道。我没看着他，我有一大堆事要做。大约两天前，一定曾有一场风暴和某种豪雨，两者都是始料未及的。我们预期今天会出现的阳光，却又偏偏不肯露脸。我们的仪器所显示的数据，对这些现象都无法提出一个好的解释。现在我正试图弄明白，而你却在打扰我。”

“你的意思是，你没看到他下来？”

“听着，我根本未曾想到他。那个白痴没穿对衣服，我看得出来，不到半小时他就会受不了上面的寒冷。我给了他一件毛衣，那对他的腿和脚却没什么帮助。所以我让升降机开着，并且告诉他如何使用；我对他解释，说升降机把他带下去之后，会自动回到上面来。整个程序非常简单，我确定他果真耐不住寒冷，果真提早离去，然后升降机又回到上面，最后我们也都下来了。”

“可是，你不晓得他究竟何时下来的？”

“对，我不知道。我告诉过你，当时我很忙。不过我们离开时，他的确不在那里。而且那时暮色即将降临，看来好像还要下冰珠。所以他必定早就离开了。”

“有没有任何人看到他下来？”

“我不知道。克劳吉雅也许看到了，她曾经跟他在一起一会儿。你为何不去问她？”

铎丝在克劳吉雅的寝室找到她，她刚冲完一个热水浴。

“上面可真冷。”她说。

铎丝问道：“在上方的时候，你和哈里·谢顿在一起吗？”

克劳吉雅扬起眉毛，答道：“是的，有一阵子。他想要到处走走，还问了些有关该处植物的问题。铎丝，他是个心思敏锐的人。万事万物似乎都会引起他的兴趣，所以我尽量把知道的全告诉他，直到雷根把我叫回去为止。雷根当时脾气坏得想杀人，天气并不理想，而他……”

铎丝插嘴道：“那么，你没有看到哈里搭升降机下来？”

“雷根把我叫回去之后，我就再也没有看到他——不过他一定下来了，我们离开的时候，他已经不在上面。”

“可是我到处都找不到他。”

克劳吉雅看来也慌了。“真的？可是他一定在下面。”

“不，他并不一定在下面。”铎丝越来越焦急，“万一他还在上面呢？”

“那是不可能的，他绝不在上面。离开之前，我们自然到处找了找。雷根曾教他怎么下来。他的衣服不够，而且当时天气很糟。雷根告诉他，觉得冷的话就不必等我们。那时他已经开始冷了，我知道！所以除了下来之外，他还会做什么呢？”

“可是没有人亲眼看到他下来——他在上面有没有出什么问题？”

“绝对没有，至少我和他在一起的时候没有。他好得很——当然，不过一定觉得冷。”

铎丝此时心乱如麻，又说：“既然没有人看到他下来，他就可能还在上面。我们不该上去看看吗？”

克劳吉雅紧张兮兮地说：“我告诉过你，我们下来之前到处找过了。当时还相当明亮，但谁也没见到他的踪影。”

“我们还是去看看吧。”

“可是我无法带你上那里去。我只是个实习生，没有开启穹顶出口的密码。你得去求雷根博士。”

26

铎丝·凡纳比里知道雷根现在一定不愿到上方去，必须强迫他才行。

首先，她又到图书馆与用餐区巡视一遍，然后再打电话到谢顿的房间。最后，她走到他的宿舍门口，按下门上的讯号钮。在确定无人应门之后，她请来该层的管理员开门，发现他果然不在里面。她还问了几个过去数周谢顿陆续结识的人，没有一个人看到过他。

好吧，她只好硬逼着雷根带她到上方去。不过现在已经入夜，他一定会极力拒绝。然而，在这个能冻死人的夜晚，冰珠眼看就要转为雪花，哈里·谢顿倘若果真困在上面，她又能浪费多少时间来和雷根争论？

她突然冒出一个念头，立刻冲到一台小型“大学电脑”前，这种电脑专门记录所有学生与教职员的最新状况。

她的十指在键盘上飞舞，很快就找到她要的资料。

有三个人可以求助，却都住在校园另一角。她召来一辆小型滑车将她载到那里，很快就找到了那栋宿舍。不用说，三人之中总该有一个在家——或起码找得到。

这回她很幸运。她按下第一个房门上的讯号钮，询问灯随即亮起。她键入自己的身份识别码，其中还包括她所隶属的学系。房门打开后，一个胖胖的中年男子好奇地盯着她。他显然正在梳洗，准备出去晚餐。他的深色金发凌乱不堪，而且上身未穿任何衣服。

他说："抱歉，你来得真不是时候。凡纳比里博士，我能为你做些什么吗？"

她带着轻微的喘息说："你就是罗根·班纳斯楚，首席地震学家吗？"

"没错。"

"这是紧急事件，我必须看看过去几小时内上方的地震记录。"

班纳斯楚瞪着她。"为什么？什么事也没有啊。如果有我一定会知道，地震仪会通知我们。"

"我不是指流星撞击。"

"我也不是，那还轮不到求助地震仪。我是指砂砾造成的细微裂缝，今天一个也没有。"

"我指的也不是那种情况。拜托，带我去地震仪那里，帮我解读一下。这是生死攸关的大事。"

"我有个晚餐约会……"

"我说生死攸关，绝非开玩笑。"

班纳斯楚说："我不懂……"但在铎丝的瞪视下，他的话只说了一半。他擦了擦脸，对着留言机很快说了一句话，然后慌忙套上一件衬衣。

在铎丝毫不留情的催促下，他们小跑步前往地震学中心的矮小建筑。对地震学一窍不通的铎丝问道："往下？我们在往下走？"

"要到居住层之下，这是理所当然的。地震仪必须固定在基岩上，远离都会层的恒常扰嚷和震动。"

"可是在这下面，你怎能知道上方发生些什么事？"

"地震仪和穹顶夹层内的一组压力转换器连线。即使一粒砂砾的撞击，也会使屏幕上的指标开始跃动。我们能侦测到强风令穹顶扁化的效应，还可以……”

“很好，很好。”铎丝不耐烦地说，她来这里可不是为了学习这些仪器的优点与精巧程度。“你能侦测到人类的脚步吗？”

“人类的脚步？”班纳斯楚露出困惑的表情，“上方不大可能有。”

“当然可能。今天下午，就有一组气象学家到上方去。”

“喔。不过，脚步几乎辨识不出来。”

“只要看得足够认真，你就能辨识出来，我要你做的就是这件事。”

班纳斯楚或许痛恨她那种坚决的命令口吻，不过即使真是这样，他也什么都没有说。他只是按下一个开关，电脑屏幕上便有画面出现。

屏幕右缘中央有个粗大的光点，一条水平细线从那里一直延伸到屏幕左缘。水平线正在轻轻蠕动，那是一组随机而绝不重复的微弱起伏，稳定地向左方前进。铎丝感到它几乎有催眠作用。

班纳斯楚说：“这是再平静不过的情况。你所看到的，全都是上面的气压变化，当然也可能是雨滴，或是远处的机械装置所造成的结果。上面什么也没有。”

“好吧，可是几小时之前又如何呢？比如说，检查一下今天1500时的记录吧。你当然有那时候的记录。”

班纳斯楚对电脑下了必要的指令，一两秒钟之后，屏幕上便出现一片混乱。画面不久便平静下来，那条水平线再度出现。

“我要把灵敏度调到最大。”班纳斯楚喃喃说道。于是那种起伏变得十分明显，而当它们向左方蹒跚游移时，它们的图样同时发生显著变化。

“那是什么？”铎丝说，“告诉我。”

“凡纳比里，既然你说曾经有人上去，我猜这就代表脚步，包括重量的挪移、鞋子的撞击。若非事先知道上面有人，我真不晓得自己能不能猜到。这是我们所谓的良性震动，和我们所知的任何危险现象无关。”

“你能不能看出有多少人？”

“肉眼绝对看不出来。你瞧，我们看到的是所有撞击的合成效应。”

“你说‘肉眼’看不出来，但是能否利用电脑，将合成效应解析成个别成分呢？”

“我很怀疑。这些都是极小的效应，你还得考虑无所不在的杂讯。分析结果不会可靠的。”

“好吧，那么把时间再往后推，直到脚步讯号消失为止。比如说，能不能让它正向快转？”

“如果我那样做——你所谓的正向快转——画面会变得很模糊，会只剩下一条直线，上下各有一片朦胧的光影。我能做的是每次向后跳十五分钟，迅速观察一下，然后继续这个程序。”

“好，就这么办！”

两人紧盯着屏幕，直到班纳斯楚说：“现在什么都没有了，看到没？”

屏幕上又剩下一条直线，此外就只有杂讯的微小起伏。

“脚步什么时候消失的？”

“两小时以前，再多一点点。”

“它们消失的时候，是不是比原先的脚步少了些？”

班纳斯楚看来有点冒火了。“我看不出来。我想即使最精密的分析，也无法做出肯定的判断。”

铎丝紧抿一下嘴唇，接着又说："你是不是正在检查靠近气象侦测站的转换器——你管它叫转换器是吗？"

"是的，我们的仪器就在那里，那些气象学家当时也应该是在那里。"然后，他又用难以置信的口吻说，"你想要我试试附近其他的吗？一个一个试？"

"不，就留在那里，继续以十五分钟为间隔推进。有个人也许落在后面，也许后来才回到仪器附近。"

班纳斯楚摇摇头，低声嘀咕了几句。

画面再度变换，铎丝突然指着屏幕喊道："那是什么？"

"我不知道，杂讯吧。"

"不对，它是周期性的。有没有可能是单独一人的脚步？"

"当然可能，但也可能是不下十种的其他现象。"

"它的变化和步行的快慢差不多，对不对？"过了一会儿，她又说，"再推进一点。"

他照做了。等到画面稳定下来之后，她说："这些凹凸不平是不是越来越大？"

"有可能，我们可以测量一下。"

"不必了。你可以看出它们越来越大，代表那些脚步逐渐接近转换器。再推进些，看看它们什么时候消失。"

又过了一会儿，班纳斯楚说："是在二十或二十五分钟之前。"然后，他谨慎地补充了一句，"不论那是什么。"

"就是脚步。"铎丝以排山倒海的信心，斩钉截铁地说，"还有一个人在上面，当你我在这里浪费时间的时候，他已经不支倒地，马上就要冻死。不要再说'不论那是什么'，赶紧打电话到气象学系，帮我找杰纳尔·雷根。生死攸关，我告诉你。就这么说！"

班纳斯楚的嘴唇开始打颤，到了这个地步，他再也无法违抗这个古怪而冲动的女人所下达的任何命令。

不到三分钟，雷根的全息像便出现在讯息平台。他是从餐桌上被拉下来的，手中还握着一条餐巾，嘴唇下面油腻腻的，不知道是什么东西。

他的长脸露出可怕的阴沉表情。“生死攸关？这是怎么回事？你是什么人？”然后他看到了铎丝，她故意凑近班纳斯楚，好让她的影像出现在杰纳尔的屏幕上。于是他说：“又是你，这简直就是骚扰。”

铎丝说：“这不是骚扰。我已经咨询过罗根·班纳斯楚，他是本校的首席地震学家。在你和你的小组离开上方之后，地震仪又显示出清楚的脚步，代表还有一个人在那里。他就是我的学生哈里·谢顿，当初是你护送他上去的，如今我们相当肯定，他已经倒地昏迷不醒，可能活不了多久了。

“因此，你要尽快带我上去，并且带着一切必要装备。假如你不立刻照办，我就去找校方保安单位——甚至找校长本人，若有必要的话。无论如何，我总有办法上去的。若是因为你耽误了一分钟，而让哈里有什么差池，我保证会拿失职、无能，以及我能安在你身上的一切罪名，让你吃上官司，让你丧失所有的地位，并且被赶出学术圈。万一他不幸丧生，当然，那就是过失杀人。或者更严重的罪，因为我现在已警告过你，他快要死了。”

火冒三丈的杰纳尔转向班纳斯楚。“你是否侦测到……”

铎丝却突然打断他的话。“他把侦测到的全告诉了我，而我又已经告诉你。我不准备让你把他吓得心神恍惚。你来不来？啊？”

“你有没有想到过，也许是你弄错了？”杰纳尔以刻薄的口吻说，“你知不知道，如果这是个恶作剧的假警报，我又能怎样对付你？丧失地位同样会应验在你身上。”

“谋杀罪却不会。”铎丝说，“我可不怕你控告我恶意恶作剧，你怕不怕被控谋杀罪呢？”

杰纳尔涨红了脸，主要原因或许并非受到威胁，而是他不得不向对方低头。“我会来的，不过，年轻女士，如果事实证明，在过去三个小时里，你的学生安然无事地待在穹顶内，那我可绝不会对你客气。”

27

在直达上方的升降机中，三个人保持着掺杂敌意的沉默。雷根的晚餐只吃了一半，他没有做充分的解释，就将妻子独自留在用餐区。班纳斯楚根本未进晚餐，可能还令某位女伴大失所望，他同样未能做出充分解释。铎丝·凡纳比里也没有吃任何东西，而在他们三人之间，她似乎是最紧张、最闷闷不乐的一位。她带了一条热力毯，以及两个光子源。

当他们到达上方入口时，雷根紧绷着面部肌肉，将他的身份识别码一一输入，那道门随即打开。一阵冷风袭来，班纳斯楚不禁哼了一声。他们三人都穿得不够，不过两位男士并未打算在上面久留。

铎丝以生硬的声音说：“下雪了。”

雷根说：“这是‘湿雪’，因为温度刚好在冰点上下。它并不是‘杀霜’。”

"那可不一定，要看你在这里待多久，对不对？"铎丝说，"而浸在融雪里也没什么好处。"

雷根咕哝道："好了，他在哪里？"他忿忿地瞪着眼前全然的黑暗，由于身后入口处透出光线，能见度因而变得更差。

铎丝说："来，班纳斯楚博士，帮我拿这条毯子。而你，雷根博士，把你身后的门关上，不过别锁起来。"

"门上没有自动锁。你以为我们是傻瓜啊？"

"也许不是。不过你能从里面把它锁上，让留在外面的人无法进入穹顶。"

"如果有人在外面，请把他指出来，让我看一看。"雷根说。

"他可能在任何角落。"铎丝举起双臂，两个光子源分别绕在她的左右手腕。

"我们不可能查看每一个角落。"班纳斯楚可怜兮兮地喃喃道。

此时光子源发出亮光，洒向四面八方。雪花被照得闪闪发亮，好像一大群萤火虫，而使得视线更加受阻。

"脚步声当初是稳定地增大。"铎丝说，"他一定是渐渐接近转换器。它会装设在哪里呢？"

"我毫无概念。"雷根吼道，"这不是我的本行，也不是我的责任。"

"班纳斯楚博士呢？"

班纳斯楚的回答显得很迟疑。"其实我也不知道。老实跟你说，以前我从未来过这里。它是在我接掌之前装设的，电脑知道确切位置，但我们一直没想到问它。我觉得很冷，我看不出我在这里有什么用。"

"你必须在这里再待一会儿。"铎丝坚决地说，"跟我来，我要以入口为中心，由内向外不断绕圈。"

“我们在雪中看不到什么。”雷根说。

“我知道。如果没有下雪，我们早就看到他了，这点我可以肯定。在如今这种情况下，大概要花上几分钟的时间，我们应该还受得了。”虽然话中信心十足，她内心却根本不是这么想。

她开始前进，同时不停挥动双臂，把光线的照射范围尽量拉大，极目寻找白雪中的黑暗斑点。

结果是班纳斯楚最先说：“那是什么？”他一面说，一面伸手指去。

铎丝让两个光子源重叠，沿着他所指的方向形成一个明亮的光锥。然后她赶紧跑过去，另外两人则紧跟在后。

他们总算找到他了。他缩成一团，全身湿透，距离门口大约十米，距离最近的气象装置则只有五米。铎丝摸了摸他的心跳，随即发现没有这个必要，因为在她的触摸下，谢顿立刻动了动，同时发出一声抽噎。

“班纳斯楚博士，把毯子给我。”铎丝的声音不再那么紧张高亢了。她抖开毯子，铺到雪地上。“小心地把他抬到毯子上，我要把他裹起来，然后我们抱他下去。”

在升降机中，当热力毯加热到血液的温度时，裹在毯子里的谢顿开始冒出蒸汽。

铎丝说：“等到我们把他送到他的房间，雷根博士，你马上去找医生——找个好的，并且务必请他立刻赶来。假如谢顿博士安然度过这一关，没有任何损伤，我就再也不会说什么，但一定要在这个前提之下。记住……”

“你不必教训我。”雷根冷冰冰地说，“我为此感到遗憾，会尽力负责到底。可是我唯一的错误，就是竟然准许此人到上方去。”

热力毯动了一下，传出一声微小而虚弱的声音。

班纳斯楚吓了一跳，因为谢顿的头正好枕在他的臂弯。他说：“他想要说话。”

铎丝说：“我知道，他在问‘发生了什么事？’”

她忍不住小声笑出来。他会这么说，似乎是很自然的事。

28

医生显得很开心。

“我从来没见过感冒症。”他解释道，“在川陀没有人会感冒。”

“或许吧，”铎丝冷冷地说，“我很高兴你有机会体验这个新奇病例。但这是否代表你不知道如何医治谢顿博士？”

这位蓄着两小撇灰胡子的秃头老医生，此时突然龇牙咧嘴。“我当然知道。感冒症在外围世界相当普通，简直是家常便饭，我读过一大堆病例。”

治疗的方法包括注射抗病毒血清，以及使用微波包裹。

“这样应该可以了。”医生说，“在外围世界的医院里，他们会使用精致得多的设备，不过我们川陀当然没有。这是对轻微症状的治疗法，我确定它会生效。”

当谢顿逐渐恢复，并未显现任何后遗症时，铎丝曾经想，这次他能大难不死，或许正是由于他是外星人士。黑暗、寒冷，甚至冰雪，对他而言都并非全然陌生。换成川陀人，处在类似情况下就有可能丧命，但主因并非生理上的创伤，而是心理上的震撼。

不过，她当然无法确定这一点，因为她自己也不是川陀人。

将这些思绪通通收起来之后，她拉过一张椅子坐到床边，开始静下心来等待。

29

第三天早上，谢顿缓缓醒来，一眼就看到铎丝。她正坐在床沿，一面读着影视书，一面做着笔记。

谢顿以近乎正常的声音说："铎丝，你还在这儿？"

她放下那本影视书。"我不能让你一个人在这里，对不对？而且我再也信不过别人了。"

"好像每次醒来的时候，我都会看到你。你一直待在这里吗？"

"不论是睡是醒，我都没离开。"

"可是你的课呢？"

"我有一个助教，暂时帮我代一下课。"

铎丝俯下身来，抓住谢顿的手。但她马上注意到他的尴尬（毕竟他躺在床上），于是又将手缩回去。

"哈里，发生了什么事？把我吓坏了。"

谢顿说："我要招认一件事。"

"什么事，哈里？"

"我曾想到或许你也参与一项阴谋……"

"一项阴谋？"她激动地说。

"我的意思是，把我设计到上方去，这样我就离开了大学的管辖范围，帝国军警就可以来抓我。"

"可是上方并未脱离大学的管辖范围。川陀各区的管辖范围，都是从星核一直延伸到空中。"

"啊，我可不知道。但你并未跟我一起去，因为你说你的日程很忙。当我开始妄想时，便想到你是故意要遗弃我。请你原谅我吧。显然是你把我从那里救下来的，除了你，还有谁会关心？"

"他们都是大忙人。"铎丝以谨慎的口吻说，"他们以为你早就下来了。我的意思是，那还算是合理的设想。"

"克劳吉雅也这样想？"

"那个年轻实习生？对，她也一样。"

"嗯，这仍有可能是一项阴谋。我的意思是不包括你在内。"

"不，哈里，这的确是我的错。我绝对无权让你独自到上方去，保护你是我的职责。我无法停止自责，我竟然让这事发生，竟然让你迷路。"

"嘿，等一等。"谢顿突然发火，"我并没有迷路，你把我当成什么了？"

"我倒想知道你管它叫什么。其他人离去时，到处都找不到你，而且直到天黑许久之后，你才回到入口处——或者该说是入口处附近。"

"可是事实并非如此。我不是因为到处乱跑，找不到归途才迷路的。我告诉过你，我怀疑有一项阴谋，而且我有充分的理由。我可没有全然陷入妄想。"

“好吧，那么究竟发生了什么事？”

谢顿一五一十告诉了她。他毫无困难就记起了全部的细节；在此之前，几乎有一整天的时间，他都在恶梦中不断重温那些经历。

铎丝一面听，一面皱着眉头。“但这是不可能的事。一架喷射直升机？你确定吗？”

“我当然确定。你认为我心生幻觉吗？”

“可是帝国军警绝对不可能搜捕你。他们若在上方把你逮捕，造成的反弹将和派遣警力在校园逮捕你一样严重。”

“那你要怎么解释呢？”

“我不确定。”铎丝说，“不过，我未能跟你一起到上方去，后果说不定要比实际情况更糟，夫铭一定会很生我的气。”

“那我们就别告诉他。”谢顿说，“结局还算圆满。”

“我们必须告诉他。”铎丝绷着脸说，“事情可能尚未结束。”

30

当天傍晚，晚餐时间过后，杰纳尔·雷根前来拜访。他轮流望向铎丝与谢顿，仿佛不知道如何开口。两人并未主动帮他，不过都在耐心等待。在他俩的感觉中，他实在不是个善于闲聊的人。

最后，他终于对谢顿说：“我来看看你的状况。”

“好极了，”谢顿说，“只不过有点困。凡纳比里博士告诉我，这种疗法会让我疲倦好几天，想必是要确定我能得到应有的休息。”他微微一笑，“坦白说，我并不在乎。”

雷根做了一个深呼吸，迟疑了一下，然后，几乎像是将一番话勉强挤出来一样，说道：“我不会打扰你太久，我完全了解你需要休息。不过，我的确想要说，我对发生的一切感到很抱歉。我不该假设——那么随便就假设你已经自己下去。既然你是个新手，我应该感到对你有更重的责任。毕竟，是我同意让你上去的。我希望你能衷心地……原谅我。我想要说的，真的就是这些。”

谢顿用手遮住嘴巴，打了一个呵欠。“对不起——既然似乎是喜剧收场，我们没有必要怪你。就某个角度而言，这并不是你的错。我不该逛到别处去，况且，真正的情况……”

铎丝打岔道：“好啦，哈里，拜托，别再讲了，好好休息吧。趁雷根博士还没走，我要和他说几句话。首先，雷根博士，我相当了解，你很担心这个事件对你可能产生的影响。我曾经说过，只要谢顿博士能够康复，没有任何后遗症，我们就不会追究。目前看来似乎正是这样，所以你可以宽心——暂且宽心。我想要问你另一件事，而我希望这次能得到你的主动合作。”

“凡纳比里博士，我尽力而为。”雷根硬生生地说。

“你们在上方时，有没有发生任何不寻常的事？”

“你明知故问。我把谢顿博士弄丢了，刚才我还特别郑重道歉。”

“显然我不是指这件事。还有没有其他不寻常的事情？”

“没有了，什么事也没有。”

铎丝看了看谢顿，令谢顿皱起眉头。他感到铎丝在试图取得一组独立的口供，以便查证他的叙述是否属实。难道她认为搜索飞机是他的幻想吗？他原本想提出强烈抗议，她却已经举起一只手，示意他保持沉默，好像早已防到这个变故。他果然平静下来，一部分是由于她的手势，此外也是因为他的确困了。现在他只希望雷根不会待太久。

“你确定？”铎丝问道，“没有外人闯进来吗？”

“没有，当然没有。喔……”

“怎么了，雷根博士？”

“有一架喷射直升机。”

“你觉得这点不寻常吗？”

“不会，当然不会。”

“为什么不会？”

“听来非常像是我在接受盘问，凡纳比里博士，我不太喜欢这样。”

“雷根博士，这点我能体会，可是这些问题和谢顿博士的遭遇有关。整个事件有可能比我当初的设想还要复杂。”

“怎么说？”他的声音又变得尖刻，“你打算提出新的问题，好让我再一次道歉？这样的话，我觉得有必要告辞了。”

“在你做出解释之前，或许还不该走。为什么一架在上空盘旋的喷射直升机，不会令你觉得有丝毫不寻常？”

“亲爱的女士，因为在川陀，许多气象站都拥有喷射直升机，以便对云层和高层大气进行直接研究。不过我们的气象站并没有。”

“为什么没有？它应该很有用。”

“当然有用。但我们不是在相互竞争，彼此间也从不保密。我们会发表我们的研究成果，他们也会发表他们的。因此，各有各的特色和专长是很合理的做法。两组人员从事完全相同的工作，会是一件很蠢的事。我们本来可能花在喷射直升机上的财力和人力，可以拿来用在‘介子折射计’上，别人则可省下对后者的投资，而集中于前者的计划。毕竟，虽然各区之间或许存在着很多竞争和芥蒂，但科学却是一个——唯一的一个——将我们凝聚起来的力量。我想，这点你也该知道。”他以讥讽的口吻补充道。

“我知道。可是在你要去气象站的那天，刚好有人派一架喷射直升机飞到你们上空，这会不会太巧了些？”

“根本不是什么巧合。我们事先宣布过要在当天进行测量，因此，其他一些气象站便会理所当然想到，他们可以同时做些悬浮物测量——就是测量云量，你懂吧。把双方的结果放在一起，会比分别测量更有意义、更有用处。”

谢顿突然以相当含糊的声音说：“那么，他们只是在进行测量？”说完他又打了一个呵欠。

“没错。”雷根说，“他们还有可能做什么吗？”

铎丝眨了眨眼，这是她进行快速思考时常有的小动作。“这些听来都很有道理。那架喷射直升机属于哪个气象站？”

雷根摇了摇头。“凡纳比里博士，你怎能指望我会知道呢？”

“我想每架气象飞机上面，都可能画着所属气象站的标志。”

“当然，但我并未抬头仔细研究，你懂了吧。我有我自己的工作，他们则忙他们的。当他们发表测量结果时，我就会知道那是谁的喷射直升机。”

“万一他们没发表呢？”

“那我就会推想是他们的仪器失灵了，这种情形时有所闻。”他的右手紧握成拳，“好，问完了吗？”

“等一下。根据你的推测，那架喷射直升机可能是从哪里来的？”

“任何一个拥有喷射直升机的气象站都有可能。只要提早一天通知，它就能从本星任何角落从容飞来——何况他们早就知道。”

“可是哪里最有可能呢？”

“很难说。海斯特娄尼亚、卫荷、齐勾瑞斯、北达米亚诺，我会说这四个区的可能性最大，但是至少还有其他四十个可能。”

“那么，只剩最后一个问题，最后一个。雷根博士，当你宣布你的小组将前往上方时，你有没有顺口提到一名数学家，哈里·谢顿博士，也会跟你同行？”

雷根脸上明显地掠过一阵深刻而真实的惊讶，但这个表情很快转变为不屑。“我为什么要列出名单？谁会对它有兴趣？”

“很好。”铎丝说，“那么，实情是这样的。谢顿博士看到一架喷射直升机，因而感到心神不宁。我不确定原因是什么，显然对于这件事情，他的记忆有点模糊。可以说，他是因为躲避那架喷射直升机才迷了路。在黄昏将尽之前，他没想到要试图折返，或者说不敢那么做。而后来在黑暗中，他未能找到完全正确的归途。这件事不该责怪你，所以我们双方都把这整件事忘掉吧。同意吗？”

“同意，”雷根说，“再见！”说完便转身离去。

当他离去后，铎丝站起来，轻轻脱掉谢顿的拖鞋，让他在床上躺直，并替他盖好被子。当然，他早就睡着了。

然后她坐下来开始寻思。雷根刚才说的有多少是实情？他的一番说词有可能隐瞒了什么吗？她真的不知道。

第七章

麦曲生

麦曲生：……古川陀的一区……麦曲生埋葬在自己的传说里，对整个行星几乎没有任何影响。高度的自满与自我隔离……

——《银河百科全书》

31

谢顿醒来时，发现另有一张严肃的面孔正望着自己。一时之间，他愁眉深锁，然后说："夫铭？"

夫铭露出极淡的笑容。"这么说，你还记得我？"

"前后仅仅一天时间，而且是将近两个月前的事，不过我还是记得。所以说，你并没有被捕，或是有任何……"

"你看得出来，我人在这里，相当安全，毫发无损。可是——"他瞥了瞥站在一旁的铎丝，"我来一趟不怎么容易。"

谢顿说："我很高兴见到你——对了，你是否介意？"他用拇指朝浴室的方向指了指。

夫铭说："慢慢来，吃了早餐再说。"

夫铭没有和他一起吃早餐，铎丝也没有，但他们两人也并未交谈。夫铭利用时间浏览一本影视书，看得津津有味。铎丝先是细心检视她的指甲，然后又取出一台微电脑，用一支铁笔开始作笔记。

谢顿若有所思地望着他们两人，并未试图打开话匣子。现在这个肃静的气氛，或许正反映出川陀人在病床前的禁声习俗。事实上，他现在感到完全正常，只是他们或许还不了解。

等到他吃完最后一口食物，喝完最后一滴牛奶（他显然已逐渐习惯，因为它再也没有怪味），夫铭才终于开口。

他说："你好吗，谢顿？"

“好极了，夫铭。至少，绝对好得可以起身走动。”

“我很高兴听到这句话。”夫铭以平板的口气说，“铎丝·凡纳比里竟然这么不小心，真该好好责备一番。”

谢顿皱起眉头。“不，是我坚持要到上方去的。”

“我相信，可是她应该跟你一起去，不计任何代价。”

“是我告诉她的，我不要她跟我一起去。”

铎丝说：“哈里，不是这样的。别用义气的谎言替我辩护。”

谢顿气呼呼地说：“可是别忘了，铎丝也克服了强大的阻力，赶到上方去找我，无疑是她救了我的命。这些话丝毫没有扭曲事实。你将这点加入你的评断了吗，夫铭？”

铎丝显然感到很尴尬，再度打岔道：“哈里，拜托。契特·夫铭的想法完全正确，我应该阻止你前往上方，否则就该跟你一起上去。至于我后来的行动，夫铭已经称赞过了。”

“然而，”夫铭说，“这件事已成过去，我们就别再提了。谢顿，我们来谈谈你在上方的遭遇。”

谢顿环顾四周，然后小心谨慎地说：“这样做安全吗？”

夫铭淡淡一笑。“铎丝已将这个房间置于畸变电磁场中。我可以相当确定，这所大学里的帝国特务——如果真有的话——都没本事穿得透它。谢顿，你是个多疑的人。”

“不是天生的，”谢顿说，“而是因为你在公园以及后来对我讲的那些话。夫铭，你是个很有说服力的人。当你讲完后，我就开始担心伊图·丹莫刺尔隐藏在每个阴暗的角落。”

“我有时认为真有这个可能。”夫铭以严肃的口吻说。

“即使他那样做，”谢顿说，“我也不会知道那就是他。他长得什么样子？”

“这几乎并不重要。你根本见不到他，除非他要让你看见，不过那时一切都完了，我这么想——这正是我们必须防范的。我们来谈谈你见到的那架喷射直升机。”

谢顿道：“夫铭，正如我所说，你让我心中充满对丹莫刺尔的恐惧。我一看到那架喷射直升机，就猜想是他追来了；而我糊里糊涂跑到上方去，脱离了斯[illegible]璘大学的保护；还有我是被引诱到那里去的，目的就是要毫无困难地把我抓走。”

铎丝说：“另一方面，雷根……”

谢顿立刻说：“他昨晚来过这里吗？”

“来过，你不记得了？”

“很模糊。当时我累得要死，我的记忆一片模糊。”

“嗯，昨晚在这里时，雷根说那架喷射直升机只是别的气象站派来的气象飞机。全然普通，全然无害。”

“什么？”谢顿吃了一惊，“我不相信。”

夫铭说：“现在的问题是，你究竟为什么不相信？那架喷射直升机是否有任何不对劲，令你想到它带有威胁性？我是说，排除了我在你脑子里灌输的疑心之后，它还有什么特殊之处？”

谢顿一面咬着下唇，一面回想了一下。“有，它的动作。它似乎将机鼻推到云盖之下，好像在找什么东西；接着它又在另一个位置出现，重复同样的动作；然后又换到下一个位置，如此周而复始。它似乎是在规律地搜寻上方，一块接着一块，而目标就是我。”

夫铭说：“谢顿，也许你把它拟人化了。你可能把那架喷射直升机当成了一头正在追捕你的怪兽，它当然不是。它只不过是一架喷射直升机，而如果它真是气象飞机，它的行动就完全正常……而且无害。”

谢顿说：“我当时觉得并非如此。”

夫铭说："我确信你有那种感觉，但我们实际上什么也不知道。你深信自己当时身陷险境，但那只不过是一种假设。雷根判断它是一架气象飞机，也只是另一种假设罢了。"

谢顿顽固地说："我无法相信这是一件全然单纯的事件。"

"好吧，那么，"夫铭说，"就让我们假设最糟的情况——那架飞机的确是来找你的。不论是谁派它来的，他又怎么知道能在那里找到你？"

铎丝突然插嘴："我问过雷根博士，在他宣布这次气象任务的时候，有没有提到哈里会跟那个小组一起上去。照常理说，他没有理由那样做，而他也否认了。他对这个问题还十分惊讶，我相信他说的是真话。"

夫铭语重心长地说："别太轻易就相信他。无论如何，难道他不会否认吗？问问你自己，他当初为何要准许谢顿与他同行。我们知道他原本反对，不过并未经过什么激辩，他的态度就软化了。在我的感觉中，那似乎不太像雷根的个性。"

铎丝皱了皱眉头，然后说："我想你这样说，的确让人比较相信整个事件真是他的阴谋。或许他允许哈里同行，只是为了使他成为容易得手的猎物；他可能是奉命行事。我们还可以进一步推论，是他怂恿那位年轻实习生，克劳吉雅，去吸引哈里的注意，引他远离众人，把他孤立起来。这就能解释当他们准备下来时，雷根对哈里的失踪为何毫不关心。他坚持哈里早已离去，因为这件事本来就是他安排的，他已经仔细告诉哈里，教他如何搭升降机自行下来。这也能解释他为何不愿再回去找他，因为他不想浪费时间，去寻找一个他认为根本找不到的人。"

一直在细心倾听的夫铭，此时说道："你对他做出一个很有意思的指控，但我们同样不该轻易接受。毕竟，最后他的确跟你到上方去了。”

“因为我们侦测到脚步，首席地震学家是见证人。”

“嗯，发现谢顿时，雷根是否显得震惊和讶异？我的意思是，超过了正常的反应——发觉到由于他自己的疏忽，而将某人置于险境之后的反应。雷根是否表现得仿佛谢顿不该在那里？是否显得好像在问自己，他们怎么没有把他抓走？”

铎丝仔细想了想，然后说：“他看到哈里躺在那里，显然十分震惊。但我无法判断除了对当时情况自然而然的恐惧，他还有没有任何其他感觉。”

“没错，我也认为你办不到。”

当两人一来一往时，谢顿一直目不转睛地专心倾听。现在他却突然说：“我认为不是雷根。”

夫铭将注意力转移到谢顿身上。“你为何这么说？”

“理由之一，正如你提到的，最初他显然不愿让我同行。我们争论了一整天，我想他最后会改变主意，只因为在他的印象中，我是个聪明的数学家，能对他的气象理论有所帮助。我十分渴望到上面去，假使他奉命务必将我带到上方，大可不必表现得如此勉强。”

“他接受你只是为了你的数学吗，这个假设是否合理？他有没有和你讨论过数学？有没有试图向你解释他的理论？”

“没有，”谢顿说，“他没有。不过，他的确说过等一下再讨论这种话。问题是，后来他将全副心神放在那些仪器上。我猜是因为他预期该有阳光，结果阳光并未出现，于是他指望是仪器出了毛病。可是它们的运作显然完全正常，这令他十分沮丧。我想这是个意料之外的发展，这件事不但惹毛了他，也让他的注意力从我身上移开。至于克劳吉雅，那个曾吸引我几分钟注意的年轻女子，当我回顾当时的情景时，并未感到她曾故意将我引开原地。采取主动的是我；我对上方的植物产生了好奇心，是我将她带走的，而并非刚好相反。雷根非但没有怂恿她那么做，而且在他们还看得见我的时候，他就把她叫了回去。后来完全是我自己愈走愈远，最后终于从他们的视线中消失。”

“然而，”夫铭似乎打定主意反对每项提议，“假如那架飞机是来找你的，机上人员必定知道你会在那里。假如情报并非来自雷根，他们又是怎么知道的？”

“我怀疑的人，”谢顿说，“是一位名叫李松·阮达的年轻心理学家。”

“阮达？”铎丝说，“我无法相信。我了解这个人，他绝不会为大帝工作，他是彻头彻尾的反帝人士。”

“他可能是装的。”谢顿说，“事实上，若想掩饰自己是帝国特务这项事实，他就必须公开地、强烈地、偏激地表现出反帝主张。”

“但他正好不像那样。”铎丝说，“他一点也不强烈，一点也不偏激。他这个人和蔼可亲，总是以温和的，近乎羞怯的方式表达自己的观点。我确信这些都丝毫不假。”

“然而，铎丝，”谢顿一本正经地说，“是他首先告诉我那个气象计划，是他力劝我到上方去，是他说服雷根准我加入，还特别夸大我的数学功力。这就不得不令人怀疑，他为何那么渴望让我上那儿去，为何如此尽心尽力。”

“或许是为你好吧。他对你有好感，哈里，他一定是认为气象学对心理史学可能有所助益。这难道不可能吗？”

夫铭以平静的口吻说：“我们来考虑另一个可能性。在阮达告诉你那个气象计划之后，以及你真正前往上方之前，这中间有好长一段时间。假如阮达和任何秘密活动毫无牵连，他就没有特别理由要对这件事保密。假使他是个友善外向、喜爱社交的人——”

“他就是这样。”铎丝说。

“——那么，他很有可能对许多朋友提到这件事。这样的话，我们根本无从判断告密者是谁。事实上——我只是提出另一个可能性——假如阮达的确是个反帝人士，也不一定就代表他绝对不是特务。我们必须探讨：他是谁的特务？他替什么人工作？”

谢顿很惊讶。“除了帝国，除了丹莫刺尔，他还能替谁工作？”

夫铭举起一只手来。“谢顿，你对川陀政治的复杂性一点都不了解。”他又转向铎丝说，“再告诉我一遍，雷根博士认为那架气象飞机最可能来自哪四个区？”

“海斯特娄尼亚、卫荷、齐勾瑞斯，以及北达米亚诺。”

“你并未以任何引导的方式发问？你并未问他某一区是不是有可能？”

“没有，绝对没有。我只是问他，能不能推测那架喷射直升机来自何方。”

“而你，”夫铭转向谢顿，“或许看到那架喷射直升机上有某种标志，某种徽章？”

谢顿本想强烈反驳，想说由于云层遮掩，他几乎看不见那架飞机，想说它只是偶尔短暂现身，想说他自己并未寻找什么标志，而只想到逃命——不过他都忍住了。不用说，这些夫铭全部知道。

于是，他只是简单答道：“只怕没有。”

铎丝说：“假如那架喷射直升机负有绑架任务，难道不会把徽章遮起来吗？”

“这是个理性的假设，”夫铭说，“而且很有可能是事实，不过在这个银河系，理性不一定总是胜利者。无论如何，既然谢顿似乎未曾注意那架飞机的任何细节，我们如今只能做些推测。而我所想到的是：卫荷。”

“为何？”谢顿重复那两个音，“不论飞机上是些什么人，我猜他们想要抓我的原因，是为了我所拥有的心理史学知识。”

“不，不。”夫铭举起右手食指，像是在教训一个年轻学生。“保卫的卫，电荷的荷，它是川陀一个区的名字。这是一个很特别的行政区，三千多年来，它一直被同一个世系的区长统治。那是个连续的世系，是个单一的朝代。曾有一段时间，大约五百年前，帝国有两位皇帝和一位女皇出自卫荷世族。那是一段相当短的时期，而这几位统治者都不怎么杰出，也没有什么特殊的功绩，但是历代卫荷区长都没忘记这段称帝的过去。

“对于取他们而代之的皇族，他们并无积极的不忠行动，却也从未听说他们如何主动为那些世族效命。在偶尔发生的内战时期，他们一律保持某种中立的立场，采取的行动则似乎经过详细计算，目的在于尽量延长战事，并让情势演变得似乎必须求助卫荷，才能获取一个折衷之道。这种计谋从未得逞，但他们也从未放弃尝试。

“目前的卫荷区长特别精明能干。他已经老了，可是野心尚未冷却。假如克里昂有什么三长两短，即使是自然死亡，那位区长也有机会赶走克里昂的亲生幼子，自己来继任皇位。对于一位具有皇室传统的逐鹿者，银河黎民总会稍有偏爱。

“因此之故，假如卫荷区长听说过你，或许便会想到可善加利用，让你成为替他们那个世族宣传的科学预言家。既然卫荷早已觊觎皇位，他们会试图以简便的手法结束克里昂，再利用你来预测卫荷乃是不二的继位者，能带来千年的和平与繁荣。当然，一旦卫荷区长登上皇位，再也不必利用你时，你就很可能被埋在克里昂旁边。”

随之而来的一段阴郁沉默最后被谢顿打破，他说：“可是我们并不确定，想抓我的就是这个卫荷区长。”

“没错，我们不确定。此时此刻，我们也不确定究竟是否有人想抓你。毕竟，那架喷射直升机仍有可能如雷根所言，只是一架普通的气象试验飞机。话说回来，随着有关心理史学与其潜力的消息愈传愈广——这是一定的事——越来越多川陀上的强权，甚至其他世界的野心家，都会想要好好利用你。”

“那么，”铎丝说，“我们该怎么办？”

“这的确是个问题。”夫铭沉思了一会儿，然后说，“也许来到这里是个错误。对一位教授而言，选择一所大学藏身实在太有可能。大学虽然为数众多，斯璀璘却是最大、最自由的几所之一。所以要不了多久，各处的触须就会悄悄摸索过来。我想谢顿应该尽快——或许就是今天——换到另一个较佳的藏匿地点。只是……”

“只是？”谢顿问。

“只是我也不知道该去哪里。”

谢顿说：“从电脑屏幕上叫出地名目录，然后随机选取一处。”

“当然不行。”夫铭说，“那样做的话，我们会刚好有一半的机会，找到一个安全值低于平均值的地方。不，必须客观推论出来才行——总有办法的。”

32

午餐之前，他们三人一直挤在谢顿的房间。在此期间，谢顿与铎丝偶尔轻声闲聊些毫不相关的话题。但夫铭却几乎维持着完全的静默，他坐得笔直，吃得很少，而他严肃的表情（使他看来比实际年龄更老些，谢顿心想）则始终保持着沉静与内敛。

谢顿暗自猜想，他一定是在心中检视川陀辽阔的地理，试图寻找一个理想的角落。毫无疑问，这不是一件简单的事。

谢顿的故乡赫利肯比川陀大了百分之一二，而且海洋面积较小。因此，赫利肯的陆表或许多过川陀百分之十。不过赫利肯人口稀疏，表面仅有零星分布的一些城市，而川陀则是整个星球构成的大都会。赫利肯总共划分为二十个行政区，川陀的行政区则超过八百，而且这八百多个区又各自细分成许多复杂的单位。

最后，谢顿带着几分绝望说："夫铭，也许最好的办法，是在那些觊觎我的角逐者中，找一个最接近善类的，然后把我交给他，仰仗他来保护我，以及我所掌握的任何能力。"

夫铭抬起头来，以极严肃的口吻说："没这个必要。我知道哪个角逐者最接近善类，而你已经在他手中。"

谢顿微微一笑。"你将自己和卫荷区长，以及统治整个银河的皇帝等量齐观吗？"

"就地位而言，当然不行。但是论及想要控制你的渴望，我足以和他们匹敌。然而他们，以及我所能想到的其他任何人，这些人想要你的目的，是为了增加他们自己的财富和势力；而我却毫无野心，只为整个银河的福祉着想。”

“我猜想，”谢顿以平板的语气说，“你的每一位竞争者——如果有人问起——都会坚持他心中也只有银河的福祉。”

“我确信他们会这么回答。”夫铭说，“可是目前为止，套用你的称呼，在我的竞争者之中，你唯一见过的是那位皇帝。他对你有兴趣，是希望你提出一个有助于稳定其皇朝的虚构预测。而我并未要求你做任何类似的事。我只要求你将心理史学的技术发展完备，以便做出具有数学根据的预测，哪怕本质上只是统计性的。”

“这倒是实话，至少目前为止。”谢顿似笑非笑地说。

“因此之故，我或许该问一问：这项工作你进行得如何？可有任何进展？”

谢顿不知道该大笑还是大怒。顿了一会儿之后，他放弃了这两种选择，只是勉力以冷静的口吻说：“进展？在不到两个月之内？夫铭，这种事很可能会花上我一辈子的时间，还要赔上十几代后继者的一生——即使如此仍一无所获。”

“我并不是指拍板定案的正确解答，甚至不是指出现什么曙光。你曾经好多次断然地说，实用的心理史学是可能却不可行的。我所问的是，有没有出现将它变成可行的任何希望？”

“坦白说，没有。”

铎丝说：“对不起，我不是数学家，所以希望我的问题不会太蠢。你怎么能知道某样事物既有可能又不可行？我曾经听你说过，理论上而言，你也许能亲自拜访帝国的每一个人，和每一个人打招呼，但是这项壮举实际上却不可行，因为你的寿命不可能那么长。可是，你又怎么知道心理史学也是属于这种范畴的事物？”

谢顿带着几分不可置信望着铎丝。“你想要我解释这点？”

“是的。”她使劲点头，牵动了满头鬈发。

“事实上，”夫铭说，“我也想听听。”

“不用数学？”谢顿带着一丝笑意说。

“拜托。”夫铭说。

“好吧——”他沉默了一下，寻思一个适当的表达方式，然后他说，“如果你想要了解宇宙的某个层面，那么最好将问题尽量简化，让它仅仅包含与该层面息息相关的性质及特征。假如你想研究一个物体如何落下，你不必关心它是新还是旧，是红还是绿，或者是否具有某种气味。你忽略掉这些性质，避免掉不必要的复杂。这种简化可称为模型或模拟，你可以把它实际展现在电脑屏幕上，或是用数学关系式来描述。如果你考虑原始的非相对论性重力理论……”

铎丝立刻抗议：“你答应不提到数学的。别企图用‘原始’这个称呼来偷渡。”

“不，不。我所谓的‘原始’，是指有史以来便已存在，就像轮子或火的发明一样，它的发现早已湮没在远古迷雾中。无论如何，这种重力理论的方程式，蕴涵了对行星系、双星系、潮汐现象，以及其他许多事物的描述。利用这种方程式，我们能建立一个图像模拟，而在二维屏幕上表现行星环绕恒星，或是两颗恒星互绕的模式；甚至可在三维全息像中，建立更加复杂的系统。比起研究该现象本身，这种简化的模拟使我们更加容易掌握那些现象。事实上，若是没有重力方程式，我们对于行星运动的知识，以及一般天体力学的知识，都将变得既贫乏又浅薄。

“且说，当你希望对某个现象了解得更多，或是某个现象变得更复杂时，你就需要更精致的方程式，以及更详细的电脑程序。最后，你会得到一个越来越难掌握的电脑化模拟。”

“你不能为一个模拟再建立模拟吗？”夫铭问道，“这样你就会再简化一级。”

“这样的话，你就得忽略该现象的某些特征，而它却正是你想要涵盖的，如此你的模拟将变得毫无用处。所谓的‘最简模拟’——也就是说，最简化的可行模拟——其复杂度的累增会比被模拟的对象更迅速，到最后模拟终将和现象本身并驾齐驱。因此，早在数千年前，就有人证明出宇宙整体，包括全部的复杂度，无法用比它更小的任何模拟来表现。

“换句话说，除非你研究整个宇宙，否则无法获得宇宙整体的任何图像。此外也有人证明，倘若企图以模拟取代宇宙的一小部分，再用另一个模拟取代另一小部分，其他依此类推，然后打算把这些模拟放在一起，形成宇宙的整体图像，你将发现这种部分模拟共有无限多个。因此你需要无限长的时间，才能了解整个宇宙，这正是不可能获得宇宙全部知识的另一种说法。”

“目前为止，我都了解。”铎丝的声音带着一点惊讶。

“好的，此外，我们知道某些相当简单的事物是很容易模拟的，而当事物越来越复杂时，模拟就变得越来越难，最后终于变得绝无可能。但是究竟在何等复杂度之下，模拟就变得没有可能呢？嗯，我利用上个世纪才发明的数学技巧——目前即使动用巨大的超高速电脑，这种技巧也几乎没什么用，但我利用这种技巧，证明出我们的银河社会在临界点这一边。换言之，它的确可用比本身更简单的模拟来表现。我还进一步证明，这将导致一种预测未来的能力。它是统计性的，也就是说，我算出的是各组可能事件的几率，而并非断定哪一组会发生。”

“这样一来，”夫铭说，“既然你的确能有效地模拟银河社会，剩下的问题只是如何进行而已。为什么实际上又不可行呢？”

“我所证明的，只是并不需要无限长的时间来了解银河社会，不过若是得花上十亿年，它仍然是不可行的。对我们而言，这和无限长的时间并没有分别。”

“真要花那么久的时间吗？十亿年？”

“我还无法算出需要多少时间，但是我有一种强烈的感觉，觉得至少需要十亿年之久，所以我才会提出这个数目。”

“但你并非真的知道。”

“我正试图把它算出来。”

“没有成功？”

“没有成功。”

“大学图书馆没有帮助吗？”夫铭一面问，一面向铎丝望了一眼。

谢顿缓缓摇了摇头。“一点也没有。”

“铎丝帮不上忙吗？”

铎丝叹了一口气。“契特，我对这个题目一窍不通，只能建议寻找的方向而已。假如哈里试过之后一无所获，那我就无能为力了。”

夫铭站了起来。“这样的话，留在这所大学就没什么大用，我必须想个别的地方安置你。”

谢顿伸出手，按住夫铭的袖子。“然而，我却有个想法。”

夫铭微微眯起双眼盯着他，这种表情足以掩饰惊讶——或是怀疑。“你是何时想到的？刚才吗？”

“不，早在我去上方之前，它就在我脑中萦绕好几天了。那个小变故暂时把它压了下去，不过你一问起图书馆，我马上想了起来。”

夫铭重新坐下。“把你的想法告诉我——除非它从头到尾都是数学产物。”

“完全没有数学。只不过是当我在图书馆研读历史时，突然想到银河社会过去并没有那么复杂。一万两千年前，帝国正要建立的时候，银河系仅仅包含大约一千万个住人世界。两万年之前，前帝国时代的众王国总共只有一万个世界左右。而在更早更早以前，谁知道人类社会缩成什么样子？甚至也许只有一个世界，夫铭，正如你自己提到的那个传说所描述的。”

夫铭说：“而你认为，假如你研究一个简单得多的银河社会，就有可能发展出心理史学？”

“是的，我觉得应该有这个可能。”

“这样的话，”铎丝突然以热切的口吻说，“假设你针对过去一个较小的社会，发展出心理史学；假设你能根据对前帝国时代的研究，预测出帝国形成一千年后的种种——你马上可以核对当时的实际情形，看看你距离正确目标还有多远。”

夫铭冷冷地说：“既然你能事先知道银河纪元一千年的情形，这就不算是个客观的测验。你会不自觉地受到既有知识的左右，于是你为方程式所选取的参数，一定会是那些能给你正确答案的数值。”

“我倒不这么想。”铎丝说，“我们对银纪一千年的情况并不很清楚，必须深入探讨才行。毕竟，那是一万一千年以前。”

谢顿现出惶惑的表情。“你说我们对银纪一千年的情况不很清楚，这究竟是什么意思？当时已经有电脑了，对不对，铎丝？”

“当然。”

“还有记忆储存单元以及视听记录？我们应该还保有银纪一千年的所有记录，就像我们拥有今年——银纪12020年的记录一样。”

“理论上没错，可是实际的情形——嗯，你瞧，哈里，这正是你常挂在嘴边的。想要保有银纪一千年的一切记录，是有可能但却不切实际的。”

“没错，可是铎丝，我常挂在嘴边的是数学论证。我看不出如何适用于历史记录。”

铎丝以辩护的口吻说：“哈里，记录不会永久留存的。记忆库会由于战乱而毁坏或损伤，甚至只因为时日久远而腐朽。任何的记忆位元，任何的记录，如果很长一段时间未被引用，最后就会淹没在不断积累的杂讯中。据说在帝国图书馆，整整三分之一的记录已不知所云，不过，当然，援例是不得移走那些记录的。其他图书馆没有那么多传统的包袱，在斯璀璘大学的图书馆，我们每隔十年就清除一次无用的资料。

“自然，经常被引用，以及经常在各个世界、各个政府或私人图书馆被复制的记录，几千年后依然清晰可辨。因此银河历史的许多重大事件，即使发生在前帝国时代，至今仍旧家喻户晓。然而，你愈是向前回溯，保存的资料就愈少。”

“我无法相信。”谢顿说，“我以为任何记录在濒临损毁时，都会即时重制一份副本。你怎能任由知识消失呢？”

“没人要的知识就是没用的知识。”铎丝说，“为了不断维新无人使用的资料，你能想象需要消耗多少时间、精力和能量吗？这种浪费会随着时日久远而越来越严重。”

“不用说，你总该考虑到一件事实：某一天，某个人可能会需要那些被随便丢弃了的资料。”

“对某个特定项目的需求，可能一千年才有一次。仅仅为了预防这种需求而保存它，绝不是一件划算的事。即使在科学领域也不例外。你刚才提到重力的原始方程式，说它之所以‘原始’，是因为它的发现遗失在远古迷雾中。为什么会这样呢？你们数学家和科学家为何不保存所有的数据、所有的资料，为何不能远溯到发现那些方程式的迷雾般原始时代？”

谢顿哼了一声，并未试图回答这个问题。他说：“好啦，夫铭，我的想法差不多就是这样。当我们回溯过去，社会变得越来越小的时候，实用的心理史学就变得越来越有可能。可是，相关知识却比社会规模缩减得更迅速，这又使得心理史学越来越没可能——而后者的效应超越了前者。”

“对了，有个麦曲生区。”铎丝若有所思地说。

夫铭迅速抬起头来。“没错，那里是安置谢顿最理想的地方。我自己应该想到的。”

“麦曲生区？”谢顿的目光扫过另外两人，“麦曲生区在哪里，又是个什么地方？”

“哈里，拜托，我等一下会告诉你。现在我需要做些准备，你今晚就要动身。”

33

铎丝曾经力劝谢顿小睡片刻。他们准备于照明熄灭与开启之间、大学里其他人都熟睡之际，在“夜色”的掩护下离去。她坚持动身前他还可以稍事休息。

“而让你再睡地板？”谢顿问道。

她耸了耸肩。“这张床只能容纳一个人，假如我俩硬要挤在一起，谁都没法睡好。”

他以渴望的目光望了她一会儿。“那么这次换我睡地板吧。”

“不，不行，在冰珠中不省人事的可不是我。”

结果两个人都没有睡。虽然他们将室内照明调暗，虽然在相当安静的校园中，川陀永不止息的嗡嗡声成了催眠曲，谢顿却觉得必须讲几句话。

他说：“铎丝，我来到这所大学后，为你添了这么多麻烦，甚至让你无法工作。话说回来，如今不得不离开你，我还是感到很遗憾。”

铎丝说：“你不会离开我，我跟你一块走。夫铭正在帮我安排一次长假。”

谢顿惊慌地说：“我不能要求你那样做。”

“你没有，是夫铭要求的，而我必须保护你。毕竟，上方的意外我未能尽到责任，应该弥补一下。”

“我跟你说过，请别为那件事感到内疚。然而，我必须承认，有你在身边我会感到自在许多。只要我能确定，我不会干扰你的生活……”

铎丝柔声说道：“哈里，你没有，拜托去睡会儿吧。”

谢顿静默了一阵子，然后悄声道：“铎丝，你确定夫铭真能安排一切吗？”

铎丝说：“他是个了不起的人。他在各处都有影响力，在这所大学也不例外，我这么想。他要是说能为我安排一次无限期的长假，我就确信他能做到。他是最有说服力的人。”

“我知道。”谢顿说，“有时我不禁怀疑，他究竟想从我身上得到什么？”

“就是他所说的，”铎丝道，“他是个怀抱着强烈而完美的理想和梦想的人。”

“听来好像你十分了解他，铎丝。”

“喔，对，我十分了解他。”

“亲密吗？”

铎丝发出一下怪声。“我不确定你在暗示什么，哈里，可是，姑且假设是最无礼的那种意思——不，我对他的了解并不亲密。无论如何，这又关你什么事？”

“我道歉。”谢顿说，“我只是不想，无意之间，侵犯到别人的……”

“财产？那更是无礼之至。我认为你最好还是睡觉吧。”

“铎丝，我再度道歉。可是我无法入睡，至少容我改变一下话题。你还没有解释麦曲生区是什么样的地方，为什么我适合到那里去？它像什么样子？”

“它是个小区，人口大约只有两百万——如果我没记错的话。重要的是，麦曲生人紧守着一套与早期历史有关的传统，而且想必拥有非常古老的记录，那是任何外人都无法取得的。既然你企图检视前帝国时代的历史，他们可能比正统历史学家对你更有帮助。在我们谈论那些早期历史问题时，我突然想到了这个区。”

“你曾经看过他们的记录吗？”

“没有，我不知道有谁看过。”

“那么，你能确定那些记录真的存在吗？”

“其实，我也不敢说。在许多外人心目中，他们只是一群狂妄之徒，不过这也许相当不公平。他们确实声称拥有那些记录，所以或许是真的。无论如何，我们在那里不会受到任何注意。麦曲生人绝对不跟外人来往——现在请你务必睡会儿吧。”

这回谢顿总算睡着了。

34

哈里·谢顿与铎丝·凡纳比里在0300时离开大学校园。谢顿明白必须让铎丝领头，因为她比他更熟悉川陀——有着两年的落差。她显然是夫铭的一位密友（有多亲密？这个问题一直在他脑际回响），而且她能了解他的指示。

她与谢顿都套上一件附有贴身兜帽、随风摇曳的轻质斗篷。几年前，这种款式的服装曾在这所大学（以及一般年轻知识分子间）流行过一小段时间。虽然如今也许会引人发笑，但它至少有一项优点，那就是能将他们遮掩得很好，让他们不会被认出来——至少匆匆一瞥之下不会。

先前夫铭曾说："谢顿，上方那件事有可能是百分之百的单纯事件，根本没有特务想抓你，不过我们还是要做最坏的打算。"

谢顿巴望地问道："你不跟我们一块走吗？"

"我很想这么做。"夫铭说，"可是，为了避免自己成为目标，我一定不能离开工作岗位太久。你了解吗？"

谢顿叹了一声，他的确了解。

他们上了一辆捷运，并在尽量远离车厢里的几名乘客处找了一个座位。谢顿不禁纳闷，清晨三点的时候，捷运中为何还会有人。然后才想到这是他们的运气，否则他与铎丝就实在太显眼了。

当绵延不绝的捷运车厢，沿着绵延不绝的单轨，在绵延不绝的电磁场上前进时，谢顿开始观赏同样绵延不绝、像接受检阅般通过窗外的风景。

捷运经过一排又一排的居住单位，其中非常高的只占极少数，但是他也知道，有些却相当深入地底。然而，既然二亿平方公里形成一个都会化整体，即使人口高达四百亿之众，也不会需要非常高的建筑，或是住得非常紧密。他们的确也曾通过空旷地区，其中大部分似乎都种有农作物，不过某些显然像是公园。此外还有许多建筑，他根本猜不到用途。工厂吗？办公大厦吗？谁知道呢？有个巨大而毫无特色的圆柱体，他认为好像是储水槽。无论如何，川陀必须有清水供应系统。他们是否将雨水从上方引下来，加以过滤消毒，然后储存起来？这似乎是他们唯一的办法。

不过，谢顿没有太长的时间来研究这些景物。

铎丝突然低声说："我们该下车的地方快到了。"她站了起来，强有力的手指紧紧抓住他的臂膀。

不久他们便下了捷运，重新站在坚实的地板上，铎丝开始研究方向指示标志。

那些标志毫不起眼，而且为数众多，谢顿的心不禁一沉。其中大多数是图形符号与缩写，川陀本地人一定都能了解，但是对他而言却完全陌生。

"这边走。"铎丝说。

"哪边走？你怎么知道？"

"看到那个吗？两只翅膀加一个箭头。"

"两只翅膀？喔。"他本以为那是一个写得又宽又扁的字母，不过现在看来，还真有点像符号化的一对鸟翼。

"他们为什么不用文字？"他绷着脸问。

"因为文字在各个世界不尽相同。这里所谓的'喷射机'，在锡纳或许是‘飞翔机’，在其他一些世界却是‘雷霆机’。而两只翅膀加一个箭头，则是代表飞行器的银河标准符号，任何地方的人都看得懂——你们在赫利肯不用这些符号吗？”

“不多。就文化而言，赫利肯是个相当同质化的世界。我们倾向于紧守自己的行事方式，因为近邻的强势文化令我们有危机感。”

“想到了吗？”铎丝说，“这就是你的心理史学可能派上用场的地方。你可以证明，虽然银河中有许多不同的方言，使用固定的符号仍是一种团结力量。”

“这没什么帮助。”他跟着她穿过空旷而阴暗的巷道，一部分心思在嘀咕川陀的犯罪率有多高，而这里是否属于高犯罪率地区。“你可以找出十亿条规则，每条涵盖一个单一现象，却无法从中导出一般性的通则。这就是所谓的一个系统只能用和它本身同样复杂的模型来解释——铎丝，我们要去搭喷射机吗？”

她停了下来，转身望向他，皱着眉头露出苦笑。“既然我们沿着喷射机的符号前进，你以为我们要去高尔夫球场吗？你是不是像许多川陀人一样，对喷射机感到恐惧？”

“不，不。我们在赫利肯总是飞来飞去，我自己也常搭喷射机。只不过当夫铭带我到斯璀璘大学时，他刻意避免商业空中交通，认为那会使我们留下太明显的行迹。”

“哈里，那是因为当初他们知道你在哪里，而且已经在跟踪你。如今，或许他们并不知道你的行踪。何况我们将使用一座偏僻的机场，以及一架私人喷射机。”

“由谁来驾驶呢？”

“夫铭的一位朋友吧，我猜。”

“你认为能信任他吗？”

“只要他是夫铭的朋友，当然就信得过。”

“你确实对夫铭推崇备至。”谢顿十分不以为然地说。

“这是有理由的。”铎丝毫无腼腆之色，“他是最棒的。”

谢顿心中的不服并未因此减轻。

“喷射机就在前面。”她说。

那是一架小型飞机，有着一对奇形怪状的机翼。一个身材矮小的人站在旁边，穿着一身令人眼花撩乱的川陀流行色彩。

铎丝说：“我们是心理。”

那位驾驶员说：“那么我是史学。”

他们跟他上了喷射机，谢顿说：“这组口令是谁的点子？”

“夫铭的。”铎丝说。

谢顿哼了一声。“我一直不晓得夫铭还会有幽默感，他是那么严肃的人。”

铎丝微笑不语。

第八章

日 主

日主十四：……古川陀麦曲生区的一位领袖……与这个故步自封地区的其他领袖一样，其生平事迹鲜为人知。他在历史上得以稍占一席之地，全是由于他与“逃亡期”的哈里·谢顿有着千丝万缕的关系……

——《银河百科全书》

35

小型的驾驶舱后面只有两个座位。当谢顿坐下来，椅垫缓缓下陷之后，突然出现一团网状物，将他的双腿、腰际、胸部紧紧缠住，此外还有一个头罩套住他的前额与耳朵。他觉得像是被五花大绑，而当他勉强转头向左望去——只转动了很小的角度——他能看到铎丝也处于相同的处境。

驾驶员就位之后，开始检查控制面板。然后他说："我是恩多·列凡尼亚，在此为你们服务。你们现在被紧紧网住，是因为起飞时将有可观的加速度。一旦我们到达露天空间，开始正常飞行，你们就会恢复自由。两位的名字不必告诉我，那不关我的事。"

他在座位上转过头来，对两位旅客微微一笑。当他的嘴角向外撇时，丑怪的脸孔皱成一团。"年轻人，有任何心理上的障碍吗？"

铎丝轻描淡写地说："我是外星人士，我飞惯了。"

"我也一样。"谢顿带着一丝高傲答道。

"好极了，年轻人。当然，这不是你们常见的喷射机，你们或许也没有夜间飞行经验，但我会指望你们支持得住。"

他自己同样被网住，不过谢顿看得出他的双臂仍活动自如。

从喷射机内部传出一阵单调的嗡嗡声，强度与音调都越来越高。虽然并未真正变得刺耳，却也逐渐接近刺耳的边缘。谢顿做了一个动作，仿佛想要摇摇头，将耳朵里的噪音甩出来，但他的努力似乎只让头罩箍得更紧。

然后喷射机便弹入空中（谢顿只能想到用“弹”这个动词来描述），他发觉自己被一股大力压向坐垫与椅背。

透过驾驶员面前的挡风玻璃，谢顿看到有一面墙陡然升起，令他冒出一身冷汗。接着那面墙上出现一个圆形洞口，类似当日他与夫铭离开皇区时，驾着出租飞车冲进去的那个小洞。不过，这个洞口虽然足以容纳喷射机的机身，却绝对没有为机翼留下任何余地。

谢顿尽可能将头转向右方，刚好及时看到右侧机翼正在收缩折叠。

喷射机冲进洞口之后，立刻被电磁场攫获，开始沿着一条明亮的隧道向前疾驶。加速度始终维持定值，但偶尔会传来“咔嗒咔嗒”的噪音，谢顿猜想可能是机身经过各个磁体时造成的。

不到十分钟，这架喷射机便被隧道“喷”入大气层，迅疾冲进突然变成一片黑暗的夜空。

喷射机在离开电磁场后开始减速，谢顿感到整个身子顶住安全网，粘在那里好一阵子，几乎令他无法呼吸。

最后压力终于消失，安全网也一下子不见了。

“年轻人，你们还好吗？”驾驶员快活的声音传了过来。

“我不确定。”谢顿说完，又转向铎丝问道，“你还好吗？”

“当然。”她答道，“我想列凡尼亚先生是故意在考验我们，看看我们是否真是外星人士。是不是这样，列凡尼亚先生？”

“有些人喜欢刺激。”列凡尼亚说，“你们呢？”

“要有限度。”铎丝答道。

谢顿随即附和：“任何理智的人都会承认这一点。”

接着，谢顿继续说：“万一你把机翼折断了，阁下，似乎就没那么好玩了。”

“阁下，不可能的。我告诉过你，这不是你们常见的喷射机。它的机翼完全电脑化，会随时改变长度、宽度、曲率和整体形状，来配合喷射机的速率、风速风向、气温，以及其他五六种变数。除非喷射机处于足以粉碎机身的应力之下，否则机翼绝不会单独折断。”

谢顿的窗口忽然一阵哗啦哗啦，于是他说：“外面在下雨。”

“经常如此。”驾驶员说。

谢顿向窗外望去。在赫利肯或是其他任何世界，一定都能看到光线——人工照明。唯独在川陀，下面将是一片漆黑。

——嗯，并不尽然。在某一处，他看见一个闪烁的信号灯光。或许，上方的高处都装有警示灯。

如同往常一样，铎丝察觉到谢顿的不安。她拍拍他的手，说道：“哈里，我确信驾驶员知道自己在做什么。”

“我也会试着确信这一点，铎丝，但我希望他能和我们分享一些他知道的事。”谢顿故意用驾驶员听得到的音量说。

“我不介意和你们分享。”驾驶员说，“听好，我们目前正在上升，要不了多久，我们即将抵达云盖之上。那时就不会有任何雨水，我们甚至看得到星辰。”

他将这句话的时间算得准确无比，刚一说完，羽毛般的残云中便闪现几颗星星，而在他关掉机舱内的光源之后，其他星辰也都突然大放光明。此时机舱内只剩下仪表板的微弱光芒，窗外的天空则是明亮耀眼的星光。

铎丝说：“这是两年多来，我第一次看见星辰。是不是很壮观？它们是那么明亮，而且数量那么多。”

驾驶员说：“川陀比大多数外星世界更接近银河中心。”

由于赫利肯位于银河系星辰稀疏的一隅，它的星像场黯淡而毫不起眼，因此谢顿不禁目瞪口呆。

铎丝说：“飞行变得多么宁静啊。”

“的确如此。”谢顿说，“列凡尼亚先生，这架喷射机用什么动力？”

“微融合发动机，以及稀薄的热气流。”

“我不知道我们已有实用的微融合喷射机。是有人在讨论，不过……”

“只有几架像这样的小型机种，目前仅在川陀可见，专供政府高级官员使用。”

谢顿说：“这种旅行的费用一定很高。”

“的确非常高，阁下。”

“那么，夫铭得付多少钱？”

“这趟飞行完全免费，夫铭先生是本公司的好朋友。”

谢顿咕哝一声，然后问道：“这种微融合喷射机为何不多见？”

“理由之一是太贵，阁下，现存的几架已足敷需求。”

“若能制造更大的喷射机，就能创造更多的需求。”

“或许吧，但公司始终无法强化微融合引擎，以提供大型喷射机使用。”

谢顿想起夫铭的牢骚——科技的进展已经衰退到一个低水平。“衰落。”他喃喃地说。

“什么？”铎丝问。

“没什么。”谢顿说，“我只是想起夫铭对我说的一些话。”

他望着外面的繁星，又说：“列凡尼亚先生，我们往西飞吗？”

“是啊，没错。你怎么知道？”

“因为我想到，如果我们往东迎向黎明，现在应该看到曙光了。”

不过，环绕这颗行星的曙光最后还是追上他们，阳光——真正的阳光——照亮了整个舱壁。然而阳光露脸的时间并不长，喷射机很快就向下俯冲，重新钻入云层。蓝色的天空与金色的阳光随即消失，取而代之的是一片灰暗。谢顿与铎丝都发出失望的感叹，惋惜他们无法再多享受片刻的真正阳光。

等到他们沉到云层之下，上方立刻出现在他们下面，而它的表面——至少在这个地区——是一片绿色的起伏波浪，由树木茂密的凹洼与夹杂其间的草地交织而成。根据克劳吉雅的说法，上方的确存在这种景观。

然而，他仍然没有多少时间仔细观察。不久之后，下面出现一个洞口，边缘标示着“麦曲生”几个大字。

他们马上冲进去。

36

他们降落在某座喷射机场，在少见多怪的谢顿看来，这座机场似乎已被废弃。驾驶员在完成任务后，与谢顿及铎丝握了握手，便驾着喷射机一飞冲天，钻进一个专门为他打开的洞口。

然后，似乎唯有等待一途。附近有许多长椅，或许可以坐上一百人，但放眼望去却只有谢顿与铎丝·凡纳比里两个。这座机场呈长方形，四周皆围有高墙，其中一定有许多可开启的隧道，用以迎送来来往往的喷射机。但在他们搭乘的喷射机离去后，这里就一架也不剩；而在他们等候的过程中，也没有其他飞机抵达。

没有任何人到来，也没有任何人烟，连川陀从不间断的嗡嗡声都静止了。

谢顿觉得这种孤寂令人窒息，他转向铎丝说："为什么我们必须待在这里？你有任何概念吗？"

铎丝摇了摇头。"夫铭告诉我，日主十四会和我们碰头，除此之外我一无所知。"

"日主十四？那是什么东西？"

"一个人吧，我猜。单从这个名字，我无法确定是男是女。"

"好古怪的名字。"

"听者有意才会觉得古怪。有些时候，一些从未见过我的人，会误以为我是男性。"

"他们真是笨啊。"谢顿微笑着说。

"一点也不。光从我的名字判断，其实是他们有理。有人告诉我，在某些世界上，这是个很普遍的男性名字。"

"我以前从没碰到过。"

"那是因为你还不算银河旅者。'哈里'这个名字各地都很普通，不过我遇见过一位名叫'哈莉'的女性，发音和你的名字很接近，但第二个字是茉莉的'莉'。我记得在麦曲生，各个家族都有些专属的特殊名字——并且加上编号。"

"可是，拿'日主'当名字似乎太狂了。"

"自夸一点又有何妨？在我们锡纳，'铎丝'源自当地一个古老的词汇，意思是'春天的礼物'。"

"因为你是春天出生的？"

"不是，我张开眼睛时正逢锡纳的盛夏。不过家人觉得这个名字很好听，也就不管那个传统的、几乎已被遗忘的意义了。”

“既然这样，或许日主……”

一个低沉而严肃的声音说道：“外族男子，那是我的名字。”

谢顿吓了一跳，立刻朝左方望去。一辆敞篷地面车不知何时已悄然接近，它的式样古朴，外形四四方方，看来几乎像一辆货车。驾驶座上坐着一位高大的老者，他虽然上了年纪，看来仍然精力充沛。此时他走下车来，举止显得高贵而威严。

他身穿一件白色长袍，宽大的袖子在手腕处束紧。长袍下面是一双软质凉鞋，让两根拇指露在外面。虽然他的头型生得不错，却一根头发也没有。他正以一双深蓝色的眼睛，冷静地打量面前这两个人。

他说：“你好，外族男子。”

谢顿自然而然客客气气地说：“你好，阁下。”然后，由于实在感到困惑，他又问道：“你是怎么进来的？”

“从入口进来的。我进来之后入口就重新关闭，你没有留意。”

“我想我们的确没有留意。可是刚才我们不知道在等什么，其实现在还是不知道。”

“外族男子契特·夫铭通知兄弟们，将有两个外族成员前来。他嘱托我们好生照顾。”

“这么说，你认识夫铭喽。”

“没错，他帮助过我们。因为这位可敬的外族男子帮过我们，所以我们现在务必要帮他。很少有人来到麦曲生，也很少有人离去。我会负责你的安全，会为你提供住所，并确保你不受侵扰。你在这里将高枕无忧。”

铎丝低下头来。“日主十四，我们万分感激。”

日主转头望向她，带着一种不为所动的不屑神情。“我并非不懂外族习俗，”他说，“我知道在他们之间，女人大可主动开口说话，因此我并不生气。若是面对其他不大清楚内情的兄弟，我请她一定要注意。”

“哦，真的吗？”虽然日主没有生气，铎丝却显然被惹火了。

“千真万确。”日主说，“此外，当我是本支族唯一的在场者时，没有必要使用我的识别编号。称我‘日主’就足够了。现在我请两位跟我走，我们要离开这个地方。此地外族气氛太重，令我感到不自在。”

“自在是我们大家的渴望，”谢顿的音量或许稍嫌大了一点，“除非我们能得到保证，不会强迫我们放弃自我来顺应你们，否则我们不会移动半步。根据我们的习俗，女性想说话随时可以开口。既然你答应保障我们的安全，这种安全必须身心兼顾。”

日主直勾勾地凝视着谢顿。“外族年轻男子，你很大胆。你的名字？”

“我是来自赫利肯的哈里·谢顿，我的同伴是来自锡纳的铎丝·凡纳比里。”

当谢顿报出自己的姓名时，日主曾经微微欠身，但听到铎丝的名字时他却毫无动作。“我曾对外族男子夫铭发誓，我们会保障你的安全，所以在这件事情上，我将尽一己之力保护你的女伴。若是她想表现得厚颜无耻，我也会竭力帮她脱罪。可是，有一点你们一定要顺从。”

然后他带着无比的轻蔑，先指了指谢顿的头部，然后再指向铎丝。

“你是什么意思？”谢顿问道。

“你们的头部毛发。”

“怎么样？”

“绝不能让人看见。”

“你的意思是，我们得像你一样把头剃光？当然不行。”

“外族男子谢顿，我的头并不是剃的。我刚进入青春期，就接受了脱毛手术，正如所有的兄弟以及他们的女人一样。”

“如果我们讨论的是脱毛手术，那么答案就更加确定——绝对办不到。”

“外族男子，我们既不要求你们剃头，也不要求你们脱毛。我们只要求和我们相处时，遮掩起你们的头发。”

“怎么做？”

“我带来一些人皮帽，它可以紧贴你们的头颅，并附有两条带子，用来遮住眼上毛发，也就是眉毛。你们和我们在一起时，一律要戴着它。此外，外族男子谢顿，当然你还得每天刮脸——或是更勤，若有必要的话。”

“可是我们为何非这样做不可？”

“因为对我们而言，头上的毛发既淫秽又可憎。”

“不用说，你和你的同胞都该知道，在银河系所有的世界上，蓄留头部毛发是其他族人共有的习俗。”

“我们知道。而在我们族人中，那些必须偶尔和外族人打交道的，例如我自己，有时就不得不目睹毛发。我们虽能勉强忍受，但若是要一般兄弟受这种罪，却实在不公平。”

谢顿说：“很好，那么，日主——请告诉我，既然你原本有与生俱来的毛发，像我们大家一样，而且公然蓄留到青春期，又为何一定要除掉呢？是否只是习俗使然，还是背后有什么理论基础？”

这位麦曲生老者骄傲地说：“我们藉由脱毛手术，向年轻人昭示他们已长大成人。此外，藉由脱毛手术，成年人将一直记得他们是什么人，永远不会忘记其他人都只是外族人。”

他未等对方做出回应（老实说，谢顿也想不出能有什么回应），便从长袍的隐藏式套袋中掏出一把五颜六色的塑胶薄膜，并以尖锐的目光望着面前两张面孔。然后他陆续拿出两片薄膜，分别在两人脸旁比了比。

“颜色必须配合得有分寸。”他说，“没有人会傻到以为你们未戴人皮帽，但一定不能明显到令人起反感。”

最后，日主终于挑出一片递给谢顿，并示范如何将它拉成一顶帽子。

“外族男子谢顿，请你戴上。”他说，“起初你会笨手笨脚，不过你会渐渐习惯的。”

谢顿戴上人皮帽，但是当他试图向后拉，以便盖住头发的时候，人皮帽却滑掉了两次。

“从你的眉毛正上方开始。”日主的手指似乎在抽动，一副很想帮忙的样子。

谢顿强忍住笑意，问道：“你能不能帮我？”

日主后退了几步，以近乎激动的口气说：“不行，那样我会碰到你的头发。”

谢顿设法让人皮帽勾住前额，然后遵照日主的指导，拉拉这里，扯扯那里，总算将头发全部盖住。接下来，眉毛遮带倒很容易调整。铎丝从头到尾都在仔细观看，所以毫不费力就戴上了她那一顶。

“怎么脱掉呢？”谢顿问。

“你只要找到任何一端，就能轻易将它剥下来。你若把头发剪短一点，将会发觉脱戴都比较容易。”

“我宁愿多费点力气。”然后谢顿转向铎丝，压低了声音说，

“铎丝，你还是一样漂亮，不过你的脸部特征的确不见了一部分。”

“那些特征依然完好地藏在下面。”她答道，“我敢说，你会渐渐习惯没有头发的我。”

谢顿则以更小的声音说：“我不想在这里待那么久，不可能会习惯这一点。”

日主表现出明显的高傲，毫不理会两个外族人之间的低语。“请登上我的地面车，我现在就带你们进麦曲生。”

37

“坦白说，”铎丝悄声道，“我几乎无法相信自己还在川陀。”

“那么，我想你是从未见过像这样的景观？”谢顿说。

“我来到川陀只不过两年，大多时间都待在大学里，所以我不算是个环球旅客。然而，我还是去过一些地方，听说过一些风土民情。但我从未见过或听过像这样的——这样的千篇一律。”

日主稳当地驾车前进，一点也没有急着赶路。路上还有些同样类似货车的车辆，坐在驾驶座的人一律寸发不生。在光线照耀下，他们的光头闪闪发亮。

道路两旁有些朴实无华的三层楼建筑，所有的线条皆以直角相交，每一个角落都是灰色。

“死气沉沉，”铎丝夸张地说，“真是死气沉沉。”

“平等主义。”谢顿轻声说道，“据我猜想，没有一个兄弟能声称在任何方面比任何人更有特权。”

沿途的人行道上有许多行人。但是不见任何活动回廊的踪迹，附近也听不到任何捷运的声音。

铎丝说：“我猜穿灰色的是女性。”

“很难判断。”谢顿说，“长袍遮掩了一切，而且每个光头看来都一样。”

“穿灰色的总是成双成对，否则就和一个穿白色的在一起。穿白色的可以单独行走，而且日主也是一身白色。”

“你也许说对了。”谢顿提高音量说道，“日主，我感到好奇……”

“你若是好奇，就随便问吧，不过我绝无回答的义务。”

“我们似乎正在经过一个住宅区。没有任何商用建筑，或是工业区的迹象……”

“我们是个纯粹的农业社会。你从哪里来，怎么会不晓得？”

“你知道我是外星人士，”谢顿硬生生地说，“我来川陀只不过两个月。”

“够长了。”

“但你们如果是个农业社会，日主，我们怎么也没经过任何农场呢？”

“都在较低的层级。”日主简短答道。

“那么，麦曲生的这一层整个是住宅区吗？”

“还有其他几层也是。我们就是你见到的这个样子：每位兄弟和他的家人都住在同等的寓所，每个支族都住在同等的社区，大家都有同样的地面车，所有的兄弟都自己驾驶。没有任何奴仆，也没有人靠他人的劳力享清福。此外，更没有人能觉得高人一等。”

谢顿冲着铎丝扬了扬被遮起的眉毛，又说：“但是有些人穿白袍，有些则穿灰袍。”

“那是因为有些是兄弟，而有些是姐妹。”

“我们呢？”

“你是一名外族男子，一位客人。你和你的——”他顿了一下，“同伴不会受到麦曲生生活方式的任何束缚。然而，你还是得穿一件白袍，而你的同伴得穿一件灰的。你们将住在特别的客房，但它和我们的寓所一模一样。”

“众生平等似乎是个迷人的理想，可是随着人口的增加，又会发生什么情形呢？是不是将大饼切成许多小块？”

“人口绝不会增加。那样一来，我们就必须争取更多土地，周围的外族人不会允许这种事情；而若不然，我们的生活方式便会打折扣。”

“可是万一……”谢顿的话只讲了一半。

日主将他的话打断。“够了，外族男子谢顿。我提醒过你，我没有义务回答你的问题。我们的任务，我们对我们的朋友——外族男子夫铭所做的承诺，是只要你不侵犯我们的生活方式，我们便会尽力保障你的安全。我们会做到这一点，不过仅止于此。好奇心可以有，但你若是纠缠不休，我们的耐性很快会被磨光。”

他的语调透出不容对方再开口的意思，令谢顿又急又气。夫铭虽然帮了那么大的忙，却显然将重点本末倒置。

谢顿寻求的不是安全，至少不仅是安全而已。他还需要寻找线索，要是得不到，他就不能——也不会——待在此地。

38

谢顿怀着几分不悦打量他们的住所。它包含一间小而独立的厨房，以及一间小而独立的浴室。此外还有两张窄床、两个衣柜、一张桌子和两把椅子。简言之，只要两个人愿意挤一挤，一切生活所需倒也一应俱全。

“在锡纳，我们有独立的厨房和浴室。”铎丝以逆来顺受的口气说。

“我可没有。”谢顿说，“赫利肯或许是个小型世界，可是我住在一个现代化的都市，大家一律使用公共厨房和浴室——哪像这么浪费。在不得不暂时栖身旅馆的时候，有可能碰到这种情形，但如果全区都像这样，试想会有多少厨房和浴室，会造成多少重复。”

“这是平等主义的一环吧，我猜。”铎丝说，“大家的都一样。不必抢夺中意的那几间，也不必争先恐后。”

“可是也没有隐私。我并不会太介意，铎丝，但是你也许会，而我不要造成一种占你便宜的假象。我们应该跟他们说清楚，我们两人的房间一定要分开——相连但分开。”

铎丝说：“我确定不会有什么用的。此地空间至为宝贵，他们给了我们这么大的地方，我想他们自己都会为这份慷慨感到惊讶。哈里，我们就凑合一下吧。我们两人都不小了，足以应付这种状况。

我不是个害羞的闺女，你也无法让我相信你是个稚嫩的少年。”

“要不是我，你也不会到这里来。”

“那又怎么样？这是一次探险啊。”

“好吧，那么，你要选哪张床？何不选靠近浴室那张？”他坐到另一张床上，“还有一件事困扰着我。不论我们在这里待多久，我们总是外族人，不只你和我，甚至夫铭也是。我们属于其他部族，不是他们自己的支族，因此大多数的事都和我们无关——可是，大多数的事其实都和我有关。那正是我来这里的目的，我要探听一些他们才知道的事。”

“或者该说，他们自认为知道。”铎丝以历史学家的怀疑口吻说，“我了解他们拥有许多传说，理论上可远溯太初时代，但我不相信这些传说值得认真看待。”

“在我们找出这些传说之前，我们不能妄下断语。外界没有相关的记录吗？”

“据我所知并没有。这些人极端故步自封，他们墨守成规几乎到了疯狂的地步。夫铭竟然有办法打破他们的藩篱，甚至让他们接纳你我，这实在了不起——太了不起了。”

谢顿沉思了一下。“一定可以在哪里找到缺口。我居然不知道麦曲生是个农业社会，这点令日主感到惊讶——事实上是愤怒。这似乎不是他们想要保密的一件事。”

“问题是，那并非什么秘密。‘麦曲生’想必源自古文，原意为‘酵母生产者’。至少我是这么听说的，我可不是古代语言学家。总之，他们培养各式各样的微生食品，酵母菌当然不在话下，此外还有藻类、细菌、多细胞真菌等等。”

“这没什么不寻常。”谢顿说，“大多数世界都有这种微生养殖业，连我们赫利肯也有一些。”

“麦曲生却与众不同，这是他们的专长。他们使用的方法和本区的名字同样古老——秘密的肥料配方、秘密的养殖环境。谁知道还有什么？反正全是秘密。”

“故步自封。”

“极端而且彻底。结果是他们培养出丰富的蛋白质和精妙的香料，所以他们的微生食品和其他世界完全不同。他们将产量控制得相当低，因此得以卖到天价。我从来没尝过，而我确定你也没有，不过它大量出售给帝国官僚，以及其他世界的上层社会。麦曲生依赖这些出口维持稳健的经济，因此他们希望大家都知道，此地是这种珍贵食品的出产地。这一点，至少并不是秘密。”

“所以说，麦曲生一定很富有。”

“他们并不穷，但我怀疑他们追求的并非财富，而是一种保护。帝国政府会保护他们，因为没有他们的话，就不会有这些微生食品为每道菜肴加添最精妙、最浓烈的香味。这就代表说，麦曲生可以维持古怪的生活方式，并对近邻摆出高傲的姿态，虽然后者或许觉得无法忍受。”

铎丝四下望了望。“他们过着一种简朴的生活。我注意到根本没有全息电视，也没有影视书。”

“我在架子上的小橱中看到一本。”谢顿将它取下，仔细看了看标签，然后以明显的嫌恶口吻说，“一本食谱。”

铎丝伸手把它要过来，开始拨弄上面的控制键。这花了她一会儿工夫，因为键钮的设置并不算正统，不过最后她总算开启了屏幕，开始检视各页的内容。她说：“里面有些食谱，不过大部分内容似乎都是有关烹饪的哲学小品。”

她关掉这本影视书，拿在手里上下左右翻弄。“它似乎是一体成型的，我看不出如何弹出微缩书卡，再插进另一片——一本书的专用扫描机，这才叫做浪费。”

“或许他们认为，这本影视书就是大家唯一需要的。”说完，他从两床间的茶几上拿起另一样物件。“这可能是个话筒，只不过没有屏幕。”

“说不定他们认为有声音就够了。”

“怎样操作呢？”谢顿将它举起来，从不同的角度观察，“你曾见过像这样的东西吗？”

“在博物馆看过一次，但不确定是否相同。麦曲生似乎刻意要维持古风。我想，这是他们的另一个妙招，以便和周遭比例悬殊的所谓外族人区隔开来。他们的古风和古怪习俗，这么说吧，使他们变得难以被理解。这里头有一种邪门的逻辑。”

仍在玩弄那个装置的谢顿突然说：“哈！打开了，至少某样功能开启了。可是我什么也没听到。”

铎丝皱了皱眉头，拿起留在茶几上、具有毛毡衬里的一个小圆柱体，将它凑到耳边。“有声音从这里传出来，”她说，“来，试试看。”说完便将它递给谢顿。

谢顿依言照做，随即喊道：“喔！被它夹住了。”他听了一会儿，又说，“是的，它弄痛了我的耳朵。我想你能听到我……是的，这里是我们的房间……不，我不知道号码。铎丝，你对房间号码有任何概念吗？”

铎丝说：“话筒上有一组号码，也许就行。”

“也许吧。”谢顿以怀疑的口吻答道。然后，他又对着话筒说：“这个装置上的号码是6LT3648A，这样行吗？好，我在哪里可以找到如何使用这个装置，以及厨房的正确方法？你所谓‘都是通常的方法’是什么意思？这样说对我一点用也没有。听好，我是一个……一个外族人，是一位贵客。我不知道什么是通常的方法。是的，抱歉我有口音，我很高兴你听到我的声音就认出我是外族人。我的名字叫哈里·谢顿。”

等了一下之后，谢顿抬头望向铎丝，脸上露出饱受苦难的表情。“他得查查我的记录。我猜他会告诉我，说他根本找不到。喔，你找到了？太好了！这样的话，你能提供我这些资讯吗？是的，是的，是的。还有，我要怎样打电话给麦曲生外面的人？喔，那比方说，又要如何联络日主十四呢？好吧，那么他的助手，或是他的助理要怎么联络？喔——喔，谢谢你。”

他放下话筒，又花了一点力气才从耳朵上取下收听装置。关掉整个机件后，他说：“他们会找个人来告诉我们需要知道的一切细节，但他不能保证什么时候能安排好。你不能打电话到麦曲生外面去——反正这玩意不行，所以如果我们需要夫铭，也无法即时和他取得联络。而如果我想找日主十四，我得先说上一大堆废话。这也许是个平等主义的社会，可是似乎仍有例外，而我敢打赌没有人会公开承认。”

他看了看计时带。“无论如何，铎丝，我可不要阅览一本食谱，更不要阅览说教的小品。我的计时带仍然使用斯璀璘时区，所以我不知道现在是不是正式的就寝时间，不过此时此刻我也不在乎。我们大半夜都没有合眼，我想要睡一会儿。”

“我没有意见，我自己也累了。”

“谢谢。不管新的一天什么时候开始，等我们补足睡眠之后，我将要求他们安排参观微生食品养殖场。”

铎丝显得有些惊讶。“你会有兴趣？”

“并非真有兴趣，但那若是他们引以为傲的一件事，他们就该愿意谈一谈。一旦让他们有了谈话的兴致，那么，借着施展我的所有魅力，或许就能让他们也谈谈他们的传说。在我个人看来，这不失为一个高明的策略。”

“希望你会成功，”铎丝半信半疑地说，“不过我想，麦曲生人不会那么容易落入圈套。”

“我们等着瞧，”谢顿绷着脸说，“我的意思是看看我有没有那种魅力。”

39

隔天早上，谢顿再度使用通话装置。他一肚子火，原因之一则是他肚子空了。

他试图联络日主十四，不料被阻拦，对方坚持现在不可打扰日主。

“为何不可？”谢顿气冲冲地问道。

“显然，这个问题没有回答的必要。”传回一阵冰冷的声音。

“我们被带到此地，不是来当囚犯的。”谢顿以同样冰冷的声音说，“也不是来挨饿的。”

“我确定你那里有厨房，并有充足的食物。”

“没错，的确有。”谢顿说，“但我不懂如何使用厨房的设备，也不知道怎样料理这些食物。你们是生吃、油炸、水煮、烧烤……？”

“我不信你对这种事情毫无概念。”

在这段对话进行中，铎丝一直在旁边踱来踱去。此时她伸手要抢通话装置，谢顿却格开她的手，悄声说道：“如果有女人想和他说话，他会立刻切断通讯。”

然后，他对着通话装置，以更加坚定的语气说：“无论你信不信，都和我一点关系也没有。你马上派个人来这里，派一个可以改善我们目前处境的人。否则等到我联络上日主十四——我总会找到他的——你就会吃不了兜着走。”

然而，过了两小时，才终于有人来到。此时，谢顿已陷入凶暴蛮横的状态，一直试图安抚他的铎丝几乎快绝望了。

来者是一名年轻男子，他的光头生有一些斑点。若是未曾脱毛，他或许会有一头红发。

他随身带了几个锅子，好像正准备说明里面是什么，却突然露出不安的神色，慌慌张张地转身背对谢顿。“外族男子，”他显然心乱如麻，“你的人皮帽没调整好。”

谢顿的耐性达到了崩溃的临界点，他说：“我一点也不介意。”

不过铎丝赶紧说：“哈里，让我来调整一下，只是左边这里高了点。”

然后，谢顿咆哮道：“年轻人，现在你可以转身了。你叫什么名字？”

“我叫灰云五。”这位麦曲生青年一面以迟疑的口吻回答，一面转过身来谨慎地打量谢顿，“我是个新手，为你送一顿饭来。”他犹豫了一下，又说，“外族男子，这是在我自家的厨房，由我的女人准备的。”

他将那些锅子放到桌上之后，谢顿掀起其中一个锅盖，狐疑地凑过去闻了一下。然后他抬起头来，带着惊讶的神情望向铎丝。“你知道吗，闻起来真不赖。”

铎丝点了点头。“说得没错，我也能闻到。”

灰云说："现在已经没有刚出炉那么热，在途中冷了不少。你们的厨房里一定有碗盘和刀叉吧。"

铎丝随即取出必需的餐具。在狼吞虎咽饱餐一顿之后，谢顿才觉得重新恢复文明。

铎丝明白如果让这个年轻人与一名女性独处，他一定会感到不高兴；而自己倘若和他说话，会令他更加不高兴。因此她发觉，将锅碗端进厨房清洗，理所当然成了她的工作——只要她能弄懂如何操作洗碗装置。

与此同时，谢顿问到了当地时间，立刻有些羞愧地说："你的意思是，现在正是午夜？"

"外族男子，的确没错。"灰云说，"正因为如此，所以得花点时间才能满足你的需求。"

谢顿突然了解了日主为何不能受到打扰，又想到灰云的女人不得不半夜起床替他准备这顿饭，良心便感到阵阵不安。"我很抱歉，"他说，"我们只是外族人，不知道如何使用厨房和如何料理食物。明天早上，你能不能找个人来指导我们？"

"外族男子，我能做的最好安排，"灰云以抚慰的口吻说，"就是派两个姐妹前来。敬请原谅女性的出现所造成的不便，但这些事只有她们才清楚。"

刚从厨房走出来的铎丝（尚未想起自己在麦曲生男性社会中的身份）脱口而出道："没关系，灰云，我们很高兴接待姐妹。"

灰云以迅速而不安的目光望了她一下，却什么也没说。

谢顿确信根据根深蒂固的传统，这个麦曲生人将拒绝承认曾经听见一名女性对他说过话，于是又重复了一遍："没关系，灰云，我们很高兴接待姐妹。"

他的表情立时豁然开朗。"我会让她们天亮之后马上来。"

当灰云离去后，谢顿带着几分满意说：“姐妹可能正是我们需要的。”

“真的？怎么说呢，哈里？”铎丝问。

“嗯，只要我们把她们视为人类，她们一定就会十分感激，而自动说出他们的传说。”

“也得她们知道才行。”铎丝以怀疑的口吻说，“我就是不敢相信麦曲生的兄弟会好好教育他们的女人。”

40

两位姐妹大约在六小时后来到。在此之前，谢顿与铎丝又睡了一觉，希望藉此调整他们的生物时钟。

两位姐妹羞答答、近乎蹑手蹑脚地走进这间寓所。她们的长袍（原来在麦曲生的方言中，这种长袍称为“裰服”）是天鹅绒般的柔和灰色，装饰着具有精巧图案的深灰色细致滚边，每件的图案都不尽相同。这些裰服并非真的不好看，但它们遮掩人体曲线确实功效卓著。

此外，当然，她们两人也是光头，而且脸上没有任何化妆。她们看到铎丝眼角的淡蓝色眼影，以及唇边的淡红色唇膏，不禁频频投以好奇的目光。

有好一阵子，谢顿都在纳闷：如何才能确定姐妹真是姐妹呢？

为他带来答案的，是两位姐妹正式而礼貌的问候。两人的声音都是既清脆又嘹亮。谢顿依然记得日主低沉的声调，以及灰云紧张兮兮的男中音，不禁怀疑在缺乏明显性别标志的情况下，女性不得不培养出独特的声音与独特的社交礼仪。

“我叫雨点四十三，”其中一位以清脆的声音说，“这是我的妹妹。”

“雨点四十五，”另一位以嘹亮的声音答道，“我们这个支族有很多‘雨点’。”她吃吃笑了起来。

“很高兴见到你们两位。”铎丝以庄重的口吻说，“不过，我必须知道该怎么称呼你们。我不能光说‘雨点’吧？”

“不行。”雨点四十三说，“如果我们都在场，你就必须使用全名。”

谢顿说：“两位小姐，只用四十三和四十五如何？”

两人都偷偷地迅速瞥了他一眼，却未作任何回答。

铎丝柔声道：“哈里，我来和她们谈。”

于是谢顿退了几步。她们想必是单身少女，而且非常有可能，她们根本不能和男性交谈。年长的那位似乎比较严肃，或许也较为守清规。仅由几句话与一个照面，实在很难做出判断，不过他就是有这种感觉，而且愿意接受这个假设。

铎丝说：“两位姐妹，事情是这样的，我们外族人不懂如何使用这间厨房。”

“你的意思是你不会烹饪？”雨点四十三看来难以置信又不敢苟同，雨点四十五则强忍住一声大笑。谢顿因此断定，他对两人最初的评估是正确的。

铎丝说：“我也有过一间自己的厨房，不过它和这间不一样。我也不知道那些食物是什么，以及该如何料理。”

“真的相当简单，”雨点四十五说，“我们可以示范给你看。”

“我们会帮你做一顿美味营养的午餐。”雨点四十三说，“让我们替你……你们两位准备。”在补充最后半句话之前，她曾经犹豫了一下，显然需要花费一番力气，她才能承认一名男性的存在。

“你们要是不介意，”铎丝说，“我希望能和你们一起待在厨房。假如你们愿意切实解释每样事物，那我更会感激不尽。毕竟，两位姐妹，我不能指望你们每天三餐都来帮我们料理。”

“我们会一一为你示范。”雨点四十三一面说，一面生硬地点着头，“然而，外族女子学来或许不容易。你不会有……那种感觉。”

“我愿意试试看。”铎丝带着开心的笑容说。

然后她们便消失在厨房中。谢顿凝望着她们的背影，试图规划出他所打算使用的策略。

第九章

微生农场

麦曲生：……麦曲生的微生农场颇具传奇色彩，不过如今却仅保存于一些譬喻中，诸如“如同麦曲生微生农场那般丰饶”“有如麦曲生酵母那般美味”。事实上，这种赞美有与日俱增之势。但“逃亡期”的哈里·谢顿曾造访过那些微生农场，而他在回忆录中所记载的见闻，则倾向于支持这个公认的看法……

——《银河百科全书》

41

“真好吃！”谢顿爆出一声赞叹，“比灰云带来的食物好得多……”

铎丝以中肯的态度说：“你别忘了，灰云的女人得在半夜临时准备。”她顿了顿，又说，“我真希望他们会说‘妻子’。他们让‘女人’听来只像一种附属品，就像‘我的房子’或‘我的袍子’一样。这绝对是贬抑的称呼。”

“我知道，这的确令人气愤。但他们大可让‘妻子’听来也像一种附属品。这是他们的生活方式，姐妹们似乎并不在意。你我不必劝喻他们做任何改变——不管这些，你看到两位姐妹如何烹饪了吗？”

“看到了，她们让每件事看来都非常简单。我怀疑自己能否记得她们所做的一切，可是她们坚持没有这个必要，我只要会加热便能应付。我推测那些面包在烘焙过程中，曾经加入某种微生衍生物，不但让面团胀了起来，还让它带有爽脆的硬度和亲切的香味。只有一点点辛辣，你不觉得吗？”

“我无法判断，但不论加了什么，我都没吃够。还有这碗汤，你认得出里面的蔬菜吗？”

“认不出来。”

“这些肉片又是什么？你能分辨吗？”

"其实，我认为它并不是肉片，虽然它的确令我想起锡纳的羔羊肉。"

"绝不是羔羊肉。"

"我说过，我怀疑它根本不是肉类——我认为麦曲生以外的人都没吃过这样的好东西。就连皇帝也没有，我敢肯定。麦曲生卖出去的那些，我愿意打赌，全部是下等货色。他们把上好的留给自己享用。哈里，我们最好别在这里待太久。假如我们习惯了这种吃法，就再也不能适应外面那些低贱的食物。"说完她哈哈大笑。

谢顿也笑了起来。他又呷了一口果汁，那味道远比他喝过的任何果汁都醉人得多。"听我说，当夫铭带我到大学去的时候，我们曾经停在一个路边速食店，吃了一些添加浓重酵母的食物。味道好像——不，别管味道像什么，反正，当时我绝不会相信微生食品能有这种美味。我希望两位姐妹还在这里，礼貌上应该向她们致谢。"

"我想她们相当清楚我们会有什么感受。当菜肴还在加热的时候，我赞美着散发出来的绝妙香气，她们则以相当自满的口气说，其实吃起来味道会更好。"

"年纪较大的那个说的吧，我猜。"

"没错，年轻的那个只是吃吃笑。她们还会再来，会帮我带一套裰服，这样我就能跟她们出去逛街。她们讲得很明白，我若想出现在公共场所，就必须把脸上的妆洗掉。她们会告诉我哪里能买到高级的裰服，还有哪里能买到各种熟食——我需要做的只有加热而已。她们解释说，有教养的姐妹都不会那样做，一定都会从头做起。事实上，在她们为我们准备的食物中，有些也是加热一下即可，她们还特地为此道歉。不过，她们在话中透露了一项讯息，那就是无法指望外族人懂得欣赏真正的厨艺，所以只要把熟食加热就能打发我们。对了，她们似乎认为，我理所当然会负责所有采购和烹饪的工作。”

“就好像我们家乡的一句俗话：在川陀行，如川陀人。”

“是啊，我早就知道你对这件事的态度会是这样。”

“我只是个凡人。”谢顿说。

“老套的借口。”铎丝露出浅浅的微笑。

谢顿带着一种心满意足的充实感仰靠在椅背上。“铎丝，你来川陀已经两年，所以你或许了解一些我不了解的事。在你的见解中，麦曲生这种古怪的社会系统，是不是他们的‘超自然宇宙观’的一环？”

“超自然？”

“对，你会不会刚好听说过？”

“你所谓的‘超自然’是什么意思？”

“最明显的意思——相信某些实体独立于自然律之外，比如说不受能量守恒或作用量常数的限制。”

“我懂了，你是在问麦曲生是不是一个宗教性社会。”

这回轮到谢顿困惑不已。“宗教？”

“是的。这是个古老的词汇，不过我们历史学家经常使用——我们的研究充满古老的词汇。‘宗教’并不完全等同于‘超自然’，但它含有丰富的超自然成分。然而，我无法回答你这个特定的问题，因为我从未对麦曲生做过任何特别研究。话说回来，根据我在此地的一点所见所闻，以及我对古老宗教的认识，倘若麦曲生社会具有宗教本质，我也不会惊讶。”

“这样的话，如果麦曲生的传说也具有宗教本质，你会不会惊讶？”

“不会。”

“因此没有历史根据？”

“这倒不一定。传说的核心仍有可能是货真价实的历史，只不过遭到扭曲，并掺杂了超自然的成分。”

“啊。”谢顿说完之后，似乎便陷入沉思。

最后由铎丝打破沉默，她说：“你知道吗，这没什么不寻常的。许多世界都带有可观的宗教成分，而过去这几个世纪，随着帝国越来越动荡，宗教的势力也越来越强。在我自己的世界锡纳，至少有四分之一人口是三神论的信徒。”

谢顿再度察觉自己对历史的无知，因而深感痛苦与懊悔。他说：“历史上，有比如今更盛行宗教的时期吗？”

“当然有。除此之外，还不断有新生的派别冒出来。不论麦曲生拥有什么宗教，都有可能相当新颖，也或许仅局限于麦曲生一区。尚未进行深入研究之前，我不能下任何断言。”

“铎丝，可是现在我们谈到重点了。在你的见解中，女性是否比男性更具宗教倾向？”

铎丝·凡纳比里扬起双眉。“我不确定我们能否做这么简单的假设。”她稍微想了一下，“根据我的猜想，在物质世界中拥有较少本钱的成员，比较容易在你所谓的超自然论中找到慰藉，例如穷人、家世欠佳者，以及遭受压迫的人。在超自然论和宗教的交集部分，他们可能也会比较虔诚。但是两方面显然都有不少例外，许多受压迫者可能缺乏宗教信仰，许多有钱有势、生活安逸的人反而信教。”

“可是在麦曲生，”谢顿说，“女性似乎被当成次等人类。我若假设她们比男性更具宗教倾向，更坚信这个社会所保存的种种传说，这样说正确吗？”

“我不会拿我的生命打赌，哈里，不过我愿意押上一周的收人。”

“很好。”谢顿若有所思地说。

铎丝对他微微一笑。“哈里，你的心理史学又多了一点内容。第47854条法则：受压迫者比生活安逸者更容易接受宗教。”

谢顿摇了摇头。“铎丝，别拿心理史学开玩笑。你知道我不是在搜集细碎的法则，而是在寻找一般性的通则和操作的方法。我不要一百种特殊法则所导出的比较宗教学。我所要的东西，是藉由某种数学化逻辑系统的运作后，便能让我断言，‘啊哈，只要如下的判准全部符合，这群人就会比那群人更具宗教倾向。因此，当人类遇到这些刺激时，就会表现出这些反应来。’”

“多可怕啊。”铎丝说，“你把人类看成简单的机械装置，只要按下这个按钮，就会得到那种抽动。”

“并非如此，因为同时会有许多按钮，被按下的程度则各不相同，引发的反应因而五花八门不计其数。所以说，对未来的整体预测必将是统计性的，而每个人仍然都是自由因子。”

“你怎么知道？”

“我无法知道。”谢顿说，“至少，我还不知道。我只是有这种感觉，认为事情应该这样才对。如果我能找到一组公设，比如说人性学基本定律，再加上必要的数学运算方法，我就会得到我想要的心理史学。我已经证明过，理论上是可能的……”

“但是并不实际？”

“我一直都这样说。”

铎丝的嘴角露出一抹微笑。“哈里，这就是你正在做的吗，为这个问题寻找某种解答？”

“我不知道，我向你发誓我不知道。可是契特·夫铭如此渴望找到一个答案，而且不知道为什么，我也渴望能满足他。他是如此具有说服力。”

“是的，我知道。”

谢顿并未深究这句话的意思，脸上却迅速掠过一丝愁容。

谢顿继续说：“夫铭坚持帝国正在衰败，并说它终将崩溃，又说若想拯救帝国，或是缓冲或改善银河的命运，心理史学将是唯一的希望。他还说倘若没有心理史学，人类终将遭到毁灭，或至少会经历一段长久的悲惨岁月。他似乎把这个重责大任，摆到我一个人身上。虽然在我有生之年，帝国绝对不会崩溃，但我若想活得心安理得，就必须把这个重担卸下来。我必须说服自己——甚至要说服夫铭——心理史学并非实际可行的方法；尽管有理论，却无法真正建立。所以每条可能的途径我都得走走看，才能证明没有任何一条活路。”

“途径？像是回溯到人类社会小于如今的时代？”

“要小很多，而且简单得多。”

“然后证明实际上仍然无解。”

“没错。”

“可是谁来为你描述那个早期世界呢？即使麦曲生人拥有太初银河的完整描述，日主也当然不会透露给一个外族人。没有任何麦曲生人会那么做。这是个故步自封的社会，这句成语我们用过多少次了？而且它的成员对外族人的提防已经到了偏执的地步，他们什么也不会告诉我们的。”

“我必须想个办法说服某些麦曲生人开口，比如说那对姐妹。”

“她们甚至不会听到你说的话，因为你是男性，正如日主对我装聋作哑一样。即使她们愿意和你说话，除了几句口号之外，她们还会知道什么呢？”

“我必须从某处着手。”

铎丝说：“好吧，让我想想。夫铭说过我必须保护你，我把这句话解释为必须尽力帮助你。我对宗教了解多少呢？你可知道，那和我的专长相隔甚远。我研究的一向是各种经济力量，而不是那些哲学性力量，可是，你不能把历史分割成许多毫不相交的小单元。举例而言，成功的宗教具有积聚财富的倾向，到头来就会扭曲一个社会的经济发展。顺便提一下，这是人类历史的无数法则之一，你的人性学基本定律，或者无论你管它叫什么，都必须能把它导出来。不过……”

说到这里，铎丝不知不觉陷入沉思，声音因此逐渐消失。谢顿仔细打量她，发现她的双眼呆滞无神，仿佛正在凝视自己内心深处。

最后她终于说：“有个并非一成不变的法则，我觉得在许多个案中，一种宗教都拥有一本或数本神圣的典籍，记载着他们的礼仪、他们的历史观、他们的圣诗，谁晓得还有些什么东西。通常这些典籍都对外公开，当做劝人皈依的一种工具。不过有些时候，也可能是不可示人的密典。”

“你认为麦曲生有这种典籍吗？”

“说老实话，”铎丝语重心长地说，“我从没听说过。若是公开的典籍，我应该有所耳闻。这就代表它们或是不存在，或是一直被视为密典。不论何者为真，似乎你都见不到。”

“这至少是个起点。”谢顿绷着脸说。

42

大约谢顿与铎丝用过午餐两小时后，那对姐妹便再度来访。两人脸上都挂着微笑，较严肃的那位（雨点四十三）拿着一件裰服让铎丝检视。

“非常好看。”铎丝露出开怀的笑容，并以一种真诚的态度点着头。“我喜欢这部分的精巧刺绣。”

“没有什么。”雨点四十五以清脆的声音说，“它是我穿旧了的，而且不会非常合身，因为你比我高，但至少能凑合一下。我们会带你到最好的裰服店，买几件完全符合你的身材和品味的。到时你就知道了。”

雨点四十三露出稍嫌紧张的微笑，不过什么也没说，只是将目光固定在地上，然后把一件白色裰服交给铎丝。那件裰服折叠得很整齐，铎丝并未想要打开，而是直接将它递给谢顿。“哈里，根据颜色判断，我敢说是给你的。”

“想必没错。”谢顿说，“但我要你还回去，她并没有直接拿给我。”

“喔，哈里。”铎丝做出这几个字的口形，同时微微摇了摇头。

“不行。”谢顿坚决地说，“她并没有直接拿给我。把衣服还给她，我等她自己拿给我。”

铎丝迟疑了一下，然后勉强试图将那件裰服还给雨点四十三。

那位姐妹却将双手背到背后，身子闪开，脸上的血色似乎完全消失无踪。雨点四十五偷偷瞥了谢顿一眼，动作非常迅速，然后快步走向雨点四十三，张开双臂将她抱住。

铎丝说："好啦，哈里。我确信姐妹们不准和非亲非故的男性说话。你让她这么为难又有什么用？她根本身不由己。"

"我可不相信。"谢顿粗声道，"如果真有这样一条规定，也只适用于兄弟们。我非常怀疑她以前遇见过任何外族男子。"

铎丝以轻柔的声音对雨点四十三说："姐妹，你遇见过外族男子，或是外族女子吗？"

犹豫许久之后，她才慢慢摇了摇头。

谢顿摊开双臂。"好，你看吧。即使真有一条保持缄默的规定，它也只适用于兄弟们。若有任何禁止和外族男子说话的规定，他们还会派年轻女子——这两位姐妹——来帮我们吗？"

"或许是这样的，哈里，她们只能和我讲话，再由我转达给你。"

"简直荒谬。我可不信，永远不会相信。我不只是一名外族男子，我还是麦曲生的贵客；契特·夫铭要求他们将我待为上宾，日主十四亲自护送我来到此地。我不要被当成一个不存在的人，我会跟日主十四取得联络，还会向他大吐苦水。"

雨点四十五开始啜泣，雨点四十三则保持着一贯无动于衷的态度，但脸孔也难免涨红少许。

铎丝好像打算再向谢顿说情，他却愤怒地猛然伸出右臂，阻止她做进一步的努力。然后，他皱着眉头凝视着雨点四十三。

最后她终于开口，但不再是清脆嘹亮之声。反之，她的声音颤抖而嘶哑，仿佛她必须用力将声音传到一名男性所在的位置，而这样做完全违背她的本能与意愿。

“外族男子，你不可以告我们的状，那是不公平的。你强迫我打破我们族人的习俗，到底想要我做什么？”

谢顿立刻露出敌意尽消的笑容，并伸出一只手。“你带给我的那件衣服，那件褂服。”

她默默地伸长手臂，将褂服放到他手中。

他微微一欠身，以温和而热诚的声音说：“谢谢你，姐妹。”然后，他朝铎丝的方向迅速瞥了一眼，仿佛在说：你瞧？铎丝却气呼呼地转过头去。

这件褂服毫无特色，谢顿打开时便注意到这点（刺绣与装饰图样显然是女性褂服的专利）。不过它附有一条缀着流苏的腰带，也许需要以特殊方式穿戴。毫无疑问，这绝对难不倒他。

他说：“我要进浴室去把这玩意穿上。我想顶多一分钟吧。”

他走进狭小的浴室，却发现无法关上门，原来是铎丝也要挤进来。直到他们两人都进入浴室，那扇门才关了起来。

“你在做什么？”铎丝气冲冲地细声道，“哈里，你是一头不折不扣的野兽。你为何那样对待这个可怜的女子？”

谢顿不耐烦地说：“我必须让她和我说话。你也知道，我得靠她提供资料。我很抱歉不得不这样残酷，可是除此之外，我又如何能打破她的心防？”说完，他便示意要她出去。

当他走出浴室的时候，发现铎丝也换上了褂服。

虽然人皮帽使铎丝成了光头，而且褂服本身带有邋遢的感觉，她看来仍然相当迷人。这种袍子的剪裁只能呈现一个人形，无法衬托任何身形曲线。她的腰带比他的宽些，也和她自己的灰褂服颜色稍有不同。非但如此，它更借着正面两颗闪闪发光的蓝石按扣来固定。（即使在最困难的情况下，女性仍能设法美化自己，谢顿这么想。）

铎丝打量谢顿一遍，然后说：“你现在看起来相当像个麦曲生人，两位姐妹可以带我俩去逛街了。”

“没错，”谢顿说，“可是逛完之后，我要雨点四十三带我去参观微生农场。”

雨点四十三将双眼张得老大，立刻向后退了一步。

“我很希望去看看。”谢顿以平静的口吻说。

雨点四十三马上望向铎丝。“外族女子……”

谢顿说：“姐妹，或许是你对那些农场一无所知。”

这句话似乎触动了她的神经。她高傲地抬起下巴，但仍然刻意面对着铎丝说：“我曾在微生农场工作。所有的兄弟姐妹，一生总有一段时间在那里工作。”

“好啊，那么带我参观一下，”谢顿说，“我们就别再为这件事争论了。你不能和兄弟交谈，也不能和他们有任何来往，但我却不是你们的兄弟。我是一名外族男子，也是一位贵客。我穿戴着人皮帽和褬服，以免吸引太多的注意，但我是一名学者，我在此地这段期间必须继续学习。我不能坐在这个房间，对着墙壁干瞪眼。我要看看全银河只有你们才有的东西……你们的微生农场。我以为你会骄傲地带我去开眼界。”

“我们的确引以为傲，”雨点四十三终于面对谢顿开口，“我也会带你去开眼界。你若想藉此打探我们的任何秘密，我相信你绝对无法得逞。明天早上我再带你去看微生农场，安排这种参观需要花点时间。”

谢顿说：“我愿意等到明天早上。可是你真的答应吗？你以荣誉向我担保吗？”

雨点四十三带着明显的轻蔑说道：“我是一名姐妹，我言出必行。即使是对一名外族男子，我也会说话算数。”

她最后几个字的声音越来越冰冷，但她的眼睛却张得很大，而且目光如炬。谢顿不禁怀疑有什么念头掠过她心底，因而感到一阵不安。

43

谢顿又过了不得安宁的一夜。

首先，铎丝宣称一定要陪他参观微生农场，他则极力表示反对。

“整个行动的目的，”他说，“就是要让她自由自在地说话，要让她处于一个不寻常的环境——和一名男性独处，即使是一名外族男子。破除那么多习俗之后，就会更容易打破更多。如果你跟来，她会专门和你讲话，而我就只能捡些残渣。”

“万一因为我不在场，你又像在上方那样发生什么变故，那可怎么办？”

“不会发生任何变故。拜托！你若想帮我，就不要插手。如果你不肯，那我再也不要和你有任何瓜葛。铎丝，我是说真的。这件事对我很重要，虽然我越来越喜欢你，也不能把你摆在它前面。”

她极不情愿地勉强答应，只说了一句：“那么，答应我至少你会善待她。”

谢顿说：“你要保护的是我还是她？我向你保证，我对她粗暴不是为了找乐子，而我以后再也不会那么做了。”

与铎丝的这番争执——他们的第一次争执——萦绕在他的脑

海，令他大半夜无法成眠。雪上加霜的是，虽然雨点四十三曾郑重保证，他还是一直担心那对姐妹明早可能会爽约。

然而，她们却准时出现了。当时谢顿刚吃完一顿简陋的早餐（他决心不要因为耽溺于美食而发胖），穿上了那件十分合身的裰服。他曾仔细调整那条腰带，将它固定在完全正确的位置。

雨点四十三的眼神还是有些冰冷，她说："外族男子谢顿，你准备好了吧，我妹妹会留下来陪伴外族女子凡纳比里。"她的声音既不清脆也不嘶哑，仿佛她花了一夜的时间来稳定情绪，并在心中练习如何与一位并非兄弟的男性交谈。

谢顿怀疑她是否也曾失眠，但他只是说："我都准备好了。"

半小时后，雨点四十三与哈里·谢顿两人开始一层层往下走。虽然目前的时刻属于白昼，可是此地光线昏暗，比川陀其他各处都要黯淡。

这似乎没有明显的原因。不用说，缓缓绕行川陀表面的人工日光不至于遗漏麦曲生区。但是为了固守某种原始的习惯，谢顿想，麦曲生人一定是故意这样做的。不久之后，谢顿的眼睛慢慢适应了幽暗的环境。

谢顿试着冷静地迎向路人的目光，不论是来自兄弟或姐妹的。他假定自己会被当做一名兄弟，而雨点四十三则是他的女人，只要他不做出招摇的举动，就不会有人注意他们两人。

不幸的是，雨点四十三却仿佛想要引人注意。她和他的对话都只有几个字，低沉的声音一律从紧闭的嘴巴发出来。显然，陪同一位名不正言不顺的男性，即使只有她自己知道这个事实，也完全摧毁了她的自信。谢顿相当肯定，自己倘若请她放松心情，只会使她变得加倍不安。谢顿很纳闷，如果她遇到熟人会有什么反应。直到他们来到较低的层级，路人变得较少的时候，他才总算比较宽心。

他们搭乘的并非升降机，而是成对的一组活动阶梯坡道，其中一个向上升，另一个向下降。雨点四十三称之为“自动扶梯”，谢顿不确定有没有听错，因为他从未听过这个名称。

他们一层一层往下降，谢顿的焦虑则一点一点向上升。大多数世界都拥有微生农场，也都生产自家的微生作物。谢顿在赫利肯的时候，偶尔也会到微生农场买调味品，每次总会闻到一股令人反胃的恶臭。

在微生农场工作的人似乎并不在意，即使访客们皱起鼻子，他们自己却好像毫无感觉。然而，谢顿一向对那种味道特别敏感。他总是受这种罪，这回也做好了心理准备。他试图在心中安慰自己，他是因为需要搜集资料，才会做出这么高贵的牺牲。但这样做毫无用处，他的胃照样在焦虑中扭成一团。

等到他数不清下了多少层级，而空气似乎仍然相当清新时，他忍不住问道：“我们何时才会抵达微生农场的层级？”

“现在已经到了。”

谢顿深深吸了一口气。“闻起来并不像。”

“闻起来？你是什么意思？”雨点四十三相当生气，嗓门突然变大不少。

“根据我的经验，微生农场总有一股腐败的臭味。你该知道，那是从细菌、酵母菌、真菌，以及腐生植物所需要的肥料中散发出来的。”

“根据你的经验？”她的音量再度降低，“那是在哪里？”

“在我的母星。”

这位姐妹的脸孔扭成厌恶至极的表情。“你的同胞偏偏爱吃拉汲？”

谢顿从未听过这种说法，不过根据她的表情与语气，他明白那是什么意思。

他说："你该了解，端上餐桌的时候，就不会再有那种味道了。"

"我们的产品任何时候都没有那种味道，我们的生物科技人员研发出了完美的品系。藻类生长在最纯的光线和尽可能平衡的电解溶液中，腐生植物的养分则是精心调配的有机物质。那些公式和配方都是外族人不会知道的——来吧，我们到了。你尽量闻吧，绝对闻不到任何异味。这就是为什么全银河都欢迎我们的食品，而且听说皇帝绝不吃其他东西。但如果你问我，我会说外族人都不配享用那么好的食品，就算他自称皇帝也一样。"

她话中带着一股怒气，矛头似乎直指谢顿。然后，她仿佛怕他没听出来，又补充道："或者，就算他自称贵客也一样。"

他们来到一个狭窄的回廊，两侧都有许多又大又厚重的玻璃槽，浑浊的暗绿色溶液里长满团团转的藻类，受到上升气泡的推动而不断摇晃。里面一定充满二氧化碳，他这么判断。

浓烈的蔷薇色光线照在这些玻璃槽上，这种光线比长廊的照明强了许多，他若有所思地发表这个评论。

"当然。"她说，"这些藻类在光谱红端长得最好。"

"我想，"谢顿说，"一切都是自动的。"

她耸了耸肩，但未做出回应。

"我没看到附近有许多兄弟姐妹。"谢顿毫不放松地说。

"纵使如此，还是有工作要做，而他们做得很好，虽然你没看到他们在工作。细节不是给你看的，不要浪费时间问这些事。"

"等一等，别生我的气。我并不指望听到什么国家机密。好啦，亲爱的。"他一不小心说溜了嘴。

正在她似乎要匆忙离去时，他抓住她的手臂，令她留在原处。

但他感到她在微微颤抖，遂在一阵尴尬中将手松开。

他说：“只不过在我看来，一切都是自动的。”

“随便你爱怎样想都可以。然而，这里仍有需要脑力和判断力的地方。每位兄弟和姐妹，一生中总有一段时间在此工作，有些人还将它当成专业。”

现在她说话更为自由自在，但他仍旧感到尴尬，因为他注意到，她的左手偷偷移向右臂，轻抚着刚才被他抓过的地方，仿佛那儿曾经被他刺了一下。

“它们绵延无数公里，”她说，“不过我们若在这里转弯，你就能看到一片真菌区。”

他们继续前进，谢顿注意到每样东西都清洁无比，连玻璃也晶莹剔透。瓷砖地板似乎是湿的，等到他趁机弯腰摸了一下，却发觉并非如此。而且地板也不滑，或许是他的凉鞋具有防滑鞋底（根据麦曲生社会的习俗，他将拇趾大大方方伸在外面）。

有一件事雨点四十三的确没说错。不时可见兄弟或姐妹在默默工作，例如判读量具、调整控制装置，还有些做着诸如擦拭设备这类毫无技术性的工作——不论做的是什么，每个人都全神贯注。

谢顿小心地避免问及他们在做些什么，他不想让这位姐妹因为答不出来而感到羞愧，也不想让她因为必须提醒他别乱打听而发脾气。

他们通过一扇微微摇摆的门，谢顿突然察觉到一丝记忆中的味道。他向雨点四十三望去，但她似乎浑然不觉，而他自己也很快就习惯了。

光线的特征忽然起了重大变化，蔷薇色调与明亮的感觉通通消失。除了有聚光灯为各项设备照明外，四周似乎都笼罩在昏黄的光芒中。在每个聚光处，好像都有一名兄弟或姐妹，有些还戴着发出珍珠般光辉的头带。而在不远的地方，谢顿可以看到四下都有细小的闪光在做不规则运动。

当两人并肩行走时，他朝她的侧面瞥了一眼，那是他能评价她的唯一依据。在其他任何时候，他总是忘不掉她突出的光头、无眉的双眼，以及一张素净的脸庞。它们掩盖了她的个体性，似乎使她变得隐形。然而从这个轮廓中，他却能看出一些别的：鼻子、下巴、丰唇、匀称、美丽。黯淡的光线好像使那个大沙漠不再那么显眼与刺眼。

他惊讶地想到，如果留起头发并好好修剪，她可能就是个大美人。

然后他又想到，她无法长出头发，她这一生注定永远光头。

为什么呢？他们为什么一定要让她变成这样？日主说，是为了使麦曲生人一辈子记得自己是麦曲生人。这点为何那么重要，以致大家都得接受脱毛的诅咒，作为身份的象征与标记？

然后，因为他习惯从正反两方面思考问题，于是又想到，习俗是第二天性，如果习惯了光头，到了根深蒂固的地步，那么头发就会显得怪异恐怖，令人感到恶心与厌恶。他自己每天早上都会刮脸，将胡须完全除去，剩下一点点胡根都不舒服。但他并不认为自己的脸是秃的，或是有任何不自然。当然，只要他愿意，随时可以留胡子，但他就是不愿那么做。

他知道在某些世界上，男人一律不刮脸；甚至有些世界的男人根本不修剪胡须，任由它胡乱生长。如果让他们看到自己光秃的脸庞、没有任何胡须的下巴、双颊与嘴唇，他们又会怎么说呢？

他一面想，一面跟着雨点四十三向前走，这条路似乎没有尽头。每隔一会儿，她就会拉着他的手肘引导他。在他的感觉中，她似乎越来越习惯这样做，因为她并未急忙缩回手去，有时还持续将近一分钟。

她说："这里！到这里来！"

"那是什么？"谢顿问道。

他们站在一个小盘子前面，盘内装满了小型球体，每个球体的直径大约二厘米。有位兄弟在照顾这一区，刚才就是他将盘子放在那里的。此时他抬起头来，带着和气的询问神情。

雨点四十三低声对谢顿说："向他要一些。"

谢顿明白她不能主动和一位兄弟说话，除非对方先开口。于是他以迟疑的口气说："我们能要一些吗，兄……兄弟？"

"兄弟，拿一把吧。"对方热诚地答道。

谢顿抓起一个球体，正准备递给雨点四十三，却发现她已将对方的好意解释为同样适用于她，已经伸手拿了两大把。

这种球体感觉上光滑柔润。等到他们离开那个培养桶以及照料该区的那位兄弟之后，谢顿对雨点四十三说："这些能吃吗？"他举起那个球体，小心翼翼地凑到鼻端。

"它们没有味道。"她突然冒出一句。

"它们究竟是什么？"

"美食，未经加工的美食。销到外界的，会经过各种方式的调味，可是在麦曲生，我们一律吃原味——唯一的吃法。"

她放进嘴里一个，然后说："我怎么也吃不够。"

谢顿将手上的球体放入嘴里，感觉它迅速溶化殆尽。一时之间，他嘴里出现一股流动的液体，然后几乎自动滑进他的喉咙。

他停了一下脚步，感到相当惊讶。它有一点点甜味，后来甚至出现一丝更淡的苦味，但主要的感觉却令他难以捉摸。

"我能再吃一个吗？"他说。

"再吃五六个吧。"雨点四十三一面说，一面向他伸出手，"它们从来没有重复的口味，而且根本不含热量，只有味道而已。”

她说得没错。他试图让这种美食在口中多留一会儿；试图小心地舔着；试图咬下一小口。然而，不论他多么小心，它也经不住轻轻的一舔。而只要稍微咬下一点，其余部分也立刻消失。每个球体的味道都无以名状，而且都和先前吃的不尽相同。

“唯一的麻烦是，”这位姐妹快活地说，“偶尔你会吃到一个非常特殊的口味，令你终身难忘，可是你却再也碰不到了。我九岁的时候吃过一个……”她的兴奋表情突然敛去，“这是一件好事，让你体认到世事的无常。”

这是个讯号，谢顿心想。他们漫无目标地逛了许久，她已经开始习惯他，而且主动和他说话。现在，他们一定要进入正题。就是现在！

44

谢顿说：“姐妹，我来自一个露天的世界。其实除了川陀之外，其他世界都是那样。雨水时有时无，河水不是太少就是泛滥，温度不是太高就是太低，这就代表收成有好有坏。然而在此地，环境真正受到控制，收成想不好也不行。麦曲生多么幸运啊。”

他开始等待。她的回答可能会有几种不同的方式，他的行动方针将视她如何回答而定。

现在她说话已经自由自在，似乎对他这位男性不再有任何心防，所以这趟长途旅程的目的业已达到。雨点四十三说："环境也不是那么容易控制。偶尔会有病毒感染，有时还会有意料之外的不良突变。还有一些时候，大批作物会整个枯萎或变得毫无价值。"

"你这话令我惊讶。那时会怎样处理？"

"通常都没什么办法，只好把腐坏的那批尽数销毁，甚至包括那些仅有腐坏嫌疑的。盘子和水槽一定都要完全消毒，有时还得全部丢弃。"

"那么，这等于是一种外科手术。"谢顿说，"将染病的组织切除。"

"没错。"

"你们如何预防这些情况？"

"我们能怎么办？我们不停地进行测试，看看有没有可能的突变，有没有可能的新病毒，有没有意外的污染或环境的变化。我们很少会侦测到什么问题，但若是发现了，我们就会采取非常措施。这样做的结果，使得歉收的年分非常少，而且纵然歉收，也只是对部分地区稍有影响。历史上收成最差的一年，只比平均年产量少了百分之十二，不过已经足以造成困境。问题是，即使是最谨慎的深谋远虑，以及设计得最高明的电脑程序，也无法百分之百预测本质上不可预测的事物。"

谢顿觉得一阵颤栗不由自主传遍全身，因为她说的仿佛就是心理史学——事实上，她只是在谈论极少数人所经营的微生农场。而他自己，却是从各个层面在考虑这个庞大的银河帝国。

这使他无可避免地感到气馁，他说："当然，也并非全然不可预测。有些力量在引导、在照顾我们每一个人。"

这位姐妹突然僵住。她转头望向谢顿，似乎是以具有透视力的目光在打量他。

但她却只是说："什么？"

谢顿觉得坐立不安。"在我的感觉中，谈到病毒和突变这些话题时，我们只是在讨论自然界的事物、那些服从自然律的各种现象。我们并未考虑到超自然，对不对？并没有包括不受制于自然律，进而能控制自然律的力量。"

她继续盯着他，仿佛他突然改说某种陌生的、不为人知的银河标准语方言。她又说了一句："什么？"这回音量近乎耳语。

他继续结结巴巴地用一些不太熟悉而令自己有几分困窘的词汇说："你必须求助某种伟大的本体，某种伟大的圣灵，某种……我不知道该叫它什么。"

雨点四十三将音区提高，但仍将音量压低。"我就知道，我就知道你是那个意思，可是我本来不敢相信。你是在指控我们拥有宗教。你为什么不直接那么说？为什么不直接用那个词汇？"

她在等待一个答案。谢顿被这轮猛攻弄得有点不知所措，他说："因为那不是我使用的词汇，我管它叫超自然论。"

"随便你怎么称呼。反正它就是宗教，而我们没有这种东西。宗教是外族人才有的，是那群渣……"

这位姐妹突然住口，吞了一下口水，仿佛差点就要呛死。谢顿可以确定，令她呛到的一定是"渣滓"两个字。

她再度恢复自制，以低于她平常的女高音音调缓缓说道："我们不是一个信仰宗教的民族，我们的国度是这个银河系，而且一向如此。如果你信教……"

谢顿感到中了圈套，怎么也没料到会有这种发展。他举起一只手，做出辩护的手势。"不是这样的。我是个数学家，我的国度也是这个银河系。只不过我想到，根据你们那些刻板的习俗，你们的国度……"

“外族男子，别那样想。若说我们的习俗刻板，那是因为我们只有几百万人，却被几十亿人包围起来。我们总得设法表现得与众不同，唯有这样，我们这些珍贵的少数，才不会被你们满坑满谷的多数所吞没。我们必须靠我们的脱毛、我们的衣着、我们的行为、我们的生活方式来和他人区隔。我们必须知道自己是什么人，也必须确保你们外族人知道我们是什么人。我们在农场中辛勤工作，好让你们对我们刮目相看，如此才能确保你们放我们一马。这就是我们对你们唯一的要求……放我们一马。”

“我无意伤害你或是任何族人。我只是来这里寻求知识，就像在其他地方一样。”

“你却借着询问我们的宗教来侮辱我们，仿佛我们曾经仰赖一种神秘的、虚无的圣灵，帮助我们做到我们自己做不到的事。”

“有许多人、许多世界都相信某种形式的超自然论……宗教，你喜欢这样说也可以。我们或许因为某种理由而不同意他们的见解，但我们的不信也有可能是个错误，双方的错误几率刚好一半一半。无论如何，这种信仰没什么可耻的，我的问题也并非打算侮辱任何人。”

她却没有讲和的意思。“宗教！”她气呼呼地说，“我们根本不需要。”

在这段对话进行中，谢顿的心持续往下沉，此时则跌到谷底。这整个行动，这趟和雨点四十三所做的远征，最后竟然一无所获。

不料她继续说：“我们另有好得多的东西，我们有历史！”

谢顿的心情立刻回升，他随即露出笑容。

第十章

典籍

毛手毛脚的故事：……哈里·谢顿曾经提到，在他找寻心理史学发展方法的过程中，这是第一个转折点。不幸的是，他的正式著作皆未指出它究竟是什么“故事”，各种臆测（为数众多）则全是捕风捉影。有关谢顿生平始终存在着许多有趣的谜，这只是其中之一。

——《银河百科全书》

45

雨点四十三瞪着谢顿，眼睛张得老大，呼吸则相当沉重。

“我不能待在这里。”她说。

谢顿四下望了望。“没有人会打扰我们。就连那位给我们美食的兄弟也没说我们什么，他似乎把我们当成一对完全普通的夫妻。”

“那是因为我们没有任何不寻常的地方——当时光线黯淡，当时你压低声音使外族口音不太明显，还有当时我还算冷静。可是现在……”她的声音开始变得嘶哑。

“现在怎么样？”

“我既焦虑又紧张，我在……流汗。”

“谁会注意到呢？放轻松，冷静下来。”

“我在这里无法轻松。当我可能引起注意时，我冷静不下来。”

“那么，我们要到哪儿去？”

“附近有些供人休憩的小屋。我曾在这里工作，所以我知道。”

她快步向前走，谢顿则紧跟在后。他们爬上一个小坡道，若没有她带路，在昏黄的光线下，他不可能会注意到这条小路。在坡道尽头，有一长列互相间隔很远的门。

“最旁边那间，”她低声道，“如果没人的话。”

那间果然是空的。一块发亮的矩形小板映出“无人使用”几个字，而且门只是微掩着。

雨点四十三迅速张望一番，便示意谢顿进去，接着自己也走进来。当她关上门的时候，天花板的一盏小灯随即照亮这间斗室。

谢顿说：“有没有办法让门上号志显示这间小屋有人使用？”

“门一关上就自动切换，外面的灯已经亮了。”这位姐妹答道。

谢顿感觉得到空气在轻柔地循环，还带着一种微弱的风声。然而在川陀，又有哪里听不到、觉不着这种永不止息的微风呢？

这个房间并不大，却摆了一张具有硬实床垫的便床，上面的床单显然相当清洁。此外还有一把椅子、一张桌子、一台小型冰箱，以及一个看来像是“密封热板”的东西，或许是个微型的食物加热器。

雨点四十三坐到椅子上，将上身挺得笔直，看得出她在企图强迫自己放松。

谢顿不确定自己该怎么做，只好继续站着。直到她有点不耐烦地做了个手势，他才依照示意坐到便床上。

雨点四十三轻柔地、仿佛自言自语地说：“万一让人知道我曾和一名男子在这里，即使只是个外族男子，我也注定会被驱逐出境。”

谢顿急忙站起来。“那我们别待在这里。”

“坐下，我在这种心情之下绝不能出去。你一直在问有关宗教的事，究竟是在找什么？”

谢顿觉得她完全变了一个人，被动与顺从都已经消失无踪。面对一名男性，她也不再害羞，不再畏缩不前。此时，她正眯起双眼，凶狠地瞪着他。

“我告诉过你，我在寻求知识。我是一名学者，追求知识是我的专业和欲望。我尤其想要了解人类，所以我想学习历史。因为在许多世界上，古代的历史记录——真正的古代历史记录，都已经变质为神话和传说，常常成了宗教信仰或超自然论的一部分。但麦曲生如果没有宗教，那么……”

“我说过我们有历史！”

谢顿道：“你已经说了两遍。你们的历史有多古老呢？”

“上溯两万年前。”

“真的吗？让我们坦白说吧，它究竟是真实的历史，还是已经退化成传说的那种东西？”

“当然是真实的历史。”

谢顿正想问她如何能判断，却在最后关头打消这个念头。历史真有可能上溯两万年，而仍旧真实可信吗？他自己不是历史学家，所以必须去问问铎丝。

可是他有一种强烈的感觉，那就是在每个世界上，最早期的历史都是一堆大杂烩，充满说教式的英雄事迹与迷你剧本，仅能视为一种道德剧，不能太过当真。赫利肯的情形当然如此，你却很难找到一个不深信那些传说、不坚持它们全是真实历史的赫利肯人。他们就连完全荒诞的故事也照样支持不误，例如人类首次探勘赫利肯时，遇到了危险的巨型飞行爬虫——虽然在人类曾经探勘与殖民的所有世界上，都从未发现任何土生土长的、类似飞行爬虫的动物。

不过他只是问：“这个历史是如何开始的？”

这位姐妹的目光显得恍惚，并未聚焦在谢顿或屋内任何一样东西上。她说：“它开始于某个世界——我们的世界，独一的世界。”

“独一的世界？”谢顿想起夫铭提到过有关人类起源于单一世界的传说。

“独一的世界。后来又有了其他世界，但我们的世界是第一个。独一的世界，上面有生存的空间、有露天的空气、有万物的一席之地，还有肥沃的田园、友善的人家，以及热情的人们。上万年的时间，我们一直住在那里。后来我们不得不离开，开始四处东躲西藏，直到有些人在川陀的一角找到容身之地。我们在此学会栽种食粮，为我们带来了一点自由。而在麦曲生这里，我们现在拥有自己的生活方式——以及我们自己的梦想。”

“而你们的历史详细记载了那个起源世界？那个独一的世界？”

“喔，没错，全部记在一本书里。这本书大家都有，我们每一个人都有。我们总是随身携带，这样一来，人人都能随时随地翻阅，以便牢记我们现在是什么人、过去是什么人，并且下定决心，总有一天会收复我们的世界。”

“你可知道这个世界在哪里，现在住着什么人吗？”

雨点四十三迟疑了一下，然后猛力摇了摇头。“我们不知道，但总有一天会找到答案。”

“你现在就带着这本书吗？”

“当然。”

“我可以看看吗？”

此时，这位姐妹脸上缓缓掠过一抹笑容。她说：“原来你要的是这个。当你要求由我独自带你参观微生农场时，我就知道你在打什么东西的主意。”她似乎有点发窘，“我没想到竟然是为了这本典籍。”

“那是我唯一想要的，”谢顿一本正经地说，“我心里真的没打别的主意。如果你带我到这里来，是由于你以为……”

她没让他把话说完。“可是我们已经来到这里。你到底是想还是不想看这本典籍？”

“你准备让我看吗？”

“有一个条件。”

谢顿愣了一下。若是自己将这位姐妹的心防解除得过了头，他就得衡量导致严重后果的可能性。“什么条件？”他问。

雨点四十三的舌头轻轻伸出来，迅速舔了一下嘴唇。然后她以带着明显颤抖的声音说：“脱掉你的人皮帽。”

46

哈里·谢顿茫然地凝视着雨点四十三。有好一会儿，他根本不明白她在说什么，因为他早已忘记自己戴着一顶人皮帽。

然后，他将一只手放到头上，才意识到自己戴着那顶帽子。它的表面光滑，但他仍然感觉得到下面头发所产生的轻微弹性。那并不太明显，毕竟他的头发发质纤细，而且不怎么浓密。

他一面摸着头，一面说：“为什么？”

她说：“因为我要你这么做。因为如果你想看典籍，这就是交换条件。”

他说：“好吧，如果你真要我这么做的话。”他开始动手摸索帽缘，以便剥掉人皮帽。

但她却说：“不，让我来，我来帮你脱。”她以饥渴的眼神望着他。

谢顿将双手放在膝盖上。“那就来吧。”

这位姐妹迅速起身，坐到他身边的床沿。她慢慢地、仔细地将他耳前的人皮帽撕开，同时又舔了舔嘴唇。而当她将他的前额部分弄松，并将人皮帽向上掀的时候，她则开始大口喘气。然后人皮帽便被摘下，而在重获自由之后，谢顿的头发似乎微微雀跃了一下。

他不安地说道："我的头发一直盖在人皮帽下面，我的头皮也许出汗了。真是这样的话，我的头发就会有点潮湿。"

他举起手来，好像是要检查一下。她却抓住他的手，并将它拉开。"我来做这件事。"她说，"这是条件的一部分。"

她的手指缓缓地、迟疑地触碰到他的头发，又赶紧缩回去。然后她再次伸出手来，并以非常轻柔的动作抚摸着。

"是干的，"她说，"摸起来感觉……很好。"

"你以前摸过头部毛发吗？"

"只是偶尔摸过小孩子的，这个……不一样。"她再度开始抚摸。

"哪里不一样？"即使处于这种尴尬情境中，谢顿仍然能被勾起好奇心。

"我说不上来，就是……不一样。"

过了一会儿，他说："你摸够了吗？"

"没有，别催我。你能随意让它朝任何方向趴下吗？"

"并不尽然，它有自然的俯贴方向。但我需要一把梳子才行，而我手边并没有。"

"梳子？"

"一种具有好些分叉的东西……啊，就像一把叉子……但是分叉多得多，而且比较柔软。"

"你能用手指代替吗？"她一面说，一面用她的手指梳过他的头发。

他说：“马马虎虎，效果不是很好。”

“后面的硬一点。”

“那里的头发比较短。”

雨点四十三似乎想起什么事。“眉毛，”她说，“是这样叫的吗？”她拉下那两条遮带，手指沿着眉毛构成的轻微弧度逆向划过。

“感觉很好。”说完她就发出高亢的笑声，几乎能和她妹妹的吃吃笑声媲美。“真可爱。”

谢顿有点不耐烦地说：“这个条件还有没有其他部分？”

在相当黯淡的光线下，雨点四十三仿佛在考虑提出肯定的答案，但她什么也没有说出口。反之，她突然将手缩回去，再把双手举到鼻尖。谢顿纳闷她究竟想闻些什么。

“多么奇特，”她说，“我可以……我可以改天再试一次吗？”

谢顿硬着头皮答道：“如果你把典籍多借给我几天，让我有充分的时间研究，那么或许可以。”

雨点四十三将手伸进裰服的一个隙缝，谢顿过去从未注意到它的存在。然后，她从一个隐藏式内袋，取出一本由某种又硬又韧的质料充作封面的书。谢顿接了过来，尽量控制住内心的激动。

当谢顿调整人皮帽，重新遮起头发之际，雨点四十三再度把双手举到鼻尖，接着伸出舌头，很轻很快地舔了舔手指。

47

“摸你的头发？”铎丝·凡纳比里一面说，一面望着谢顿的头发，仿佛她自己也有意摸一摸。

谢顿稍微避开一点。“拜托别这样，那女人表现得好像性反常患者。”

“我想应该就是——从她的观点而言。你自己没有从中得到乐趣吗？”

“乐趣？我全身起鸡皮疙瘩。等到她终于停手，我才能继续呼吸。我本来一直在想，她还会提出什么样的条件？”

铎丝哈哈大笑。“你怕她会强迫和你发生性关系？或是默默期待？”

“我向你保证我不敢那么想，我只想要那本典籍。”

此刻他们在自己的房间里，铎丝开启了她的电磁场扭曲器，以确保不会有人偷听到他们的谈话。

麦曲生的夜晚即将降临。谢顿早已脱下人皮帽与裰服，并且已经洗过澡——他特别用心清洗自己的头发，总共冲洗了两次。现在他坐在他的便床上，穿着一件轻薄的睡衣，那是他在衣橱里找到的。

铎丝双眼骨碌碌地乱转，并说：“她知不知道你的胸部也有毛？”

“当时我衷心祈祷她不会想到这一点。”

“可怜的哈里。你该知道，这些都是绝对自然的。我若和一位兄弟单独相处，也可能会有类似的麻烦。不，我确信还更糟，因为他会相信——从麦曲生这种社会结构看来——我身为女性，一定会服从他的命令，绝不会有任何迟疑或异议。”

“不，铎丝。你或许认为这是绝对自然的事，可是你并未亲身体验过。当时，那个可怜的女人处于高度性兴奋的状态。她动用了所有的感官……不但闻她的手指，还伸舌头来舔。她如果能听见头发生长的声音，也会贪婪地专心倾听。”

“但那正是我所谓的‘自然’，任何遭禁的事物都会产生性的吸引力。假使你生活在一个妇女随时随地袒胸的社会，你会不会对女性的乳房特别感兴趣？”

“我想可能会。”

“假如它们总是被遮起来，就像在大多数社会那样，难道你不会更感兴趣吗？听着，让我告诉你一件我亲身的经历。当时，我是在母星锡纳的一个湖滨度假胜地……我猜你们赫利肯也有度假胜地，例如沙滩之类的地方？”

“当然有，”谢顿有些恼火，“你把赫利肯想成什么了？一个只有山脉和岩石，只有井水可喝的世界？”

“哈里，我无意冒犯，只是要确定你能了解故事的背景。在我们锡纳的沙滩上，我们很不在意穿些什么……或不穿什么。”

“裸体沙滩？”

“并非真正如此，不过我想，假如有人把衣服全部脱掉，旁人也不会多说什么。习惯上，穿着只要得体即可，但我必须承认我们所谓的‘得体’并未留下什么想象空间。”

谢顿说：“在赫利肯，我们对得体的标准多少要高一点。”

“没错，我从你对我的谨慎态度就看得出来，可是各个世界总有个别差异。言归正传，我正坐在湖滨的小沙滩上，一名年轻男子走了过来，当天稍早的时候，我曾和他讲过几句话。他是个举止得体的人，我不觉得他有什么不对劲。他坐上我的椅子扶手，把他的右手放在我的左大腿上，以便稳住他的身子。当然，我的大腿裸露在外。

“我们聊了大约一分半钟之后，他以顽皮的口气说：‘我坐在这里。你几乎不认识我，但我觉得将手放在你的大腿上，似乎是一件绝对自然的事。非但如此，你好像也感到绝对自然，因为你似乎不介意让它留在那里。’

“直到那个时候，我才真正注意到他的手放在我的大腿上。裸露在大庭广众之下的肌肤，多少丧失了一些性的本质。正如我刚才所说，不让人看见的部分才是关键。

“这一点，那年轻男子也察觉到了，因为他继续说：‘但我若是在较正式的场合遇到你，你穿着一件礼服，那你做梦也不会让我掀起你的礼服，将我的手放在一模一样的位置。’

“我哈哈大笑，然后我们继续聊了些别的。当然，由于我已经注意到他的手，那年轻人感到让它再留在那儿并不妥当，便将手移开了。

“当天晚上用餐时，我打扮得比平常更用心，衣着的正式程度则远超过那个场合的需要以及餐厅中其他女士的穿着。我在一张餐桌旁发现那个年轻人。于是我走过去，跟他打招呼，并说：‘我现在穿着一件礼服，但里面的左腿是赤裸的。我准许你把我的礼服掀起来，然后像白天那样，把你的手放在我的左大腿上。’

“他试了一下，这点我不得不佩服他，可是大家都盯着我们看。我是不会阻止他的，我也确定没有别人会阻止他，但他却无法做到这件事。当时的场合并不比白天更为公开，而且在场的是同样一批人。何况采取主动的显然是我，我显然绝不会反对，但他就是不能让自己逾矩。当天下午让他能‘毛手毛脚’的条件，到了晚上便不复存在，这要比任何逻辑更有意义。”

谢顿说：“是我的话，就会把手放在你的大腿上。”

“你确定吗？”

“绝对肯定。”

“即使你们对于沙滩穿着的得体标准比我们还高？”

“没错。”

铎丝坐到她的便床上，然后躺下来，以双手枕着头。“所以说，虽然我穿着一件晚礼服，里面几乎没穿什么，也不会带给你特别的困扰。”

“我不会特别震惊。至于困扰，要看这个词怎样定义。我当然晓得你如何穿着。”

“嗯，假如我们将被关在这里一段时间，你我必须学习如何漠视这种事。”

“或者善加利用。”谢顿咧嘴笑了笑，“而且我喜欢你的头发，看了一整天光头的你，我特别喜欢你的头发。”

“唉，别摸，我还没洗头。”她眯起眼睛，“这很有趣，你们将正式和非正式的庄重层面分了开。你这话是说，赫利肯在非正式层面比锡纳更庄重，在正式层面则没有锡纳那么庄重。对不对？”

“事实上，我只是在讲那个对你‘毛手毛脚’的年轻人，以及我自己而已。至于我们两个分别能代表几成的锡纳人和赫利肯人，这我可不敢说。我很容易想象，两个世界上都有中规中矩的君子，也都有些粗鲁无礼的家伙。”

“我们是在谈论社会压力。我不算是真正的银河旅者，但我总是必须投注许多心力在社会史上面。比方说，狄罗德行星上曾有过一段时期，未婚性行为是绝对自由的，未婚者可以拥有多重性伴侣，公然性行为只有阻碍交通时才会引起反感。然而一旦结了婚，双方就会绝对遵守一夫一妻制。他们的理论是先让一个人实现所有的绮想，这个人就能定下心来面对严肃的生活。”

“有用吗？”

“大约三百年前就终止了，不过我的一些同事说，那是其他几个世界对它施压的结果，因为狄罗德抢走了太多的观光客。别忘了，还有银河社会整体压力这种东西。”

“就这个例子而言，或许应该是经济压力。”

“或许吧。此外，即使我并不是银河旅者，但我常年待在大学里，所以仍有机会研究社会压力。我能遇到来自川陀里里外外、许许多多地方的人，而在社会科学相关系所里，深受喜爱的消遣之一就是比较各种社会压力。

“比方说在麦曲生这里，给我的印象是性受到严格控制，只有在最严苛的规范下才被允许。而且实施得一定很彻底，因为没有任何人敢讨论。而在斯璀璘区，人们也从不讨论性的话题，但它并未受到谴责。我曾在坚纳特区进行过一周的研究，该区的人无止无休地谈论性，但唯一的目的只是为了谴责。我认为川陀上的任何两个区——或是川陀之外的任何两个世界——对性的态度都不是完全一样的。”

谢顿说：“你可知道这话听来像在说什么吗？它好像……”

铎丝说：“我来告诉你它好像什么。我们谈论的这些有关性的话题，使我认清一件事，我再也不要让你离开我的视线。”

“什么？”

“我两度让你单独行动，第一次出于我自己的误判，第二次则因为你出言恫吓。两次显然都是错误的决定，你自己也知道第一次发生了什么事。”

谢顿愤慨地说："没错，可是第二次并未发生什么意外。"

"你差点惹上天大的麻烦。万一你和这位姐妹沉迷于性游戏时被逮个正着，那还得了？"

"那不是性……"

"你自己说过，她当时处于高度性兴奋的状态。"

"可是……"

"这是不对的，哈里，请把这点装进你的脑袋。从现在起，你到哪里我就跟到哪里。"

"听着，"谢顿以冰冷的口吻说，"我的目的是找出麦曲生的历史。所谓和一位姐妹玩性游戏，结果是我得到了一本书——那本典籍。"

"典籍！是啊，有一本典籍，我们来看看吧。"

谢顿将它取出来，铎丝若有所思地拿在手中掂了掂。

她说："哈里，它也许对我们没什么用。看来它好像和我见过的投影机都不相容，这就代表你得找一台麦曲生投影机。这样一来，他们便会想知道你要做什么。然后他们势必会发现你拥有这本典籍，一定会从你手中抢回去。"

谢顿微微一笑。"倘若你的假设全部正确，铎丝，那么你的结论便无懈可击。但它刚巧不是你所想的那种书，它并不需要使用投影机。它的内容印在许多书页上，可以一页一页翻阅。这些雨点四十三都对我解释过了。"

"一本字体书！"很难判断铎丝究竟是震惊还是高兴，"那是石器时代的古物。"

"绝对是前帝国时代的，"谢顿说，"但还不至于那么古老。你曾经见过字体书吗？"

"哈里，你忘了我是历史学家？当然见过。"

“啊，但是像这本吗？”

他将典籍递过去。铎丝笑着把它打开，再翻到另一页，接着从头到尾迅速翻了一遍。“是空白的。”她说。

“应该说看来是空白的。麦曲生人虽是顽固的原始主义者，但也并不尽然。他们会固守原始的精髓，却不会反对为了增加便利，而利用现代科技进行改良。谁知道呢？”

“或许吧，哈里，但我不懂你在说些什么。”

“这些书页并不是空白的，每页上面都有微缩字体。来，还给我。如果我按下封面内缘的这个小球——看！”

翻开的那一页突然出现许多行缓缓向上滚动的字体。

谢顿说：“你只要前后稍微转动这个小球，就能调节上移的快慢，来配合你自己的阅读速度。一旦本页的字迹达到上限，也就是说，当你读到底端那一行的时候，它们就会猛然下落，然后自动关掉。这时，你就该翻到下一页。”

“执行这些功能的能量从哪里来？”

“它里面封装着一个微融合电池，和这本书的寿命一样长。”

“那么等到电用完了……”

“你就丢掉这本书，甚至或许在此之前，由于磨损得太厉害，你就得提前丢掉了。然后再换一本就行，你永远不必更换电池。”

铎丝再次接过那本典籍，从各个角度仔细观察。“我必须承认，我从未听说过像这样的书。”

“我也没有。一般而言，银河系早已无比迅速地迈入视讯科技，以致略过了这个可能性。”

“这正是视讯啊。”

“没错，但并不是正统。这种形式的书自有优点，它比普通视讯书籍的容量大许多倍。”

铎丝说:“开关在哪里?啊,我看看自己会不会操作。”她早已随便翻开一页,此时她将字体设定成上移。然后她又说,“只怕对你没有任何用处,哈里,它是前银河时代的。我不是指这本书,我指的是字体……它的语文。”

“铎丝,你读得懂吗?身为历史学家……”

“身为历史学家,我经常接触古代语文,但总有个限度。这对我而言实在太古老了,我能零零星星认出几个字,却不足以派上用场。”

“很好。”谢顿说,“如果真正古老,它就一定有用。”

“你读不懂就没用。”

“我读得懂,”谢顿说,“它是双语的。你该不会以为雨点四十三能读古代手稿吧?”

“倘若她受过良好教育,又有何不可?”

“因为我怀疑,麦曲生女性接受的教育不会超过家事的范畴。某些较有学问的人想必读得懂,但其他人一律需要银河标准语的译本。”他按了按另一个小球,“这样就行了。”

字体立刻变作银河标准语。

“真可爱。”铎丝赞叹道。

“我们可以向麦曲生人学习一些事物,但我们却没有这么做。”

“我们还不知道啊。”

“这点我无法相信。现在我知道了,而你也一样。偶尔一定会有外人来到麦曲生,无论为了商业或政治目的,否则不会有许多人皮帽随时备用。所以每隔一段时间,总会有人瞥见这种字体书,而且目睹它的运作。可是,它也许只被视为稀奇有趣却不值得深入研究的东西,只因为它是麦曲生的产品。”

“但它真值得研究吗?”

“当然。每样东西都值得，或者说应该值得。对这些书漠不关心的普遍现象，或许会被夫铭指为帝国正在衰落的一项征兆。”

他举起那本典籍，带着一股兴奋说道：“可是本人有好奇心。我会阅读这玩意，它或许会将我推向心理史学的正道。”

“希望如此。”铎丝说，“但你若肯接受我的劝告，就该先睡一觉，明早神清气爽时再来研究。假如你对着它打瞌睡，是不可能学到什么的。”

谢顿迟疑了一下，然后说：“你多有母性啊！”

“我是在照顾你。”

“可是家母在赫利肯活得好好地，我宁愿你当我的朋友。”

“这点嘛，我第一次见到你，就已经是你的朋友了。”

她冲着他微笑，谢顿却犹豫起来，仿佛不确定怎样回答才算妥当。最后他终于说：“那我就接受你的劝告——一位朋友的劝告，先睡一觉再说。”

他好像是要把典籍放在两床之间的茶几上，迟疑一会儿之后，他又转过身来，将它放在自己的枕头底下。

铎丝·凡纳比里轻声笑了笑。“我想你是怕我会整夜不睡，在你还没有机会阅读这本典籍之前，就抢先看到其中的内容。是不是这样？”

“嗯，”谢顿试着避免显露愧色，“也许是吧，即使友谊也该适可而止。这是我的书，是我的心理史学。”

“我同意，”铎丝说，“我向你保证，我们不会为这件事争吵。对了，刚才你正想说什么，却给我打断了。还记得吗？”

谢顿很快想了一下。“不记得了。”

在黑暗中，他想到的只是那本典籍，并未将心思分给那个“毛手毛脚的故事”。事实上，他几乎已经忘光了，至少在意识层面如此。

48

铎丝·凡纳比里突然醒来，随身的计时带告诉她夜晚只过了一半。由于没有听到谢顿的鼾声，她断定他的便床是空的。他若未曾离开这间寓所，就一定是在浴室里。

她轻轻敲了敲门，柔声说："哈里？"

他以心不在焉的口气答道："进来吧。"于是她走了进去。

马桶盖放了下来，谢顿坐在上面，那本典籍则摊开在他膝盖上。"我正在读书。"这句话其实相当多此一举。

"是啊，我看得出来。可是为什么呢？"

"真抱歉，我睡不着。"

"可是为什么要在这里读呢？"

"如果开房间的灯，会把你惊醒的。"

"你确定这本典籍不能自我照明吗？"

"十分确定。当雨点四十三讲述它的功能时，她从未提到照明装置。此外，我想那样会消耗太多能量，使电池无法撑到这本典籍寿命结束。"他的口气听来并不满意。

铎丝说："那么，你现在可以出去了。我要用这个地方，而且我已经在这里。"

用完浴室出来后，她发现他正盘腿坐在自己的便床上，仍在专心阅读，而房间则大放光明。

她说："你看来不太高兴，这本典籍使你失望吗？"

他抬起头来，眨着眼睛望着她。"是的，的确如此。我随便挑了几段，我的时间只够这样做。这东西简直是一部百科全书，索引几乎全是一串串的人名和地名，对我根本没什么用。它完全没提到银河帝国或前帝国时代的众王国，它记载的几乎全是某个单一世界的历史。而根据我读到的部分来研判，内容一律是无止无休的内政议题。"

"或许你低估了它的年代。说不定它记述的真是只有一个世界的时期……只有一个住人世界。"

"没错，我知道。"谢顿显得有点不耐烦，"其实那正是我想要的——只要我能确定那是史实，而不是传说。这点我还存疑。我可不要为了相信而相信。"

铎丝说："嗯，有关单一世界起源的说法，近来实在流传甚广。整个银河系的人类都属于单一物种，所以必定源自同一个角落。至少，那是目前最流行的观点。同样的物种，不可能独立起源于许多不同的世界。"

"但我一直看不出那个论证的必然性。"谢顿说，"假如人类起源于许多个世界，分别属于许多不同的物种，为什么不能经由异种杂交，而形成一种中间型的单一物种呢？"

"因为不同物种之间不能杂交，这正是物种的定义。"

谢顿想了一会儿，然后耸耸肩，将它抛到脑后。"好啦，我把这个问题留给生物学家。"

"他们正是对'地球假说'最热衷的一群人。"

"地球？这是他们对那个所谓'起源世界'的称呼吗？"

"这是个最普遍的名字，不过我们无法知晓当初它叫什么，即使它真有个名字。至于它的可能位置，任何人都没有丝毫线索。"

"地球！"谢顿撅着嘴说，"在我听来和浑球差不多。无论如何，如果这本书讨论的是起源世界，我还没有碰到这个名字。它怎么写？"

她告诉他之后，他便迅速查阅那本典籍。"你看，这个名字没有列在索引里面，不论是'地球'这两个字，或是任何同义词。"

"真的？"

"但他们的确随口提到其他一些世界，不过没有写出名字。他们对其他世界好像都没兴趣，除非它直接侵扰到他们所叙述的那个世界……至少，根据我目前读到的内容，我的心得是这样的。在某个地方，他们谈论到'伍拾'这个概念，我不知道他们是什么意思。五十位领袖？五十个城市？在我看来似乎是五十个世界。"

"他们有没有说自己的世界叫什么名字？"铎丝问道，"这个世界似乎占据他们所有的心思。如果不称之为地球，他们又管它叫什么呢？"

"你该料想得到，他们管它叫'本世界'或'本行星'。有时也称之为'最古世界'或'黎明世界'，我猜后者带有诗意的象征，但我不清楚其中的意思。我想必须将这本典籍从头到尾读一遍，某些内容才会变得较有意义。"他带着几分嫌恶的表情，低头望着手中的典籍。"不过，那会花上很长一段时间，而我不确定会不会真有收获。"

铎丝叹了一口气。"哈里，我很遗憾。听你的口气，你十分失望。"

"那是因为我的确失望。不过，这是我自己的错，我不该让自己抱太大的希望——在某一处，我现在想起来了，他们称自己的世界为'奥罗拉'。"

"奥罗拉？"铎丝扬起眉毛。

“听来像个专有名词，据我所知，没有任何其他含意。它对你有任何意义吗，铎丝？”

“奥罗拉。”铎丝一面想，一面露出些许凝重的神色，“在银河帝国的整个历史中，甚至在它的发展阶段，我都不敢说听过有哪颗行星叫那个名字。但是，我不会装作知道两千五百万个世界每一个的名字。我们可以在大学图书馆查一下——假如我们还有机会回斯璀璘的话。在麦曲生这里，想找图书馆是徒劳无功的。我总有一种感觉，他们所有的知识都在这本典籍中。不在里面的东西，他们就不会有兴趣。”

谢顿打了一个呵欠。“我想你说得对。无论如何，再读下去也没什么用，我也怀疑我的眼睛还能张多久。我想把灯关掉，你认为可好？”

“哈里，我会很高兴。还有，我们明天早上睡晚一点。”

在接下来的黑暗中，谢顿轻声说道：“当然，他们的记述有些实在荒谬。比方说，他们提到在他们的世界上，平均寿命介于三至四个世纪之间。”

“世纪？”

“没错，他们不用年来计算年龄，至少以十年为单位。这会带来一种诡异的感觉，因为他们叙述的事绝大多数平淡无奇，一旦他们举出一件古怪事物，你便会发觉自己险些就要相信了。”

“假如你觉得自己快要相信了，那么你就该了解，许多有关原始起源的传说，都会假设早期领袖人物拥有倍增的寿命。既然将他们刻画成具有不可思议的神勇，你想，配以倍增的寿命似乎是很自然的事。”

“是这样的吗？”谢顿又打了一个呵欠。

“是的。而重度冤大头症的疗法就是赶紧睡觉，等明天再来想这些问题。”

谢顿让思绪暂停，转而想到某人倘若试图了解整个银河系的人类，倍增的寿命或许正是必要的条件。刚想到这里，他便进入梦乡。

49

隔天早上，谢顿觉得心情轻松、神清气爽，迫不及待要继续研究那本典籍。他对铎丝说:“你说雨点姐妹有多大年纪？”

“我不知道。大概二十……二十二？”

“嗯，假设他们真能活三、四个世纪……”

“哈里！那太荒谬了。”

“我是说假设。在数学中，我们一天到晚‘假设’，看看是否会导致什么明显的错误，或是自相矛盾的结果。倍增的寿命几乎确定会导致倍增的发育期。她们可能看来二十出头，实际上已经六十几岁。”

“你可以试着问问她们的芳龄。”

“我们可以假定她们会说谎。”

“查查她们的出生证明。”

谢顿露出一抹苦笑。“随便你赌什么——让我献身给你都行，只要你愿意。我赌她们会说并不保存那种记录，即使有的话，她们也会坚持那些记录不能对外族人曝光。”

“不赌。”铎丝说，“假如真是那样，那么试图对她们的年龄做任何假设都没用。”

“喔，不。你这样想想，如果麦曲生人拥有倍增的寿命，长达普通人类的四、五倍，他们就不太可能生育很多子女，否则他们的人口一定急剧增加。你该记得，日主说过不能让人口增加之类的话，然后连忙愤愤地住口。”

铎丝道：“你到底想说什么？”

“我和雨点四十三在一起的时候，始终没看到小孩子。”

“在微生农场？”

“对。”

“你指望那里会有小孩吗？昨天我和雨点四十五在商店购物，还经过一些居住层。我向你保证，我看见许许多多各种年龄的儿童，包括婴儿在内，为数还真不少。”

“啊。”谢顿露出懊恼的表情，“这就代表他们不可能享有倍增的寿命。”

铎丝说：“根据你的推论，我会说绝无可能。你原来真以为是那样吗？”

“不，我并不认真。可是话说回来，你也不能封闭自己的心灵，不能仅仅做出一些假设，而不利用各种方法一一检验。”

“假如你碰到表面上荒谬绝伦的事，一律停下来咀嚼一番，同样会浪费很多时间。”

“有些事情表面上似乎荒谬，事实却不然。这倒提醒了我，你是历史学家。在你的研究工作中，曾经碰到一种称为‘机仆’的物件或现象吗？”

“啊！现在你又转到另一个传说，而且是非常热门的一个。许多世界都猜想史前时代曾有人形机器存在，它们通称为‘机仆’。

“机仆的故事也许通通源自同一个母传说，因为大意都差不多。机仆是人类发明的，后来，它们的数量和能力都增长到近乎超人的地步。它们威胁到人类，最后被尽数毁灭。在每个传说中，毁灭行动都发生于真正可靠的历史记录出现之前。我们通常的感觉是这个故事只是一种意象，代表人类从一个或数个源头母星开始向外扩张、探索整个银河系的过程中所面临的风险和危险。他们必定始终怀有一种恐惧，担心会遇到其他的，而且是超人的智慧生灵。”

“或许他们的确至少碰过一次，才会衍生出这个传说。”

“只不过在人类居住的每一个世界，都没有任何‘前人类’或‘非人类’智慧生灵的记录或遗迹。”

“可是为什么要叫‘机仆’呢？这个名字有任何意义吗？”

“即使有我也不知道，但它和耳熟能详的‘机器人’是同义词。”

“机器人！哼，他们为何偏偏不这样说？”

“因为在讲述古老传说时，人们喜欢使用古典词汇来营造气氛。对了，你为什么要问这些？”

“因为在这本古老的麦曲生典籍中，他们就提到了机仆。而且，还有极佳的评价呢。听我说，铎丝，你今天下午不是又要跟雨点四十五出去吗？”

“原则上——如果她现身的话。”

“你能不能问她一些问题，试着从她嘴里套出答案？”

“我可以试试。哪些问题呢？”

“我想要问问——以尽可能技巧的方式——麦曲生有没有哪座建筑是特别有意义的，是和过去息息相关的，是具有某种神话价值的，是可以……”

铎丝打断了他的话，压抑着笑意说：“我想你试图问的，是麦曲生有没有一座寺庙。”

谢顿不可避免地露出茫然的表情。“寺庙是什么？”

“另一个起源不明的古老词汇。它意味着你问及的所有事物——重大意义、过去、神话。很好，我会问问她。然而，这种事正是她们可能难以启齿的。当然，我是指对外族人而言。”

“纵然如此，还是试试吧。”

第十一章

圣 堂

奥罗拉：……一个神话世界，在太初时代、星际旅行的黎明期，应该曾有人类居住。有人认为它就是“地球”的别名，就是那个或许同样神秘的“人类起源世界”。据说在古川陀麦曲生区（参见该条），民众自视为奥罗拉居民的后裔，将这一点当做他们信仰体系的中心教条。除此之外，外人对这个信仰几乎一无所知……

——《银河百科全书》

50

雨点姐妹在上午时分抵达。雨点四十五似乎快活依旧，雨点四十三却只是伫立在门边，一副愁眉苦脸又小心谨慎的样子——她一直保持目光向下，连瞥也未瞥谢顿一眼。

谢顿显得有些不安，对铎丝做了一个手势。于是铎丝以愉悦而老到的语气说："姐妹们，等一下。我必须对我的男人做些指示，否则他不知道自己今天该怎么办。"

他们走进浴室后，铎丝悄声问道："有什么不对劲吗？"

"没错，雨点四十三显然魂不守舍。请告诉她，我会尽快归还那本典籍。"

铎丝对谢顿露出惊讶的神情良久。"哈里，"她说，"你很可爱，很体谅人，但你的敏感度还比不上一条变形虫。只要我对这个可怜的女人提到那本典籍，她就会确定你把昨天的事全告诉了我，然后她才会真的神不守舍。我唯一能做的，就是和平常一模一样地对待她。"

谢顿点了点头，垂头丧气地说："我想你说得对。"

铎丝赶在晚餐前回来，发现谢顿正坐在便床上，仍在翻阅那本典籍，可是显得越来越不耐烦。

他带着一脸阴霾抬起头来，说道："如果我们要在这里多待一些时日，我们就需要弄一套通讯装置。我完全不晓得你何时会回来，真有点担心。”

“好啦，现在我回来了。”她一面说，一面小心翼翼地脱下人皮帽，带着相当嫌恶的表情望着它。“我真的很高兴你会担心。我还以为你早就被这本典籍迷住，甚至没有察觉我出门了。”

谢顿哼了一声。

铎丝说：“至于通讯装置，我猜在麦曲生可不容易弄到。否则，那就代表能轻易和外面的外族人通讯。我觉得麦曲生的领袖都有坚定的意志，决心切断和外界一切可能的接触。”

“没错，”谢顿把典籍丢到一旁，“根据阅读这本典籍的心得，这点我也料想得到。你有没有问到你所谓的那个……寺庙？”

“问到了，”她一面说，一面摘下眉毛遮带，“果然存在。在本区范围内，这种建筑为数众多，可是某座中心建筑似乎是最重要的——你相不相信，有个女的注意到我的睫毛，跟我说我不该在公共场所露面？我有一种感觉，她打算告发我犯了暴露罪。”

“别担心那个，”谢顿不耐烦地说，“你可知道那座中心寺庙坐落何处？”

“我问到了地址，但是雨点四十五警告我，除非是特别的日子，否则女性一律不准进入，而最近都不会有那些日子。对了，它被称为圣堂。”

“什么？”

“圣堂。”

“多难听的名字，有什么意义吗？”

铎丝摇了摇头。“我是第一次听到。两位雨点也都不知道它的意思，对她们而言，圣堂并非那座建筑的名字，它就是那座建筑物本身。问她们为何这样称呼，也许就像问她们墙壁为何叫做墙壁。”

"关于这个圣堂，有没有她们真正知道的事？"

"当然有，哈里，她们知道它的用途。那个地方贡献给一种不属于麦曲生此地的生活。它是为了纪念另一个世界，原先的那个较佳的世界。"

"他们之前居住的那个世界，你是这个意思吗？"

"完全正确。雨点四十五几乎就是这么说的，但没有说明白。她无法说出那个名字。"

"奥罗拉？"

"就是这个名字，但我觉得你若是对一群麦曲生人大声说出来，他们会感到极度震惊和恐惧。雨点四十五说到'圣堂是纪念……'就突然打住，改用手指在手掌上仔仔细细、一笔一画写下那个名字。她还涨红了脸，仿佛做了什么淫秽的事。"

"真奇怪。"谢顿说，"倘若这本典籍是正确的指南，奥罗拉就是他们最亲密的记忆，是他们凝聚一体的首要原因，是麦曲生境内万事万物运转的枢纽。提到它为什么会被视为淫秽呢？你确定没有误解那位姐妹的意思？"

"我很肯定，而这也许没什么神秘。谈得太多便会被外族人听去，最好的保密办法就是让它成为禁忌。"

"禁忌？"

"这是人类学的一个专用术语，意指一种严厉而有效的社会压力，足以禁止某种行动。女性不准进入圣堂这件事，或许就牵涉到禁忌的力量。假如你建议一位姐妹侵入它的界域，我确定她一定会吓得半死。"

"你打听到的地址，能让我自己找去圣堂吗？"

"首先我要强调，哈里，你不会单独行动，因为我要跟你一起去。我想我们已经讨论过这个问题，而且我说得很明白，我无法在远距离保护你——不论是对抗夹着冰珠的暴风雪，或是如狼似虎的女人。其次我要说，步行去那里是不切实际的想法。就行政区而言，麦曲生或许是个小区，但绝未小到那种程度。”

“那么，就搭捷运吧。”

“麦曲生境内没有任何捷运经过，那会让麦曲生人和外族人的接触变得太容易。话说回来，这里还是有大众交通工具，属于低度开发行星常用的那种。事实上，这就是麦曲生的写照。一小块未开发的行星，像碎片一样嵌在川陀表面，除此之外，川陀完全由已开发社会连缀而成。还有，哈里，尽快读完那本典籍。只要它还在你手上，显然雨点四十三就身处险境，万一被发现了，我们也会一起完蛋。”

“你的意思是，外族人阅读典籍是一种禁忌？”

“我肯定。”

“好吧，还回去也不会有太大损失。在我看来，百分之九十五的内容都枯燥得不可思议。政治团体间无止无休的明争暗斗，以及对一些无从判断多么高明的政策无止无休的辩护。此外还有对伦理议题无止无休的说教，即使它是文明开化的思想，措词中也充满令人愤慨的自以为是，让人不想违反也难，况且通常根本不知所云。”

“听你的口气，好像我要是把它拿走，等于帮了你一个大忙。”

“不过，总是还有另外百分之五，讨论到那个绝不可直呼其名的奥罗拉。我一直在想，那里也许有什么东西，而它也许对我有帮助。这正是我想打听圣堂的原因。”

“你希望在圣堂里找到线索，以支持典籍中对奥罗拉的说法？”

“可以这么说。此外，我对典籍中提到的机器人——或者用他们的说法，对那些机仆起了强烈的好奇心。我发现自己被这个想法深深吸引。”

“不用说，你不会认真吧？”

“几乎认真了。倘若接受典籍中某些片段的字面意义，那么它就暗示着一件事实：某些机仆具有人形。”

“自然如此。假如你想建构人类的拟像，就会把它造得看起来像人类。”

“没错，拟像的意思正是‘相像’，但相像可以是很粗略的。一位艺术家画出一张线条画，你也该认得出来，知道他想表现一个人形。圆圈代表脑袋，长方形代表身体，四根弯曲的线条代表手脚，这就行了。但我的意思是，就每个细节而言，机仆看来都真正酷似人类。”

“哈里，这简直荒谬。想想看，要花多少时间才能把金属躯体塑造成完美比例，并且表现出内部肌肉的平滑纹理。”

“铎丝，谁说金属了？我所得到的印象是，这些机仆都是使用有机或假有机材料；它们的外表覆盖着一层皮肤；你很难用任何方法区分它们和真人的不同。”

“典籍上这么说吗？”

“没有用那么多字句。然而，根据推论……”

“是根据‘你的’推论，哈里。你不能太认真。”

“让我试试看。我已找遍索引中每一条相关资料，根据那本典籍对机仆的记述，我发现可以推论出四件事。第一，我已经说过，它们——或者其中的一部分——形体和人类一模一样。第二，它们拥有极度倍增的寿命，如果可以这么说的话。”

“最好说‘有效期’，”铎丝说，“否则你会慢慢把它们完全当成人类。”

“第三，”谢顿并未理会她，继续说道，“有些——或者，无论如何至少有一个——一直活到今天。”

“哈里，这是人类流传最广的传说之一。古代英雄永远不死，只是进入一种生机停顿的状态，随时会在紧要关头回来拯救他的同胞。真的，哈里。”

“第四，”谢顿仍然没有上钩，“有几行字似乎指出，那个中心寺庙——或者就是圣堂，虽说事实上，我在典籍里没找到这个词汇——里面有个机仆。”他顿了一下，然后说，“你懂了吗？”

铎丝说:“不懂，我该懂些什么？”

“如果我们把这四点组合起来，那就代表圣堂里也许有个和真人一模一样的机仆，他至今仍旧活着，而且已经存活了……比如说两万年。”

“得了吧，哈里，你不可能相信这种事。”

“我并非真正相信，但我无法完全漠视。万一这是真的呢？我承认，这只是百万分之一的机会，不过倘若是真的呢？你看不出他对我会有多大帮助吗？他能记得古老的银河系是什么样子，那是比任何可靠的历史记录还要古老许多的年代。他或许能帮助我将心理史学变成可能。”

“即使这是真的，你以为麦曲生人会让你和这个机仆见面或晤谈吗？”

“我并不打算请求他们准许。至少我可以先到圣堂去一趟，看看那里是否真有什么晤谈的对象。”

“不是现在，最快也要等明天。假如明早你还没改变心意，我们就去。”

“你自己告诉我，他们不允许女性……”

“他们允许女性站在外面看，这点我能肯定，而我怀疑我们能做的也仅止于此。”

她的语气斩钉截铁。

51

哈里·谢顿极为乐意让铎丝带路。她曾经逛过麦曲生的大街，因此比他更熟悉这些街道。

铎丝·凡纳比里眉心打着结，对情况并没有那么乐观。她说：“你可知道，我们很容易迷路。”

“有这本小册子就不会。”谢顿说。

她抬起头，不耐烦地望着他。“哈里，把你的心思放在麦曲生上面。我真该拿一套电脑地图，我能对它发问的那种东西。这份麦曲生地图只是一叠塑胶布，我不能对它说我在哪里，不能用嘴巴告诉它，甚至不能借着按键告诉它。而它也不能告诉我什么，它只是个印刷品。”

“那就读读它的内容。”

“我正试着做这件事，但它是写给本来就熟悉这种系统的人看的。我们必须找人问路。”

“不，铎丝，那是最后的办法，我可不想引人注意。我宁可我们自己碰碰运气，试着找出正确路径，即使转错一两个弯也无所谓。”

铎丝极其专心地翻阅那本小册子，然后不情不愿地说：“嗯，它对圣堂做了显要的描述，我想这只不过是很自然的事。我敢说，每一个麦曲生人都会偶尔想要去那里。”更加全神贯注一会儿之后，她又说，“让我告诉你吧，从这儿到那儿根本没有交通工具。”

“什么？”

“别激动。显然有办法从这里搭车到另一处，再改搭另一辆车去那里。也就是说，我们必须换一次车。”

谢顿松了一口气。“嗯，理所当然。即使搭捷运，如果不换车，川陀也有一半地方到不了。”

铎丝不耐烦地瞥了谢顿一眼。“这点我也知道，只不过我习惯了让这些东西主动告诉我。当它们指望你自己找出答案时，最简单的事也能让你好一阵子摸不着头绪。”

“好啦，亲爱的，别生气。如果你知道该怎么走，就赶紧带路吧，我将谦卑地跟在后面。”

于是他亦步亦趋跟着她，直到抵达一个交叉路口，两人才停下脚步。

在这个路口等车的人，还有三位身穿白色裰服的男性，以及两位穿灰裰服的女性。谢顿试着向他们投以天下通用的笑容，他们却回敬一个白眼，并随即转开目光。

交通工具不久就来了。那是一辆式样过时的车子，在谢顿的家乡赫利肯，通常称之为重力公车。它里面有二十几张精致的长椅，每张能容纳四个人。在公车的两侧，每张长椅都有专属的独立车门。它停下来之后，乘客纷纷从两侧下车。一时之间，谢顿不禁为那些从街心侧下车的人担心，但他随即注意到，来往车辆在接近公车时都停了下来，而在公车尚未开动前，也没有任何一辆超越它。

铎丝不耐烦地推了谢顿一下，他赶紧走到一张还有两个相连座位的长椅旁，铎丝则跟在他后面。他注意到，男士总是优先上下车。

铎丝喃喃抱怨道："别再研究人性了，注意你的四周。"

"我会试试。"

"例如这个。"她一面说，一面指着正前方椅背上隔出的一方平坦区域。公车一旦开动，那上面立刻亮起字迹，标示出下一站的站名、著名的建筑物，或是即将穿越的街道。

"好了，接近转车站的时候，它或许会告诉我们。本区至少并非全然混沌未开。"

"很好。"谢顿答道。过了一会儿，他倾身凑向铎丝，又悄声说："没有人在看我们。在任何拥挤的地方，似乎都设有人工的界线，好让人人都能保有隐私。你注意到了吗？"

"我总是视之为理所当然。假如这将成为你的心理史学法则之一，没有任何人会重视的。"

铎丝猜得没错，最后他们面前的方向指示牌终于宣布：即将抵达"圣堂直达专车"的转车站。

他们下车之后，又需要再等一下。前面几辆公车已经离开这个路口，不过另有一辆重力公车即将进站。这是一条热门路线，而这也没什么好奇怪的，因为圣堂必定是本区的枢纽与心脏。

他们上了那辆重力公车，谢顿悄声道："我们都没付钱。"

"根据这份地图，大众运输工具是免费的服务。"

谢顿撅起下唇。"多么文明啊。我想任何事物都不能一概而论，不论落后或是开化，都不能以偏概全。"

铎丝却用手肘轻推他一下，压低声音说："你的法则被打破了。有人盯着我们，坐在你右边那个男的。"

52

谢顿的眼睛很快瞟了一下。坐在他右边的那位男士稍嫌瘦削，而且似乎相当年长。他有一对深褐色的眼珠，以及一身黝黑的皮肤。谢顿可以确定，他若未曾接受脱毛手术，就一定会有一头黑发。

他再度面向前方，开始寻思：这位兄弟的外表相当特殊。在此之前，他曾注意过少数几位兄弟，他们的个子都不算矮，而且肤色很淡，有着蓝色或灰色的眼珠。当然，他尚未遇见够多的人，还不足以列出一条通则。

然后，谢顿感到裰服的右手袖子被轻轻碰了一下。他迟疑地转过头去，发觉眼前出现一张卡片，上面写着一行淡淡的字迹："外族人，小心！"

谢顿吓了一跳，自然而然伸手去摸人皮帽。身旁那位男士则做出一组无声的口型："头发。"

谢顿摸到了，原来鬓角处有一绺短发露出来。不知道什么时候，他一定扯到了这顶人皮帽。他赶紧尽可能若无其事地将它向下拉，然后装做好像是在摸头，用手在附近探了探，以确定人皮帽已服服帖帖。

他向右转身，对邻座轻轻点了点头，也做出一组口型："谢谢你。"

邻座那人微微一笑，改用正常的声音说："去圣堂吗？"

谢顿点了点头。“对，正要去。”

“很容易猜到。我也一样，我们要不要一块下车？”他的笑容相当友善。

“我带着我的……我的……”

“你的女人。没问题，那就三个人一块吧？”

谢顿不知道该如何回应。他向另一侧迅速望了望，发觉铎丝的眼睛已转向正前方。她在刻意表现对男性的交谈不感兴趣，这是符合姐妹身份的态度。然而，谢顿感到左膝被轻拍了一下，他把这个意思（也许没有什么正当理由）诠释为：“没关系。”

无论如何，礼数使他自然而然认同这一点。于是他说：“好，当然好。”

他们之间并未再做任何交谈。不久，方向指示牌告诉他们圣堂到了，那位麦曲生友人便起身准备下车。

重力公车绕着圣堂广场做了一个大转弯。车子停妥后，众多乘客都要在此下车。男士纷纷先行走出车门，女士则一律跟在后面。

这位麦曲生人上了年纪，因此声音有点沙哑，不过口气十分快活。“我说……朋友们，现在吃午餐早了点。但是请相信我，要不了多久就会非常拥挤。你们愿不愿意买点简单的食物，先在外面吃完？我对这一带非常熟，我知道一个好地方。”

谢顿疑心这是个圈套，诱骗无知的外族人购买什么不堪的或昂贵的东西。然而，他决定冒一次险。

“你实在太好了。”他说，“既然我们对这个地方一点也不熟，我们很高兴有你当向导。”

他们在一个露天小摊买了午餐——三明治以及一种看来像是牛奶的饮料。既然天气很好，而他们又是游客，所以那位麦曲生老者建议一同走到圣堂广场，在户外将这一餐解决，这还有助于他们熟悉周围的环境。

当他们拿着午餐一路向前走的时候，谢顿注意到圣堂类似缩小许多倍的皇宫，周围的广场则仿佛是个具体而微的御苑。他几乎不能相信麦曲生人竟会崇拜皇室建筑，或是做出除了憎恨它、鄙视它之外的任何行为，但文化上的吸引力显然无可抵御。

“真漂亮。”那位麦曲生人带着明显的骄傲说。

“是啊。”谢顿说，“它在白昼之下多么灿烂耀眼。”

“周围的广场，”他说，“是模仿我们‘黎明世界’上的政府广场建造的……事实上，是缩小很多的仿制品。”

“你见过皇宫周围的御苑吗？”谢顿小心翼翼地问。

那麦曲生人察觉到了这句话的含意，却似乎一点也不在意。“他们，也是在尽可能仿照黎明世界。”

谢顿的怀疑达到极点，但他什么也没说。

他们来到一个半圆形的白色石椅旁，它也像圣堂一样，在人工日光下闪闪发亮。

“太好了。”这位麦曲生人的黑眼珠闪耀着喜悦的光彩，“没有人占据我的地盘。我称之为我的，只因为它是我最心爱的座位。从这里穿过树木看出去，可以见到圣堂边墙的美丽景观。请坐下来，我保证它并不冰冷。还有你的同伴，也欢迎她坐下。我知道她是一名外族女子，因而拥有不同的习俗。她……她若想说话，可以随意。”

铎丝狠狠瞪了他一眼，然后才坐下来。

谢顿体认到他们大概会跟这位麦曲生老者待一会儿，于是伸出手来说：“我叫哈里，我的女伴名叫铎丝。抱歉，我们并不用号码。”

“各人自有他自己……或她自己……的规矩。”对方以豪爽的口气说，“我是菌丝七十二，我们是个大支族。”

“菌丝？”谢顿带着点犹豫问道。

“你似乎很惊讶。”菌丝说，“那么我猜想，你只遇见过那些长老家族的人。诸如云朵、阳光、星光之类的名字——全都是天象。”

“我必须承认……”谢顿的话只说了一半。

“嗯，现在见见低下阶层的人吧。我们从土地上，以及我们栽培的微生物中撷取我们的名字，它们尊严无比。”

“我相当确定。”谢顿说，“再次谢谢你在重力公车上帮我……解决问题。”

“听着，”菌丝七十二说，“我帮你免除了许多麻烦。假使一位姐妹在我之前看到你，她肯定会发出尖叫，旁边的兄弟们就会把你推下公车——也许甚至不等它停下来。”

铎丝身子往前倾，以便让视线越过谢顿。“你自己为何没有这种反应呢？”

“我？我对外族人没有恨意，我是一名学者。”

“学者？”

“我们支族中的头一个。我就读于圣堂学院，而且成绩非常好。我对一切古代艺术都有研究，而且我还有许可证，可以进入外族图书馆，那里收藏着外族人的影视书和字体书。我能随心所欲浏览任何影视书，或是阅读任何一本字体书。我们甚至有一间电脑化参考图书馆，而我也能使用。这种事有助于开拓心灵，所以我不介意见到有点头发露出来。我在许多照片上都看过留着头发的男人，还有女人。”他瞥了铎丝一眼。

他们默默吃了一会儿午餐，然后谢顿说：“我注意到每位进出圣堂的兄弟，身上都披挂着一条红色肩带。”

“喔，没错。”菌丝七十二说，“从左肩垂下来，在腰际右侧绕一圈——通常都有非常别致的刺绣。”

“那是为什么？”

“它称为‘和带’，象征着进入圣堂所感受到的喜悦，以及为了保有它而甘愿喷洒的鲜血。”

“鲜血？”铎丝皱着眉头说。

“只是一种象征罢了，我从未真正听说有什么人血溅圣堂。此外，这里其实也没什么喜悦，主要都是对‘失落世界’的恸哭、悲叹，或是顶礼膜拜。”他的声音压低了，并且转趋柔和。“非常愚蠢。”

铎丝说:“你不是一名……一名信徒？”

“我是一名学者。”菌丝带着明显的骄傲说。当他咧嘴而笑时，他的脸孔皱成一团，使得老态更加明显。谢顿发觉自己对此人的年纪感到好奇——数个世纪？不，他们已经排除这个假设。那是不可能的，然而……

“你有多大岁数？”谢顿不知不觉突然问道。

对于这个问题，菌丝七十二没有表现生气的意思，他的回答也未显现任何迟疑。“六十七。”

谢顿非要追根究底不可。“我听说你们族人相信，在极早的时代，每个人都能活好几世纪。”

菌丝七十二以古怪的神情望着谢顿。“你是怎么知道的？一定是谁口没遮拦……但那是真的，的确有这种信仰。只有天真的人才会相信，但长老们却鼓励有加，因为它能显出我们的优越。事实上，我们的平均寿命确实高于其他地区，因为我们吃得比较营养，可是活到一个世纪的人都少之又少。”

“我猜你并不认为麦曲生人比较优越。”谢顿说。

菌丝七十二答道："麦曲生人没有什么问题，他们绝不低人一等。话说回来，我认为人人平等——甚至包括女人。"他在补充这句话时，朝铎丝的方向望了一眼。

"而我则认为，"谢顿说，"你们族人同意这点的不会太多。"

"同理，你们族人同意的也不多。"菌丝七十二带着一丝愤恨说道，"不过，我却深信不疑，身为学者理当如此。外族人所有的伟大文学作品，我全部观赏甚至阅读过。我了解你们的文化，还写过这方面的文章。我可以自在地和你们坐在一起，就好像你们是……我们的一分子。"

铎丝略嫌唐突地说："听你的口气，好像颇自豪于了解外族人的种种。你到麦曲生之外旅行过吗？"

菌丝七十二似乎后退了一点。"没有。"

"为什么呢？那样你会对我们更加了解。"

"我会觉得不对劲。我必须戴一顶假发，那令我感到羞愧。"

铎丝问道："为何要假发？你大可保持光头啊。"

"不行，"菌丝七十二说，"我才不会那么傻，否则拥有毛发的人通通会欺负我。"

"欺负？为什么？"铎丝说，"不论是在川陀任何角落，或是其他任何一个世界上，都有许许多多天生的秃子。"

"我的父亲就相当秃，"谢顿叹了一声，"我猜未来几十年内，我也会变成秃头。我的头发现在就不怎么浓密。"

"那不是光头。"菌丝七十二说，"你们保有侧面的毛发，还有眼睛上面的。我的意思是光秃秃——完全没有毛发。"

"全身都没有吗？"铎丝很感兴趣地说。

这回菌丝七十二看来真生气了，他并未回答这个问题。

谢顿急着想把话题拉回来，他说："菌丝七十二，请告诉我，外族人能以旁观者的身份进入圣堂吗？"

菌丝七十二猛力摇了摇头。"绝对不行，它的门只为黎明之子而开。"

铎丝说："只有黎明之子？"

菌丝七十二显得震惊了一阵子，然后又不以为意地说："好吧，你们是外族人。只有在特定的日子和时辰，黎明之女方可进入。规定就是这样，我可没说我也赞同。如果由我作主，我会说'进去吧，玩个尽兴。'事实上，我自己会排在最后。"

"你从来没进去过吗？"

"我小的时候，父母曾经带我去过。可是——"他摇了摇头，"里面只有一些凝视着典籍的人，他们诵读其中的章句，为古老的日子叹息和流泪。气氛非常沉闷，你不能交谈，不能笑出声来，甚至不能望着别人。你的心灵必须完全放在失落世界上，完完全全。"他挥了挥手，表示无法认同。"我可不吃这一套。我是一名学者，我要整个世界对我开放。"

"说得好。"谢顿发觉机会出现了，"我们有同感。我们也是学者，铎丝和我都是。"

"我知道。"菌丝七十二说。

"你知道？你怎么会知道？"

"你们一定是。获准进入麦曲生的外族人，仅限于帝国官员、外交使节和重要的行商，此外就是学者。在我看来，你俩都有学者的长相。这就是我对你们感兴趣的原因，物以类聚嘛。"他露出开怀的笑容。

"果不其然。我是数学家，铎丝是历史学家。你呢？"

"我的专长是……文化。我读过外族人所有的伟大文学作品，黎叟尔、曼通、诺维葛……”

“我们则读过你们族人的伟大作品。比如说，我曾经读过你们的典籍——有关失落世界的记述。”

菌丝七十二惊讶得张大双眼，橄榄色的皮肤似乎也稍微褪色。“你读过？怎么会？在哪里？”

“在我们的大学里有些副本，只要获得允许就能阅读。”

“典籍的副本？”

“没错。”

“我怀疑长老们是否知道这件事？”

谢顿又说：“我还读过有关机仆的记载。”

“机仆？”

“是的。所以我才会希望能够进入圣堂，我想看看那个机仆。”铎丝轻踢谢顿的脚踝，但他并未理会。

菌丝七十二不安地说：“我不相信这种事，有学问的人都不相信。”但他随即东张西望，仿佛担心有人偷听。

谢顿说：“我读到过一段记载，说有个机仆仍在圣堂里面。”

菌丝七十二说：“我不想讨论这种无稽之谈。”

谢顿毫不放松。“假使它真在圣堂里面，会在哪个角落呢？”

“即使那是真的，我也无法告诉你什么。我只在小时候进去过。”

“你可知道里面是否有个特别的地方，一个隐密的场所？”

“有个长老阁，只有长老才能去，可是那里什么也没有。”

“你去过吗？”

“没有，当然没有。”

“那你又怎么知道呢？”

“我不知道那里有没有石榴树，我不知道那里有没有激光风琴，我不知道那里有没有其他一百万种东西。我不知道它们存不存在，是否就代表它们全部存在？”

一时之间，谢顿无言以对。

菌丝七十二忧虑的脸庞闪过一丝飘忽的笑容。他说：“那是学者的论证方式。你瞧，我可不是容易对付的人。无论如何，我还是建议你别试图上长老阁去。万一让他们发现有个外族人在里面，我想你是不会喜欢那种后果的。好啦，愿黎明与你同在。”他突然起身——毫无预警——然后匆匆离去。

谢顿望着他的背影，感到相当讶异。“什么东西把他吓得落荒而逃？”

“我想，”铎丝说，“是因为有人来了。”

的确有人来了。那人身材高大，穿着一件精致的白色裰服，斜挂着一条更为精致且隐隐生辉的红色肩带。他踏着严肃的步伐趋近他们，脸上挂着无庸置疑的权威，以及更加无庸置疑的不悦神色。

53

新出场的那位麦曲生人走近后，哈里·谢顿马上站起来。至于这是不是合宜的礼貌举动，他并没有丝毫概念，不过他清清楚楚地感觉到，这样做不会有任何害处。铎丝·凡纳比里跟着他起身，小心翼翼地保持着下垂的目光。

对方站在他们两人面前。他也是一名老者，却比菌丝七十二更不容易看出年龄。岁月似乎使他依然英俊的脸庞显得更加高贵。他的光头浑圆美观，他的眼珠则是惊人的湛蓝色，与火红而明亮的肩带形成强烈对比。

来人说道：“我看得出你们是外族人。”他的声音比谢顿预料的更为高亢，不过他说得很慢，仿佛意识到他吐出的每个字都具有权威。

“我们的确是。”谢顿以客气但坚定的语气说。他觉得无论如何应该尊重对方的身份，却并未打算放弃自己的身份。

“你们的姓名？”

“我是来自赫利肯的哈里·谢顿，我的同伴是来自锡纳的铎丝·凡纳比里。你呢，麦曲生先生？”

那人不悦地眯起眼睛，不过当他面对威严的态度时，他自然也体会得到。

“我是天纹二，”他将头抬高了一些，“圣堂的长老之一。外族男子，你的身份为何？”

“我们，”谢顿刻意强调这个代名词，“是斯璀璘大学的学者。我是数学家，我的同伴是历史学家，我们前来研究麦曲生的风土民情。”

“经由谁的许可？”

“经由日主十四的许可。我们抵达时，他曾亲自迎接。”

天纹二陷入沉默好一会儿，然后他脸上出现浅浅笑意，态度则变得几乎和蔼可亲。他说：“原来是元老，我和他很熟。”

“你理当如此。”谢顿以温和的语气说，“还有什么事吗，长老？”

“有的。”这位长老极力想要重新掌握优势，“刚才和你们在一起，当我走近时匆匆离去的是什么人？”

谢顿摇了摇头。“长老，我们以前从未见过他，对他一无所知。我们遇到他纯粹是巧合，只是向他询问有关圣堂的事。”

“你问他些什么？”

“两个问题，长老。我们问他这座建筑是否就是圣堂，还有它是否准许外族人进入。他对第一个问题的回答是肯定的，对第二个则是否定的。”

“相当正确。你又对圣堂哪方面有兴趣？”

“长老，我们来此是要研究麦曲生的风土民情。圣堂难道不是麦曲生的大脑和心脏吗？”

“它完全是我们的，专门保留给我们。”

“即使是某位长老——不，元老——看在我们做学问的份上，也不能特准我们进去吗？”

“你真得到了元老的许可？”

谢顿只迟疑了很短一下子，铎丝趁机扬起眼珠，迅速从旁望了他一眼。他断定自己无法扯这么大的谎，于是说：“不，还没有。”

“或者永远不会。”长老说，“你们虽然获得许可来到麦曲生，可是即使最高当局也无法绝对控制公众。我们珍惜我们的圣堂——不论在麦曲生哪个角落出现一个外族人，都很容易引发大众的激动情绪，但是，尤其以圣堂附近最为严重。只要有个容易冲动的人高喊一声‘侵略！’，像这样一群平和的群众就会变成一群猛兽，非得将你们碎尸万段才肯罢休。我这样说绝非夸大其辞。即使元老对你们表示亲善，为了自己好，你们还是走吧。立刻就走！”

“可是圣堂……”谢顿顽固地说，不过铎丝却在轻扯他的裰服。

“圣堂里面究竟有什么能引起你的兴趣？”长老说，“你已经从外面看到了，而里面没有任何值得你看的东西。”

“有个机仆。”谢顿说。

长老惊骇万分地瞪着谢顿。然后他弯下腰来，将嘴巴凑到谢顿耳边，严厉地悄声道：“立刻离开，否则我自己会高喊那声‘侵略！’。要不是看在元老的份上，我连这个机会也不会给你。”

此时铎丝展现惊人的力量，拉着谢顿急步离去，几乎使他站立不稳。她一路拖着他走，直到他恢复平衡，快步跟在她后面为止。

54

一夜无话，直到次日上午吃早餐的时候，铎丝才重拾这个话题——不过却是用谢顿感到最伤人的说法。

她说：“唉，昨天真是一败涂地。”

谢顿面色凝重，他原本还真以为已经躲过批判。“凭什么说一败涂地？”

“我们的下场是被轰出来。为了什么？我们又得到了什么？”

“我们只是得知那里面有个机器人。”

“菌丝七十二说没这回事。”

“他当然那样说。他是个学者，或说自认是个学者。有关圣堂的点点滴滴，他不知道的也许能装满他常去的那间图书馆。你看到那个长老的反应了。”

“我当然看到了。”

“假使里面并没有机器人，他不会表现出那样的反应。我们的情报把他吓坏了。”

“哈里，那只是你的猜想。即使真有其事，我们也进不去。”

“我们当然能试一试。吃完早餐我们就出去，我要买一条肩带，就是所谓的和带。我把它挂在身上，虔敬地保持目光向下，就这样走进去。”

“人皮帽和其他一切呢？他们会在一微秒内认出你来。”

“不，不会的。我们先走进那间保存外族人资料的图书馆，反正我也想去看看。那间图书馆是圣堂的一栋附属建筑，我推测里面或许有进入圣堂的入口……”

“你进去后会立刻遭到逮捕。”

“绝对不会。你也听到菌丝七十二是怎么说的，人人都保持目光向下，冥思他们那个伟大的失落世界奥罗拉。没有人会望向其他人，说不定那是严重违反戒律的行为。然后，我就能找到长老阁……”

“那么容易？”

“在昨天的谈话中，菌丝七十二曾建议我别试图上长老阁去。上去！它一定是在圣堂的高塔中，那个中央高塔。”

铎丝摇了摇头。“我不记得那人使用的是哪些字眼，我想你也记不清了。那实在是太过微弱的根据……慢着。”她突然打住，同时皱起眉头。

“怎么了？”谢顿问。

“‘阁’是个古老的字眼，意思是位于高处的住所。”

“啊！我就说吧。你看，从你所谓的一败涂地中，我们获悉了一些重要的事。如果我再找到一个已经两万岁的、活生生的机器人，如果它能告诉我……”

“假设这种东西果真存在，这已经难以置信；再假设你能找到它，这又是不大可能的事。在这两个前提下，你认为你在行踪暴露之前，可以跟它谈多久的话？”

“我不知道。可是如果我能证明它的存在，而我又能找到它，那我总会想办法和它交谈。不论在任何情况下，我想打退堂鼓都已经太晚了。在我认为心理史学根本无法建立时，夫铭就该放我一马。现在似乎有了眉目，我不会让任何事物阻止我——除非把我杀了。”

“麦曲生人可能会被迫那样做，哈里，你不能冒这个险。”

“不，我可以冒险，我要去试试看。”

“不，哈里。我必须照顾你，我不能让你去。”

“你一定要让我去。找到建立心理史学的方法，比我自身的安全更重要。我的安全之所以重要，只因为我或许能够建立心理史学。若是阻止我这么做，你的工作就失去意义——好好想一想。”

谢顿觉得一股全新的使命感注入体内。心理史学——那个模糊不清的理论，不久之前，他还认为绝无成功的希望——隐隐约约变得越来越大，越来越真实。现在，他必须相信它是有可能的，他打心眼里感觉得到。拼图的碎片似乎开始逐渐聚拢，虽然还不能看出整体的图样，他却可以确定圣堂能够提供另一块碎片。

“那我要和你一起进去，这样，我才能及时把你这个白痴拉出来。”

“女人是不准入内的。”

“什么东西让我看来像个女人？只是这件裰服罢了。穿着这种服装，你看不见我的胸部。而戴上人皮帽之后，我也不再拥有女人的发型。我的脸洗得干干净净，未施任何脂粉，和男人没什么两样，何况这里的男人连短髭都没有。我需要的只是一件白色裰服和一条肩带，然后我就能进去。要不是受到禁忌的限制，每位姐妹都能这么做。我可不受任何的限制。”

“你受我的限制。我不让你那样做，太危险了。”

“对我和对你一样危险。”

“但我非得冒这个险不可。”

“那么我也一样。你的使命为什么能压过我的？”

“因为……”谢顿突然住口，陷入沉思。

“你这样想吧，”铎丝的声音坚如岩石，“我绝不会让你一个人去，假如你想尝试，我会把你打昏，再把你绑起来。倘若你不喜欢那样，就打消单独行动的念头。”

谢顿犹豫不决，还闷闷不乐地嘀咕了几句。但他放弃了争论，至少暂时如此。

55

天空几乎万里无云，但晴空却是灰蓝色的，仿佛罩在一片高层轻雾中。那是个美好的画面，谢顿心想，不过他忽然又怀念起太阳。川陀的居民都看不见这颗行星的太阳，除非他们前往上方，而且即便如此，也必须等到自然的云层裂出一道缝。

土生土长的川陀人是否怀念太阳？是否想到过它？当他们访问其他世界，抬头便能望见真实太阳之际，他们是否带着敬畏的心情，凝视着那颗眩目的火球？

他感到纳闷，为何那么多人过着庸庸碌碌的日子，从未试图找出许多问题的答案——甚至根本未曾想到那些问题？人生难道还有什么事，会比寻找答案更令人感到振奋？

他又将视线移到水平线上。宽广的道路两侧排列着低矮的建筑，其中大多数是商店。来来往往的个人地面车为数众多，每一辆都紧贴着右侧。它们似乎像一批古董，不过都是电力驱动的，而且几乎安静无声。谢顿不禁怀疑，“古董”这个词难道总是值得嘲笑吗？安静是否能弥补慢速的缺点？毕竟，人生又有什么特别需要赶场的呢？

看到人行道上有些儿童，谢顿在心烦意乱中抿紧了嘴唇。显然，麦曲生人不可能拥有倍增的寿命，除非他们愿意大肆进行杀婴的举动。无论男孩或女孩（虽然很难分辨）都穿着裰服，长度仅达膝盖以下数寸，好让孩童狂野的活动不至束手束脚。

那些儿童也都还有头发，长度不超过一寸。不过即使如此，较大的儿童在裰服上一律附有兜帽，而且都把它拉上，将头顶完全遮起来。仿佛他们年龄已经不小，足以使头发看来有点淫秽之意——或者是年龄已经够大，因而主动希望遮掩头发，并渴望脱毛的成年礼早日来临。

谢顿突然闪过一个念头。他说：“铎丝，你去购物的时候由谁付账，是你还是雨点姐妹？”

“当然是我。雨点姐妹从未掏出信用瓷卡，但是她们应该那样做吗？买的东西全是给我们用的，和她们无关。”

“但你拿的是一张川陀信用瓷卡，外族女子的信用瓷卡。”

“当然，哈里，可是这根本不成问题。麦曲生人或许如愿地保持着独有的文化、思考模式和生活习惯。他们还可以毁弃头部毛发，并且一律穿着裰服。然而，他们必须使用这个世界所通用的信用点。倘若他们拒绝，便会扼杀一切商业活动，但任何理智的人都不会想那么做。哈里，信用点是万能的。”她举起一只手，仿佛正握着一张隐形信用瓷卡。

“所以他们接受你的信用瓷卡？”

“他们连看都没看我一眼，对我的人皮帽也从来不予置评。信用点消除了一切疑虑。”

“嗯，那很好。所以我也能买……”

“不，由我来买。信用点或许能消除一切疑虑，但比较起来，还是更容易消除对一名外族女子的疑虑。他们习惯了对女性不太注意或毫不注意，所以自然而然对我一视同仁——这就是我曾经光顾的那家服装店。”

“我在外面等。帮我买一条好看的红肩带——特别引人注目的。”

“你别假装忘了我们的决定。我会买两条，还会再买一件白色裰服……符合我的尺寸的。”

“一个女人想买白色裰服，他们不会奇怪吗？”

“当然不会。他们会假定我是帮男伴买的，而他的身材刚好和我一样。事实上，只要我的信用瓷卡没问题，我想他们根本懒得做任何假定。”

于是谢顿开始等待，并有几分期望会有人和他这个外族人打招呼，或者公然抨击他这个外族人——后者其实更有可能，不料这两种人皆未出现。在他面前经过的人都没看他一眼，即使是那些朝这个方向望来的人，也似乎无动于衷地继续前进。尤其让他敏感的是那些灰色裰服——那些成双成对行走的女性，而身边有个男伴的更糟。她们是属于受到压制、遭到冷落、不受重视的一群，还有什么举动，比看到外族男子后尖叫一声更能引起短暂的侧目？可是就连女性也对他不屑一顾。

他们并未预期看到外族人，谢顿想，所以就视而不见。

这点，他认定将有助于两人即将侵入圣堂的行动。更不会有人预期在那里见到外族人，自然会对他们两人更加视若无睹。

铎丝出来的时候，谢顿的心情相当好。

“买齐了吗？”

“绝对齐全。”

“那我们回去吧，好让你换衣服。”

新买的白色裰服不如灰色那件合身。显然她刚才根本不能试穿，否则即使最愚钝的店主也会吓得不知所措。

“哈里，我看来怎么样？”她问道。

“和男生一模一样。”谢顿说，“现在我们来试试肩带……或者该说和带，我最好习惯这个说法。”

未戴人皮帽的铎丝正心满意足地甩着头发。她突然说：“别急着戴上，我们并不准备披挂着肩带游行麦曲生。引人注目是我们最不愿发生的事。”

“不，不。我只是想看看是否合身。”

“好吧，不是那条。这条的品质比较好，而且比较精致。”

“你说得对，铎丝。我必须吸引所有的注意力，我可不想让他们察觉你是女的。”

“我不是那个意思，哈里，我只是要你看来帅气。”

“万分感谢，但我怀疑那是不可能的。现在，让我们想想看，这究竟该怎样穿戴。”

谢顿与铎丝两人一起练习戴上与摘下和带的动作，练了一次又一次，直到能以流畅的动作一气呵成为止。这回是由铎丝担任谢顿的老师，因为昨天她在圣堂外曾看到一名男子全程的动作。

当谢顿称赞她具有敏锐观察力的时候，她红着脸说：“这实在没什么，哈里，只不过是我刚好注意到。”

谢顿答道:“那么，你是个注意力过人的天才。”

终于练得满意之后，他们站得相隔老远，互相审视着对方的穿着。谢顿的和带闪闪发亮，有个鲜红的龙形图案浮现在较淡的同色调背景上。铎丝那条的设计比较不那么大胆，仅在中央处点缀着一条简单的细纹，而且色调非常浅。“这样，”她说，“刚好足以显示我们的品味不赖。”说完她就摘下那条和带。

“现在，”谢顿说，“我们把它叠起来，放进一个内袋。我的信用瓷卡——其实是夫铭的——和此地的钥匙在这个内袋，而这里，另一边的内袋是那本典籍。”

“典籍？你应该带着它到处跑吗？”

“我必须这么做。我猜进入圣堂的人都该随身携带一本典籍，他们可能会吟咏或齐声朗读其中的章句。有必要的话，我们就共用这本典籍，或许没有人会注意到。准备好了吗？”

“我绝不会准备好，但我会跟你一起去。”

“这会是一趟沉闷的旅程。能否请你检查一下我的人皮帽，确定这次没有头发露出来？记着别抓你的头。”

“我不会。你看来一切正常。”

“你也是。”

“还有，你看来紧张兮兮的。”

谢顿以挖苦的口气说:“猜猜为什么！”

铎丝冲动地伸出手去，紧紧握住谢顿的手，却又赶紧抽回来，好像对自己的举动惊讶不已。然后她低下头，将身上的白色裰服拉直。谢顿自己也有点惊讶，却又异样地高兴，他清了清喉咙，说道:“好啦，我们走吧。”

第十二章

长老阁

机仆：……某些世界的古代传说中所使用的词汇，与较通行的名称“机器人”同义。根据记载，机仆一般皆由金属制成，外形酷似人类，不过有些机仆的材料可能为假有机物质。盛传哈里·谢顿在“逃亡期”曾亲眼见到一个真正的机仆，但此一轶闻并不可靠。在谢顿浩瀚的著作中，从未提到任何机仆，不过……

——《银河百科全书》

56

没有人注意他们。

哈里·谢顿与铎丝·凡纳比里重复着昨日的行程，这次没有任何人多看他们一眼，甚至几乎没有人注意到他们。在公车上有好几次，他们必须将膝盖偏向一侧，好让坐在内侧的人下车。而在有人上车之后，只要内侧还有空位，他们立刻明白应该向内移动。

这一回，他们很快就受不了久未洗涤的裰服所发出的气味，因为他们不再那么容易被车外的事物吸引。

无论如何，他们总算抵达目的地。

“那就是图书馆。”谢顿低声道。

“我想没错。”铎丝说，“至少，它就是菌丝七十二昨天指的那栋建筑。”

他们以悠闲的步伐朝它走去。

“深呼吸一下，”谢顿说，“这是第一道关卡。”

前面的门开着，里面的光线柔和而偏暗，门前则有五级宽阔的石阶。他们踏上最低的一级，等了好一会儿，才了解自己的重量并未使阶梯上升。铎丝做了一个浅浅的鬼脸，挥手示意谢顿往上走。

当他们一起走上阶梯时，都为这种落后而替麦曲生感到难为情。然后，他们走进一道门，室内近门处摆着一张办公桌，有个男的埋首于一台电脑前，谢顿从未见过那么简单、那么粗陋的电脑。

那个男的并未抬头看看他们。根本没有必要，谢顿这么想。白色的襁服，光秃的头颅——所有的麦曲生人看来几乎都差不多，眼光扫过并不会留下任何印象。而在这个节骨眼上，这点成了外族人的有利因素。

那人似乎仍在研究桌上的一样东西。“学者吗？”他问。

“学者。”谢顿答道。

那人突然朝一扇门摆了摆头。“进去吧，尽情研究。”

他们进去后，发现目力所及的范围内，他们是图书馆这一区仅有的两个人。若非这间图书馆并不是热门的去处，就是学者为数极少，而更可能的情况，则是两者同时成立。

谢顿悄声道：“我本来以为，我们一定得出示某种执照或许可文件，我准备辩称我忘了带。”

“不论在任何情况下，说不定他都会欢迎我们。你见过像这样的地方吗？如果地方像人一样也会死亡，我们就是在一具尸体里面。”

这一区的图书大部分是字体书，就像谢顿内袋里的那本典籍一样。铎丝一面沿着书架游走，一面研究其上陈列的书籍。“古书，大多数都是。部分是经典名著，部分则一文不值。”

“是外界的书籍吗？我的意思是非麦曲生的？”

“喔，没错。如果他们有自己的书籍，也一定收藏在另一区。本区专供那些可怜的自命学者进行‘外界研究’，比如说昨天那位。这是参考图书部，这里有一套《帝国百科全书》……一定有五十年的历史，绝少不了……还有一台电脑。”

她伸手想触动按键，谢顿却阻止她。“等一等。万一出什么问题，我们就会被耽搁了。”

他指着一排独立书架上的一个朴素标志，上面映着“往圣堂”

三个闪亮的字体，其中“圣”字有些笔画黯淡无光，也许是最近才坏的，也可能是因为无人在意。帝国正在衰败，谢顿想道，每一部分皆然，麦曲生也不例外。

他四下张望一番。这间简陋的图书馆似乎空无一人，没有人跟在他们后面进来。虽说对麦曲生的骄傲而言，它是不可或缺的一环；而它对长老们则可能极为有用，他们得以从中找到只字片语，用来支撑他们的信仰，再将疑点归咎于世故的外族人。

谢顿说：“我们走到这儿来，避开门口那人的视线，然后戴上肩带。”

在那扇门前，他突然意识到只要越过这第二道关卡，他们就再也无法回头。他说：“铎丝，别跟我进来。”

她皱起眉头。“为什么？”

“这不安全，我不要你身陷险境。”

“我来这里就是要保护你。”她以坚定的口吻，不疾不徐地说。

“你能提供什么样的保护？我可以保护自己，虽然你也许不以为然。反之，我却会为了保护你而缚手缚脚，难道你不明白吗？”

“哈里，你绝不要为我担心。”铎丝说，“担心是我的事。”她拍拍藏在裰服下的胸脯，落手处正好是肩带。

“因为夫铭要求你这么做？”

“因为这是我的使命。”

她伸出双手，抓住谢顿的上臂。如同往常一样，她的铁爪令他惊讶不已。她说：“我反对这样做，哈里，但你若是觉得非进去不可，那我也一定要跟进去。”

“既然这样，好吧。可是，万一发生什么事，而你能逃脱的话，那就赶快跑，不要顾虑我。”

“你在白费唇舌，哈里，而且是在侮辱我。”

谢顿按了一下开启触板，那扇门便向一侧滑开。他们两人一起走进去，动作几乎完全一致。

57

这是一间很大的房间，由于没有任何家具之类的陈设，因此显得更为宽敞。没有椅子，没有长凳，没有任何种类的座位。也没有高台，没有帘幔，没有任何的装潢。

甚至没有灯光，只有均匀、柔和、漫射的照明光线。四面墙壁并非全然空洞，上面嵌装着许多小型而原始的二维电视荧幕，而且全都开着。它们相互间有固定的间隔，彼此的高度却不尽相同，其中的规律并不容易掌握。从铎丝与谢顿的位置看过去，甚至无法产生第三维的幻觉，换句话说，连全息电视的影子都没有。

那里已经有些人，但人数不多，而且并没有聚在一块。他们零星站在各处，也像那些电视显像器一样，其中的规律不易掌握。每个人都身穿白色裰服，每个人都披挂着肩带。

大部分的时间，这里面安静无声。没有人以平常的方式说话，只有一些人蠕动着嘴唇，轻声地喃喃自语。走动的人都蹑手蹑脚，而且一律目光朝下。

这种气氛简直与葬礼无异。

谢顿倾身凑向铎丝，她立刻伸出一根指头放在唇边，然后朝一个电视显像器指了指。荧幕上映出一个如诗如画、花朵盛开的花园，镜头正在缓缓移动，将全景逐一呈现。

他们模仿其他人的方式，朝那个显像器走去——缓缓挪动脚步，每一步都轻轻放下。

当他们距离荧幕只有半米时，传来一阵轻柔而媚气的声音："安特宁花园，坐落于伊奥斯近郊，根据古代旅游指南与照片复制。请注意……"

铎丝开始悄声说话，令谢顿无法再听清楚电视机传出的声音。她说："有人走近时它就开启，我们走开后就会自动关闭。如果我们靠得够近，便能在它的掩护之下交谈，可是别望着我，万一有人接近就立刻闭嘴。"

谢顿低着头，双手交握摆在胸前（他早已注意到，这是最受欢迎的一种姿势），说道："我随时预期有人会放声哭泣。"

"也许有人会这么做，他们正在哀悼他们的失落世界。"铎丝说。

"我希望他们每隔一阵子会更换一次影片，总是看同样的内容可真要命。"

"影片全都不一样。"铎丝的眼睛来回扫描了一下，"或许会定期更换内容，我也不知道。"

"等一等！"谢顿的音量升高了丝毫，接着又压低声音说："到这里来。"

铎丝皱起眉头，她没听清楚那几个字，好在谢顿又轻轻摆头示意。他们再度蹑手蹑脚地走动，但谢顿的脚步愈迈愈大，因为他感到有需要加快步伐。铎丝追上来，猛然拉住他的裰服——只是一瞬间的动作，他便放慢了脚步。

"这里有机器人。"他在电视机声音掩护下说道。

画面是一栋住宅的一角，前景是一片起伏的草坪与一列树篱，此外还有三个只能形容为机器人的东西。它们显然都是金属制品，外形有几分接近人类。

录音的旁白说：“这是新近制作的画面，是三世纪时温都姆属地的著名建筑。接近正中央的那个机仆，根据民间传说名叫本达；而根据古代的记录，它在被替换前服务了二十二年。”

铎丝说：“‘新近制作的’，所以他们一定经常更换画面。”

“除非他们这句‘新近制作的’说了有一千年。”

此时，另一个麦曲生人走进这个声域。他压低声音，不过并没有谢顿与铎丝的耳语那么低，说道：“两位兄弟，你们好。”

当他说话的时候，双眼并未望着谢顿与铎丝。谢顿在惊吓之余，曾不自觉地瞥了他一眼，便赶紧将头转开；铎丝则完全没有理会这个人。

谢顿感到犹豫不决。菌丝七十二曾说圣堂内禁止交谈，也许他言过其实。话说回来，他成年后再也未曾进入圣堂。

走投无路之下，谢顿认定自己必须开口。他悄声道：“这位兄弟，你好。”

他根本不晓得这是不是正确的答复用语，或者这种用语是否存在。不过，那位麦曲生人好像并不觉得有什么不对劲。

“愿你重归奥罗拉怀抱。”他说。

“也愿你重归--”谢顿说到这里，由于感到对方似乎期待他再说下去，于是赶紧补上：“奥罗拉怀抱。”直到这个时候，紧张状态才消弭于无形，谢顿察觉自己的额头正在冒汗。

那位麦曲生人说：“真漂亮！我以前从没看过这个画面。”

“做得很精巧。”接着，谢顿壮着胆子加上一句，“这是永难忘怀的失落。”

对方似乎吓了一跳，回应道：“的确，的确。”说完便径自离去。

铎丝发出嘘声，并说：“不要冒险，也别说没有必要的话。”

“这似乎很自然。无论如何，这的确是新近的作品。可是那些机仆令人失望，在我想象中，机器人才是那个样子。我想见见有机体的机仆——具有人形的那种。”

“前提是它们必须存在。”铎丝的口气有些迟疑，“在我的感觉中，它们不会用来从事园艺工作。”

“正是如此。”谢顿说，“我们必须找到长老阁。”

“前提是长老阁必须存在。在我的感觉中，这个空洞的洞穴除了空洞还是空洞。”

“我们来找找看。”

他们沿着墙壁向前走，经过一个又一个荧幕，刻意在每个荧幕前停留长短不一的时间。最后，铎丝突然紧紧抓住谢顿的双臂，原来在某两个荧幕之间，有些线条隐约构成一个矩形的轮廓。

“一道门。”铎丝说完，又有所保留地问道，“你认为是吗？”

谢顿暗中四下张望一番。为了维持哀伤的气氛，每个人的脸不是盯着电视显像器，就是以悲伤的心情低头面对地板。对他们两人而言，这是最方便不过的情况。

谢顿说：“你猜它怎么打开？”

“开启触片？”

“我找不到。”

“只是没标出而已，不过那里有点变色，你看到没有？接触过多少手掌？被按了多少次？”

“我来试试。你帮我把风，如果有人向这边望来，赶紧踢我一下。”

他稍稍屏住气息，碰了碰那个变色的部位，可是没有任何反应。于是他将手掌完全按上去，并用力一压。

嵌在墙上的那扇门静静开启，没有吱吱作响，也没有摩擦声。谢顿尽快钻进去，铎丝则紧跟在他后面。两人进去后，那道门又重新关上。

“现在的问题是，”铎丝说，“有没有人看到我们？”

谢顿说：“长老们一定经常由这道门出入。”

“没错，可是会有人把我们当长老吗？”

谢顿等了一下，然后说：“如果有人发现我们，而且觉得有点不对劲，那么我们进来不到十五秒钟，这道门就会被撞开了。”

“有这个可能，”铎丝淡淡地说，“但也有可能穿过这扇门之后，根本没什么值得看、值得偷的东西，所以没有人会在意不速之客。”

“这点还要等着瞧。”谢顿咕哝道。

他们进入的这个房间稍嫌狭窄，而且有几分昏暗，不过他们多走几步之后，室内随即大放光明。

房间里有些宽大而舒适的椅子，以及几张小桌、好几张坐卧两用的沙发、一台又深又高的冰箱，此外还有一些碗柜。

“如果这就是长老阁，”谢顿说，“长老们似乎让自己过得很舒服，虽然圣堂本身简朴而肃穆。”

“这是意料中的事，”铎丝说，“统治阶级力行禁欲生活的少之又少，只有公开场合例外。把这点记在你的笔记簿上，作为心理史学的金科玉律之一。”她四下望了望，“这里也没有机器人。”

谢顿说：“别忘了，阁代表高处，这个天花板却并不高。上面一定还有许多楼层，而通道一定就在那里。”他指着铺有高级地毯的楼梯。

然而，他并未向楼梯走去，却以暧昧的动作四下打量。

铎丝猜到他在找什么。“别再想升降机了。麦曲生有一种崇拜原始主义的风尚，不用说，这点你还没忘记吧？不会有升降机的，而且，即使我们的重量压在楼梯底端，我也相当确定，它绝不会向上移动。我们必须爬上去，也许有好几层呢。”

“爬上去？”

“它一定是通往长老阁，这是理所当然的事——除非它哪里也不通。你究竟要不要去长老阁看一看？”

于是他们一起走向楼梯间，开始向上爬。

楼层愈高，光线的强度愈是稳定地、显著地递减。等到他们爬了三层之后，谢顿深深吸一口气，悄声说道：“我自认身体状况相当好，但我痛恨这种运动。”

“你只是不习惯这种消耗体力的方式。”她一点也没有筋疲力尽的迹象。

这道楼梯终止于第三层的顶端，然后，他们面前又出现了另一道门。

“万一锁住了呢？”谢顿这句话不大像是对铎丝说的，反倒更像自言自语。“我们要试着撞开吗？”

铎丝却说：“既然下面的门没锁，这里又何必上锁呢？假使这就是长老阁，我猜想应该有个禁忌，禁止长老之外的人进入，而禁忌要比任何的锁更为牢靠。”

“只对那些接受禁忌的人有效。”谢顿虽然这么说，却并未向那道门走去。

“既然你踌躇不前，现在还有时间向后转。”铎丝说，“事实上，我很想劝你向后转。”

“我之所以踌躇不前，只是因为不知道会在里面发现什么。万一是空的……”

然后，他拉开嗓门补充道：“空的就空的吧。”说完他就大步向前，按了一下开启触板。

那道门迅疾无声地缩入墙内，里面立刻涌出一股强光，谢顿惊愕之余，连忙后退一步。

面对着他的是一个人形，它的双眼炯炯有光，双臂平举，一只脚稍微向前踏出，全身闪耀着微弱的黄色金属光芒。乍看它似乎穿着一件紧身短袖袍，但在仔细审视之下，那件衣服显然是该物件整体的一部分。

“是个机器人，”谢顿以敬畏的口吻说，“但它是金属制品。”

“更糟的是，”刚才曾迅速左右挪移脚步的铎丝说，“它的眼睛没跟着我移动，它的手臂连颤抖的动作都没有。如果我们能说机器人也有死有活，那么它显然属于前者。”

这时，一个人——百分之百的真人——从那个机器人身后走出来，说道：“它也许是死的，但我可是活生生的。”

铎丝几乎自发地立刻踏出一步，站到谢顿和那个突然出现的人之间。

58

谢顿将铎丝推到一旁，这个动作或许比他的本意要粗鲁些许。“我不需要保护，这是我们的老朋友日主十四。”

面对他们的那个人披挂着一双肩带，这也许是他身为元老的一种权利。他说：“而你是外族男子谢顿。”

“当然。”谢顿说。

“而这位，尽管她穿着男性服装，则是外族女子凡纳比里。”

铎丝什么也没说。

日主十四道：“你说得当然对，外族男子。你们没有危险，我不会伤害你们。请坐，两位都请坐。既然你不是一位姐妹，外族女子，你就没有必要退下。你可以坐在这里，你将是第一个坐上这个座位的女人，但愿你珍视这样的殊荣。”

“我不珍视这样的殊荣。”铎丝一字一顿地强调。

日主十四点了点头。“随你的便。我也要坐下来，因为我必须问你们一些问题，而我不喜欢站着做这件事。”

他们在房间的一个角落坐定，谢顿的眼睛便游移到那个金属机器人身上。

日主十四说：“那是个机仆。”

“我知道。”谢顿简短地答道。

“这点我知道。”日主十四的话也同样简略，“既然我们已经达成这个共识，现在我要问，你们来这里做什么？”

谢顿目不转睛地凝视着日主十四。“来看这个机仆。”

“你可知道除了长老或元老，任何人都不准进入长老阁？”

“我不知道这件事，但是我料到了。”

“你可知道外族人一律不准进入圣堂？”

“我听说了。”

“而你却漠视这件事，对不对？”

“正如我所说，我们想看那个机仆。”

“你可知道除了某些特定的——而且罕有的节日之外，任何一个女人，包括姐妹在内，都不可以进入圣堂？”

“我也听说了。”

“你可知道不论任何时候，无论任何理由，女人都不准穿着男性服装？在麦曲生境内，这点非但适用于姐妹，也同样适用于外族女子。”

“这点我没听说过，但我并不惊讶。”

“很好，我要你了解这一切的前提。现在告诉我，你为何想要看这个机仆？”

谢顿耸了耸肩，说道：“出于好奇。我从没见过机仆，甚至不知道世上有这种东西。”

“那你怎么知道它的确存在，而且还知道它就在这里？”

谢顿沉默了一会儿，然后说：“我不愿意回答这个问题。”

“难道这就是外族男子夫铭送你们来麦曲生的原因？前来调查机仆？”

“不，外族男子夫铭送我们来这里，是希望确保我们的安全。然而，我们是学者，凡纳比里博士和我都是。知识是我们的疆场，求取知识是我们的人生目标。麦曲生的一切鲜为外界了解，我们希望多知道些你们的风土民情和思考方式。这是很自然的渴望，而且在我们看来，是无害的——甚至值得赞赏的渴望。”

“啊，我们却不希望外族人和其他世界了解我们，这是我们的自然渴望。至于什么对我们无害，什么对我们有害，要由我们自己来判断。所以外族男子，我再问你一遍，你怎么知道麦曲生境内有个机仆，而且藏在这个房间里？”

“道听途说。”谢顿终于做了回答。

“你坚持这个答案吗？”

“道听途说，我坚持这个答案。”

日主十四锐利的蓝眼珠似乎变得更为尖锐，但他并未提高音量。“外族男子谢顿，我们和外族男子夫铭有长久的合作关系。就外族人而言，他似乎始终是高尚而且值得信赖的人。仅就一个外族人而言！当他把你们两位送来，嘱托我们保护你们的时候，我们答应了他。但不论外族男子夫铭有多少美德，他仍旧是个外族人，我们还是放心不下。当初，我们完全无法确定你们的——或是他的——真正目的是什么。”

“我们的目的是知识，”谢顿说，“学术性的知识。外族女子凡纳比里是历史学家，而我自己也喜欢历史。我们为何不该对麦曲生的历史感兴趣？”

“原因之一，是我们不希望你们感兴趣。总之，我们派了两位信得过的姐妹到你们身边。她们奉命和你们合作，试图查出你们究竟想要什么，还有——你们外族人是怎么说的——跟你们假戏真做。然而，却不让你们察觉她们真正的意图。”日主十四微微一笑，但那却是一个狞笑。

“雨点四十五，”日主十四继续说，“陪同外族女子凡纳比里逛街购物，但在几次行程中，似乎并没有发生什么不寻常的事。自然，我们接获了完整的报告。雨点四十三则带领你，外族男子谢顿，去参观我们的微生农场。本来，你可能会怀疑她为何愿意单独陪你去，这对我们而言应该是门都没有的事。但你却自作聪明地推论，认为适用于兄弟的规矩并不适用于外族男子；你还自欺欺人，相信这么薄弱的理由就能解除她的心防。她顺应了你的心意，虽然这对她内心的宁静造成莫大伤害。最后，你开口要那本典籍。倘若轻易便交给你，有可能引起你的疑心，所以她假装有一种违常的欲望，只有你才能满足她。我们绝不会忘记她的自我牺牲。外族男子，我认为你仍保有那本典籍，而且我猜你正带在身上。我能要回来吗？”

谢顿沉默地呆坐在那里。

日主十四早已大剌剌地伸出布满皱纹的手。他说：“这比从你手中强行夺走好了多少？”

谢顿交出那本书。日主十四随便翻了翻，仿佛要确定它并未受损。

他轻轻叹了一声，又说：“必须以认可的方式谨慎销毁。可悲啊！不过，一旦让你拿到这本典籍，当你们启程前往圣堂的时候，我们当然不会惊讶。你们随时随地受到监视，因为，你该不会认为有任何兄弟或姐妹，除非心无旁骛，无法一眼就认出你们是外族人吧。我们看到人皮帽时，立刻就能分辨出来，而且在整个麦曲生，发出去的人皮帽还不到七十顶……几乎都是发给前来洽公的外族男子，而他们在停留期间，自始至终都留在世俗的政府建筑内。所以你们不只被人看见，而且总是一次又一次被正确无误地指认。

“那位和你们不期而遇的年长兄弟，并没有忘记告诉你们有关图书馆和圣堂的一切，但他也不忘告诉你们什么事是不能做的，因为我们并不希望诱捕你们。天纹二也警告过你们……以强而有力的方式。纵然如此，你们却并未打消念头。

“卖给你们白色裰服和两条肩带的那家商店，在第一时间就向我们通报，而根据这个情报，我们对你们的企图了若指掌。图书馆故意撤空，馆员也事先接到指示，要对你们不闻不问，而圣堂则保持低度使用的状态。那位一时不察而和你攀谈的兄弟，险些让我们的计谋曝光，但在了解到面对的是谁之后，他连忙离去。然后，你们便来到这里。

“所以你看，来到这里是你们的本意，我们根本没有引诱你们。是你们自己的行动、自己的渴望带你们来的。而我想要问你们——再问一次的，还是：为什么？”

这回轮到铎丝回答，她的语气坚定而目光严厉。“麦曲生人，我们则要再一次告诉你，我们是学者，我们认为知识是神圣的，而且是我们唯一的目标。你未曾引诱我们来到此地，可是你也没有阻止我们，而在我们接近这座建筑之前，你早就能那样做了。反之，你替我们开路，让我们通行无阻，这也可以视为一种引诱。而我们造成了什么损害吗？我们完全没有侵扰这座建筑物，或是这间房间，或是你这个人，或是那玩意！”

她指了指那个机器人。“你们藏在这里的是一堆破铜烂铁，现在我们知道它是死的，我们寻求的知识也到此为止。我们本来以为它十分重要，可是我们失望了。既然我们知道它不过如此，我们马上就走——若是你希望，我们还会马上离开麦曲生。”

聆听这番话的时候，日主十四脸上没有丝毫表情，但是当她说完之后，他却对谢顿说：“你见到的这个机仆是个象征，它象征着我们失落的一切、我们不再拥有的一切，也象征着上万年来我们未曾遗忘、总有一天将要收复的一切。如今还在我们身边的，只剩下这一件既具体又可信的遗物，因此在我们眼中异常珍贵。可是对你的女人而言，它却只是‘一堆破铜烂铁’。外族男子谢顿，你自己认同这个评价吗？”

谢顿说：“我们两人所属的社会，并未将自己和上万年之久的过去捆在一起，也并不碰触那个过去和我们之间曾经存在的一切。我们生活在现在，将它视为‘所有的过去’之总和，我们并未紧紧拥抱某个特定的久远年代。理智上，我们了解这个机仆对你们的意义，我们愿意让它继续具有这样的意义。但是我们只能用自己的眼光看它，正如你只能用你自己的眼光看它一样。对我们而言，它就是一堆破铜烂铁。”

“现在，”铎丝说，“我们要走了。”

“你们不能走。”日主十四说，“你们来到这里，就是犯了罪。这是只存在于我们眼中的罪行，我知道你马上会指出这一点。”他的嘴角弯出一个冷冰冰的笑容，“但这里是我们的领土，在这个范围内，一切由我们来定义。而在我们的定义中，这是一项应当处死的重罪。”

“你准备射杀我们吗？”铎丝以倨傲的口气说。

日主十四露出轻蔑的表情，继续只对谢顿一个人说话。“外族男子谢顿，你以为我们是什么人？我们的文化和你们的同样古老，而且也同样繁复、同样文明、同样人道。我并没有携带武器。你们将会接受审判，而由于罪证确凿，你们注定将被依法处决，既利落又毫无痛苦。

“假如现在你们试图逃离，我不会阻止你们，但是下面等着很多兄弟，比你们进圣堂时见到的要多得多。你们的行为令他们愤慨，所以他们也许会对你们动粗，下手绝不留情。在我们的历史上，的确有外族人死在这种情况下的例子。那并非一种愉快的死法——绝不是毫无痛苦。”

“我们听过这种警告，”铎丝道，“天纹二说的。好一个繁复、文明又人道的文化。”

“外族男子谢顿，不论民众在冷静的时候，具有何种人道胸怀，”日主十四冷静地说，“在情绪激动的时候，他们都能被煽动成暴力分子。在各个文化中通通一样，你的女人据说是个历史学家，这点她一定明白。”

谢顿说：“日主十四，让我们保持理智。在地方性事务上，你也许就是麦曲生的法律，但你并非我们的法律，而你也心知肚明。我们两人都不是麦曲生人，而是银河帝国的公民，即使犯了死罪，也该交由大帝或是他任命的司法官员定夺。”

日主十四说：“在法令上、文件上，甚至全息电视荧幕上或许都是这样，但我们现在可不是在谈理论。长久以来，元老一向都有权力惩处亵渎罪，从未受到皇权干涉。”

“前提是，罪犯是你们自己的同胞。”谢顿说，“如果是外人，情况就大大不同。”

“就本案而言，我表示存疑。外族男子夫铭把你们当逃犯一样送来这里，我们麦曲生人脑袋里装的可不是发粉，自然深深怀疑你们是在逃避皇帝的法律。如果由我们代劳，他为什么要反对呢？”

“因为他一定会。”谢顿说，“即使我们是钦命要犯；即使他要抓我们回去，只是为了惩罚我们，他仍然会想要将我们生擒。无论用什么方式，无论为了什么理由，只要是未经帝国的法律程序而让你杀掉一个非麦曲生人，都等于在挑战他的权威，没有哪位皇帝敢开这种先例。不论他多么希望微生食品的贸易不受干扰，他仍然会觉得有必要重建皇帝的权威。难道你希望，由于你逞一时之快杀了我们，因而招来一师帝国军队，掠夺你们的农场和住所，亵渎你们的圣堂，并且非礼你们的姐妹？请三思。”

日主十四再度露出笑容，却并未显得软化。“事实上，我三思过了，的确另有一个选择。在我们将你俩定罪后，我们可以延缓死刑的执行，允许你们向大帝提出上诉，要求重审你们的案子。如此不但证明了我们臣服于他的权威之下，同时也把你们交到了他手中，大帝也许因此圣心大悦，而麦曲生便可能受惠。所以说，这就是你想要的吗？找机会向大帝提出上诉，然后被解送到他那里去？”

谢顿与铎丝很快互望了一眼，两人都没吭声。

日主十四说：“我觉得你们宁愿被解送给大帝，也不愿死在这里。可是为什么我会有一种印象，这两者的差别仅仅微乎其微？”

“其实，”一个新的声音说，“我认为这两种选择都无法令人接受，我们必须找出第三条路。”

59

铎丝第一个认出来者的身份，或许因为她一直在期盼他。

“夫铭，”她说，“谢天谢地，你总算找到我们了。我和你联络的时候，已经了解到我无法让哈里避免这——”她夸张地举起双手，“一切。”

夫铭露出浅浅的微笑，却无法改变他天生的严肃神情。此外，他似乎带着一股不甚明显的倦意。

“亲爱的，”他说，“我正在忙别的事，无法总是随传随到。

当我抵达此地之后，我还得像你们两人一样，先穿戴上裰服和肩带，人皮帽就更不用说了，然后才能赶来这里。要是来早了一点，我也许能阻止这一切，但我相信我来得并不算迟。”

日主十四似乎陷入一阵痛苦的错愕中，而在终于恢复之后，他以不再那么严肃深沉的语调说：“外族男子夫铭，你是怎么进来的？”

“并不容易，元老，但正如外族女子凡纳比里常说的，我这个人非常有说服力。这里有些居民还记得我是谁，我曾经为麦曲生做过些什么，还有我甚至是一位荣誉兄弟。日主十四，你忘记了吗？”

元老答道：“我并没有忘记，但即使最美好的记忆，也经不起某些行动的冲击。一个外族男子竟然来到这里，还带了一个外族女子。再也没有比这更严重的罪行了，你为我们所做的一切也不够抵销。我的人民绝非忘恩负义之辈，我们会用别的方式补偿你。可是这两个必须受死，或是解送给大帝。”

“我也来了，”夫铭以平静的口吻说，“不也是犯了同样的罪吗？”

“对你而言，”日主十四说，“对你个人而言，你是一位荣誉兄弟，我可以……宽容……一次。这两个却不行。”

“因为你指望大帝的奖赏？某种好处？某种特权？你已经和他接触了吗？或者更有可能的情形，和他的行政首长伊图·丹莫刺尔联络上了？”

“这不是现在应该讨论的事。”

“这句话本身就等于承认。好啦，我不问你大帝答应了什么，但绝不可能太多。在这个衰微的年代，他没有太多能给你的。我来向你提个条件，这两位有没有告诉你说他们是学者？”

“说过。”

“这是真的，他们不是在说谎。这位外族女子是历史学家，这位外族男子是数学家。他们正试图联合两人的才智，创造一套能够处理历史的数学，他们将这个合作题目称为‘心理史学’。”

日主十四说：“我对这个心理史学一无所知，也不想知道。你们外族人的学问，我一概没兴趣。”

“纵使如此，”夫铭道，“我建议你还是听我说一说。”

夫铭大约花了十五分钟，以精简的语言描述心理史学的可能性——将社会的定律组织起来（每当提到这些定律时，他总会改变语调，让人一听就知道有“引号”存在），并在大量借助几率的前提下，使得预测未来变成可能。

等他讲完后，一直面无表情地聆听的日主十四说：“我认为，这是极其不可能的臆想。”

满面愁容的谢顿似乎有话要说，无疑是要表示同意。但夫铭原先轻放在谢顿膝上的一只手，此时却突然收紧，用意至为明显。

夫铭说：“元老，可能性是有的，但大帝却不这么想。话说回来，大帝本人是个相当敦厚的人物，我指的其实是丹莫刺尔，他的野心不必由我来告诉你。他们非常希望得到这两位学者，这正是我送他俩来这里避难的原因。我不相信你会为丹莫刺尔工作，要将这两位学者送到他手上。”

“他们犯了一项重罪……”

“没错，元老，我们知道。可是这项罪名之所以成立，只是因为你要如此认定。事实上，并没有任何实质的伤害。”

“它对我们的信仰造成伤害，也对我们内心最深的感情……”

“可是想想看，假如心理史学落入丹莫刺尔之手，又会造成什么样的伤害。没错，我承认也许不会有什么结果，但是姑且假设真有了结果，而帝国政府又善加利用——能够预测未来会发生什么事；能够掌握独一无二的先见之明，并在它的指导下采取对策。事实上，他们所采取的对策，必将是营造一个帝制更加中意的未来。”

“那又如何？”

“帝制更加中意的未来势必是极度中央集权，元老，这还有什么疑问吗？过去数世纪以来，你也非常清楚，帝国一直在稳定地朝地方分权发展。如今，许多世界只在口头上承认大帝，实际上则在实行自治。甚至在川陀，也有地方分权的事实。麦曲生大部分的事务都不受皇权干涉，只是其中一个例子。你以元老的身份实行统治，没有帝国官员在旁边监督你的行动和决策。假如丹莫刺尔那种人能依照他们的喜好调整未来，你认为这种局面还能维持多久？”

“仍然是最缺乏根据的臆测，”日主十四说，“但我必须承认，听来令人不安。”

“另一方面，假设这两位学者能完成他们的工作，你也许会说可能性不高，但我只是做个假设——那么他们一定会记得，你曾经在一番内心交战后，对他们网开一面。然后我们就不难想见，他们会研究出如何安排一个未来，比如说，能让麦曲生得到一个自己的世界，一个能改造成和‘失落世界’极为相似的世界。即使这两位忘了你的恩德，我也会从旁提醒他们。”

“这……”日主十四支吾着。

“好啦，”夫铭说，“你心里究竟在怎么想，实在不难猜到。在所有的外族人当中，你最不相信的一定是丹莫刺尔。虽然心理史学成功的机会或许不大（若非我对你诚实，我也不会承认这一点），但是并不等于零；假如它能帮助你们重建失落世界，你又夫复何求？难道你不愿意为这件事冒一丝风险吗？好啦——我从不轻易承诺任何事，但我现在向你承诺。把这两位放了，为你内心的愿望保留一点机会，总比全然无望要好。”

一阵沉默后，日主十四叹了一声。“我真不明白，外族男子夫铭，可是我们每次见面，你总会说服我做些并非真正心甘情愿的事。”

“元老，我曾经误导过你吗？”

“你提供的胜算从来没那么小。”

“可能的报偿却那么高，所以两者扯平了。”

日主十四点了点头。“你说得没错。把这两个带走，带他们离开麦曲生，永远不要让我再见到他们。除非有一天——但绝不是在我有生之年。”

“或许吧，元老，可是你的族人已经耐心等待了近两万年。难道你们拒绝再等上……也许两百年？”

“我自己一刻也不愿再等，但不论需要多少时间，我的族人都会等下去。”

他一面起身，一面说道：“我会叫人让开，带他们走吧！”

60

他们终于来到一条隧道。当初，夫铭与谢顿驾着出租飞车，从皇区前往斯璀璘大学时，就曾经穿越过这样一条隧道。如今他们则置身于另一条隧道，从麦曲生前往……谢顿不知道要去哪里，也不太敢开口发问。夫铭的脸庞像是花岗岩雕出来的，看来绝不欢迎交谈。

夫铭坐在这辆四座飞车的前座，他右边的座位是空的，谢顿与铎丝则分坐在后座两侧。

谢顿对闷闷不乐的铎丝试探性地笑了笑。“能再穿上真正的衣服真好，对不对？”

“我再也不要穿上或看到任何像裰服的东西。”铎丝以极其正经的口吻说，“而且不论在任何情况下，我都绝对不要再戴上人皮帽。事实上，即使再看到一个普通的秃子，我都会有一种奇怪的感觉。”

那个谢顿一直不愿提出的问题，最后是由铎丝问了出来。“契特，”她以颇为暴躁的口气说，“你怎么不告诉我们要到哪里去？”

夫铭挪到座位一侧，然后回过头来，以严肃的表情望着铎丝与谢顿。“反正是到某处去，”他说，“到一个你们或许不容易惹麻烦的地方——虽然我不确定这种地方是否存在。”

铎丝立刻像是斗败了的公鸡。“事实上，契特，这都是我的错。在斯璀璘的时候，我让哈里一个人到上方去。而在麦曲生，我至少陪着他一起冒险，可是我想，当初我根本就不该让他进入圣堂。”

“我当时心意已决，”谢顿热切地说，“那绝不是铎丝的错。”

夫铭并未评断两人分别该受多少责难，他只是说：“我猜你是想去看那个机器人。你有没有一个好理由？能告诉我吗？”

谢顿感到自己脸红了。“这件事是我的错，夫铭，我并未见到我所预期或是希望见到的东西。倘若事先知道长老阁里有些什么，我绝对懒得到那里去。真可说是完全一败涂地。”

“可是，谢顿，你希望见到的又是什么呢？请告诉我。你不妨慢慢说，这是一趟长途旅行，我愿意洗耳恭听。”

“事情是这样的，夫铭，我有个想法，此地藏着一些人形机器人，它们的寿命很长，至少有一个可能还活着，而且可能就在长老阁中。事实则是，那里的确有个机器人，但它是金属制品，已经死了，仅仅是一种象征。我要是早知道……”

“没错，我们要是都能早知道，任何种类的问题或研究便一概没有必要。有关人形机器人的资料，你是从哪里获得的？既然麦曲生人不会和你讨论这种事，我只能想到一个来源，那就是麦曲生的典籍——古奥罗拉语和银河标准语对照的电动字体书。我说对了吗？”

“对了。”

“你是怎么拿到的？”

顿了一下之后，谢顿咕哝道：“这件事有些令人脸红。”

“谢顿，我可没那么容易脸红。”

于是谢顿一五一十告诉了他。夫铭听完，脸上掠过一丝很淡的笑容。

夫铭说：“难道你就没有想到，这必定是个哑谜游戏？没有哪个姐妹会做那种事——除非是奉命，而且经过极力劝说。”

谢顿皱着眉头，凶巴巴地说：“这绝非显而易见的线索，人们随时随地会有违常的举动。你咧嘴笑笑倒很容易，我可没有你所掌握的情报，而铎丝也不知道。倘若你不希望我落入陷阱，就该事先警告我哪里有圈套。”

“我同意，我收回刚才的话。无论如何，那本典籍已经不在你身上，我可以肯定。”

“没错，日主十四把它拿走了。”

“你读了多少内容？”

“只有一小部分，我没有多少时间。那是一本大书，而且我一定要告诉你，夫铭，它实在无聊极了。”

“没错，这我知道，因为我想我比你还要熟悉这本书。它不只无聊，而且完全不足采信。它是麦曲生官方片面的历史观，主要目的也正是为了阐扬那个史观，而不是提出理性客观的论述。它在某些地方甚至故意语焉不详，好让外人即使有机会读到这本典籍，也绝对无法完全了解它的内容。比方说，令你感兴趣的那些有关机器人的记载，你认为究竟是在说些什么？”

“我已经告诉过你。他们提到人形机器人，这些机器人外表上和真人一模一样。”

“这样的机器人总共有多少？”夫铭问。

“他们没有说。至少，我没发现书里有哪一段记载着数量。也许为数不多，但是其中有一个，典籍中特别称之为‘变节者’。它似乎具有负面意义，但我查不出是什么意思。”

“你完全没有跟我提这件事，”铎丝插嘴道，“假如你说了，我就会告诉你它并非专有名词，而是另一个古老的词汇，意思接近银河标准语中的‘叛徒’。但这个古词具有更可怕的意味：叛徒对叛变行径多少还会遮掩，变节者却会大肆夸耀。”

夫铭说：“我把古代语文的细节留给你来研究，铎丝。不过无论如何，假如那个变节者果真存在，而且是个人形机器人，那么显而易见的是，身为一名叛徒和敌人，它不会被保存和供奉在长老阁内。”

谢顿说：“我原本不知道变节者的意义，但正如我所说，我的确有一种它是敌非友的印象。我想它后来可能被打败了，将它保存下来是为了纪念麦曲生的胜利。”

“典籍中曾经提到变节者被打败了吗？”

“没有，但也许是我漏读了那一部分……”

“不太可能。凡是麦曲生的胜利，必定会在典籍中大肆宣扬，而且会不厌其烦地一提再提。”

“关于这个变节者，典籍中还提到另外一点，”谢顿以迟疑的口气说，“但我不敢保证我看懂了。”

夫铭道：“正如我说的……他们有时故意含糊其词。”

“然而，他们似乎提到，那个变节者好像有办法利用人类的情感……还能影响人类……”

“任何政治人物都能。”夫铭耸了耸肩，“一旦奏效，就可以叫做领袖魅力。”

谢顿叹了一声。“嗯，我偏偏相信了，事情就是这样。当时，为了找到一个古代的人形机器人，我情愿付出很高的代价，只要它还活着，而且我能向它发问。”

“为了什么目的？”夫铭问。

“我想了解太初银河社会的细节。当时只有少数几个世界，从这么小的一个社会中，心理史学比较容易推导出来。”

夫铭道：“你确定道听途说的事能信吗？经过上万年的时间，你还愿意信赖那个机器人的早期记忆？那里面会有多少的扭曲？”

“很有道理。”铎丝突然说，“哈里，这就像我跟你提过的那些电脑化记录。日久天长，机器人的记忆会逐渐被抛弃、遗失、清除、扭曲。你只能追溯到某个限度，而且愈往前追溯，那些资料就变得愈不可靠——不论你怎么努力都没用。”

夫铭点了点头。“我听说有人称之为‘资讯不准原理’。”

“难道就没有这个可能，”谢顿若有所思地说，“某些资料由于特别的原因，会一直保存下去？麦曲生典籍的某些部分，很可能是两万年前的事迹，但绝大部分仍是第一手史料。愈是珍贵、愈是谨慎保存的特殊资料，就愈能持久而且愈为正确。”

“关键在于‘特殊’这两个字。那本典籍想要保存的资料，并不一定是你所希望保存的；而一个机器人记得最清楚的事，说不定正是你最不需要它记得的。”

谢顿以绝望的口吻说：“不论我朝哪个方向寻找建立心理史学的方法，到头来总是变得绝无可能。何必再自找麻烦呢？”

“现在或许希望渺茫，”夫铭以毫无情绪的语气说，“但只要有必要的天分，也许终能找到一条通往心理史学的大道，而它是此时此刻谁都无法预见的。再多给你自己一些时间——我们马上就要到一个休息区，让我们开出去吃顿晚餐吧。”

在吃羔羊肉饼的时候（其中的面包平淡无味，尤其在吃惯麦曲生的美食后，更令人觉得难以下咽），谢顿说：“你似乎做了一项假设，夫铭，我就是那个‘必要天分’的来源。你可曾想到，也许不是我。”

夫铭说：“这倒是真的，也许并不是你。然而，我不知道还有什么替代人选，所以我必须抓着你不放。”

谢顿叹了一口气，答道：“好吧，我会试试看，但我已经看不见任何希望的火花。有可能却不切实际，我一开始就这么说，现在我比任何时候更加相信这句话。”

第十三章

热 闾

雨果·阿马瑞尔：……数学家，除了哈里·谢顿本人之外，可视为对心理史学具体内容做出最大贡献的一位。正是他……

……但相较于他的数学成就，他的早年境况几乎更为传奇。他生于古川陀的达尔区，出身寒微，属于毫无希望的下层社会。若非谢顿在相当意外的情况下遇到他，终其一生他都可能过着寒微的日子。谢顿当时……

——《银河百科全书》

61

统治全银河的皇帝感到一股倦意——生理上的倦意。他的嘴唇酸痛，因为他必须在适当时刻将亲切的笑容摆在脸上。他的颈部僵硬，因为他刚才不断以各种角度低下头来，装出一副很感兴趣的样子。由于听觉得不到休息，他的耳朵感到疼痛。由于不得不常常起立、坐下、转身、伸手、点头，他整个身子都累得微微颤抖。

这只不过是一场国宴，但他得接见来自川陀各个角落，还有（更糟的是）来自银河各个角落的众多区长、总督、部长以及他们的妻子或夫君。出席者将近一千人，一律穿着各地的传统服装，从华丽无比到十足怪异应有尽有。此外，他还得忍受各种口音的唠叨，更糟的是他们都在努力模仿帝国大学通用的银河标准语，因为那是皇帝所使用的语言。而最头痛的一件事，莫过于在随口说些毫无内容的空话时，他得牢记避免做出任何实质的许诺。

一切都会被非常谨慎地记录下来，包括影像与声音。事后，伊图·丹莫刺尔会从头到尾看一遍，看看克里昂一世是否行止得宜。这一点，当然只是大帝自己的见解。丹莫刺尔一定会说，他只是在搜集客人无意中自行泄露的信息。而这或许是实情。

幸运的丹莫刺尔！

皇帝不能离开皇宫与外围的御苑，丹莫刺尔却能随心所欲遍巡银河。皇帝总是陈列在皇宫，总是随时候教，总是被迫应酬一些访客——从真正重要的到不速之客都有。丹莫刺尔则始终销声匿迹，从不在御苑之内公开露脸。他只保持着一个令人生畏的名字，以及一个隐形的（因此更为可怕的）存在。

皇帝是权力的核心，享有权力的一切外表与实惠。丹莫刺尔则是权力的糖衣，表面上看来一无所有，甚至没有一个正式的头衔，但他的指掌与心灵却能探寻各个角落。他对自己的孜孜不倦别无所求，仅仅要求权力的本质作为奖赏。

大帝突然有个开心的想法——一种带有死亡气息的开心——无论任何时候，在毫无预警的情况下，或是炮制一个借口，或是什么借口也不用，他都能将丹莫刺尔逮捕、监禁、放逐、严刑拷打或是处决。毕竟，在过去数个动荡不断的世纪里，皇帝或许难以将意志延伸到帝国每颗行星上，甚至想在川陀各区贯彻也难——地方行政机关与立法机关满是乱臣贼子，使他每天必须面对千丝万缕、纠缠不清的无数法令、草案、约定、条约，以及一般性的星际法案。但是，至少在皇宫与御苑范围内，他仍旧拥有绝对的权力。

然而克里昂心知肚明，他的权力美梦根本徒劳无功。丹莫刺尔是父皇的老臣，在克里昂的记忆中，自己遇到问题总是转向丹莫刺尔求助，从来没有例外。了解一切、筹划一切、执行一切的都是丹莫刺尔。更重要的是，任何事情出了问题，都可以怪罪到丹莫刺尔头上。皇帝本人高高在上，永远不受批判，因此毫无畏惧——当然也有例外，那就是担心发生宫廷政变，遭到最亲近的人行刺。而预防这一点，是他仰仗丹莫刺尔最重要的原因。

除掉丹莫刺尔、自己接掌一切的这个念头，令克里昂大帝全身微微打颤。过去，的确有些皇帝亲自治理帝国，他们的行政首长个个是庸才。他们让无能之辈占着这个职位，从来不想撤换——而在短时间内，他们竟然也能凑合着应付。

可是克里昂不行，他需要丹莫刺尔。事实上，既然他想到了行刺的可能性——鉴诸帝国的近代史，他必然会想到这个可能性——他看得出除掉丹莫刺尔是相当不可能的事，根本就做不到。不论他，克里昂，试图以多么高明的手法布署，丹莫刺尔（他确定）总有办法预见这个行动，会知道它正在默默进行，会以高明许多倍的手腕安排一场宫廷政变。在丹莫刺尔有可能被五花大绑押走之前，克里昂自己就会丧命。然后很快又会出现另一个皇帝，而丹莫刺尔将继续侍奉他——并且驾驭他。

或者丹莫刺尔会厌倦了这种游戏，自己做起皇帝来？

绝对不会！他那隐藏幕后的习性太过根深蒂固。假若丹莫刺尔让自己在世上曝光，那么他的权力、他的智慧、他的运气（不论那是什么）必将弃他而去。克里昂深深相信这一点，觉得毫无争论的余地。

所以只要安分守己，克里昂就安全无虞。由于丹莫刺尔本人并无野心，他会忠心地侍奉自己的。

现在丹莫刺尔就在这里，他的穿着如此简单朴素，使克里昂对自己礼袍上那些无用的装饰感到十分不自在，还好刚才在两个侍仆的帮助下，他把礼袍及时脱了下来。自然，总要等到他一人独处，并且换上便装，丹莫刺尔才会翩然出场。

“丹莫刺尔，”统治全银河的皇帝说，“我累了！”

“启禀陛下，国宴确是一件累人的事。”丹莫刺尔喃喃道。

“必须每天晚上都来一场吗？”

“并非每天晚上，但是每场国宴都很重要。无论见到您或是让您注意到的人，都会感到心满意足。这能帮助帝国的运作保持一帆风顺。”

“过去，帝国是靠权力来保持一帆风顺。”大帝以阴郁的口吻说，“如今，却必须靠一个微笑、一个挥手的动作、一句低声的言语，以及一枚勋章或奖章来保持运作。”

“只要有助于天下太平，陛下，就非常值得这么做。而您的统治一向相当成功。”

“你知道为什么吗——因为我有你随侍在侧。我唯一真正的天赋，就是了解你的重要性。”他用狡猞的目光望着丹莫刺尔，“我儿子并不一定要做我的继位者，他不是个才能出众的孩子。我让你当我的继位者如何？”

丹莫刺尔以冷冰冰的口吻说:“启禀陛下，这是不可思议的事。我绝不会篡夺皇位，绝不会从合法继位者手中将它偷走。此外，若是我得罪了您，请以公平的方式惩处我。无论如何，我所做过的一切，或是可能做的任何一件事，都没有严重到需要以皇位作为惩罚。”

克里昂哈哈大笑。“冲着你对皇位所做的真实评价，丹莫刺尔，我打消一切想要处罚你的念头。好啦，我们来谈一谈。我即将就寝，但我暂时还不准备接受侍候我上床的那些繁文缛节。我们聊聊吧。”

“聊些什么，陛下？”

“任何事都能聊——就聊聊那个数学家和他的心理史学吧。你知道吗，我三天两头会想到他。刚刚在晚宴上我又想到他，我暗自嘀咕，心理史学分析若能提出一套办法，让我这个皇帝得以避免无止无休的繁文缛节，那会是什么样的局面？”

“我倒是认为，陛下，即使最高明的心理史学家也无法做到这点。”

“好吧，告诉我最新状况。他仍旧躲在麦曲生那些古怪的光头之间吗？你答应过我，会把他从那里揪出来。”

“我的确答应过陛下，也曾经朝这方面进行。但是很遗憾，我必须承认我失败了。”

“失败了？”大帝毫不掩饰地皱起眉头，“我不喜欢这种事。”

“启禀陛下，我也不喜欢。我计划引诱那个数学家做出某种亵渎行为，会遭致严重惩罚的那种——在麦曲生很容易触犯亵渎罪，尤其对外人而言。然后，那个数学家会被迫向大帝上诉，这样一来，我们就能得到他。根据我的计划，我们付出的代价只是微不足道的让步——对麦曲生很重要，对我们则完全无关痛痒。在我的布署中，我并未打算直接参与，只想巧妙地操纵这次行动。”

“我也这么想，”克里昂道，“但是它失败了。难道是麦曲生的区长……”

“启禀陛下，他的头衔是元老。”

“别和我争辩头衔。这个元老拒绝合作吗？”

“恰恰相反，陛下，他一口答应。而那个数学家，谢顿，一下子就掉进了陷阱。”

“那后来呢？”

“他获准离开，毫发无损。”

“为什么？”克里昂气冲冲地说。

“启禀陛下，这件事我还不确定，但我怀疑有人出更高的价。”

“什么人？卫荷区长吗？”

“启禀陛下，有此可能，可是我对这点存疑。卫荷在我的持续监视之下，假如他们得到那个数学家，我现在就应该知道了。”

此时大帝不只是皱眉，他显然已经火冒三丈。“丹莫刺尔，这太糟了，我极为不高兴。这样子的失败，不禁令我怀疑你是否变成了另一个人。麦曲生这种显然违抗皇帝意旨的行为，我们应该采取什么手段教训一番？”

丹莫刺尔察觉到一股奔腾的怒火，赶紧深深弯下腰来，但仍以钢铁般坚定的语气说：“启禀陛下，现在对麦曲生采取行动会是个错误。那必将造成四分五裂，正中卫荷下怀。”

“但我们必须做点什么。”

“启禀陛下，或许什么都不该做，事态不如表面上那么糟。”

“怎么会不如表面上那么糟？”

“您应该记得，陛下，这个数学家深信心理史学是不切实际的。”

“我当然记得这点，可是这并不重要，对不对？我是指对我们的目的而言。”

“或许吧。但启禀陛下，假使它能变得可行，对我们的帮助将会增加无数倍。而根据我所能查到的线索，那个数学家正试图使心理史学成为可行。他在麦曲生做出的亵渎行为，据我了解，也是他试图解出心理史学问题的一种努力。在这种情况下，陛下，值得我们暂且不去碰他。等到他接近或达到目标的时候再把他抓起来，对我们会更有用的。”

“除非卫荷先得到他。”

“我会盯牢，确保不会发生这种事。”

“就像你成功地把那个数学家揪出麦曲生一样？”

“启禀陛下，下次我不会再犯错了。”丹莫刺尔冷静地说。

大帝说道：“丹莫刺尔，你最好不会。在这件事情上，我绝不再容忍另一个错误。”然后，他又没好气地补充一句：“我想今晚我根本别想睡了。”

62

达尔区的吉拉德·堤沙佛是个矮个子，他的头顶只到哈里·谢顿的鼻尖。然而，他似乎没有把这件事放在心上。他有一副英俊而端正的五官，总喜欢带着笑容，而且留着两撇又浓又黑的八字胡，以及一头波浪状的鬈曲黑发。

他与他的妻子，以及一个尚未成年的女儿，住在一栋共有七个小房间的公寓里。他们小心翼翼地保持得很干净，但里面几乎没有什么家具。

堤沙佛说："我万分抱歉，谢顿老爷，凡纳比里夫人，你们一定习惯了豪华的生活，我却不能为你们提供那些享受。不过达尔是个穷区，而我在自己同胞中也不能算混得好的。"

"正因为如此，"谢顿答道，"我们更是必须向你致歉，我们的出现想必给你带来很大负担。"

"谢顿老爷，完全没有负担。为了你们使用这间简陋的房舍，夫铭老爷已经说好要付我们一大笔租金。即使我不欢迎你们，也会欢迎那些信用点——我只是说笑。"

谢顿还记得他们终于来到达尔后，夫铭在临别前说的一番话。

"谢顿，"他说，"这是我帮你找的第三个避难所。前面两个地方，都是出了名的皇帝势力不及之处，因此很有可能吸引他们的注意。毕竟对你这个人而言，它们是合理的藏身之地。此地则不同，它相当贫穷，毫不起眼，而且事实上，可说并非十分安全。它不是你寻求庇护的理想选择，因此大帝和他的行政首长也许不会将目光转到这个方向。所以说，这次你可否别再惹麻烦？”

“夫铭，我会努力的。”谢顿有点不高兴，“请你明白一件事，我想找的并不是麻烦。即使我真有创立心理史学的一点点机会，我所试图探寻的，也很可能是需要三十辈子才能寻获的知识。”

“我能了解。”夫铭说，“你为了寻找答案所做的努力，把你带到了斯瓘璘的上方，以及麦曲生的长老阁，谁猜得到你在达尔还会去哪里。至于你，凡纳比里博士，我知道你一直试着照顾谢顿，但你必须更加努力。你要把一件事牢牢记在脑子里，他是川陀上最重要的人，甚至可说是全银河最重要的人物，必须不计任何代价保护他的安全。”

“我会继续尽力而为。”铎丝硬生生地说。

“至于你们的主人，他们有他们奇怪的地方，但他们本质上都是好人，我以前和他们打过交道。也要尽量别给他们惹上麻烦。”

不过，至少堤沙佛似乎并未预期新房客会带来任何麻烦。而他对他们的到来所表现的喜悦——几乎与他将赚到的租金无关——也似乎相当真诚。

他从未踏出达尔一步，因此对远方的传闻有极大的胃口；而总是鞠躬哈腰、笑容满面的堤沙佛夫人也喜欢听。至于他们的女儿，则总是吮着一根手指，从门后露出一只眼睛偷窥。

通常是在晚餐后，全家人聚在一起的时候，他们就会请求谢顿与铎丝讲述外面的世界。食物一向足够丰盛，不过却淡而无味，而且通常相当粗糙。由于不久前才享受过香味扑鼻的麦曲生食品，两人都感到几乎难以下咽。而“餐桌”只是紧靠墙壁的一个长架子，大家全都站着进餐。

谢顿以委婉的方式问出了真相，原来在达尔人之间，这是相当寻常的状况，并非由于特别贫穷的缘故。当然，堤沙佛夫人解释道，达尔也有些身居政府高位的人士，他们倾向于接受各种文弱的习俗，比如说椅子——她称之为“身体架子”——但纯粹的中产阶级都瞧不起那些东西。

虽然他们对没必要的奢侈不敢苟同，堤沙佛一家却很爱听这类的叙述。当他们听到由脚架撑起的床垫、华丽的橱柜与衣橱，以及摆满餐桌的餐具时，总是一个劲地啧啧称奇。

他们也听到了有关麦曲生习俗的描述。当时，吉拉德·堤沙佛得意地摸摸自己的头发，意思显然是宁可去势也不愿接受脱毛手术。而每当提到女性百依百顺时，堤沙佛夫人一律表现出无比的愤慨，根本拒绝相信“姐妹们”会默默接受这些待遇。

然而，他们最不放过的一点，则是谢顿随口提到的御苑。而在进一步追问下，他们发现谢顿不但亲眼见过皇帝，还跟皇帝说过话，一股敬畏的气氛立刻笼罩这一家人。过了好一会儿，他们才敢继续发问，谢顿却发觉自己无法满足他们。毕竟，他并未对御苑多做浏览，皇宫内部就更别提了。

这使得堤沙佛一家人相当失望，于是他们毫不放松，试图问出更多事情。在谢顿讲完他的皇宫历险之后，铎丝却声明自己从未踏进御苑一步，令他们实在难以置信。此外，谢顿曾经顺口说到，皇帝的言行举止与普通人非常接近，这点他们尤其拒绝接受。对堤沙佛一家而言，那似乎是绝不可能的事。

经过三个这样的晚上，谢顿开始生厌了。起初，他很高兴能够暂时什么也不做（至少白天如此），只是看看铎丝推荐的几本历史影视书。堤沙佛一家人表现得很大方，白天都会将他们的阅读镜让给客人。只是小女孩似乎不太高兴，因为她被父母送到邻居家，借用对方的阅读镜来做功课。

“这没有任何帮助。”谢顿烦躁不安地说，此时他已躲进自己房间，并弄出了一些音乐以干扰窃听。“我看得出你对历史如何着迷，但历史全是无止无休的细节，是堆积如山——不，堆积如银河的资料——我根本看不出任何基本的条理。”

“我敢说，”铎丝道，“过去一定曾有一段时期，人类看不出天上的星星有什么条理，但他们终究发现了银河系的结构。”

“我确信这得花上好些世代，而绝非几周的时间。过去一定也曾有一段时期，在最核心的自然定律发现之前，物理学似乎只是一堆毫无关联的观测结果，而那些发现也需要许多世代——堤沙佛这家人是怎么回事？”

“他们又怎么了，我认为他们一直很不错。”

“他们太好奇了。”

“他们当然会。假如你是他们，难道你不会吗？”

“但那仅仅是好奇吗？他们对于我见过大帝这档事，好像有兴趣得不得了。”

铎丝似乎不耐烦了。“同理……那只是自然反应。倘若易地而处，难道你不会吗？”

“这令我神经过敏。”

“是夫铭把我们带到这儿来的。”

“没错，但他并非十全十美。他把我带去斯璀璘大学，结果我被诱骗到上方去；他送我们去找日主十四，结果那人却陷害我们，你该知道他早有预谋。上两次当，至少该学一次乖。我受够了被问东问西。”

“哈里，那就反客为主。难道你对达尔没有兴趣吗？”

“当然有。你原先对它了解多少？”

“一无所知。它只不过是八百多个区其中之一，而我来川陀才两年多一点。”

“正是如此。银河系共有两千五百万个世界，而我研究这个问题才两个月多一点。我告诉你，我很想回赫利肯去，重新着手研究湍流的数学，那是我的博士论文题目。我要忘掉我曾经看出——或说自以为看出——湍流问题能对人类社会提供一种洞视。”

不过当天傍晚，他还是问堤沙佛说：“你知道吗，堤沙佛老爷，你从未告诉我你做些什么——你从事的行业。”

“我？”堤沙佛伸出五指按在自己胸口。他穿着一件单薄的白色短衫，里面什么也没有，那似乎是达尔男性的标准制服。“没做什么，我在本地全息电视台做节目策划。非常无聊的差事，但它总能养家糊口。”

“而且是个体面的职业，”堤沙佛夫人说，“这就代表他不必在热闾工作。”

“热闾？”铎丝扬起淡淡的眉毛，硬是显得很有兴趣。

“喔，”堤沙佛说，“那是达尔最出名的东西。说穿了没什么，但川陀四百亿人口都需要能源，而我们提供其中很大一部分。没有人感谢我们，可是我真想看看，那些高级区失去能源后是什么情景。”

谢顿显得相当困惑。“川陀的能源不是来自轨道上的太阳能发电站吗？”

“一部分而已。”堤沙佛说，“此外，一部分来自一些岛上的核融合发电站，一部分来自微融合发电机，一部分来自上方的风力发电站。可是有一半，”他举起一根手指加强语气，表情显得严肃异常。“有一半是来自热闾。许多地方都有热闾，但没有一处——

没有一处——像达尔的蕴藏这般丰富。你当真不知道热闾是什么吗？你坐在那里瞪着我猛瞧。”

铎丝很快接口：“你知道，我们是外星人士。”她差点就要说“外族人”，但及时改了口，“尤其是谢顿博士，他在川陀只待了几个月。”

“真的吗？”堤沙佛夫人说。她比丈夫稍微矮一点，丰满但不算肥胖，拥有一对相当美丽的黑眼睛。她的黑发梳在脑后，紧紧扎成一个发髻。像她的丈夫一样，她看来也是三十几岁。

在麦曲生住过一阵子之后，虽然并非真的待了很久，但由于密集式的耳濡目染，如今对铎丝而言，女性随意加入男性的交谈是很奇怪的一件事。风俗与习惯多么容易不知不觉建立起来，她一面想，一面暗自提醒自己，要找机会对谢顿提一提，为他的心理史学再加上一条定律。

“喔，是真的。”她说，“谢顿博士来自赫利肯。”

堤沙佛夫人礼貌地表现得孤陋寡闻。“那是在哪里呢？”

铎丝说：“啊，它在……”她转向谢顿，“哈里，它究竟在哪里？”

谢顿显得难为情。“老实告诉你们，如果不查坐标，我想我也不容易在银河模型中找到它的位置。我只能说从川陀看出去，它位于中心黑洞的另一侧，搭超空间飞船到那里还挺麻烦的。”

堤沙佛夫人说：“我想吉拉德和我永远没机会登上超空间飞船。”

“总有一天，凯西莉娅，”堤沙佛以快活的口气说，“我们会有机会的。但请跟我们说说赫利肯，谢顿老爷。”

谢顿摇了摇头。“对我来说那是一件无聊的事。它只不过是个普通的世界，就像任何世界一样，只有川陀才和其他所有的世界大不相同。赫利肯上没有热间，也许其他地方都没有，唯有川陀例外。跟我说说热间吧。”

“只有川陀才和其他所有的世界大不相同。”这句话在谢顿心中一再重复，而且有刹那的时间，它几乎已在他的掌握中。不知道为什么，铎丝那个毛手毛脚的故事突然再度浮现。但由于堤沙佛开始说话了，那点灵光来得急也去得快，随即溜出谢顿的心灵。

堤沙佛说：“如果你真想了解热间，我可以带你去参观。”他转头面向妻子，“凯西莉娅，如果明天傍晚我带谢顿老爷前往热间，你会不会介意？”

“还有我。”铎丝赶紧说。

“还有凡纳比里夫人。”

堤沙佛夫人皱起眉头，以尖锐的声音说：“我认为这不是什么好主意，我们的客人会觉得很无聊。”

“堤沙佛夫人，我想不至于。”谢顿以逢迎的口吻说，“我们非常希望去看看热间。如果你也加入，我们会十分高兴……还有你的小女儿，如果她也想去的话。”

“到热间去？”堤沙佛夫人的态度转趋强硬，“那绝不是一位端庄妇人能去的地方。”

谢顿对自己的鲁莽感到很尴尬。“堤沙佛夫人，我并没有恶意。”

“没关系，”堤沙佛说，“凯西莉娅认为它是低贱之地，事实也的确如此。但只要我不在那里工作，光是带客人参观一下倒无妨。不过那里很不舒服，而我绝不会让凯西莉娅换上去那儿的服装。”

聊完之后，他们便从蹲伏的位置站起来。达尔的“椅子”只是个塑胶坐垫，下面装了几个小轮子。谢顿的膝盖被它整得几乎无法动弹，而且只要他的身子稍有动作，这种椅子似乎就会开始摆动。然而，堤沙佛一家人却练就稳坐其上的本事，起身时也毫无困难，不需要像谢顿那样得借助手臂。铎丝也轻而易举就站了起来，谢顿再次赞叹她所表现的自然优雅。

在他们回到各自的房间就寝之前，谢顿对铎丝说：“你确定自己对热间一无所知吗？听堤沙佛夫人的口气，热间似乎惹人反感。”

“不可能多么反感，否则堤沙佛不会提议要带我们参观。我们等着开眼界吧。”

63

堤沙佛说：“你们需要适当的服装。”堤沙佛夫人则在背后大声嗤之以鼻。

警觉的谢顿立刻联想到裰服，心中兴起一阵模糊的懊恼。他说：“你说适当的服装是什么意思？”

“轻便的衣服，像我穿的这种。袖子很短的短衫、宽松的长裤、宽松的内裤、短袜、开口的凉鞋。我都为你们准备好了。”

“很好，听来不赖。”

“至于凡纳比里夫人，我同样准备了一套，希望能合身。”

堤沙佛提供给他们两人的服装（都是他自己的）十分合身，甚至可说过分舒适。他们准备好之后，便向堤沙佛夫人告辞，她则带着仍旧不以为然却已放弃努力的神情，站在门口目送他们三人。

此时是傍晚时分，上空有一团迷人的昏黄暮光。显然，达尔的灯火很快便会纷纷眨眼。温度适中，街上几乎见不到任何车辆；人人都在步行。远处传来捷运无歇无止的嗡嗡声，不时闪烁的车灯也不难看见。

谢顿注意到，这些达尔人似乎并非走向什么特定的目的地。反之，他们像是参加一次漫步游行，纯粹为了乐趣而走。假如达尔果真是个穷区，正如堤沙佛暗示的那样，低廉的娱乐或许就是很重要的一件事。还有什么比黄昏漫步更有乐趣，而且更廉价的呢？

谢顿觉得自己自然而然融入了这种毫无目标的闲适步调中，并且感到四周充满亲切与温暖。人们擦身而过时，总会互相打个招呼，并简单交谈几句。不同式样、不同粗细的黑色八字胡处处可见，仿佛是达尔男性的一项必备要件，一如麦曲生兄弟的光头一样无处不在。

这是一种傍晚的仪式，用以确定又安稳过了一天，朋友们依旧身体健康、精神愉快。有一件事很快变得显而易见，那就是铎丝吸引了所有的目光。昏黄的暮色中，她略红的金发变得更加鲜红，在一片黑发海洋的衬托下（偶尔出现的灰发是唯一的例外），好像一枚金币闪闪发光地掠过一堆煤炭。

“实在非常愉快。”

“没错，”堤沙佛说，“通常，我都和我的妻子一起散步，她总是如鱼得水。在方圆一公里范围内，任何人的名字、职业，以及彼此的关系她都晓得。这点我做不到，现在这个时候，和我打招呼的人有一半……我无法告诉你他们的名字。但无论如何，我们绝不能走得太慢。我们必须赶到升降机那里，底层是个忙碌的世界。”

当他们进了升降机后，铎丝说道：“堤沙佛老爷，我想所谓的热闾，是利用川陀的地热来产生蒸汽，以转动涡轮机来发电的地方。”

“喔，并非如此，是利用高效率的大型‘热电堆’直接产生电力。别问我细节，拜托，我只是个全息电视节目策划人。事实上，到了下面也别向任何人询问细节。整个东西是个很大的黑盒子，它运作正常，却没有人知道是如何做到的。”

“万一出了什么问题呢？”

“通常都不会，不过万一出了问题，会有一些懂得电脑的专家从别处赶来。当然，一切都是高度电脑化的。”

此时升降机停了下来，三人鱼贯而出，一阵热浪立刻扑来。

“真热。”谢顿多此一举地说。

“的确没错，”堤沙佛说，“这正是达尔贵为能源产地的原因。这里的岩浆层比全球各处都更接近地表，所以你得在酷热中工作。”

“空调设备呢？”铎丝问。

“是有空调设备，可是这和成本有关。我们利用空调来通风、除湿和降温，但如果我们做得太过分，就会用掉太多能量，整个过程就会变得太昂贵。”

堤沙佛停在一扇门前，并按下讯号钮。门开了之后，随即吸入一阵凉风。他喃喃说道：“我们应该可以找到什么人，带我们四下参观一番。他自会控制那些风言风语，否则凡纳比里夫人会蒙受……至少男工的言语不堪入耳。”

“冷嘲热讽不会令我感到尴尬。”铎丝说。

“会令我感到尴尬。”堤沙佛说。

一名年轻男子从办公室走出来，自我介绍说他叫汉诺·林德。他长得和堤沙佛十分相像，但谢顿心里明白，在他尚未习惯几乎千篇一律的矮小身材、黝黑皮肤、黑色头发，以及浓密的八字胡之前，他无法轻易看出他们的个体差异。

林德说："我很乐意带你们到值得看的地方逛一逛。但你们要知道，这可不是你们心目中的奇观。"他和他们三人说话，目光却固定在铎丝身上。"不会怎么舒服，我建议大家脱掉短衫。"

"这里十分凉爽。"谢顿说。

"当然，但那是因为我们是管理人员，阶级自有其特权。在外面我们无法保持这么强的空调，这就是为什么他们领的薪水比我还多。事实上在达尔，它是薪资最高的工作，这正是我们这里找得到工人的唯一原因。即使如此，热闾工还是越来越难找。"他深深吸了一口气，"好，咱们钻进热锅去吧。"

他自己脱掉短衫，塞进他的腰带。堤沙佛也照做不误，谢顿则有样学样。

林德瞥了铎丝一眼，说道："这样你会比较舒服，夫人，但并非强迫性的。"

"没问题。"铎丝说完，便脱下她的短衫。

她的胸罩是白色的，没有衬里，中间有着可观的开口。

"夫人，"林德说，"那可不是……"他想了一会儿，然后耸耸肩。"没关系，我们过得了关。"

起初，谢顿只注意到电脑与机械装置，包括巨大的输送管、明灭不定的灯光，以及闪烁的萤光幕。

整体的光线相当黯淡，不过机件附近都有充足的照明。谢顿抬起头，望着近乎黑漆漆的环境说："为何不开亮一点？"

"已经够亮了……就此地而言。"林德说。他的声音充满抑扬顿挫；他说得很快，但口气有点严厉。"整体照明保持黯淡是基于心理因素，太亮的话，工人会在心中将光转换成热。要是我们把灯光调亮，即使降低温度，抱怨仍会升高。"

铎丝说：“这里似乎十分电脑化，我认为整个运作都能交由电脑负责。这种环境是人工智能的天下。”

“完全正确，”林德说，“可是我们不敢冒这个险。万一有任何不对劲，我们需要随时有人在场。一台故障的电脑所引起的问题，可以影响到两千公里之外。”

“人为错误也一样糟，难道不是吗？”谢顿说。

“喔，是的，不过既然人类和电脑一块工作，电脑的错误可以较快找出原因，再由人工进行矫正；反之，藉由电脑，人为的错误也能较快修正。这就等于说，除非同时出现人为错误和电脑错误，否则不会发生任何严重问题，而那种情况几乎从未发生过。”

“几乎从未，并不等于从来没有，啊？”谢顿说。

“并非从来没有，而是几乎从来没有。电脑今非昔比，而人也一样。”

“世事似乎一向如此。”谢顿说完，轻轻笑了几声。

“不，不。我不是在怀旧，不是在说过去的美好时光，我说的是统计数据。”

听到这里，谢顿再度想起夫铭所说的：时代正在衰退。

“懂得我的意思了吧？”林德的音量逐渐降低，“那边有一群人，从他们的样子看来，应该是在丙三层的。他们正在喝饮料，没一个在工作岗位上。”

“他们在喝什么？”铎丝问道。

“补充电解质流失的特殊饮料——果汁。”

“你不能怪他们吧？”铎丝忿忿不平地说，“在这种又干又热的环境里，你当然得喝点东西。”

“你可知道一个熟练的丙三工人，喝一罐饮料可以磨多少时间？而我们根本一点办法也没有。如果你只给他们五分钟，并且把大家的休息时间错开，好让他们不会聚成一群，你就等于煽动他们造反。”

现在他们正朝那群人走去。这些工人有男有女（达尔似乎多少是个两性平等的社会），不论男女皆未穿短衫。女性上身穿戴着一种装置，勉强能称为胸罩，但纯粹是功能性的。它的功用是撑起乳房，以增进通风效果，并降低排汗量，却什么也遮不住。

铎丝悄悄对谢顿说：“这样穿有道理，哈里，我那里已经湿透了。”

“那就脱下胸罩，”谢顿说，“我丝毫不会阻止你。”

“不知怎么回事，”铎丝说，“我就猜到你不会。”她还是决定让胸罩留在原处。

他们渐渐接近那群人——总共有十来个。

铎丝说：“如果他们之中有人冒出粗言粗语，我还挺得住。”

“谢谢你，”林德说，“我无法保证他们不会——但我必须介绍你们一番。万一他们误以为你俩是督察员，而且由我陪同，他们会变得难以驾驭。督察员应该自己独立四处探访，不能有管理部门的人在旁监督。”

他举起双臂。“热间工们，我来为你们介绍两个人。他们是来自外界的访客——两位外星人士，两位学者。他们的世界上能源日渐短缺，他们来到这里，来看看我们达尔是怎么做的。他们认为或许能学到些什么。”

“他们会学到怎样流汗。”一名热间工喊道，随即响起一阵刺耳的笑声。

“那女的已经满胸是汗，”一名女工吼道，“竟然那样遮掩起来。”

铎丝吼了回去：“我很想脱掉，但我的胸部没法跟你比。”笑声立即转趋友善。

不料一名年轻男工向前走来，一双深陷的眼睛紧紧盯着谢顿，他的脸孔则活脱是毫无表情的面具。他说："我认识你，你是那个数学家。"

他冲过来，一本正经地忙着审视谢顿的面孔。铎丝自然而然站到了谢顿前面，而林德则站到她身前，并且吼道："退下去，热闾工，注意你的礼貌。"

谢顿说："慢着！让我和他说话。怎么一个个都挤在我前面？"

林德压低声音说："无论他们任何一个走近，你都会发觉他们的味道可不像温室的花朵。"

"我受得了。"谢顿直率地说，"年轻人，你想要做什么？"

"我名叫阿马瑞尔，雨果·阿马瑞尔。我在全息电视上看过你。"

"或许吧，可是又怎么样？"

"我不记得你的名字。"

"你不必记得。"

"你提到一种叫心理史学的东西。"

"你不知道我有多么后悔。"

"什么？"

"没什么，你到底要做什么？"

"我想跟你谈谈，只要一下子就好，就现在吧。"

谢顿望向林德，后者坚决地摇了摇头。"他值班时绝对不行。"

"阿马瑞尔先生，你从什么时候开始轮班？"谢顿问道。

"1600时。"

"你能在明天1400时来见我吗？"

“当然可以，哪里？”

谢顿转头望向堤沙佛。“你准我在你那里见他吗？”

堤沙佛显得非常不高兴。“没这个必要，他只是个热闾工。”

谢顿说：“他认出我来，还知道我的一些事，他不可能只是个普通人。我要在我的房间见他。”然后，由于堤沙佛的表情并未软化，他又补充道，“是在我的房间，我定期付房租的那个房间。而且那时你正在上班，不在公寓里。”

堤沙佛低声道：“不是我的问题，谢顿老爷。而是我太太，凯西莉娅，她不会接受这种事。”

“我会跟她谈，”谢顿绷着脸说，“她一定得接受。”

64

凯西莉娅·堤沙佛杏眼圆睁。“热闾工？不准进我的公寓。”

“为什么不准？何况，他会直接到我的房间来。”谢顿说，“在1400时的时候。”

“我就是不要，”堤沙佛夫人说，“这就是去热闾所招惹的麻烦，吉拉德是个笨蛋。”

“没这回事，堤沙佛夫人。热闾是在我要求下前去的，而且我叹为观止。我必须见这个年轻人，我的学术工作有这个需要。”

“果真如此的话，我感到很抱歉，但我就是不要。”

铎丝·凡纳比里举起右手。“哈里，让我来吧。堤沙佛夫人，如果谢顿博士今天下午必须在他的房间里见一个人，多一个人自然代表得多付房租。我们懂得这个道理，所以说，谢顿博士今天的房租将会加倍。”

堤沙佛夫人想了一想。“嗯，你们真是大方，但这不只是信用点的问题，我还得考虑邻居怎么想。一个满身是汗、臭气冲天的热闾工……”

“堤沙佛夫人，我不信他在1400时会满身是汗、臭气冲天，但请让我继续说下去。既然谢顿博士非见他不可，如果不能在这里见他，他们就必须找别的地方会面。可是我们不能跑来跑去，那样实在太不方便。因此，我们不得不在别处找个房间。这不是容易的事，我们也不想那样做，可是我们别无选择。所以我们会把房租付到今天，然后离开这里。当然啦，我们必须向夫铭老爷解释：他好心好意帮我们做的安排，我们为何无法领情。”

“慢着，”堤沙佛夫人换成一副精打细算的模样，“我们不希望拂逆夫铭老爷……或是你们两位的心意。那东西得待多久？”

“他会在1400时抵达，又得在1600时上工。他在这里待不到两小时，也许还会短得多。我们两人会在外面迎接他，再把他带到谢顿博士的房间。任何邻居看到我们，都会认为他是我们的朋友，是外星人士。”

堤沙佛夫人点了点头。“那就照你说的办吧。今天谢顿老爷的房租加倍，而且那热闾工只准来这么一次。”

“下不为例。”铎丝说。

但是过了一会儿，当谢顿与铎丝一起坐在她的房间时，铎丝却说：“哈里，你为什么一定要见他？会晤一名热闾工对心理史学也很重要吗？”

从她的声音中，谢顿认为自己听出一点讥讽，于是他以锋利的口吻说：“我不必每件事都打着这个伟大计划的招牌，反正我对它并没有什么信心。我也是个有血有肉的人，具有人类的好奇心。我们在热间待了几个小时，你也看到那些工人是什么样子。他们显然没受过教育，他们属于低下阶层——我不打算修饰文字——然而这个人却认出我来。他一定是在我出席十载会议时，从全息电视上看到我的，而且他还记得‘心理史学’这个名称。他令我感到很不寻常，至少是很不相衬，我希望能和他聊一聊。”

“因为连达尔的热间工都认识你，满足了你的虚荣心？”

“这……或许吧。但也引起了我的好奇心。”

“你怎么知道他不是奉命而来，打算引你步入陷阱，就像前两次那样。”

谢顿心头一凛。“我不会让他抚摸我的头发。无论如何，我们这回几乎有了心理准备，对不对？而且我能确定，你会待在我身边。我的意思是，你让我单独到上方去，又让我单独和雨点四十三到微生农场，但你再也不会这样做了，是吗？”

“这点你可以绝对肯定。”铎丝说。

“好吧，那么让我和这个年轻人谈谈，你负责注意可疑的陷阱。我对你有百分之百的信心。”

65

阿马瑞尔提前几分钟抵达，一面走一面谨慎地东张西望。他的头发相当整洁，浓密的八字胡经过梳理，两端微微向上翘起，身上的短衫则是白得惊人。他的确有一股味道，却是一种水果香味，无疑是由于香水用得稍嫌过度。此外，他随身带了一个袋子。

早就等在外面的谢顿轻轻抓住他一只手肘，铎丝则抓住另一只，然后三人便向升降机迅速走去。到了正确楼层之后，他们穿过公寓的外厅，朝谢顿的卧房直奔而去。

阿马瑞尔卑微地低声道："没有人在家，啊？"

"大家都在忙。"谢顿实事求是地说。然后，他指了指房里仅有的一把椅子，那其实是个直接放在地板上的坐垫。

"不，"阿马瑞尔说，"我不需要那个，你们哪位坐吧。"他以优雅的动作蹲坐到地板上。

铎丝模仿着那个动作，坐到那个坐垫旁边。谢顿的坠势却相当笨拙，不得不伸出双手帮忙，而且无法为双腿找到舒适的位置。

谢顿说："好啦，年轻人，你为什么想见我？"

"因为你是一位数学家，是我见到的第一位数学家——近距离见到，我甚至能碰到你，你知道我的意思。"

"数学家摸起来和其他人没有两样。"

"对我而言可不一样，谢……谢……谢顿博士？"

“那正是我的名字。”

阿马瑞尔显得很高兴。“我终于想起来了。你知道吗，我也想成为一位数学家。”

“非常好。有什么困难吗？”

阿马瑞尔突然皱起眉头。“你这话认真吗？”

“我猜想你一定有什么困难。是的，我很认真。”

“困难就在于我是达尔人，而且是达尔的热闾工。我没钱接受教育，也赚不到足够的信用点受教育，我的意思是‘真正的教育’。他们教我的只不过是阅读、计算，以及怎样使用电脑，然后我就足以当个热闾工。可是我要学更多的东西，所以我一直在自修。”

“就某个角度而言，那是最好的教育方式。你是怎么做的？”

“我认识一名图书馆员，她乐意帮助我。她是个非常好心的妇人，教导我如何使用电脑来学习数学。她还建了一个软件系统，让我能联线到其他图书馆。我总是在假日以及早晨下班后到那儿去。有时她会把我锁在她自己的房间，以免我被其他人打扰，而图书馆关闭时她也会让我进来。她自己完全不懂数学，但她尽一切力量帮助我。她有些年纪了，是个寡妇。也许她把我当成她的儿子，她自己没有子女。”

也许，谢顿突然想到，这里面还牵涉到其他的情感。但他随即将这个想法抛到脑后，反正和他毫无关系。

“我喜欢‘数论’。”阿马瑞尔说，“我根据自己从电脑以及影视书所学到的数学，自己做出一些结果。我得到一些新东西，是那些影视书里没有的。”

谢顿扬起眉毛。“真有意思，比如说什么？”

“我特地带来一些，我从来没有给任何人看过。我周围那些人……”他耸了耸肩，“他们不是大笑就是嫌烦。有一次，我把我知道的试着告诉一个女孩，但她只是说我莫名其妙，以后再也不要见我。我拿给你看真的没关系吗？”

“真的没关系，请相信我。”

谢顿伸出一只手。经过短暂的犹豫后，阿马瑞尔将身边的袋子交给了他。

接下来好长一段时间，谢顿都在翻阅阿马瑞尔的稿件。虽然内容极其天真，但他刻意避免掠现任何笑容。他一个一个论证读下去，当然，其中没有任何创见——甚至接近创见的也没有，更找不到任何重要的结果。

不过并没有关系。

谢顿抬起头。“这些全是你自己做出来的吗？”

阿马瑞尔看来有七八分吓呆了，只是一个劲点头。

谢顿抽出几页来。“你是怎么想到的？”他指着某一行数学推论。

阿马瑞尔仔细看了看，皱起了眉头，又想了一想。然后，他开始解释自己的思路。

谢顿听完之后说：“你曾经读过艾南·比格尔写的一本书吗？”

“有关数论的吗？”

“书名是《数学演绎法》，并不是专讲数论的。”

阿马瑞尔摇了摇头。“很抱歉，我从来没听过这个人。”

“三百年前，他就推出了这个定理。”

阿马瑞尔似乎受到当头棒喝。“我不知道这件事。”

“我确定你不知道。不过，你的做法比较高明。虽然不够严密，可是……”

“你所谓的‘严密’是什么意思？”

“这没有关系。”谢顿将稿件重新扎成一捆，再放回那个袋子里。“把这些整个复印几份，然后找个官方电脑，将其中一份打上日期，并且加上电脑化封印。我的这位朋友，凡纳比里夫人，能够帮你申请到某种奖学金，让你免费进入斯璀璘大学就读。你必须一切从头学起，还要修习数学以外的其他课程，但是……”

阿马瑞尔突然倒抽一口气。“进斯璀璘大学？他们不会收我的。”

“为什么不会？铎丝，你能帮他安排，对不对？”

“我确定可以。”

“不，你办不到。”阿马瑞尔激动地说，“他们不会收我的，我是个达尔人。”

“那又怎样？”

“他们不会收达尔的同胞。”

谢顿望向铎丝。“他在说些什么？”

铎丝摇了摇头。“我真的不知道。”

阿马瑞尔说：“夫人，你是一位外星人士。你在斯璀璘待了多久？”

“两年多一点，阿马瑞尔先生。”

“你在那里见过任何达尔人吗——矮个子，黑色鬈发，粗大的八字胡？”

“那里各式各样造型的学生都有。”

“可是没有达尔人，下次你再仔细看一看。”

“为什么没有？”谢顿问道。

“他们不喜欢我们，我们看来不一样，他们不喜欢我们的八字胡。”

“你可以剃掉你的……”对方激愤的目光，让谢顿的声音陡然中断。

“休想，我为什么要那样做？八字胡是我的男性象征。”

“你剃掉了下面的胡须，那同样是你的男性象征。”

“对我的同胞而言，八字胡才是。”

谢顿再度望向铎丝，并低声抱怨：“光头，八字胡……愚昧行为。”

“什么？”阿马瑞尔气呼呼地说。

“没什么。告诉我，达尔人还有什么是他们不喜欢的。”

“他们创造出许多不喜欢的事。他们说我们有臭味，说我们肮脏，说我们偷窃，说我们暴戾，还说我们愚蠢。”

“他们为何这样说？”

“因为说说很容易，而且会让他们觉得舒服。如果在热间里头工作，我们当然会变脏变臭。如果贫穷而又不得翻身，有些人难免就会行窃，并且染上暴戾之气，不过并非我们大家都是那样。那些居住在皇区，认为他们拥有整个银河——不，的确拥有整个银河的黄发高个子又有什么了不起。他们绝不会有暴戾之气吗？他们从来不偷窃吗？假使让他们做我的工作，他们同样会发出臭味；假使他们必须过着像我一样的生活，他们也会变得肮脏。”

“谁能否认世界上有形形色色不同的人？”谢顿说。

“没人议论这一点！他们视之为理所当然。谢顿老爷，我一定得离开川陀。我在川陀没有任何机会，无法赚到信用点，无法接受教育，无法成为一位数学家，无法成为任何人物，只能是他们所谓的……一个没用的废物。”最后半句，他是在挫折与绝望中说出来的。

谢顿试图和他说理。“租给我这间房的就是个达尔人，他有个干净的工作，而且受过教育。”

“喔，当然。”阿马瑞尔慷慨激昂地说，“是有些这种人。他们让少数人出人头地，这样他们就能说那是办得到的。那些少数人只要不离开达尔，他们就能活得很好。让他们到外面去一趟，他们就会晓得将受到何等待遇。关起门来的时候，他们把我们其他人视同粪土，这样他们就会觉得舒服。在他们自己眼中，他们也成了黄发阶级。租给你这个房间的那位好好先生，当你告诉他要带一个热闾工进来的时候，他有没有说些什么？他有没有说我像个什么？他们现在都走光了……不愿意和我待在同一个地方。”

谢顿舔了舔嘴唇。“我不会忘记你的。一旦我自己回到赫利肯，我保证会设法让你离开川陀，进入我的那所大学就读。”

“你答应这件事吗？你以荣誉担保？虽然我是个达尔人？”

“你是不是达尔人对我并不重要，重要的是你已经是一位数学家！但是你告诉我的这些事，我仍然无法完全理解。对于善良的族群竟有如此非理性的情绪，我觉得实在难以置信。”

阿马瑞尔以挖苦的口吻说：“那是因为你从来没有任何机会，让自己对这种事发生兴趣。由于对你毫无影响，它们从你的鼻端通过，你却可以什么也闻不到。”

铎丝说：“阿马瑞尔先生，谢顿博士和你一样是数学家，他的脑袋有时会在九霄云外，这点你必须了解。然而，我是一位历史学家。在我看来，一群人瞧不起另一群人并没有什么不寻常。有些特殊的、几乎已成惯例的仇恨，根本就没有任何理性依据，而且会在历史上造成严重的影响。这实在太糟了。”

阿马瑞尔道：“说某件事‘太糟了’倒很容易。你说你不敢苟同，这就使你成了好人，然后你就可以专心自己的事，再也不关心这个问题。这要比‘太糟了’还要糟得多，它和所有高尚而自然的事物背道而驰。我们大家都一样，不论是黄发或黑发，高或矮，东方人、西方人、南方人或外星人士。我们都是一家人，无论你我，甚至皇帝，通通是地球人的后裔，对不对？”

“什么的后裔？”谢顿问道。他转身望向铎丝，双眼张得老大。

“地球！”阿马瑞尔喊道。“诞生人类的那颗行星。”

“一颗行星？只有一颗行星？”

“唯一的行星，这还用说，就是地球。”

“你所谓的地球，指的是奥罗拉吧？”

“奥罗拉？那是什么？我指的就是地球。你从来没听过地球吗？”

谢顿答道：“其实不能算有。”

“它是个神话世界……”铎丝说到一半便被打断。

“不是神话，它是一颗真实的行星。”

谢顿叹了一口气。“我以前也听过这一套。好吧，让我们从头再来一遍。达尔是不是有一本书，里面提到地球？”

“什么？”

“那么，某种电脑软件？”

“我不知道你到底在说些什么。”

“年轻人，你是从哪里听说地球的？”

“我爸爸告诉我的。人人都听说过。”

“有没有什么人对它特别了解？你们在学校里学过吗？”

“那里对地球一字不提。”

“那么人们是怎么知道的？”

阿马瑞尔耸了耸肩，仿佛面对着一个无中生有的烦人问题。“就是人人都知道。如果你想听这方面的故事，可以去找瑞塔嬷嬷，我还没听到她去世的消息。”

“你妈妈？你怎么不知道……”

“她并不是我妈妈，只是他们都这样叫她，瑞塔嬷嬷。她是个老妇人，住在脐眼，至少以前住在那里。”

“那地方在哪里？”

“朝那个方向一直走。”阿马瑞尔说，一面做了一个含糊的手势。

“我该怎么去那里？”

“去那里？你不会想去那里，否则你将有去无回。”

“为什么？”

“相信我，你不会想去那里。”

“可是我希望见见瑞塔嬷嬷。”

阿马瑞尔摇了摇头。“你会用刀吗？”

“做什么用？什么样的刀？”

“切东西的刀，像这一把。”阿马瑞尔伸手向下，抓住那条紧紧系着裤子的皮带。皮带的一节随即脱落，一端闪出一把利刃，它又薄又亮，足以取人性命。

铎丝立刻出手，用力抓住他的右腕。

阿马瑞尔哈哈大笑。“我不是要动手，只是亮出来给你们看看。”他将刀子插回皮带，“你需要一把来自卫，如果你没有，或者虽有却不会使用，你就无法活着离开脐眼。总之，”他忽然变得非常严肃，非常急切。“你说要帮助我去赫利肯，此话的确当真吗，谢顿老爷？”

“百分之百当真，那是我的承诺。写下你的名字，还有怎样用超波电脑联络到你。我想你该有扯码吧。”

“我在热间的岗位上有一个，可以吗？”

“可以。”

“好啦，”阿马瑞尔一面说，一面抬起头，一本正经地望着谢顿。“谢顿老爷，这就代表我的未来全部寄托在你身上，所以拜托你千万别去脐眼。万一马上就失去你，我可承受不起这种损失。”他又将恳求的目光转向铎丝，并轻声道，“凡纳比里夫人，如果他肯听你的，就不要让他去。拜托了！”

第十四章

脐 眼

达尔：……奇怪得很，本区最出名的一环竟是脐眼——一个近乎传奇的地方，曾孕育出数不尽的传说。事实上，某些传说已经形成一个完整的文学派别，其中的主角与冒险家（或牺牲者）必须挑战穿越脐眼的危险。由于这些故事变得太过刻板，因此有一则流传甚广而且想必真实的传说，反倒因而显得荒诞不经。那是哈里·谢顿与铎丝·凡纳比里的一次脐眼历险……

——《银河百科全书》

66

当哈里·谢顿与铎丝·凡纳比里再度独处时，铎丝语重心长地问道：“你真打算去见那个叫‘嬷嬷’的女人？”

“我正在盘算呢，铎丝。”

“你是个怪人，哈里，你似乎稳定地每况愈下。当初在斯璀璘，你为一个合理的目的到上方去，而且那样做好像没什么害处。后来在麦曲生，你闯进长老阁，那是一项危险许多的行动，为的却是一个愚蠢许多的目的。如今在达尔，你又想去那个地方，那年轻人似乎认为简直就是自杀，然而这件事根本毫无意义。”

“我对他提到的地球感到好奇。若有任何蹊跷，我一定要弄清楚。”

铎丝说：“它只是个传奇，内容甚至不算有趣。那是老生常谈，不同的行星上使用不同的名称，不过内容完全相同。有关起源世界和黄金时代的传说，随时随地层出不穷。处身于复杂而邪恶的社会，人们几乎一致渴望一个想必单纯而且良善的过去。就某个角度而言，所有的社会都是这样，因为人人都在想象自己的社会太复杂、太邪恶，不论它实际上多么单纯。把这点记下来，放进你的心理史学中。”

“即使如此，”谢顿说，“我还是得考虑某个世界真正存在过的可能性。奥罗拉……地球……名称并不重要。其实……”

他顿了许久，最后铎丝终于说：“怎么样？”

谢顿摇了摇头。“你记不记得在麦曲生的时候，你对我说过一个毛手毛脚的故事？当时我刚从雨点四十三那里拿到那本典籍……嗯，前两天傍晚，我们正在和堤沙佛一家聊天的时候，它又突然在我的脑海浮现。我说的什么事提醒了我自己，有那么一瞬间……”

“提醒你什么？”

“我记不得了。它钻进我的脑袋，马上又钻了出去。可是不知道怎么搞的，每当我想到那个‘单一世界’的概念，我就觉得好像摸到什么东西，然后又让它溜掉了。”

铎丝惊讶地望着谢顿。“我想不到那会是什么。毛手毛脚的故事和地球或奥罗拉并无任何关联。”

“我知道，可是这件……事情……这件在我的心灵边缘徘徊的事情，似乎就是和这个单一世界有关。而且我有一种感觉，我必须不惜任何代价，找出更多关于这个世界的资料。此外……还有机器人。”

“还有机器人？我以为长老阁已经为它划上句点。”

“根本没有，我还一直在想呢。”他带着困惑的表情，凝视铎丝良久，然后又说，“可是我并不确定。”

“确定什么，哈里？”

不过谢顿只是摇着头，并没有再说什么。

铎丝皱了皱眉头，然后说：“哈里，让我告诉你一件事。在严肃的史学中——相信我，我知道自己在说些什么——从来没有提到过有个起源世界。它是个广为流传的信仰，这点我承认。我指的不只是迷信民间传说的天真信徒，例如麦曲生人和达尔的热间工。还有许多生物学家，也都坚称必定有个起源世界，但所持的理由远超出我的专业领域。此外还有些倾向神秘主义的历史学家，也喜欢对它做些臆测。而在有闲阶级的知识分子之间，据我了解，这种臆测已逐渐变成时尚。话说回来，学院派的史学对它仍旧一无所知。”

谢顿说：“既然这样，或许我们更有理由超越学院派的史学。我要找的只是一个能为我简化心理史学的机制，我不在乎那是什么机制，无论是数学技巧、历史技巧，或是某种全然虚无的东西都好。刚刚和我们晤谈的那个年轻人，倘若多受过一点正规训练，我就会把这个问题交给他。他的思考具有不少的巧思和原创性……”

铎丝道：“这么说，你真准备帮助他？”

“一旦我有这个能力，义不容辞。”

“可是，你该承诺一些无法确定能否兑现的事吗？”

“我很想兑现。如果你对不可能的承诺那么斤斤计较，想想夫铭是怎么对日主十四说的。他说我会用心理史学帮麦曲生人重建他们的世界，这个机会根本等于零。即使我果真完成心理史学，谁又晓得能不能用在如此狭隘而特定的目标上？要说无法兑现的承诺，这是个现成的实例。”

铎丝却带着一点火气说：“契特·夫铭是在试图救我们的命，让我们不至落入丹莫刺尔和大帝手中。可别忘了这一点。而且我认为，他真的希望帮助那些麦曲生人。”

“而我真的希望帮助雨果·阿马瑞尔。何况，比起那些麦曲生人，我能帮助他的可能性要大得多，所以如果你认可前者，拜托别再批评后者。此外，铎丝，”他的双眼闪现怒火，“我真的希望找到瑞塔嬷嬷，我已准备好独自前往。”

“绝不！”铎丝突然吼道，“你去我就去。”

67

阿马瑞尔离去一小时之后，堤沙佛夫人牵着女儿一块回来。她没有对谢顿或铎丝说半句话，仅仅在他们和她打招呼时随便点了点头，并且以锐利的目光扫描整个房间，仿佛要确定那名热闾工未曾留下任何痕迹。接着她猛嗅了一阵子，又以兴师问罪的眼光望向谢顿，这才穿过起居室走到主卧房。

堤沙佛自己则较晚回家。等到谢顿与铎丝来到餐桌旁，堤沙佛趁着妻子还在张罗晚餐最后的细节，刻意压低声音说："那人来过了吗？"

"又走了。"谢顿严肃地说，"你太太当时也不在。"

堤沙佛点了点头，又说："你还需要这么做吗？"

"我想不会了。"谢顿答道。

"很好。"

晚餐几乎都在沉默中进行。但在晚餐过后，当小女孩回到自己的房间，去练习并不一定有趣的电脑时，谢顿仰靠着，开口道："跟我说说脐眼吧。"

堤沙佛显得颇为讶异，他的嘴巴一开一合，但未发出任何声音。然而，凯西莉娅却没那么容易目瞪口呆。

她说："你的新朋友住在那里吗？你准备去回访？"

"目前为止，"谢顿平静地说，"我只是提到脐眼而已。"

凯西莉娅尖声说道：“那是个贫民窟，住在那里的都是渣滓。没有人到那里去，只有秽物才把那里当自己的家。”

“据我所知，有位瑞塔嬷嬷住在那儿。”

“我没听过这个人。”凯西莉娅说完，随即“啪”地一声闭上嘴巴。她的意思相当明显，她不想知道任何住在脐眼的人叫什么名字。

堤沙佛一面不安地望着妻子，一面说道：“我倒听说过。她是个疯癫的老妇人，据说靠算命为生。”

“她住在脐眼吗？”

“我不知道，谢顿老爷，我从未见过她。她做出预言的时候，全息新闻偶尔会提到。”

“预言成真了吗？”

堤沙佛嗤之以鼻。“哪里有成真的预言？她的预言甚至毫无意义。”

“她曾经提到过地球吗？”

“我不知道，即使有我也不会惊讶。”

“提起地球并没有让你摸不着头脑。你知道有关地球的事吗？”

这时堤沙佛才显出惊讶的表情。“当然啦，谢顿老爷。大家都来自那个世界……据说如此。”

“据说如此？你不相信吗？”

“我？我受过教育。但许多无知民众都相信。”

“有没有关于地球的影视书？”

“儿童故事有时会提到地球。我记得，当我还是小孩的时候，我最喜欢的故事是这样开头的：‘很久以前，在地球上，当时地球还是唯一的行星……’凯西莉娅，记得吗？你也喜欢这个故事。”

凯西莉娅耸了耸肩，不愿就此软化。

“我希望改天能看一看，”谢顿说，“但我是指真正的影视书……喔……学术性的……或是影片……或是打印出的资料。”

“我从未听说有这种东西，不过图书馆……”

“我会去试试看——有没有任何禁忌不准提到地球？”

“禁忌是什么？”

“我的意思是，有没有一个强烈的习俗，不准人们提到地球，或是不准外人问起？”

堤沙佛的讶异看来如此实实在在，似乎毫无必要等待他的回答。

铎丝插嘴道：“有没有什么规定，不准外人前往脐眼？”

这时堤沙佛变得一本正经。“没有什么规定，但任何人到那里去都是不智之举。我自己就绝对不会去。”

铎丝问：“为什么？”

“那里充满危险，充满暴力！人人携带武器——我的意思是，虽然达尔人惯常武装自己，可是在脐眼他们真的使用武器。留在这个社区，这里才安全。”

“目前为止如此。”凯西莉娅以阴郁的口吻说，“我们最好还是远走高飞吧，这年头热间工无处不在。”说完，她又朝谢顿的方向白了一眼。

谢顿道：“你说达尔人惯常武装自己，这是什么意思？帝国政府早有管制武器的强硬规定。”

“我知道。”堤沙佛说，“这里并没有麻痹枪或震波武器，也没有心灵探测器或任何类似的东西，可是我们有刀。”他看来有些尴尬。

铎丝说：“堤沙佛，你随身带刀吗？”

“我？”他现出厌恶至极的表情，“我是个爱好和平的人，而且这是个安全的社区。”

“我们家里藏了几把。”凯西莉娅一面说，一面又哼了一声，“我们并不那么确定这是个安全的社区。”

“是不是人人都随身带刀？”铎丝问道。

“凡纳比里夫人，的确几乎人人都带。”堤沙佛说，“这是一种习俗，但不代表人人都用得到。”

“不过我想，脐眼的人却用得到。”铎丝说。

“三天两头。他们激动时，就会打起来。”

“政府准许这种事吗？我的意思是帝国政府？”

“他们偶尔会试图把脐眼扫干净，可是刀子太容易藏匿，而且习俗太过根深蒂固。此外，被杀害的几乎总是达尔人，我想帝国政府不会为这种事太操心。”

“万一被杀的是个外人呢？”

“倘若有人报案，帝国官员可能也会激动。不过实际上，绝不会有人看到或知道任何事。帝国官员有时会根据普通法令围捕民众，但他们向来无法证明任何事。我想在他们看来，外人到那里去是自己找死。所以即使你有刀，也别去脐眼吧。”

谢顿颇为烦躁地摇了摇头。“我不会带着刀去。我不知道如何使用，一点也不熟练。”

“那么很简单，谢顿老爷，不要进去。”堤沙佛忧心忡忡地摇了摇头，“总之不要进去。”

“我可能也无法从命。”谢顿说。

铎丝气呼呼地瞪着他，显然是不耐烦了，她索性对堤沙佛说：“哪里才能买到刀子？或是能借用你们的吗？”

凯西莉娅随即答道：“没有人借用别人的刀子，你必须自己买。”

堤沙佛说：“卖刀的店到处都有。其实不该这样，你知道吧，理论上这是不合法的。然而，任何家电商店都有出售。你只要看到展示着一台洗衣机，就准没错。”

“还有，要怎样去脐眼？”谢顿问道。

“搭乘捷运。”堤沙佛望着铎丝的愁容，显得不知如何是好。

谢顿说：“我抵达捷运站之后呢？”

“搭上向东的列车，注意沿途的路标。不过假如你非去不可，谢顿老爷，”堤沙佛迟疑了一下，又说，“你一定不能带着凡纳比里夫人。妇女有时会有……更糟的下场。”

“她不会去的。”谢顿说。

“只怕她会去。”铎丝带着沉稳的决心说道。

68

用品店老板的八字胡显然和年轻时代一样浓密，只是如今已经斑白，虽说他的头发乌黑依旧。他一面凝视着铎丝，一面伸手将那两撇胡子往后梳，全然是一种习惯性动作。

他说：“你不是达尔人。”

“没错，但我仍想要一把刀。”

他说：“卖刀是违法的。”

铎丝说：“我不是女警，也不是任何一种政府特务。我是要到脐眼去。”

他意味深长地瞪着她。“一个人？”

“和我的朋友一起。”她将拇指朝肩后一甩，指向谢顿的方向，他正绷着脸等在外面。

“你是要帮他买？”他瞪了谢顿一眼，很快便做出判断。“他也是个外人，让他自己进来买。”

“他也不是政府特务，而且我买刀是给自己用。”

老板摇了摇头。“外人可都很疯狂。但你若想花掉些信用点，我不介意从你手中接过来。”他从柜台下面掏出一根粗短的圆棒，再以行家的动作轻轻一转，刀锋便立刻冒出来。

“这刀是你店里最大的一款吗？”

“是最好的女用刀。”

“拿一把男用的给我看看。”

“你不可能想要一把太重的刀。你知道怎样使用这种家伙吗？”

“我可以学，而且我不担心重量。拿一把男用的给我看看。”

老板微微一笑。“好吧，既然你想要看——”他从柜台的更下一层，拿出另一根粗得多的圆棒。然后他随手一扭，一把看来活像屠刀的利刃便出现了。

他将那把刀转过来，握把朝前交给她，脸上仍旧带着微笑。

她说：“示范一下你是怎么扭的。”

他用这把大刀为她示范，慢慢扭向一侧刀锋便会显现，扭向另一侧便能令它消失。“一面扭一面压。”他说。

“老板，再做一遍。”

老板遵命照办。

铎丝说：“好啦，收起来，再把刀柄丢给我。”

他依言照做，刀子缓缓画出一道弧线。

她接住后又还了回去，并且说：“快一点。”

老板扬起眉毛，然后在毫无预警的情况下，反手将刀丢向她的左侧。她并未试图伸出右手，而是直接用左手接住。刀锋立刻冒出头来，下一刻又随即消失。老板看得张口结舌。

“这是你店里最大的一款？”她问道。

“是的。你若试图用这把刀，必会令你筋疲力尽。”

“我会多做深呼吸。我还要一把。”

“给你的朋友？”

“不，给我自己。”

“你打算使双刀？”

“我有两只手。”

老板叹了一声。“夫人，奉劝你离脐眼远一点。你不知道他们那里怎样对付女人。”

“我猜得到。我该怎样将这两把刀插进皮带里？”

“夫人，你身上那条皮带不行，那不是刀带。不过，我可以卖一条给你。”

“能装两把刀吗？”

“我应该还有一条双刀带，它们的需求量不大。”

“我现在就有需求。”

“我也许没有你要的尺寸。”

“我们会把它切短，或是想别的办法。”

“你得付出许多信用点。”

“我的信用瓷卡付得起。”

等到她终于走出来，谢顿以酸酸的口气说：“这条笨重的皮带令你看来真滑稽。”

“真的吗，哈里？是不是太滑稽了，不配跟你到脐眼去？那我们就一同回公寓吧。”

“不，我要自己去。我自己去会比较安全。”

铎丝说：“哈里，这样说一点用也没有。让我们一起向后转，否则就一起向前走。不论在任何情况下，我们都不会分开。”

此时，她的蓝眼珠所透出的坚决眼神，她的嘴角所弯成的弧度，以及她双手放在腰际刀柄上的姿势，在在使谢顿相信她是认真的。

“很好，”他说，“但如果你活着回来，又如果我还能见到夫铭，那么，要我继续研究心理史学的条件就是让你消失——虽然我越来越喜欢你。你能了解吗？”

铎丝突然露出微笑。“忘掉这码事吧，别把你的骑士精神用在我身上。无论如何我都不会消失的，你能了解吗？”

69

看到“脐眼”这个路标在半空闪烁，他们两人便下了捷运。路标第一个字左侧污损了，只剩下一个黯淡的光点，这也许正意味着这是个什么样的环境。

走出车厢之后，他们沿着下面的人行道前进。此时刚过正午，乍看之下，脐眼似乎很像他们居住的那一带达尔区。

然而，空气中有一种刺激性的气味，人行道处处可见乱丢的垃圾。由此即可看出，附近绝对见不到自动扫街器。

此外，虽然人行道看来相当普通，此地的气氛却令人很不舒服，有如扭得太紧的弹簧那般紧绷。

或许是因为人的关系。行人的数目似乎还算正常，但谢顿心想，他们却和其他地方的行人不一样。通常，在工作压力下，每个行人心中都只有自己；置身川陀无数大街小巷的无数人群中，就心理层面而言，人们唯有忽略他人才能活下去。例如目光绝不流连，大脑完全封闭。人人罩在一团自制的浓雾里，也能获得一种人工的隐私。反之，在那些热衷于黄昏漫步的社区中，则充满一种仪式化的亲切感。

但在脐眼这里，至少对外人而言，却是既没有亲切感也没有漠然的回避。每个擦身而过的人，不论是来是往，都会转头朝谢顿与铎丝瞪上一眼。每对眼睛仿佛都有隐形绳索系在这两个外人身上，带着恶意紧追着他们不放。

脐眼人的衣着较为肮脏和老旧，有些还已经破损。这些衣服都带着一种没洗干净的晦暗，令谢顿不禁对自己光鲜的新衣感到不安。

他说："照你想来，瑞塔嬷嬷会住在脐眼哪里？"

"我不知道。"铎丝说，"你把我俩带到这里，所以应该由你来想。我打算专注于保镖的工作，我想我会发现确有必要只做这一件事。"

谢顿说："而我认为确有必要随便找个路人问问，但我又不太想这么做。"

"我不会怪你的，我也认为你找不到任何愿意帮助你的热心人士。"

"话说回来，别忘了还有少年这种东西。"谢顿随手指了指其中一个。那个男孩看来大约十二岁，总之尚未蓄起成年男子不可或缺的八字胡。他已停下脚步，正盯着他们两人。

铎丝说："你是在猜想，那种年纪的男孩尚未完全发展出脐眼人对外人的厌恶。”

“至少，”谢顿说，“我猜想他的年纪还小，不至于完全发展出脐眼的暴力倾向。我想如果我们走近他，他可能会拔腿就跑，在老远的地方高声辱骂，但我不信他会攻击我们。”

谢顿提高音量说：“年轻人。”

男孩向后退了一步，继续瞪着他们两人。

谢顿说：“到这里来。”同时招了招手。

男孩说：“哥儿们，干啥？”

“好让我能向你问路。走近一点，好让我不必大吼大叫。”

男孩向前走了两步。他的脸孔脏兮兮，一双眼睛却明亮而敏锐。他的凉鞋式样与众不同，短裤的一侧还有个大补丁。他说：“啥样的路？”

“我们想要找瑞塔嬷嬷。”

男孩的眼睛亮了起来。“哥儿们，干啥？”

“我是一名学者。你知道学者是什么吗？”

“你上过学？”

“没错。你没有吗？”

男孩不屑地向一旁啐了一口。“没。”

“我有事要请教瑞塔嬷嬷，希望你能带我去找她。”

“你要算命？哥儿们，你穿着拉风的衣服来脐眼，连我都能帮你算命——霉运当头。”

“年轻人，你叫什么名字？”

“跟你何干？”

“好让我们能以更友善的方式交谈，好让你可以带我去瑞塔嬷嬷的住处。你知道她住在哪里吗？”

“也许知，也许不知。我叫芮奇，如果我带你去，有什么好处？”

“芮奇，你想要什么？”

男孩的目光停留在铎丝的腰带上，他说：“这大姐带着双刀。给我一把，我就带你去找瑞塔嬷嬷。”

“那是成人用的刀，芮奇，你的年纪还太小。”

“那么我猜我的年纪也太小，不会知道瑞塔嬷嬷住在哪里。”说完他抬起头，透过遮住眼睛的乱发狡猾地望向对方。

谢顿开始感到不安，再这样下去，可能会引来一群人。已经有几名男子停下来，但在发现似乎没有什么看头之后，他们又全都掉头离去。然而，倘若这个男孩发起脾气，以言语或行动攻击他们，路人无疑会群聚过来。

他微微一笑。“芮奇，你识字吗？”

芮奇又啐了一口。“不！谁要识字？”

“你会用电脑吗？”

“会说话的电脑吗？当然，人人都会。”

“那么，我告诉你怎么办。你带我到最近的一家电脑店，我帮你买一台属于你自己的小电脑，以及一套能教你识字的软件。几个星期后，你就识字了。”

谢顿发觉男孩的眼睛似乎为之一亮，但即便如此，那目光随即又转趋强硬。“不，不给刀子就拉倒。”

“芮奇，关键就在这里。你自己学识字，别告诉任何人，就能让大家吃一惊。过一阵子之后，你可以打赌说你会识字，和他们赌五个信用点。这样你就能赢得不少零用钱，就可以帮自己买把刀子。”

男孩犹豫了一下。“不！没人会和我打赌，没人有信用点。”

“只要你识字，就能在刀店找到一份工作。你把工资存起来，就可以用折扣价买一把刀。这样好不好？”

“你什么时候去买会说话的电脑？”

“马上去，但要等我见到瑞塔嬷嬷再给你。”

“你有信用点？”

“我有信用瓷卡。”

“我们一起去买电脑吧。”

电脑的交易进行得很顺利，但是当男孩伸出手的时候，谢顿却摇了摇头，并将它放进自己的袋囊。“芮奇，你得先带我去找瑞塔嬷嬷。你确定知道能在哪儿找到她吗？”

芮奇刻意流露出不屑的表情。“我当然确定。我会带你到那儿去，只不过我们到了之后，你最好把电脑给我。否则我会找些相熟的哥儿们，去追你和这个大姐，所以你最好小心点。”

“你不必威胁我们。”谢顿说，“我们会履行我方的义务。”

芮奇带着他们沿人行道快步走去，穿过了许多好奇的目光。

谢顿一路上一言不发，而铎丝也一样。不过相较之下，铎丝并非在想什么心事，她显然一直在警戒着周遭的人群。对于那些转头望向他们的路人，她总是以直勾勾的凶狠眼神接触他们的目光。有好几次，当他们身后传来脚步声时，她都立刻转头怒目而视。

然后芮奇停了下来，说道：“就在这里。你瞧，她不是无家可归。”

他们跟着他进入一组公寓群。谢顿本想在心中默记走过的路线，以便待会儿能自行找到出路，却很快就迷失了方向。

他说：“芮奇，你怎么知道这些巷道该走哪一条？”

男孩耸了耸肩。“打从小时候，我就在这些巷道中游荡。”他说，“而且，这些公寓都有号码——除非脱落——还有箭头和其他东西。只要知道这些窍门，你就不可能迷路。”

芮奇显然深通这些窍门，于是他们逐渐深入公寓群。徘徊不去的是一种完全腐朽的气氛，瓦砾堆无人清理，一闪而过的居民对外人入侵表露出明显恨意。又皮又野的少年沿着巷道奔跑追逐，似乎正在玩某种游戏。当他们的飞球险些击中铎丝时，有些还大叫道："嘿，让路！"

最后，芮奇停在一扇斑驳的深色大门之前，门上微微闪着"2782"这组数字。

"这里就是。"他一面说，一面伸出手来。

"我们先看看谁在里面。"谢顿轻声道。他按下讯号钮，却没有任何反应。

"没用。"芮奇说，"你得捶门，捶得很响才行。她的耳朵不太好。"

于是谢顿握拳猛击门板，果然听到里面有了动静。一个尖锐的声音传出来："谁要见瑞塔嬷嬷？"

谢顿喊道："两名学者！"

他将小电脑连同附带的软件套件一起扔给芮奇，芮奇一把抓住，咧嘴一笑，便快步跑走了。然后谢顿转过头来，面对着打开的门与门后的瑞塔嬷嬷。

70

瑞塔嬷嬷或许已有七十好几，但她的脸孔乍看之下似乎没有那么老。她的面颊丰满，嘴巴不大，轻微的双下巴则又小又圆。她个子非常矮——还不到一米五，却有一副粗壮的身躯。

不过她的双眼周围有着细微的皱纹。每当她微笑的时候，例如见到他们之后的那一笑，脸部其他各处的皱纹也会绽露出来。此外，她的行动有些困难。

“进来，进来。”她一面以轻柔高亢的声音这么说，一面眯着眼睛凝视他们两人，仿佛她的视力也开始减退了。“外人……甚至还是外星人士，我说对了吗？你们身上似乎没有川陀的气味。”

谢顿真希望她未曾提到气味。这间过分拥挤的公寓发出一股食物的怪味，那是一种几乎接近腐臭的味道。屋内还有许多四处乱丢的小东西，都是一些看来陈旧而且盖满灰尘的物品。这里的空气如此浓浊粘稠，他可以确定即使离开这里之后，衣服上仍会带着这种强烈的气味。

他说：“瑞塔嬷嬷，你说对了。我是来自赫利肯的哈里·谢顿，我的朋友是来自锡纳的铎丝·凡纳比里。”

“好。”她一面说，一面在地板上寻找一个空位，以便邀请他们坐下，可是却找不到合适的角落。

铎丝说：“嬷嬷，我们乐意站着。”

"什么？"她抬起头望着铎丝，"孩子，你说话必须中气十足。我的听力不再像你这个年纪时那么好了。"

"你为什么不弄个助听装置？"谢顿提高音量说。

"谢顿老爷，那没什么帮助。好像是神经方面的毛病，我却没钱去做神经重建。你们是来向瑞塔老嬷嬷请教未来之事？"

"并不尽然。"谢顿说，"我是来请教过去之事。"

"好极了。判断人们想听些什么可不容易。"

"那必定是一门高深的技艺。"铎丝微笑着说。

"看来容易，可是必须令人心服口服。我就靠它为生。"

"如果你有刷卡插座，"谢顿说，"我们会付你合理的酬劳。只要你告诉我们有关地球的事，其中没有为了满足我们而巧妙编织的话语——我们希望听的是事实。"

老妇人本来一直在屋里踱来踱去，东摸摸西弄弄，仿佛要将房间弄得更漂亮，更适合招待两位来访的贵客。此时她忽然停下来，说道："你要知道有关地球的什么事？"

"首先，它究竟是什么？"

老妇人转过身来，目光似乎投射到太空中。当她开始说话的时候，她的声音变得又沉又稳。

"它是一个世界，是一颗非常古老的行星。它遭人遗忘，如今下落不明。"

铎丝说："它并非历史的一部分，这点我们还知道。"

"孩子，它比历史更为古老。"瑞塔嬷嬷严肃地说，"它存在于银河的黎明期，以及黎明期之前。当时它是唯一拥有人类的世界。"她坚定地点了点头。

谢顿问道："地球的别名是不是……奥罗拉？"

这时，瑞塔嬷嬷的脸孔突然皱成一团。"这个名字你是从哪里听来的？”

“在我东闯西荡中。我听说，有个古老而遭人遗忘的世界名叫奥罗拉，上面的人曾经享有太初的平静岁月。”

“那是个谎言！”她擦了擦嘴，仿佛要将刚刚听到的东西从嘴边抹去。“你提到的那个名字绝对不可再提，它只能指邪恶之地，它是邪恶的源头。在邪恶之地与其姐妹世界登场之前，地球一直是独一无二的。邪恶之地几乎毁灭了地球，但是地球最后团结起来，借着一些英雄的帮助，终于摧毁了邪恶之地。”

“地球的历史早于这个邪恶之地，这点你确定吗？”

“早得太多了。地球曾在银河系独处了数万年——乃至数百万年。”

“数百万年？人类在其上生存了数百万年，当时其他的世界都没有人？”

“那是事实，那是事实，那是事实！”

“但你又是如何知道这些的？这些都在一个电脑程序里吗？或是在一份列印表中？你有任何东西能让我读一读吗？”

瑞塔嬷嬷摇了摇头。“我从母亲那里听来这些古老的故事，她又是从她的母亲那里听来的，就是这样一脉相传。我没有子女，所以我把这些故事说给别人听。但它仍有可能就此失传，这是个失去信仰的时代。”

铎丝说：“嬷嬷，这很难讲。还是有人推论史前时代的种种可能，并且研究那些失落世界的相关传说。”

瑞塔嬷嬷伸出手臂做了一个动作，仿佛是要扫开那句话。“他们用冷眼面对这个问题。那是学术，他们试图将它融入既有的概念。有关大英雄笆雳的故事，我可以跟你说上一年，可是你不会有那么多时间听，我也没有那么多精力讲。”

谢顿道：“你听说过机仆吗？”

老妇人突然抖了一下，她的声音则几乎变作尖叫。“你、为、何、要、问、这、种、事？那种东西是人工的人类，是那些邪恶世界的产物，本身就是一种邪恶。它们早就遭到毁灭，再也不该提起。”

“有一个特殊的机仆，是那些邪恶世界憎恨的对象，对不对？”

瑞塔嬷嬷蹒跚地走向谢顿，紧紧盯着他的双眼。他甚至感觉得到她的热气喷在自己脸上。“你是专门来愚弄我的吗？你已经知道这些事，还偏偏要问？你为什么要问？”

“因为我希望知道。”

“曾有一个人工的人类帮助过地球。他名叫答霓，是笆劳的朋友。他从来没死，一直活在某个角落，等待着他的时代重返。没有人知道会是什么时候，不过总有一天他会回来，来复兴那个伟大的古老时代，并除去所有的残酷、不义和悲惨。那是他的承诺。”说到这里，她闭上眼睛，露出微笑，好像回想起……

谢顿默默等了一会儿，然后叹了一口气。“谢谢你，瑞塔嬷嬷，你对我有很大的帮助。我该付你多少酬劳？”

“很高兴能遇见外星人士。”老妇人答道，“十个信用点。我有荣幸招待你们一些茶点吗？”

“不用了，谢谢你。”谢顿一本正经地说，“请收下二十点。你只要告诉我们怎样从这里回到捷运站。还有，瑞塔嬷嬷，如果你能把有关地球的传说录进电脑磁片，我会付你很好的价钱。”

“我需要花很多力气。价钱有多好？”

“那要看故事有多长，以及说得有多好。我也许会付一千点。”

瑞塔嬷嬷舔了舔嘴唇。“一千点？可是故事录好之后，我要怎样找到你？”

“我会给你一个电脑址码，这样就能联络到我。”

谢顿将址码写给瑞塔嬷嬷后，便与铎丝一同离去。相较之下，外面巷道的空气简直清新宜人。他们根据老妇人的指引，踏着轻快的步伐向前走去。

71

铎丝说：“哈里，这并不是一次很长的晤谈。”

“我知道。但周遭环境不舒服之至，而且我觉得打听得够多了。真难想象这些民间传说如何放大到这种程度。”

“你所谓的‘放大’是什么意思？”

“嗯，麦曲生人将他们的奥罗拉说成上面住有能活好几世纪的人，达尔人则将他们的地球说成有着延续数百万年的人类，而两者都提到一个长生不死的机器人。话说回来，这的确耐人寻味。”

“既然有好几百万年，就该有机会——我们正往哪儿走？”

“瑞塔嬷嬷说我们应该沿着这个方向走，直到抵达一个休息区，然后找一个指着左边的‘中央走道’路标，再一直跟着那个路标前进。我们来的时候，有没有经过一个休息区？”

“我们现在走的这条路，也许和来时的路线不同。我不记得有个休息区，不过刚才我没有注意看路。我的眼睛一直摆在路人身上，而且……”

她的声音逐渐消失。前方的巷道两侧都向外敞开。

谢顿想了起来，他们的确曾经路过这里。他还记得两侧的人行道上弃置着一些破烂的沙发垫。

然而，铎丝不必再像进来的时候那样防范路人，因为现在一个路人也没有。倒是在前面的休息区里，他们发现有一群人。就达尔人而言，那群人个头相当大，一个个的八字胡都向上竖起。在人行道的昏黄光线照耀下，他们裸露的上臂全都肌肉盘虬，而且熠熠生辉。

显然，他们是在等待这两位外星人士，谢顿与铎丝几乎自然而然停下脚步。一时之间，双方形成一个静止画面。然后谢顿匆匆向后看了看，发现后面又走出来两三个人。

谢顿抿着嘴说："我们落入陷阱了。我不该让你跟来的，铎丝。"

"刚好相反，这正是我跟来的原因。可是你为了见瑞塔嬷嬷，值得付出这种代价吗？"

"只要我们能脱身，那就值得。"

然后，谢顿以响亮而坚定的声音说："我们能过去吗？"

对面的一名男子向前走来。他与身高一米七三的谢顿不相上下，但肩膀比谢顿更宽，而且肌肉更结实。不过，他的腰部有点松垮，谢顿注意到了。

"我叫玛隆，"他以自大自满的口气说，仿佛这个名字应该具有某种意义。"我在这里是要告诉你，我们不喜欢外星人士踏进我们的地盘。你想要进来，可以——但如果要出去，你就得付出代价。"

"很好，多少？"

"你身上所有的财产。你们阔气的外星人士都有信用瓷卡，对吗？通通交出来。”

“不行。”

“不容你说不行，我们自己会动手。”

“除非把我打伤或杀掉，否则你休想得到。而且必须配合我的声纹才能使用，我的正常声纹。”

“并非如此，老爷——看，我很礼貌——我们可以从你身上取走，却不必把你伤得太厉害。”

“你们这些粗壮汉子得用上几个？九个？不，”谢顿很快数了一遍，“十个。”

“就一个，我。”

“没有帮手？”

“就我一个。”

“玛隆，如果其他人能闪开，给我们腾出地方，我愿意看看你怎么动手。”

“你没有刀子，老爷，你要一把吗？”

“不必，你用你的，这样打斗才算公平。我要赤手空拳上阵。”

玛隆环顾同党众人，然后说：“嘿，这小个子真有种。听他的口气甚至不害怕，这可真不简单。打伤他简直没面子——老爷，我告诉你怎么办。我要对付这姑娘，如果你想要我停手，就把你和她的信用瓷卡一块交出来，再用你们的正确声音启动。如果你说不，那么等我收拾完这姑娘……那可要点时间，”他纵声大笑，“我就不得不伤害你。”

“不，”谢顿说，“让这女子离去。我已经向你挑战——一对一，你用刀子，我不用。你若想要更大的胜算，我就一个打你们两个，可是先让这名女子离去。”

“哈里，闭嘴！”铎丝叫道，“如果他想要我，就让他过来抓我。你就留在原地，哈里，千万别动。”

“你们听到了吗？”玛隆咧嘴大笑，“‘你就留在原地，哈里，千万别动。’我说这小妮子想要我。你们两个，把他看牢。”

谢顿的双臂像是被两道铁箍紧紧锁住，他还感到有锐利的刀尖抵在背上。

“别动。”谢顿耳际传来厉声的耳语，“你可以看着。那女的也许会喜欢，玛隆这方面很高明。”

铎丝再度叫道：“哈里，别动！”说完，她转身警觉地面对着玛隆，半握的双手挨近腰际的皮带。

他不怀好意地欺近她，而她则不动声色。等到他来到一臂之遥，在她的双臂陡然一闪之后，玛隆便发觉自己面对着两把大刀。

一时之间，他猛然向后一仰，然后哈哈大笑。“这小妮子有两把刀——像是大男生用的那种。我却只有一把，不过这也够公平了。”他把刀子迅速亮出来，“我可不愿意失手砍伤你，小妮子，因为如果能避免，我们两个都会获得更多乐趣。也许我把它们从你手上敲掉就好了，啊？”

铎丝说：“我不想杀你，我会尽可能避免那样做。话说回来，我要求大家做个见证，万一我真杀了你，那是为了保护我的朋友，是我责无旁贷。”

玛隆装出害怕的样子。“喔，小妮子，求求你别杀我。”说完他立刻哈哈大笑，在场的达尔人也跟着笑起来。

玛隆举刀向前刺出，落点却离铎丝相当远。接着他又试了第二次、第三次，但铎丝始终一动不动。对于并非真正瞄准她的攻击，她根本不试图格挡。

玛隆的表情转趋阴沉。他本想让她惊慌失措，不料弄巧成拙，只是令自己显得徒劳无功。于是，下一次的攻击便直接瞄准她。铎丝的左手刀随即闪电般挥出，猛力迎向他的武器，将他的手臂震开。她的右手刀则迅疾内转，在他的短衫上划出一道对角线。短衫底下长满黑色胸毛的皮肤，立时绽出一条细微的血痕。

玛隆在震撼中低头望向自己，围观的众人则在惊讶中喘不过气来。谢顿觉得抓着自己的两个人放松了点，这场决斗并未完全按照他们的预期进行，因而吸引了他们的注意力。谢顿暗自蓄势待发。

此时玛隆再度举刀进攻，这回他的左手同时出击，朝铎丝的右腕抓去。铎丝的左手刀再度格住他的利刃，令它一时动弹不得；她的右手做了一个敏捷的回旋，在玛隆的左手挨近的当儿向下一沉。结果，除了刀刃他什么也没抓到，而当他张开手的时候，手掌上赫然出现一道血痕。

铎丝立即向后跳开。玛隆在发觉胸部与手掌挂彩后，以透不过气的声音咆哮道："哪个人再扔给我一把刀！"

一阵迟疑之后，一名同党将自己的刀偷偷抛过去。玛隆正要伸手去接，铎丝的行动却比他更快。她的右手刀击向那把掷出的利刃，让它循着原路一面打转一面飞回去。

谢顿感到两只手臂上的抓力变得更弱。他猛然举起双臂，用力向前推，立刻就重获自由。抓他的两个人大叫一声，转过身来面对着他，他则以膝头迅速撞向其中一人的鼠蹊，并用手肘击向另一人的胃部，两人随即应声倒地。

他跪下去拔取那两人身上的佩刀，起身之后，他就和铎丝一样成为双刀客。然而与铎丝不同的是，谢顿不会使用这种武器，但他知道那些达尔人几乎不可能发觉。

铎丝说："别让他们靠近就行，哈里，暂时还别攻击——玛隆，我的下一击将不只是皮肉伤。"

玛隆陷入极度的愤怒，一面发出毫无意义的咆哮，一面展开盲目的攻击，试图单用巨大的冲力压倒对手。铎丝身形一沉，向旁边跨出一步，同时低头避开他的右臂，并在他的右脚踝踢了一记。玛隆立刻瘫倒在地，手中的刀飞了出去。

然后她跪在地上，将一把刀架在他的后颈，另一把抵住他的咽喉，说道："投降！"

大吼一声之后，玛隆重新发动攻势。他用一只手推开她，然后挣扎着站起来。

当她再度欺近时，他尚未完全站稳。只见一刀砍下去，便将他的八字胡削去一截。这次他像一头重伤的巨兽般发出哀号，还一巴掌拍向自己的脸部。当他将手拿开时，那只手正滴着鲜血。

铎丝喊道："它不会再长出来，玛隆，有一片嘴唇跟它一起飞了。再做一次攻击，你就是一具死尸。"

她严阵以待，但玛隆已经吃不消了。他一面呻吟，一面跌跌撞撞逃了开，沿途还留下一条血迹。

铎丝转身面向其他人。被谢顿打倒的那两个还躺在那里，他们已被缴械，并未急着爬起来。她弯下腰，用一把刀切断他们的皮带，又划开他们的裤子。

"这样一来，你们就得提着裤子走路。"她说。

她又瞪着仍然站在原处的七个人，他们都以敬畏的眼神如痴如醉地望着她。"刚才扔刀子的，是你们哪一个？"

众人一片沉默。

她又说："对我而言没有差别。一个一个来或一起上都行，但我每砍一刀，就会去掉一条命。"

七个人动作一致地急忙转身，拔腿逃命去了。

铎丝扬起眉毛，对谢顿说："至少这一次，夫铭不能怪我没尽到保护你的责任。”

谢顿说：“我仍然无法相信眼前的一切。我一直不知道你能做这样的事——或是能说这样的话。”

铎丝只是微微一笑。“你也有你的本事，我们是一对好搭档。来，让手中的刀子回鞘，再放进你的袋囊。我想消息会以极高的速度流传，因此我们可以顺利离开脐眼，不必担心再被拦住去路。”

她说得相当正确。

第十五章

地下组织

达凡：……在第一银河帝国最后数世纪的不安岁月中，典型的动荡根源来自政治与军事领袖谋取“至高无上”权力这项事实（平均每隔十年，这种至上的权力就会贬值一次）。在心理史学出现之前，能够称为群众运动的事例少之又少。就此而论，其中一个耐人寻味的例子便与达凡有关。此人的真实背景鲜为人知，但他可能曾遇到过哈里·谢顿……

——《银河百科全书》

72

利用堤沙佛家现成的、有几分原始的沐浴设备，哈里·谢顿与铎丝·凡纳比里陆续洗了一个不算短的澡。等到吉拉德·堤沙佛傍晚回到家，他们两人已经换好衣服，一起待在谢顿的房间。堤沙佛发出的叫门讯号（似乎）有些胆怯，蜂鸣声并未持续多久。

谢顿打开门，愉快地说道："晚安，堤沙佛老爷，还有夫人。"

她站在丈夫的正后方，前额皱成一团，显得十分困惑。

堤沙佛仿佛不确定情况如何，他以试探性的口吻说："你和凡纳比里夫人都好吗？"他猛点着头，似乎试图借着身体语言引出肯定的答案。

"相当好。进出脐眼都毫无困难，现在我们已经洗过澡，换过衣服，没有留下任何气味。"谢顿一面说，一面抬起下巴，露出微笑，让这些话越过堤沙佛的肩头抵达他的妻子面前。

她猛吸几口气，像是在检验这件事。

堤沙佛仍旧以试探性的口吻说："据我了解，曾经发生一场刀战。"

谢顿扬起眉毛。"传闻是这样的吗？"

"我们听说，你和夫人联手对抗一百名凶徒，把他们全杀了。是不是这样？"他的声音中透出一种控制不住的深度敬意。

"绝无此事。"铎丝突然觉得很不耐烦，"那实在荒唐。你以为我们是什么？大屠杀的刽子手？你以为一百名凶徒会待在原地，等上好长一段时间，好让我——我们——把他们通通杀光？我的意思是，用脑筋想想。”

“大家都是这么说的。”凯西莉娅·堤沙佛以尖锐而坚定的口吻说，“这栋房子里不能发生这种事。”

“第一，”谢顿说，“不是发生在这栋房子里。第二，没有一百个人，而是只有十个。第三，没有任何人被杀。的确有些你来我往的口角，然后他们就让路了。”

“他们就这么让路。两位外星人士，你们指望我相信这种事吗？”堤沙佛夫人咄咄逼人地追问。

谢顿叹了一口气。即使在最轻微的压力下，人类似乎也会分裂成敌对的集团。他说：“好吧，我承认其中一人被割伤了一点，但并不严重。”

“而你们完全没有受伤？”堤沙佛说，声音中的敬佩之意更加显著。

“毫发无损。”谢顿说，“凡纳比里夫人舞弄双刀的本领好极了。”

“我就说嘛，”堤沙佛夫人的目光垂到铎丝的皮带上，“我可不希望这里会发生那种事。”

铎丝断然道：“只要没有人在这里攻击我们，你这里就不会发生那种事。”

“可是由于你们的缘故，”堤沙佛夫人又说，“街上的一个废物正站在我们家门口。”

“吾爱，”堤沙佛以安抚的口吻说，“我们可别生气……”

“为什么？”他的妻子轻蔑地啐了一口，“你怕她的双刀吗？我倒想看看她在这里怎么耍。”

“我根本不打算在这里动刀。”铎丝一面说，一面哼了一声，与堤沙佛夫人刚才的哼声同样嘹亮。“你所谓街上的废物，究竟是怎么回事？”

堤沙佛说：“我太太指的是一个来自脐眼的小鬼——至少，他的外表表明了他来自脐眼。他希望见你们，而我们这个社区对这种事并不习惯，这样有损我们的声誉。”他的口气听来有些心虚。

谢顿说：“好吧，堤沙佛老爷，我们这就到外面去，弄明白到底是怎么回事，然后尽快打发他走……”

“不，慢着。”铎丝显然被惹恼了，“这里是我们的房间，是我们付钱租下来的。应该由我们决定谁能或谁不能拜访我们。如果外面有个来自脐眼的年轻人，他无论如何也是达尔人。更重要的是，他是川陀人。还要更加重要的是，他是帝国公民，是人类的一分子。而最重要的一点是，他既然求见我们，就成了我们的客人。因此之故，我们要请他进来和我们见面。”

堤沙佛夫人没有任何动作，堤沙佛本人似乎不知如何是好。

铎丝又说：“既然你说我在脐眼杀了一百个恶霸，你当然不会认为我会怕一个男孩，或者怕你们两位。”她的右手似乎不经意地落在皮带上。

堤沙佛突然中气十足地说：“凡纳比里夫人，我们不打算冒犯你。这两间房当然是属于你们的，你们可以招待任何希望招待的人。”在一股突如其来的决心驱策之下，他开始向后退去，拉着气呼呼的妻子一同离开，虽然不难想见他可能为此付出代价。

铎丝以严厉的眼神目送他们。

谢顿无奈地笑了笑。“铎丝，这多么不像你。我一直以为，我才是那个满脑子狂想、专门惹事生非的人；而你则总是冷静且务实，唯一的目标就是预防麻烦。”

铎丝摇了摇头。“一个人只因为出身背景，就受到他人——其他的人类如此轻视，我听到这种话便无法忍受。正是这里这些有头有脸的人，制造出那里那些不良少年。”

“而另一批有头有脸的人，”谢顿说，“则制造出这里这批有头有脸的人。这些相互间的憎恨，同样是人性的一部分……”

“你得在你的心理史学中处理这个问题，对不对？”

“千真万确。只要真有一种心理史学，真能处理任何问题……啊，我们谈论的那个小鬼来啦，他就是芮奇，这点我倒不惊讶。”

73

芮奇一面走进来，一面东张西望，显然事先受到过威吓。他的右手食指摸着上唇，仿佛在想不知何时会摸到第一撮细毛。

他转身面向显然气急败坏的堤沙佛夫人，以笨拙的动作鞠了一躬。“谢谢你，姑奶奶，你的房子真可爱。”

等到房门在他身后“砰”地一声关上之后，他转过来面对着谢顿与铎丝，以鉴赏家般的轻松口吻说：“哥儿们，好地方。”

“我很高兴你这么讲，”谢顿严肃地说，“你怎么知道我们在这里？”

“跟踪你们，不然你以为呢？嘿，大姐，”他转向铎丝，“你的刀法不像娘儿们。”

“你看过许多娘儿们使刀吗？”铎丝打趣道。

芮奇摸了摸鼻子。“不，一向没见。她们不带刀子，只带专门吓小孩的匕首。从来吓不倒我。”

“我确信她们办不到。你做了什么事，会让那些娘儿们拔刀相向？”

“啥也没。只是开个小玩笑，只是喊喊：嘿，大姐，让我……”

他想了一下子，又说：“啥也没做。”

铎丝说：“好，可别对我来那一套。”

“你开玩笑？在你教训玛隆一顿之后？嘿，大姐，你在哪里学的那种刀法？”

“在我自己的世界。”

“你能教我吗？”

“你来这里找我，就是为了这件事？”

“老实说，不是。我是来给你们捎个信。”

“又有哪个人想和我斗刀？”

“大姐，没人想和你斗刀。听我说，大姐，你现在大有名气，人人都知道你。你在脐眼随便走到哪儿，哥儿们都会闪到一旁让路，顶多咧嘴笑一笑，绝不敢用斜眼瞧你。喔，大姐，你做到了，这就是他要见你们的原因。”

谢顿说：“芮奇，到底是谁要见我们？”

“一个叫达凡的哥儿们。”

“他是什么人？”

“就是个哥儿们。他住在脐眼，却不带刀子。”

“而他能活到现在，芮奇？”

“他读过许多书，哥儿们遇到政府找麻烦他都会帮忙。所以他们不惹他，他就不需要刀子。”

“那么，他为何自己不来？”铎丝问道，“他为什么派你来？”

“他不喜欢这地方，他说这里让他恶心。他说这里所有的人，都在舔政府的……”他顿了一下，狐疑地望着面前两位外星人士。“反正，他不会来这里。他说他们会让我进来，因为我只是个孩子。”他咧嘴一笑，“他们差点赶我走了，对不对？我是说刚才那个大姐，她看来好像闻到什么？”

他突然打住，脸红了起来，又低头看了看自己。“在我们那个地方，没多少机会清洗。”

“没关系。”铎丝带着微笑说，“既然他不来这里，那么，我们要在哪里见面？毕竟，希望你别介意，我们不太喜欢再去脐眼。”

“我告诉过你，”芮奇气愤地说，“你在脐眼可以自由来去，我发誓。此外，他住的那里，没人会打扰你。”

“那里是哪里？”谢顿问道。

“我可带你们去，不太远。”

“他为什么要见我们呢？”铎丝问道。

“不知，但他像这么说——”芮奇眯起眼睛努力回想，“‘告诉他们，我要见见那位和一名达尔热闾工谈过话，把他当人看待的男士，以及那位用双刀打败玛隆，可以杀他却没杀他的女士。’我想我背得没错。”

谢顿微微一笑。“我也这么想。他准备见我们了吗？”

“他正在等。”

“那我们这就跟你去。”他望向铎丝，眼中带着一丝犹疑。

她说：“好吧，我愿意去。或许这并不是什么陷阱。希望源源不绝……”

74

他们出来的时候，室外照明射出傍晚时分的悦人光辉。模拟的黄昏云朵轻快地飞掠天际，带着淡淡的紫色，边缘则略呈粉红。对于帝国统治阶级所给予的待遇，达尔人也许颇有怨言，但电脑为他们选择的天气，却显然没有任何瑕疵。

铎丝压低声音说：“我们似乎成了名人，绝对错不了。”

谢顿将视线沿着所谓的天空往下移，立刻发觉堤沙佛家的公寓被一大批群众团团围住。

每一个人都专注地盯着他们。等到两位外星人士显然察觉人群的关注时，一阵低沉的窃窃私语立刻传遍人潮，似乎马上要转变成鼓掌与喝彩。

铎丝说：“现在我能了解堤沙佛夫人为何恼火，我应该更有些同理心才对。”

大多数人都穿得不怎么体面，不难猜到其中有许多人是来自脐眼。

由于一时兴起，谢顿露出微笑，并举起一只手稍微挥了挥，结果换来一阵喝彩。有人躲在人群中叫道：“这位大姐能否表演几招刀法？”

铎丝高声回答：“不行，我只有生气时才拔刀。”引来一阵笑声。

一名男子向前走来，他显然并非来自脐眼，也没有达尔人的明显特征。原因之一是他只有两撇小胡子，况且是棕色而不是黑色。他说：“我是川陀全视新闻的马洛·唐图。我们能否请您对准镜头，接受我们晚间全息新闻的访问？”

“不行，”铎丝断然答道，“不接受访问。”

那位记者毫不退让。“据我了解，您曾在脐眼和众多男子有过一场恶战——并且赢得胜利。”他微微一笑，“那是新闻，绝对没错。”

“不对。”铎丝说，“我们在脐眼遇到一些男的，跟他们谈了几句，然后便继续赶路。这就是事情的经过，也就是你的采访结果。”

“您尊姓大名？听口音您不像川陀人。”

“我没有名字。”

“您的朋友尊姓大名？”

“他也没有名字。”

新闻记者看来恼了。“听好，小姐。你是个新闻，我只是尽力做好我的工作。”

芮奇拉了拉铎丝的衣袖。于是她低下头来，倾听他一本正经的一番耳语。

她点了点头，重新直起身子。“唐图先生，我认为你并不是记者。我倒认为你是一名帝国特务，正在试图给达尔找麻烦。根本没有什么恶战，你却试图制造这样的新闻，以便为帝国征讨脐眼找到合理的借口。如果我是你，就不会待在这里。我不认为你在这些人之间多么受欢迎。”

铎丝在说第一句话的时候，众人就开始交头接耳。现在他们变得更大声，而且开始以带有威胁的方式，慢慢朝唐图的方向移动。

他则紧张兮兮地四下望了望，然后拔腿就走。

铎丝提高音量说："让他走，任何人都别碰他。别让他有告发暴力行为的任何借口。"

于是众人为他让出一条路来。

芮奇说："喔，大姐，你该让他们教训他一顿。"

"嗜血的小子。"铎丝说，"带我们去见你的朋友吧。"

75

在一间废弃的速食店后面——很后面——一个房间里，他们见到那位自称达凡的男子。

芮奇一路带领他们来到此地，再度显示他对脐眼的巷道熟悉无比，就好像赫利肯的鼹鼠进了洞穴一样。

半路上，铎丝·凡纳比里的警觉最先显现出来。她突然停下脚步，说道："回来，芮奇。我们究竟要到哪儿去？"

"去找达凡。"芮奇看来火冒三丈，"我告诉过你。"

"但这是个荒废的地区，没有任何人住在这里。"铎丝带着明显的嫌恶环顾四周。周遭环境毫无生气，一块块照明板若不是黯淡无光，就是只能发出晦暗的光芒。

"达凡就喜欢这样。"芮奇说，"他总是搬来搬去，这里住住，那里住住。你知道吧……搬来搬去。"

"为什么？"铎丝追问。

“大姐，这样比较安全。”

“躲什么人？”

“躲政府。”

“政府为什么要抓达凡？”

“大姐，我不知。如果你们不要我带路，不如这么办：我告诉你他在哪里，再告诉你怎么走，你们就自己去吧。”

谢顿说：“不，芮奇，我十分确定没有你我们会迷路。事实上，你最好等在外面，等我们谈完后，你好带我们回来。”

芮奇立刻说：“我有什么好处？你指望我肚子饿了，还在附近晃来晃去？”

“芮奇，你在附近晃来晃去，晃到肚子饿了，我会请你吃一顿丰盛的晚餐，随便你吃什么。”

“你说得好听，大哥，我又怎么确定呢？”

铎丝的手快如闪电，瞬间便拔刀出鞘。“你不是在指控我们骗人吧，芮奇？”

芮奇的双眼睁得老大，但他似乎并没有被吓到。他说：“嘿，我没看清楚，再来一次。”

“事后我会再表演一次——只要你还留在这里。否则的话，”铎丝以凶狠的目光瞪着他，“我们会找你算账。”

“喔，大姐，得了吧。”芮奇说，“你们不会找我算账，你们不是那种人。但我会待在这里，”他摆出一个姿势，“我向你们保证。”

然后他就领着两人默默前进，在空旷的回廊中，他们的脚步声显得分外空洞。

他们刚走进那个房间，达凡立刻抬起头来。等到他看到芮奇，凶狂的表情随即转趋柔和，并朝另外两人很快做了一个表示疑问的手势。

芮奇说："两位哥儿们来啦。"说完他咧嘴一笑，径自离去。

谢顿说："我是哈里·谢顿，这位小姐是铎丝·凡纳比里。"

他以好奇的眼光打量达凡。达凡皮肤黝黑，有着达尔男性独特的粗黑八字胡，但除此之外，他还蓄着短短的络腮胡。在谢顿见过的达尔男子中，他是第一个未曾仔细刮脸的人。就连脐眼的那些恶霸，他们的脸颊与下巴也是光溜溜的。

谢顿说："请教阁下贵姓大名？"

"达凡，芮奇一定告诉过你。"

"贵姓呢？"

"我就叫达凡。谢顿老爷，你们一路上曾被跟踪吗？"

"没有，我确定没有。假使我们遭到跟踪，我相信逃不过芮奇的耳朵和眼睛。即使他没察觉，凡纳比里夫人也会发现。"

铎丝淡淡一笑。"哈里，你对我真有信心。"

"越来越有。"他意味深长地说。

达凡不安地挪动了一下。"但你们已经被发现了。"

"被发现了？"

"是的，我听说了那个所谓的新闻记者。"

"那么快？"谢顿看来有点惊讶，"但我以为他真是一名记者……而且并无恶意。我们叫他帝国特务是芮奇建议的，这是个好主意。周围的群众立刻变得凶恶，我们就这样摆脱了他。"

"不，"达凡说，"你们没有冤枉他。我的手下认识这个人，他的确为帝国工作。可是你们的行事方式和我不同，你们不用假名，也不经常更换住处。你们用自己的真名行动，并未试图藏匿地下。你是哈里·谢顿，那位数学家。"

"没错，我就是。"谢顿说，"我为什么需要假名字？"

“帝国正在缉捕你，对不对？”

谢顿耸了耸肩。“我待的那些地方，都是帝国势力不及之处。”

“只是无法公开行动，但帝国不一定非公开行动不可。我力主你们销声匿迹……真正消失。”

“就像你……如你所说。”谢顿一面说，一面带着些许嫌恶四下张望。这个房间与他刚才经过的那些回廊一样死气，从头到尾都发霉了，而且有一种无比阴郁的气氛。

“是的。”达凡说，“你可能对我们有用。”

“如何有用？”

“你和一位名叫雨果·阿马瑞尔的年轻人谈过话。”

“是的，没错。”

“阿马瑞尔告诉我，你能预测未来。”

谢顿重重叹了一口气。他厌倦了站在这个空洞的房间里。达凡自己坐在一个坐垫上，虽然室内还有其他坐垫，但看来并不干净，而他也不希望靠在满是霉斑的墙壁上。

他说：“要不是你误会了阿马瑞尔，就是阿马瑞尔误会了我。我所做到的，只是证明有可能选择一组起始条件，从这组条件出发，历史预测就不会陷入混沌状况，而能在某个限度内具有可预测性。然而，那组起始条件应该是什么，我却根本不知道。我也不确定那些条件能否在有限时间内，由任何一个人——或是任何数目的一群人找出来。你了解我的意思吗？”

“不了解。”

谢顿又叹了一声。“那么我再试一次。预测未来是有可能的，但或许不可能找出利用这个可能性的方法。你了解了吗？”

达凡以阴郁的眼神望向谢顿，然后又望向铎丝。“所以说，你无法预测未来。”

“达凡老爷，现在你总算掌握重点了。”

“叫我达凡就行。可是也许有一天，你能研究出如何预测未来。”

“那倒是不无可能。”

“所以说，那就是帝国要你的原因。”

“不。”谢顿举起一根手指做说教状，“在我想来，这反而是帝国未倾全力捉拿我的原因。若能毫不费力就抓到我，他们或许会想带我走。但是他们明白，此时此刻我什么也不知道，因此不值得为了我而干预地方政权，以致搅乱川陀上微妙而脆弱的和平。因此之故，我能行不改名坐不改姓，安全却还不至于有重大威胁。”

突然间，达凡将头埋在双掌中，喃喃自语道：“真是愚蠢。”然后他满面倦容地抬起头来，对铎丝说，“你是谢顿老爷的妻子吗？”

铎丝平静地答道：“我是他的朋友兼保镖。”

“你对他的认识有多深？”

“我们在一起几个月了。”

“如此而已？”

“如此而已。”

“依你的见解，他说的都是实话吗？”

“我知道他说的是实话，但你若是不信任他，又有什么理由该信任我？假如基于某种原因，哈里对你说了谎话，难道我不会为了支持他，而同样对你说谎吗？”

达凡以无助的目光扫过对面两人，又说：“无论如何，你愿意帮助我们吗？”

“‘我们’是指谁？你们又需要怎样的帮助？”

达凡说:“你看到了达尔这里的情形，我们受到压迫，这点你一定明白。根据你对待雨果·阿马瑞尔的方式，我绝不相信你对我们毫无同情。”

“我们万分同情。”

“你也一定知道压迫的来源。”

“我想，你要告诉我说来源是帝国政府，而我敢说它确是要角之一。另一方面，我注意到达尔有个鄙视热间工的中产阶级，还有个在本区制造恐怖的罪犯阶级。”

达凡的嘴唇收紧，但他依旧保持镇定。“相当正确，相当正确。可是原则上，帝国在鼓励这种趋势。达尔具有制造重大危机的潜力，倘若热间工进行罢工，川陀几乎立刻会面临严重的能源短缺……以及因此而来的一切灾难。然而，达尔的上层阶级会花钱雇用脐眼或其他地方的流氓，去教训那些热间工，让罢工半途夭折。这种事以前发生过。帝国允许某些达尔人飞黄腾达——我是指相对而言——好将他们收买为帝国的走狗，却拒绝切实执行削弱犯罪分子的武器管制法令。

“帝国政府在每个地方都这样做，并非只有达尔如此。他们不能像当初以凶残手段直接统治那样，利用武力遂行他们的意志。如今，川陀已经变得如此复杂，如此容易动摇，帝国武力必须保持一定距离……”

“衰微的具体表现。”谢顿想起夫铭的牢骚，便随口说了出来。

“什么？”达凡问道。

“没什么，”谢顿说，“继续。”

“帝国武力必须保持一定距离，不过他们发现即便如此，却仍旧能做许多事情。例如鼓励每个行政区猜疑近邻，而在每一区中，又鼓励各种经济阶级和社会阶级彼此开战。结果使得川陀每个角落的人民，都不可能采取团结一致的行动。不论任何地方，人们都宁愿互相斗争，也不想对中央极权的专制采取共同立场。这样一来，帝国不费一兵一卒即可统治川陀。”

“在你看来，”铎丝说，“我们又能做些什么？”

“我努力了许多年，试图在川陀人民之间建立一种团结感。”

“我只能这么猜想，”谢顿冷淡地说，“你发现这个工作困难到近乎不可能，而且大多时候吃力不讨好。”

“你的猜想完全正确，”达凡说，“但是这个党正在茁壮。我们的许多刀客已经渐渐了解，刀子的最佳用途不是用来彼此砍杀。至于在脐眼的回廊中攻击你们的人，则是那些不知悔改的例子。然而，那些支持你的人，那些愿意保护你、为你对付那个特务记者的人，他们都是我的人马。我和他们一起住在这里。这并非一种迷人的生活方式，但我在此安全无虞。邻区也有我们的拥护者，我们的势力正在一天天扩展。”

“可是我们又扮演什么角色呢？”铎丝问道。

“首先，”达凡说，“你们两位都是外星人士，都是学者。在我们的领导群中，需要你们这样的人。我们最大的力量源自穷人和文盲，因为他们受的苦难最深，但他们的领导能力也最差。像你们两位这样的人，一个抵得上他们一百个。”

“以解救被压迫者为职志的你，居然也会打这种比方。”谢顿说。

“我的意思不是指人，”达凡连忙说，“而是仅就领导才能而论。在这个党的领导者中，一定要包括拥有知识力量的男女。”

“你的意思是，需要像我们这样的人，帮你的党建立值得尊敬的外表。”

达凡说：“只要你有意，总是能把某件高贵的举动说成一文不值。可是你，谢顿老爷，则不只是值得尊敬，不只是拥有知识而已。即使你不承认有能力看穿未来的迷雾……”

“拜托，达凡，”谢顿说，“别用诗意的语言，也别用条件句。这并非承认与否的问题，我确实无法预见未来。遮挡视线的可不是烟雾，而是铬钢制成的壁垒。”

“让我说完。即使你不能以——你管它叫什么来着——喔，‘心理史学的准确度’真正预测未来，但是你研究过历史，对于事件的结果或许有某种直觉。啊，是不是这样？”

谢顿摇了摇头。“对于数学上的可能性，我或许有些直觉式的了解，至于我能否把它转换成具有史学重要性的东西，目前还很难说。事实上，我并未研究过历史。为此我极为遗憾，真希望重头来过。”

铎丝以平稳的口吻说：“我是个历史学家，达凡，你要是想听，我可以说几句话。”

“请讲。”达凡的口气一半是客气，另一半则是挑战。

“首先，在银河历史上，曾发生过许多次推翻专制的革命，有时是在个别的行星，有时则是一群行星，偶尔也发生于帝国本身，或是前帝国时代的地方政府。往往，这只意味着以暴易暴。换句话说，原有的统治阶级被另一个取代——有时后者更有效率，因此更有能力维系自身的统治。而原本贫苦的、受压迫的百姓，依然是贫苦而受压迫的一群，甚至处境变得更糟。”

一直专心聆听的达凡，此时说道：“我晓得这种事，我们全都晓得。说不定我们能从过去学到教训，从而比较了解该如何避免。此外，如今的专制是真实的，未来或许会出现的专制却只是潜在的可能。倘若我们总是不敢接受改变，认为也许会愈变愈糟，那就根本没希望免除任何的不公不义。”

铎丝说：“第二点你必须记住的，就是即使公理在你这边，即使正义之神发出怒吼与谴责，通常却都是那个专制政权拥有绝对的武力优势。在情况危急之际，只要有一支配备着动能、化学能和神经武器的军队愿意对付你的人马，那么你的刀客在各种暴动和示威中，就根本无法造成任何永久性的影响。你能使所有受压迫者站在你这边，甚至能吸引每一位有头有脸的人，可是你还得设法笼络维安部队和帝国军队，或至少得严重削弱他们对统治者的忠诚。”

达凡说：“川陀是个多政府的世界，每个行政区都有本身的统治者，他们有些也是反帝人士。如果我们能让一个强区加入我们这边，就会改变这种情况，对不对？那个时候，我们就不只是一群手持刀子和石头的褴褛杂牌军。”

“这是否代表真有一个强区站在你那边，或者只是你有这个企图？”

达凡沉默不语。

铎丝又说：“我会假设你心中的对象是卫荷区长。如果那位区长有心利用普遍的不满，来增加推翻皇帝的成功机会，难道你不曾想到，那位区长所期待的结局是由他自己继任皇位？区长现在的地位并非毫无价值，除了皇位，还有什么值得他冒险的？仅仅为了帮没看在他眼里的人民争取正义，或是良好的待遇吗？”

“你的意思是，”达凡说，“任何愿意帮助我们的强权领袖，到时都可能背叛我们？”

“在银河历史上，这种情形太普遍了。”

“只要有所准备，难道我们就不能背叛他吗？”

“你的意思是先利用他，然后在某个关键时刻策反他的将领——或者，至少是其中之一——把他暗杀掉？”

“也许并非真正这样做，但若事实证明确有必要，总该有什么办法将他除去。”

“那我们就有了这样一场革命行动，主要的角色得随时准备彼此背叛，只是时机未到而已。这听来很像是制造动乱的配方。”

“这么说，你们不会帮助我们？”达凡说。

谢顿一直皱着眉头，露出一副茫然的表情，倾听达凡与铎丝的对话。这时他说:“不能把话说得那么简单。我们愿意帮助你们，我们站在你们这边。在我看来，没有任何心智健全的人，会想支持一个借着培养互恨和互疑来维持自身的帝制系统。即使现在似乎行得通，也只能称之为‘暂稳态’。也就是说，它太容易向某个方向倾倒，跌入不稳定的状态。不过问题是，我们怎样才能帮忙？假使我掌握了心理史学，假使我能判断什么是最可能发生的，或者，假使我能判断在数个可供选择的行动中，哪个最有可能带来显然圆满的结局，那么我愿意让你支配我的能力——可是我并未掌握。我能帮助你的最佳方式，就是试着建立起心理史学。”

“那要花多久时间？”

谢顿耸了耸肩。“我不敢说。”

“你怎能让我们无限期等下去？”

“既然我现在对你毫无用处，我还能提供什么其他选择？不过我要这样说，直到最近为止，我一直深信建立心理史学是绝不可能的，如今我却不再这么想了。”

“你的意思是，你心中已有解决之道？”

“不，只是有个直觉，感到某个解决之道或许是可能的。至于令我有那种感觉的究竟是什么事，目前我还无法确定。它也许是一种幻觉，但我正在尝试寻找真相。让我继续尝试——说不定我们会再见面。”

“或者说不定，”达凡道，“假如你回到目前的栖身之地，你终将发现置身于帝国的陷阱中。你也许认为当你和心理史学奋斗时，帝国会暂且放你一马。但我确定那皇帝和他的马屁精丹莫刺尔必定和我一样，绝不会想永远等下去。”

“轻举妄动对他们没好处，”谢顿冷静地说，“因为我并非站在他们那边，而是站在你们这边。走吧，铎丝。”

他们转身离去，留下达凡一人独自坐在那间肮脏的斗室。出了门，他们随即发现芮奇还等在外面。

76

芮奇正在吃东西，他一面舔着手指，一面将原本盛装不知是什么食物的袋子捏皱。一种强烈的洋葱气味弥漫在空气中——不过多少有些不同，也许是源自酵母制成的食物。

铎丝被熏得退了一步，问道：“芮奇，这食物是从哪里来的？”

“达凡的哥儿们，他们拿给我的，达凡不坏。”

“那我们不必请你吃晚饭了吧？”谢顿说完后，察觉自己的肚子倒是空了。

“你们欠我点东西，”芮奇一面说，一面贪婪地望向铎丝，“这位大姐的刀子怎么样？分我一把。”

“刀子不行。”铎丝说，“你带我们平安回去，我给你五个信用点。”

“五个信用点买不到刀子。”芮奇抱怨道。

“除了五个信用点，你什么也休想得到。”铎丝说。

“大姐，你是个差劲的娘儿们。”芮奇说。

“这个差劲的娘儿们出刀如电，芮奇，最好赶紧走吧。”

“好吧，别太激动。”芮奇挥了挥手，“这边走。”

他们又来到空旷的回廊，不过这次，铎丝在东张西望一番后停下了脚步。“等等，芮奇，有人跟踪我们。”

芮奇勃然大怒。“你不该听到的。”

谢顿将头转向一侧，说道：“我什么也听不到。”

“我听到了。”铎丝说，“好啦，芮奇，我不希望你耍什么花样。立刻告诉我是怎么回事，否则我可要敲你的头，让你整整一个星期分不清东南西北。我是说真的。”

芮奇举起一只手臂做抵御状。“你试试看，你这个差劲的娘儿们，你试试看。那是达凡的哥儿们，他们只是在照应我们，以防路上遇到任何刀客。”

“达凡的哥儿们？”

“是啊，他们沿着工用回廊前进。”

铎丝猛然伸出右手，抓住芮奇颈背处的衣领。她一举手，他就悬吊在半空中，慌忙喊道：“嘿，大姐，嘿！”

谢顿说：“铎丝！别对他动粗。”

“如果我认为他在说谎，我还会更加粗暴。我保护的是你，哈里，不是他。”

“我没说谎，”芮奇拼命挣扎，“我没。”

“我确信他没有。”谢顿说。

“好吧，我们等着瞧。芮奇，叫他们出来，到我们看得见的地方。”她松手让他落下，又拍了拍手上的灰尘。

“大姐，你简直是个傻瓜。”芮奇忿忿不平地说，然后提高音量喊道，“耶，达凡！你们这些哥儿们，出来几个！”

等了一会儿之后，从回廊一个阴暗的开口处，走出两名留着黑色八字胡的男子，其中一个有一道横贯脸颊的刀疤。两人手中各握着一支刀鞘，刀刃都缩了回去。

“你们还有多少人在那里？”铎丝厉声问道。

“一些。”其中一人答道，“这是命令。我们正在护卫你们，达凡要你们安然无事。”

“谢谢你们，你们得更安静点。芮奇，继续走。”

芮奇悻悻地说：“我说实话，你却教训我一顿。”

“你说得对。”铎丝道，“至少，我认为你说得对……我郑重道歉。”

“我不确定该不该接受，”芮奇试图抬头挺胸，“不过算了吧，下不为例。”说完他就继续前进。

等到他们来到人行道，隐匿的护卫队便消失了。至少，像铎丝那样敏锐的耳朵都再也听不见他们的动静。不过，反正他们即将进入本区的高尚地带。

铎丝若有所指地说：“芮奇，我想我们没有适合你的衣服。”

芮奇说：“姑奶奶，你为什么要找适合我的衣服？”一旦他们走出回廊，芮奇似乎也懂得尊重了。“我有衣服。”

“我原本在想，你会喜欢到我们住的地方洗个澡。”

芮奇说：“为什么？过几天我会洗，然后我会换上另一件短衫。”他机灵地抬头望向铎丝，“你为教训了我一顿感到抱歉，对吗？你试图补偿我。”

铎丝微微一笑。“是的，可以这么说。”

芮奇以气派的动作挥了挥手。“没关系，你没弄痛我。听我说，你是个强壮的大姐，你举起我就像我是空气一样。”

“我刚刚心烦意乱，芮奇，我必须顾虑谢顿老爷。”

“你就像是他的保镖？”芮奇带着询问的神情望向谢顿，“你用个大姐当保镖？”

“我也没办法。”谢顿露出一抹苦笑，“她坚持如此，而且她确实很称职。”

铎丝说：“芮奇，再次谢谢你。你确定不要洗个澡吗？一个温暖舒适的澡？”

芮奇说：“我可没机会。你以为那个大姐会让我再进她家去吗？”

铎丝抬起头，看到凯西莉娅·堤沙佛正站在公寓群的前门外——她先盯着这个外星女子，然后望向那个贫民窟长大的男孩。光从她的表情看来，无法判断她对何者更愤怒些。

芮奇说：“好啦，告辞了，老爷和姑奶奶。不晓得她会不会让你们两个进屋去。”他将双手放进口袋，装出一副轻松自在的淡然模样，大摇大摆走了开。

谢顿说：“晚安，堤沙佛夫人。相当晚了吧？”

“非常晚了。”她答道，“今天在这个公寓群外，由于你驱使街头无赖对付那名记者，几乎引发一场暴动。”

“我们并未驱使任何人对付任何人。”铎丝说。

“我当时在场。”堤沙佛夫人毫不妥协地说，“我都看见了。”她终于站到一旁让他们进去，但拖延的时间够长了，足以将她的不情愿表现得很清楚。

“看她的行动，仿佛超过了她容忍的极限。”两人走向各自的房间时，铎丝这么说。

“怎么样？她又能做什么？”谢顿问道。

“很难讲。”铎丝说。

第十六章

警 官

芮奇：……根据哈里·谢顿的说法，最初与芮奇相遇纯属偶然。他只是个贫民区的顽童，而谢顿只是向他问路。但从那一刻起，他的人生就和那位大数学家纠缠在一起，直到……

——《银河百科全书》

77

第二天早上，谢顿刚刚梳洗完毕，腰部以上还完全赤裸，就敲着通往隔壁铎丝房间的那扇门，以适度的音量说：“开门，铎丝。”

她照做了。她满头金里透红的鬈曲短发还湿淋淋的，而且上身同样完全赤裸。

谢顿尴尬万分地向后退去。铎丝毫不在意地低头看了看鼓胀的乳房，再把一条毛巾裹在头上。“什么事？”她问。

谢顿将头偏向右侧，说道：“我正要向你请教卫荷。”

铎丝非常自然地说：“为何怎么样？看在老天的份上，别让我对着你的耳朵说话。不用说，你当然不是处男。”

谢顿以感伤的语调说：“我只是试图保持礼数。只要你不在意，我当然也不会。我说的不是为何怎么样，我是在问你有关卫荷区的事。”

“你为何想知道？或者你喜欢这么说：为何问卫荷？”

“听好，铎丝，我很认真。每隔一阵子，就会有人提起卫荷区——事实上，是提到那个卫荷区长。夫铭提到过他，你提到过，达凡也提到过。我却对这个区和这个区长都一无所知。”

“哈里，我也不是土生土长的川陀人。我知道得非常少，不过欢迎你分享我所知道的一切。卫荷接近南极——面积相当大，人口非常多……”

“在南极还能人口非常多？”

“哈里，我们不是在赫利肯，也不是在锡纳上。这里是川陀，万事万物都在地底，而两极的地底和赤道的地底可说差不多。当然，我猜想他们有着相当极端的昼夜分布——夏天的白昼很长，冬天则刚好相反，几乎和地表的情形一样。这种极端纯属矫揉造作，其实他们是以身居极地自豪。”

“可是他们的上方一定真的很冷。”

“喔，没错。卫荷的上方冰雪交加，可是冰雪堆积得不如你想象中那么厚。果真如此的话，就可能会压垮穹顶，但事实则不然，这正是卫荷握有大权的基本原因。”

她转身面向镜子，将毛巾从头上取下，再将“干发网”罩在头上。不过五秒钟，她的头发便呈现悦人的光泽。她一面说：“你难以想象我多庆幸摆脱了人皮帽。”一面套上了衣服。

“冰层和卫荷的权力有什么关系？”

“想想看，四百亿居民每天消耗大量能源，每一卡的能量最终都会退化成热量，而且必须设法排除。这些热量全被输送到两极，尤其是开发得较好的南极，然后排放到太空去。在这个过程中，它融化了大部分的冰。我确定这正是川陀上空云雨的来源，不论那些气象学究如何坚决主张实际情形并没那么简单。”

“在将这些热量排放之前，卫荷有没有加以利用？”

“据我所知，他们也许有。顺便告诉你，关于排放热量的科技，我连最粗浅的概念都没有，但我所说的是政治上的权力。假如达尔停止生产可用的能源，当然会使整个川陀感到不便，可是还有其他生产能源的行政区，它们可以提高产量。此外，当然，还有种种的储备能源可以救急。达尔的问题终究得解决，不过总有缓冲时间。反之，卫荷……”

“怎么样？”

“嗯，川陀所产生的各种热量，至少百分之九十由卫荷负责排放，没有任何替代管道。假如卫荷将热量发射全部关闭，整个川陀的温度便会开始上升。”

“卫荷本身也会。”

“啊，可是既然卫荷位于南极，它就能设法导入冷空气。这并不会有太大的作用，但卫荷会比川陀其他各处撑得更久。所以结论是，对皇帝而言，卫荷是一个非常棘手的问题，而卫荷区长是——至少可以是极有权力的人。”

“现任卫荷区长又是个什么样的人？”

“这点我不知道。根据我偶尔听来的传闻，他似乎非常老迈，而且几乎是个隐士，但他和超空间飞船一样刚硬，而且仍在用高明的手段谋取权力。”

“为什么？我不明白，既然他那么老了，就不能再掌握多久的权力。”

“哈里，谁晓得呢？一种终生的沉迷吧，我这么想。或者它是个游戏……只是为了谋取权力，并非真正渴求权力的本质。假如他夺权成功，取代了丹莫刺尔的位置，甚至自己登上皇位，说不定他反而会感到失望，因为这场游戏就结束了。当然啦，倘若那时他还活着，他或许会开始下一个游戏，那就是固守权力。这也许和前一个游戏同样困难，因而同样会带来成就感。”

谢顿摇了摇头。“这使我有一种感想，不可能有人想要当皇帝。”

“我同意，有理智的人都不会。但是这种所谓的‘皇帝梦’就像一种疾病，一旦染上就会使人丧失理智。而愈接近高位，就愈有可能染上这种疾病。随着一次又一次的晋升……”

“这种疾病就会变得更急性。没错，这点我明白。但我还有另一个感想，川陀是如此庞大的一个世界，众人的需求是如此牵一发动全身，众人的野心是如此冲突不断，使它成为皇帝治下最大的不稳定因素。他为何不干脆离开川陀，迁都到某个较单纯的世界呢？”

铎丝哈哈大笑。“倘若你了解历史，就不会问这个问题。根据上万年的惯例，川陀就等于帝国。一个皇帝若不在皇宫中，他就不算是个皇帝。皇帝不像是一个人，反而比较像一个地方。”

谢顿陷入沉默，面孔也变得刚硬。过了一会儿，铎丝问道：“哈里，怎么回事？”

“我在寻思。”他以含糊的声音说，“自从你告诉我那个毛手毛脚的故事之后，我就有一种飘忽的想法。现在你又提到皇帝比较像个地方，而不像一个人，似乎刚好起了共鸣。”

“什么样的共鸣？”

谢顿摇了摇头。“我仍在寻思，或许我全搞错了。”他瞥向铎丝的目光转趋尖锐，他的视线则重新聚焦。“无论如何，我们该下去吃早餐了。我们已经晚啦，我想堤沙佛夫人可没有那么好的心情，会帮我们把早餐端进来。”

“你是个乐天派。”铎丝说，“我自己的感觉是，她没有那么好的心情，会想让我们留下来——不论有没有早餐。她想要让我们离开这里。”

“或许如此，但我们让她有钱可赚。”

“没错，但我怀疑她现在恨我们入骨，根本不屑赚我们的信用点。”

“她的丈夫也许会对房租比较难分难舍一点。”

“他若有任何意见，哈里，恐怕只有堤沙佛夫人会比我更惊讶了。很好，我准备好了。”

于是他们走下楼梯，来到堤沙佛一家在这栋公寓的活动范围，发现两人所讨论的那位女士正等在那里——没有准备早餐，但准备了一个更大的惊奇。

78

凯西莉娅·堤沙佛硬邦邦地直直站在那里，一张圆脸带着僵硬的笑容，一双黑眼珠闪闪发光。她的丈夫则闷闷不乐地倚在墙边。房间正中央还有两个人，也都直挺挺地站着，仿佛他们早已注意到地板上的坐垫，只是不屑坐在上面。

这两个人都有一头鬈曲的黑发，以及达尔人必备的粗黑八字胡。两人皆很瘦小，皆穿着一套深色服装。那两件衣服极其相似，想当然是一种制服，上面绣着细白的滚边，上至肩头，下至管状裤腿的外侧。他们的右胸处挂着一个不甚明显的“星舰与太阳”徽章，在银河系每一个住人世界上，它所代表的都是银河帝国。只不过眼前这个徽章，太阳中央还有一个深色的“达”字。

谢顿立刻了解，这两个人是达尔维安警察的成员。

“这是怎么回事？”谢顿以严厉的口气说。

其中一人向前走来。“我是本区巡官拉涅尔·鲁斯。这是我的搭档，葛柏·艾斯汀伍德。”

两人都出示了亮晶晶的全息标签识别证。谢顿根本懒得看，只是问道:“你们想干什么?”

鲁斯以平静的口气说:“你是来自赫利肯的哈里·谢顿吗?”

“是的。”

“而你是来自锡纳的铎丝·凡纳比里吗,夫人?”

“是的。”铎丝答道。

“我来这里是要调查一件投诉,昨天有个哈里·谢顿煽起一桩暴动。”

“我没做那种事。”谢顿说。

“我们的情报指出,”鲁斯看了看一个小型电脑板的屏幕,“你指控一名记者是帝国特务,因此煽起一场暴动对付他。”

铎丝道:“说他是帝国特务的人是我,警官,我有理由这样想。表达一个人的意见当然没有罪,帝国是有言论自由的。”

“并不包括为了煽起一场暴动,而蓄意提出的意见。”

“警官,你怎能这样说?”

这时,堤沙佛夫人以尖锐的声音插嘴道:“警官,我能这样说。当时她看到外面有一群人,一群从贫民区来的人,他们只是想找麻烦。她故意说他是帝国特务,其实她根本毫无概念,但她就这样对群众喊话,把他们煽动起来。事实很明显,她知道自己在做什么。”

“凯西莉娅。”她的丈夫以恳求的语气呼唤她,但挨了一个白眼之后,他就什么也不说了。

鲁斯转向堤沙佛夫人。“夫人,是你投诉的吗?”

“是的。这两个人在这里住了好几天,除了惹麻烦什么也不干。他们邀请低级民众进我的公寓,破坏我在邻居心目中的地位。”

“邀请清洁而平和的达尔公民进某人的房间,”谢顿问道,

“警官，难道是违法的行为吗？楼上两个房间是我们的，我们已经租下，并且付了房租。警官，在达尔境内和达尔人交谈也犯法吗？”

“不，不犯法。”鲁斯说，“那并非投诉的一部分。你究竟有什么理由，凡纳比里夫人，认为你指控的那个人确实是帝国特务？”

铎丝说：“他只有两小撇棕色胡须，我据此断定他不是达尔人。我进而推测，他是一名帝国特务。”

“你推测？你的同伴，谢顿老爷，他根本没有胡子。你也推测他是一名帝国特务吗？”

“无论如何，”谢顿急忙道，“根本没有暴动。我们要求群众别对那个所谓的记者采取任何行动，我确定他们听进去了。”

“你确定，谢顿老爷？”鲁斯说，“根据我们的情报，你们做出指控后立刻离去。而你离去后，又怎能见证发生了什么事？”

“我不能，”谢顿说，“可是让我问你——那人死了吗？那人受伤了吗？”

“那人曾接受约谈。他否认自己是帝国特务，我们也没有情报显示这点。他还声称曾遭到虐待。”

“他很可能这两件事都撒了谎。”谢顿说，“我建议使用心灵探测器。”

“不能对受害者那样做，”鲁斯说，“区政府对这点非常坚持。倒是有可能让你们两人——这件案子中的罪犯——接受一次心灵探测。你们希望我们那样做吗？”

谢顿与铎丝交换了一下眼色，然后谢顿说：“不，当然不要。”

“当然不要，”鲁斯重复道，声音中仅有些许嘲讽之意，“但你却毫不犹豫地建议对别人这样做。”

另外一位警官（艾斯汀伍德）目前为止尚未说半句话，此时则露出微笑。

鲁斯又说："我们还有情报显示，昨天你们曾在脐眼进行一场械斗，而且重伤一名达尔公民，名叫——"他按下电脑板的一个按键，看了看屏幕上的新画面。"厄金·玛隆。"

铎丝问："你的情报有没有告诉你械斗的起因？"

"夫人，那和目前的讨论无关。你否认发生过那场械斗吗？"

"我们当然不否认发生过械斗，"谢顿激动地说，"但我们坚决否认是我们挑起来的。当时我们遭到攻击！那个玛隆抓住了凡纳比里夫人，而且显然企图性侵她。接下来发生的事，只是单纯的自卫行动。难道达尔纵容强奸吗？"

鲁斯以近乎平板的声音说："你说你们遭到攻击？被多少人攻击？"

"十名男子。"

"而你只有一个人，再加上一个女的，对抗这十名男子？"

"是的，只有我和凡纳比里夫人两人御敌。"

"那么，你们两人怎么没有显露任何伤痕？你们有没有谁被割伤或打伤，只是受伤的部位现在看不到？"

"没有，警官。"

"那么，在一个人——再加一个女的——对付十人的格斗中，你们怎么会毫发无损？而那个原告，厄金·玛隆，却伤痕累累地躺在医院，而且上唇需要接受皮肤移植？"

"我们身手很好。"谢顿绷着脸说。

"好得难以置信。假如我告诉你已经有三个人作证，说你和你的朋友在毫无挑衅的情况下攻击玛隆，你会怎么说？"

"我会说没有人相信我们会那样做。我确定那个玛隆有案可查，是个滋事分子和带刀的凶徒。我告诉你当时共有十个人，显然，其中有六个拒绝为谎言宣誓作证。请问其他三人有没有做出解释，为何他们未曾出手帮助他们的朋友——倘若他们果真目睹他遭到毫无来由的攻击，而且性命受到威胁？你一定很清楚他们是在说谎。”

“你建议对他们施用心灵探测器吗？”

“是的。而且你不用再问了，我仍然拒绝用在我们身上。”

鲁斯说：“此外我们还接到情报，说你们昨天离开暴动现场后，曾经去会晤一个名叫达凡的人，一个公认的、被维安警察通缉在案的颠覆分子。这是真的吗？”

“这点你得自己证明，我们不会帮你的忙。”谢顿说，“我们不准备再回答任何问题。”

鲁斯将电脑板收起来。“恐怕我必须请两位跟我们回总部，去接受进一步的侦讯。”

“我认为没这个必要，警官。”谢顿说，“我们是外星人士，况且并未做出任何犯罪行为。我们曾经试图回避一名记者，因为他过分骚扰我们。而在本区中以犯罪闻名的地带，我们曾经试图保护自己，避免遭到性侵和可能的杀害。此外，就是我们和许多达尔人谈过话。我看不出有任何理由该对我们做进一步的盘问，这样做等于是一种骚扰。”

“作决定的是我们，”鲁斯说，“不是你。请两位跟我们走好吗？”

“不，我们不去。”铎丝说。

“小心！”堤沙佛夫人叫道，“她有两把刀子。”

鲁斯警官叹了一声。“谢谢你，夫人，不过我早就知道了。”他又转向铎丝，“你可知道在本区，未经许可携带刀械是一项重罪？你有许可证吗？”

“我没有。”

“那么，你用来攻击玛隆的武器，显然是一把非法刀械？你可了解这是严重的罪上加罪？”

“警官，这不算什么罪。”铎丝说，“请你了解一件事，玛隆也有一把刀，而且我确定他也没许可证。”

“这点我们并无证据，不过玛隆身上有刀伤，你们两人却谁也没有。”

“警官，他当然有一把刀。假使你不知道脐眼每一个人，以及达尔区大部分的人都随身带刀，而且或许都没有许可证，那你就是唯一不知情的达尔人。在此地不论你转到哪里，都能找到公然贩刀的商店。这点你不知道吗？”

鲁斯说：“我对这方面知道得多或少并不重要，其他人是否违法或有多少人违法也不重要。此时此刻，重要的是凡纳比里夫人触犯了《反刀械法》。夫人，我必须请你立刻将那两把刀交给我，然后你们两人必须随我到总部去。”

铎丝说：“既然这样，把我的刀子取走啊。”

鲁斯又叹了一声。“夫人，你该不会认为刀械是我们达尔唯一的武器，或是我需要和你进行一场刀战吧。我和我的搭档都有手铳，可以在瞬间将你摧毁，远在你的双手能碰到刀柄之前——不论你有多快。当然，我们不至于使用手铳，因为我们不是来杀你的。然而，我们每个人还有一柄神经鞭，可以随意用来对付你。我希望你不会要求一次示范。它不会要你的命或是造成任何永久性伤害，甚至不会留下任何伤痕——但那种痛苦却是难以忍受的。现在我的搭档正举着神经鞭对着你，而这把则是我的——好啦，凡纳比里夫人，把你的刀交给我们。”

顿了一下之后，谢顿说：“没有用的，铎丝，把刀子给他吧。”

就在这个时候，大门响起一阵狂暴的敲击声，大家也都听到一个拉高音调的吼叫。

79

芮奇带他们回到公寓后，并未真正离开这个社区。

在达凡住处外等待的时候，他曾经饱餐了一顿。后来，在找到一间勉强还能使用的厕所后，他又小睡了一会儿。现在这些事都已经做完了，他实在没什么地方可去。他也算有个家，但他即使好一阵子不回去，他的母亲也不大可能担心——她从未担心过。

他不知道生父是谁，有时甚至怀疑自己是否真有父亲。不过有人曾经告诉他，说他的父亲一定存在，并以很露骨的方式将理由解释给他听。他有时也会怀疑是否该相信这么奇特的故事，但他的确发觉那些细节令人心痒。

他将那件事和那位大姐联想到一块。她当然是个年纪不小的大姐，可是她相当漂亮，而且能像男人一样打斗——甚至比男人更厉害。这使他心中充斥着一些模糊的想法。

而且，她曾提出要让他洗个澡。他偶尔也能在脐眼的游泳池泡一泡，那是当他有些没处花的信用点，或是能偷溜进去的时候。游泳是他唯一全身浸湿的机会，但总是相当寒冷，而且事后还得把身子晾干。

洗澡则是完全不同的一回事，会有热水、肥皂、毛巾与热气流。他不确定那会是什么样的感觉，只晓得她若在场必将十分美好。

他对这一带的人行道足够熟悉，晓得人行道旁巷道内的哪些地方可容他藏身，不但离一间厕所不远，又能和她的距离仍然够近，而且或许不会被人发现，不至于落荒而逃。

他整夜都在想一些奇怪的念头。他若是真的学会读书写字，那会怎么样？他能用这本事做什么事吗？他不确定能做什么，但她或许能告诉他。他有些模糊的概念，知道做些现在还不会做的事可以赚到工资，却不晓得那会是些什么样的事。得有人告诉他才行，但要怎样才能找到这样的人？

假如他留在那个男人和那位大姐身边，他们或许会帮助他。可是，他们怎么会要他留在身边呢？

他打起瞌睡，不久又清醒过来，并非由于光线变得明亮，而是他敏锐的听力察觉到来自人行道的声音越来越嘈杂，标志着一天的活动已经开始。

他早已学会分辨几乎每一种声音，因为在脐眼那种地底迷宫中，即使只是想要苟活，也必须在看到任何事物之前便先行察觉。他现在听到的是地面车发动机的声音，而他听出了其中的危险讯息。它具有一种官方的声音，一种敌意的声音……

他甩了甩头，让自己清醒过来，再悄悄向人行道走去。他几乎不需要看到那辆地面车的“星舰与太阳”徽章，光看车子的外型就足够了。他知道，他们必定是来抓那一男一女的，因为他俩见到了达凡。他并未停下来质疑自己的想法或加以分析，而是立刻拔腿飞奔，在逐渐拥挤的人群中冲出一条路。

他在十五分钟内又回来了。那辆地面车还在那里，许多好奇而谨慎的民众从四面八方望过来，但都维持着一段不短的距离。想必旁观者很快会越来越多。他一面“砰砰砰”地爬着楼梯，一面努力回想该捶哪家的门。他根本来不及搭升降机。

他终于找到那扇门，至少他认为没错。他开始使劲捶门，同时以尖锐的声音喊道：“大姐！大姐！”

由于过度激动，他竟然忘了她的姓名，不过他还记得那男子的名字。“哈里！”他吼道，“让我进去。”

房门打开后，他立刻冲进去——应该说是试图冲进去。一名警官的粗大手掌抓住了他的手臂。“慢着，小子，你以为这是哪里？”

“撒手！我啥也没做。”他四下望了望，“嘿，大姐，他们在干啥？”

“逮捕我们。”铎丝绷着脸说。

“为什么？”芮奇一面喘气一面挣扎，“嘿，撒手，你这个徽子。别跟他走，大姐，你不必跟他走。”

“你滚开。”鲁斯一面说，一面猛力摇晃这个男孩。

“不，我不。徽子，你也别走。我们整帮人就要来啦，你逃不掉的，除非你让这两个哥儿们走。”

“什么整帮人？”鲁斯皱着眉头说。

“现在他们就在外面，说不定正在拆你的地面车，他们还会把你也拆了。”

鲁斯转头对他的搭档说：“联络总部，要他们派几辆载满重武的卡车来。”

“不！”芮奇尖叫道。他挣脱了那只手，朝艾斯汀伍德冲过去。“别联络！”

鲁斯举起神经鞭瞄准，然后发射。

芮奇惨叫一声，伸手抓住自己的右肩，随即跌倒在地，发狂般不停抽搐。

鲁斯还来不及转身，谢顿已从后面抓住他的手腕，将神经鞭推到半空中，再将他的手扭到身后，同时踏住他一只脚掌，令他几乎动弹不得。在鲁斯发出嘶哑而痛苦的叫喊时，谢顿已能感到他的肩膀脱臼了。

艾斯汀伍德迅速举起手铳，但铎丝的左臂立刻勾住他的肩膀，右手的刀子则架在他的喉头。

“别动！”她说，“不论你全身任何部位，只要蠢动一毫米，我就从你的颈子一直切到脊柱。把手铳丢掉，丢掉！还有神经鞭。”

谢顿抱起仍在呻吟的芮奇，将他紧紧搂在怀里，然后转向堤沙佛说：“外面有大批群众，愤怒的群众。我让他们进来的话，他们会打烂你所有的一切，还会打碎每一面墙壁。如果你不想发生这种事，就捡起这些武器，丢到隔壁房间。再从瘫在地上的维安警官身上取走武器，同样丢到隔壁去。快！叫你太太帮忙。下次再想控告无辜民众，她会三思而后行。铎丝，这个倒在地板上的暂时不能做什么。让另一个也失去行动能力，但是别杀他。”

“好的。”铎丝答道。她倒转刀身，用刀柄在那人头盖骨上重击一记。他立刻屈膝倒地。

她做了个鬼脸。“我痛恨这种事。”

“是他们先射击芮奇。”谢顿这么说，以掩饰自己对这一切的厌恶。

他们匆匆离开那栋公寓，来到了人行道，发觉外面人山人海，而且几乎都是男性。看到他们出现之后，众人发出一声欢呼。他们纷纷凑近，一股从未好好洗澡的强烈气味扑鼻而来。

有人喊道：“那些徽子在哪里？”

“在里面。”铎丝以刺耳的声音叫道，“别管他们。他们会有一阵子无能为力，不过他们即将得到增援，所以尽快离开这里。”

“你们怎么办？”十来个人异口同声问道。

“我们也要走，不会再回来了。”

“我会照顾他们。”芮奇尖声道，说完便挣脱谢顿的臂膀，自己站了起来。他一面拼命搓揉右肩，一面说：“我可以走，让我过去。”

群众为他让出一条路，他便说：“大哥，大姐，跟我来。快！”

几十名男子陪同他们沿着人行道前进。不久之后，芮奇突然指了指一个开口处，喃喃道：“伙伴们，这里。我要带你们到一个谁也找不到的地方，就连达凡搞不好也不知道。只是有一件事，我们得通过污水层。那里不会有人发现我们，但是有那么一点臭……明白我的意思吗？”

“我想我们死不了。”谢顿喃喃答道。

于是他们沿着狭窄的螺旋坡道向下走，迎接他们的恶臭则逐渐向上袭来。

80

芮奇为他们找到一个藏身之处。他们攀着一架金属梯爬了许多级，才来到这个类似阁楼的大房间，谢顿无从想象它的功用是什么。室内被一具体积庞大、安静无声的设备所占据，它的功能同样是个谜。这个房间相当清洁，几乎一尘不染。通风口送出一股稳定的气流，不但阻止了灰尘的堆积，更重要的是，似乎也减轻了那股恶臭。

芮奇似乎很高兴。“这里好不好？”他追问道。他还在不时搓揉他的肩头，每当揉得太用力时就会缩一下脖子。

“比我想象中的好。”谢顿说，“芮奇，你知道这地方是做什么用的吗？”

芮奇耸了耸肩，或说还没这么做便痛得缩了回去。“我不知。”说完，他又带点倨傲地补充道，“谁管它？”

铎丝刚才用手抹了抹地板，再以怀疑的眼光看了看自己的手掌，然后才坐下来。此时她说：“如果你要我猜，我想这个建筑群是用来进行排泄物的去毒和回收。那些东西最后当然是变成肥料。”

“那么，”谢顿以沮丧的口吻说，“根据我的研判，管理这个建筑群的人会定期下来这里，而且随时可能下来。”

“我以前在这儿待过，”芮奇说，“我从来没在这儿见过人。”

“我想川陀各处都已经尽可能高度自动化，而要说有什么最需要自动化的东西，当然首推排泄物处理。”铎丝说，“我们应该……暂时安全无虞。”

“不会太久的，铎丝，我们会饿会渴。”

“我能帮大家找来食物和饮水。”芮奇说，“如果你是个野孩子，你就得知道该怎么凑合。”

“谢谢你，芮奇，”谢顿心不在焉地说，“可是现在我并不饿。”他闻了闻周遭的气味，“我也许再也不会感到饥饿。”

“你会的。”铎丝说，“而且即使你暂时失去胃口，你也会感到口渴。至少排泄不成问题，我们等于住在一个开放的下水道上。”

接着是一阵沉默。此地光线黯淡，谢顿不禁纳闷川陀人为何不让它保持完全黑暗。但他随即想到，不论在任何公共场所，他从未遇到真正的黑暗，这或许是能源充足社会的一种习惯。说来也奇怪，一个拥有四百亿人口的世界竟然能源充足。不过，既然有行星内部的热量可供汲取，再加上太阳能以及太空中的核融合电厂，这也就不足为奇。其实再仔细想一想，帝国境内根本没有能源短缺的行星。过去是否曾有一段科技十分原始、能源确有可能匮乏的时期呢？

他倚在一组输送管上，据他所知，里面流动的应该是污水。一想到这点，他赶紧离开那组管子，坐到了铎丝身旁。

他说："我们有没有办法和契特·夫铭取得联络？"

铎丝说："事实上，我已经送出一道讯息，虽然我痛恨这样做。"

"你痛恨这样做？"

"我的使命是保护你。每次我不得不和他联络时，就代表我又失败了。"

谢顿眯起眼睛凝视她。"你一定要这么强迫自己吗，铎丝？面对整区的维安警力，你根本无法保护我。"

"我也这么想。我们能打垮几个……"

"我知道，我们也做到了。但他们会派出增援部队……装甲地面车……神经炮……催眠雾。我不确定他们有些什么，可是我敢确定，他们会投入所有的军火。"

"你或许是对的。"铎丝紧紧抿着嘴。

"大姐，他们抓不到你。"芮奇突然说。刚才他们交谈的时候，他以锐利的目光轮流扫视他们两人。"他们从没抓到达凡。"

铎丝勉强笑了笑，并伸手抓抓男孩的头发，然后有点后悔地望着自己的手掌。“芮奇，我不确定你应不应该跟我们待在一起。我不想让他们抓到你。”

“他们抓不到我。而且我要是走了，谁来帮你们找食物和饮水，谁又来帮你们找新的藏身处，好让徽子永远不知上哪儿去抓？”

“不，芮奇，他们会找到我们。他们并没有真正尽力寻找达凡。他为他们带来困扰，但我猜想他们并未将他看得多严重。你明白我的意思吗？”

“你的意思是说，他只是……脖子上一点小伤。根据他们的估量，不值得翻遍整个地区追捕他。”

“是的，我正是那个意思。可是你看，我们把两名警官打成重伤，他们不会让我们就这样逍遥法外。假如他们动用全部的警力——假如他们扫荡本区每个隐匿或无用的回廊——他们就会抓到我们。”

芮奇说：“那令我觉得好像……好像我一无是处。假使我没跑到那里去，而且挨了一记，你们就不会撂倒他们两个警官，就不会有这样的麻烦。”

“不，迟早我们还是会——喔——撂倒他们。谁知道呢？我们也许还得再撂倒些。”

“嗯，你的动作漂亮极了。”芮奇说，“要不是全身疼痛，我就能看到更多细节，好好欣赏一番。”

谢顿说：“试图对抗整个维安系统，对我们没有任何好处。现在问题是：一旦抓到我们，他们会把我们怎么样？不用说，当然是判处监禁。”

“喔，不。若有必要，我们不得不向大帝提出上诉。”铎丝插嘴道。

“大帝？”芮奇张大眼睛说，“你们认识大帝？”

谢顿对男孩挥挥手。“银河帝国任何公民都能向皇帝上诉——铎丝，我觉得这会是个错误的举动。自从我和夫铭离开皇区之后，我们就一直在躲避这个皇帝。”

“被丢进达尔监狱却更不妙。上诉御前是一种拖延战术——至少是一种牵制。也许在拖延过程中，我们能想到什么别的办法。”

“还有夫铭呢。”

“是的，还有他。”铎丝以不安的口气说，“但我们不能把他视为万灵丹。理由之一，即使我的讯息传到他那里，即使他能赶来达尔，他又如何在这里找到我们？还有，就算他找到我们，面对整个达尔的维安警力，他又能做些什么？”

“这样说来，”谢顿道，“在被他们找到之前，我们必须想个可行的办法。”

芮奇说:“如果你们跟着我，我能让你们一直走在他们前面。我知道附近每一个地方。”

“你可以让我们走在一个人前面，可是他们会有很多很多人，在所有的回廊中钻来钻去。我们躲过一组人，又会撞见另一组。”

接下来有好一阵子，他们端坐在不安的沉默中，每个人都面对着一个似乎无望的局面。然后，铎丝・凡纳比里抖动了一下，以紧张而低沉的悄悄话说:“他们来了，我听到了。”

他们绷紧神经倾听了一会儿，然后芮奇突然跳起来，紧张地悄声道:“他们从那边来，我们得往这边走。”

谢顿相当疑惑，他什么也没听到，但他宁愿相信其他两人的超人听觉。不过就在芮奇开始迅速地、悄悄地朝脚步声相反的方向移动时，一个声音却突然响起，在下水道的墙壁上激起回声。“别走，别走。”

芮奇立刻说："那是达凡。他怎么知道我们在这里？"

"达凡？"谢顿说，"你确定吗？"

"我当然确定。他会帮助我们。"

81

达凡说："发生了什么事？"

谢顿勉勉强强松了一口气。当然，面对达尔区整个的警力，多了达凡一人几乎不算什么。不过话说回来，他指挥着一大批人，应该可以制造足够的混乱……

他说："达凡，你应该都知道。我猜想今天早上在堤沙佛家门口聚集的群众，有许多都是你的手下。"

"没错，有不少都是。传闻是说你们遭到逮捕，而你们对付了一中队的徽子。但你们为什么会遭到逮捕呢？"

"两个，"谢顿一面说，一面举起两根指头，"两个徽子而已，但这就够糟了。我们遭到逮捕的部分原因，就是我们去见过你。"

"那还不够，徽子不怎么把我当一回事。"他又以苦涩的口吻补充道，"他们低估了我。"

"或许吧，"谢顿说，"可是租房子给我们的那个女人，告发我们曾经掀起一场暴动……用来对付那名我们遇到的记者，你知道这回事。你的人昨天和今天早上都在现场，再加上两名警官受了重伤，他们很可能会决定扫清这些回廊——这就代表你要遭殃。我真的很抱歉，我从未打算或是指望引发其中任何一件事。”

达凡却摇了摇头。“不，你不了解那些徽子，这个理由还是不够。他们并不想清除我们，否则的话，这个区必须为我们做些安排。让我们在脐眼和其他贫民窟里腐烂，他们高兴还来不及呢。不，他们是要抓你们——你们。你们到底做了什么？”

铎丝不耐烦地说：“我们什么也没做，而且无论如何，这又有什么关系？假如他们不是在抓你，而真的是在抓我们，他们就会下来这里，把我们通通赶出去。你若挺身而出，就会有大麻烦。”

“不，我不会。我有些朋友——有权有势的朋友，昨晚我对你们说过。”达凡道，“他们能像帮我一样帮助你们。在你们拒绝公开帮我们之后，我和他们取得了联络。他们知道你是谁，谢顿博士，你是个名人。他们有资格和达尔区长直接通话，并能确保达尔放你们一马，不论你们做过什么。可是你们必须被带走——带离达尔。”

谢顿微微一笑，松懈感瞬间传遍全身。他说：“达凡，你认识一位有权有势的人，对不对？一位可以立即做出回应，有能力劝阻达尔政府采取激烈手段，而且能把我们带走的人？很好，我并不惊讶。”他带着笑容转向铎丝，“这完全是麦曲生的翻版。夫铭是怎么做到的？”

铎丝却摇了摇头。“太快了——我不懂。”

谢顿说：“我相信他做得到任何事。”

“我对他的认识比你更深，而且更久，但我不相信有这种事。”

谢顿又微微一笑。“可别低估他。”然后，他仿佛急于转换话题，随即转向达凡说，“但你是怎样找到我们的？芮奇说你对此处毫不知情。”

“他不知道。”芮奇愤慨地尖叫道，“这个地方只属于我，是我发现的。”

“我以前从未来过这里。”达凡一面说，一面环顾四周，“这是个有趣的地方。芮奇的确是个回廊生物，在这个迷宫中就像回到家一样。”

“没错，达凡，我们自己也推断出这么多。但你是怎么找来的？”

“利用热源追踪仪。我有个装置能侦测红外辐射，校准到针对摄氏三十七度的热辐射模式。它只会对人体产生反应，而不理会其他热源。它对你们三人做出了反应。”

铎丝皱着眉头说：“川陀到处都是人，这种装置在这里有什么用？其他世界不难见到，可是……”

达凡说：“可是川陀没有，这我知道。只不过在贫民窟里，在遭人遗忘且腐朽的回廊和窄巷中，它还是派得上用场。”

“你又是从哪里弄来的？”谢顿问道。

达凡说：“知道我有就够了——但我们必须把你弄走，谢顿老爷。如今想要你的人太多了，而我只希望那位有权有势的朋友得到你。”

“你那位有权有势的朋友，他在哪里？”

“他正走过来。至少有个新的三十七度热源显现了，我想不会是其他任何人。”

另一个人从门口大步走来，谢顿的欢呼却冻结在唇边——那并非契特·夫铭。

第十七章

卫荷

卫荷：……川陀这个世界型都会的一个行政区……在银河帝国最后数世纪，卫荷是这个世界型都会中最强盛且最稳定的部分。长久以来，其统治者一直在觊觎帝位，而且自认师出有名，理由是他们的祖先曾当过皇帝。在曼尼克斯四世统治下，卫荷整军经武，而且（帝国当局事后宣称）计划一场全球性军事政变……

——《银河百科全书》

82

进来的人高头大马、肌肉结实。他有两撇很长的金色胡须，末端微微翘起；两绺发束从脸颊两侧垂下来；下巴与下唇刮得光溜溜，而且似乎有点潮湿。他的头发修剪得非常短，并且由于颜色很淡，令谢顿不禁忆起麦曲生的种种不快。

那人所穿的无疑是一套制服。它的颜色红白相间，腰际有一条宽大的皮带，上面装饰着几颗银扣。

当他开口时，声音有如隆隆作响的低音乐器，口音则是谢顿从未听过的。在谢顿的经验中，不熟悉的口音大多听来相当粗鲁，但此人的声音却几乎像音乐，或许是醇厚的低音所造成的印象。

“我是爱玛·塔勒斯中士，”他吐出低沉、嘹亮而缓慢的连续音节，“我来找哈里·谢顿博士。”

谢顿说：“我就是。”他又别过头来，低声对铎丝说：“即使夫铭无法亲自前来，他显然派了一个优秀的大块头来代表他。”

中士对谢顿投以漠然且稍嫌冗长的一瞥，然后说：“没错，上级对我描述过你的样子。谢顿博士，请跟我走吧。”

谢顿说：“带路。”

中士向后退去，谢顿与铎丝·凡纳比里则向前迈开脚步。

中士突然停下，然后举起巨大的手掌，作势挡住铎丝。“上级命令我来接哈里·谢顿博士，没有命令我接其他任何人。”

谢顿望着他，一时之间无法理解是怎么回事。不久，他的惊讶转成了愤怒。“你竟然会接到这种命令，中士，这简直是不可能的事。铎丝·凡纳比里博士是我的同事和同伴，她一定要跟我去。”

“博士，这和我的命令不符。”

“我才不管你的什么命令呢，塔勒斯中士。不让她去的话，我一步也不走。”

“此外，”铎丝带着明显的怒意说，“我所奉的命令，则是时时刻刻保护谢顿博士。除非我跟他在一起，否则我无法完成任务。因此不论他到哪里，我都要跟去。”

中士显得十分为难。“谢顿博士，我的命令严格要求我确保你不会受到伤害。倘若你不肯自愿前去，我不得不把你抱进我的交通工具。我会试着动作尽量温和。”

他伸出两只手臂，仿佛要抓向谢顿的腰际，把他整个抱起来。

谢顿向后一跳，让对方扑了个空。与此同时，他的右手掌缘击向中士的右臂上方，落点刚好是肌肉最少的部位，因此直接打击到骨头。

中士突然深深倒抽一口气，身体似乎晃了一下，但他随即转身，脸上毫无表情，再度向谢顿走去。达凡始终目不转睛，身子也一动不动，芮奇却已来到中士身后。

谢顿接二连三重复他的掌击，但塔勒斯中士现在已有准备，他垂下肩头，让坚硬的肌肉承受这些攻击。

铎丝则已拔出她的双刀。

“中士，”她强有力地说，“把头转到这个方向。我要你了解，假如你硬要强行带走谢顿博士，我也许不得不重伤你。”

中士顿了一下，似乎在以严肃的态度估量那两把缓缓挥动的利刃。然后他说：“在我的命令中，并未限制我伤害谢顿博士以外的人。”

他的右手以惊人的速度伸向臀边皮套中的神经鞭。铎丝飞快挺进，双刀一齐刺出。

两人都没有完成动作。

说时迟那时快，芮奇猛然向前冲来，左手推向中士的背部，右手则从皮套中抽走神经鞭。他迅速闪开，现在正以双手握着那柄武器，喊道：“举起手来，中士，否则你就要挨一记！”

中士做了个回旋，渐渐涨红的脸孔掠过一丝紧张的表情，这是他唯一不那么漠然的一刻。“放下来，老弟。”他咆哮道，“你不知道怎么用。”

芮奇怒吼道：“我知道什么是保险开关，它现在开着，这东西可以发射。如果你试图向我冲来，它就真会发射。”

中士全身僵住。他显然知道，让一个激动的十二岁少年掌握一柄强力武器有多危险。

谢顿的感受也好不了多少，他说：“小心，芮奇。别发射，你的手指别碰开关。”

“我不会让他向我冲来。”

“他不会的。中士，请别动，让我们把事情弄清楚。上级叫你把我带离这里，是这样的吗？”

“是这样的。”中士说，他的眼睛几乎鼓起来，而且紧紧盯在芮奇身上（芮奇的双眼也紧紧盯在中士身上）。

“可是上级未曾叫你带走其他人，是吗？”

“博士，没有，我没接到这种命令。”中士坚决地说。甚至神经鞭的威胁也无法逼他做出狡辩，这点谁都看得出来。

“非常好，不过听我说，中士，上级曾叫你别带走其他人吗？”

“我刚说过……”

“不，不，听好，中士，这有分别。你接到的命令是否只是‘带谢顿博士来’？整个命令就是这样，并未提到其他人，还是命令的内容更加特定？你接到的命令是不是‘带谢顿博士来，别带其他任何人’？”

中士的脑子转了几转，然后他说：“谢顿博士，上级叫我带你走。”

“那么并没有提到其他人，什么都没提到，对不对？”

顿了一下之后：“没有。”

“上级没有叫你带走凡纳比里博士，但也没有叫你别带凡纳比里博士。是不是这样？”

顿了一下之后：“是的。”

“因此你可以带她也可以不带，随你高兴？”

停顿很长一段时间之后：“我想是的。”

“那么，这是芮奇，这位拿着神经鞭指着你的年轻朋友——你的神经鞭，记住——而且他迫不及待要动用了。”

“是啊！”芮奇喊道。

“芮奇，还不要。”谢顿说，“这是凡纳比里博士，手中握着两把刀，她可是这种武器的大行家。此外还有我，如果逮到机会，我能用一只手抓烂你的喉结，令你再也发不出比耳语更大的声音。好啦，你是要带凡纳比里博士同行，还是不要这样做？你奉的命令允许你自己选择。”

最后，中士以战败的声音说：“我会带这个女的一起走。”

“还有那个男孩，芮奇。”

“还有那个男孩。”

“很好。你能以荣誉向我担保吗？以军人的荣誉担保，你会照你刚才说的去做……诚实无欺？”

“我以军人的荣誉向你担保。”中士说。

“很好。芮奇，把神经鞭还给他——赶快，别让我等。”

芮奇露出一副夸张的愁眉苦脸，转头向铎丝望去。铎丝犹豫了一下，然后缓缓点了点头，她的表情也像芮奇一样凝重。

芮奇将神经鞭递给中士，并且说：“是他们要我这样做的，你这大XX。”最后两个字谁也听不懂。

谢顿又说：“收起你的刀子，铎丝。”

铎丝摇摇头，但还是将双刀收了起来。

“如何，中士？”谢顿说。

中士先望着神经鞭，然后又望向谢顿。“你是个可敬的人，谢顿博士，我的荣誉担保一定算数。”他以利落的动作将神经鞭放回皮套中。

谢顿转头对达凡说：“达凡，请忘掉你在这里所见到的一切。我们三人是自愿随塔勒斯中士走的。当你见到雨果·阿马瑞尔时，告诉他说我不会忘记他，一旦这件事告一段落，我能自由行动之后，我保证会把他送进一所大学。此外，达凡，倘若有任何合理的事，是我能为你效力的，我一定都会做——好啦，中士，我们走吧。”

83

“你以前搭乘过喷射机吗，芮奇？”哈里·谢顿问道。

芮奇默默摇了摇头。他正以惊恐与敬畏交集的心情，望着“上方”猛然掠过他们脚下。

这使谢顿再度想到，川陀是个多么依赖捷运与隧道的世界。对一般大众而言，即使长距离旅行也都在地底进行。不论空中旅行在外星世界多么普遍，它在川陀却是一项奢侈。至于像这样的一架喷射机……

夫铭是怎样做到的？谢顿实在纳闷。

他透过机窗向外望去，看见了起伏的穹顶，看见了川陀这一带的无际苍翠，以及时隐时现、无异于丛林的深绿色斑点，还有不时通过的一些海湾——当太阳从浓厚的云层里短暂露脸时，铅色的海水便会在那一瞬间闪闪发光。

铎丝原本在看一本新的历史小说，但没有显露多大的兴趣。大约飞行了一小时之后，她突然将影视书“咔嗒”一声关掉，说道：“我真希望知道我们正往哪儿去。”

“假如你无从判断，”谢顿说，“那我当然更不行。你在川陀待得比我久。”

“没错，不过只是在里面。”铎丝说，“一旦到了外面，只有上方在我脚下，我就像未出世的胎儿一般茫然。”

“喔，好吧。想必夫铭知道自己在做什么。”

“我确定他知道，”铎丝以颇为锋利的语气答道，“但那或许和现在的情势毫无关系。你为什么仍旧假设这些都代表他的谋划？”

谢顿扬起眉毛。“经你这么一问，我还真不知道，我只是假设而已。为什么不该是他的谋划呢？”

“因为不论是谁安排这项行动，都没有特别交代把我一起带走，我就是不信夫铭会忘记我这个人。而且他并未亲自前来，这和前两次在斯璀璘以及麦曲生不一样。”

“你不能总是指望他那样做，铎丝，他很有可能是分身乏术。应该惊讶的不是这回他没来，而是前两次他竟然亲自来了。”

“即便无法亲自前来，他会派一座这么显眼、这么豪奢的飞行宫殿来吗？”她朝四面八方指了指这架大型豪华喷射机。

“也许只不过是它刚好有空。而且他也许做过一番推理，没有人会怀疑，像这么显眼的东西，会载着两个拼命想要躲避耳目的逃亡者。这是著名的负负得正法则。”

“在我看来，有点太著名了。他又怎么会派一个像塔勒斯中士这样的白痴来？”

“这位中士并不是白痴，他只是被训练得绝对服从。只要有适当的命令，他能百分之百可靠。”

“你看，哈里，我们又兜回来了。为什么他没接到适当的命令？我感到不可思议，契特·夫铭竟然只告诉他把你带离达尔，却没有一个字提到我。实在不可思议。”

对于这个问题，谢顿没有任何答案，他的心开始往下沉。

又过了一个小时之后，铎丝说：“看来外面好像越来越冷。原本青翠的上方变得枯黄，而且我相信暖气已经打开了。”

“这代表什么意义？”

“达尔位于热带，所以显然我们正在向北或向南飞——而且飞了很可观的距离。我如果清楚昼夜界线在哪个方向，便能判断是南是北。”

最后，他们通过一段海岸线，有一串冰紧贴着那些滨海穹顶与海水的接壤处。

然后，在几乎毫无预警的情况下，喷射机开始俯冲。

芮奇尖叫道：“我们要坠毁啦！我们要撞得粉碎！”

谢顿感到腹肌绷紧，他用力抓住座椅扶手。

铎丝似乎不为所动，她说：“驾驶员们似乎并不惊慌。我们是要钻进隧道。”

就在她这么说的时候，机翼已经开始向后并向下收拢，接着，喷射机像一颗子弹一样飞进隧道。最初的一刹那，他们被一片黑暗笼罩；而在下一刻，隧道内的照明系统便已开启。向外望去，隧道两旁的墙壁正蜿蜒地掠过机身。

“我想我绝对无法肯定，他们知道这条隧道已经空出来。”谢顿喃喃道。

“我确信在好几十公里外，他们便确认过隧道无人使用。”铎丝说，“无论如何，我推测这是此趟旅程的最后一个阶段，我们很快便会知道身在何处。”

她顿了一顿，然后补充道：“我进一步的推测是，我们不会喜欢那个答案。”

84

喷射机急速飞出隧道，降落在一条很长的跑道上。跑道正上方有个非常高的顶棚，自从谢顿离开皇区后，从未见过如此接近天然日光的环境。

他们不久便停下来，滑行时间比谢顿的预期还要短，代价却是一股难受的压力。尤其是芮奇，他全身压在前面的椅背上，连呼吸都有困难，直到铎丝将他的肩头稍向后拉，他才松了一口气。

相貌堂堂、身形笔直的塔勒斯中士离开前座，向喷射机后面走来。他打开旅客舱的舱门，扶助他们三人逐一下机。

谢顿是最后一个。经过中士身边时，他半转过头来说："中士，这是一趟愉快的旅程。"

一抹笑容在中士宽大的脸庞上缓缓扩散，使他留着胡子的上唇扬了起来。他像敬礼似地碰了一下帽檐，说道："博士，再次谢谢你。"

接着，他们在引导之下，进入一辆外型高贵的地面车的后座。中士自己则钻进前座，以惊人的轻巧动作驾驶着这辆车。

他们穿过一些宽阔的道路，两侧都是高大而壮丽的建筑，通通在充足的日光下闪闪发亮。如同在川陀其他地方一样，他们听到远处有捷运的隆隆声。人行道上挤满了人，大多数都穿得很体面。周遭的环境十分清洁，几乎可说清洁得过分。

谢顿的安全感从黄灯转为红灯。铎丝对于目的地的忧心，如今似乎终于应验。他凑近她说：“你认为我们回到皇区了吗？”

她说：“不，皇区的建筑更具洛可可风，而且本区欠缺皇家庭园的风味——你该知道我的意思。”

“铎丝，那么我们在哪里？”

“哈里，只怕我们得问问。”

这并非一趟长途旅程，他们很快就来到一个停车坪，旁边则是一座富丽堂皇的四层楼建筑。那座建筑物顶端横亘着一道檐壁，上面雕刻着许多想象中的动物，并装饰着粉红暖色的石头所排成的条纹。建筑物的外表极为壮观，拥有一个讨人喜欢的外型。

谢顿说：“那座建筑，看来无疑洛可可十足。”

铎丝不确定地耸了耸肩。

芮奇吹着口哨，试图（却没有成功）以毫不动容的口气说：“嘿，看看那个拉风的地方。”

塔勒斯中士对谢顿做了一个手势，显然是要他跟着走。谢顿却裹足不前，他伸出双臂，同样借着这种宇宙通用的语言，表示应将铎丝与芮奇包括在内。

在壮观的粉红色大门口，中士有点卑微地迟疑了一下，他的两撇胡子好像也垂了下来。

然后他板着脸说：“那么，你们三个一起来吧，我的荣誉担保仍然算数。话说回来，你该明白，其他人也许并不认同我。”

谢顿点了点头。“中士，我坚信你只对自己的行为负责。”

中士显然感动万分，一时之间，他的脸孔开朗许多，仿佛他在考虑是否有可能和谢顿握握手，或是以其他方式表达他的衷心赞同。然而，他终究否决了这些冲动，径自走向门前的台阶。他才踏上第一级，那道阶梯立刻开始庄严地缓缓上升。

谢顿与铎丝赶紧随着他踏上阶梯，没费多大力气便稳住身形。芮奇惊讶之余曾有短暂的踌躇，经过短距离冲刺才跳上这个活动阶梯。他随即将双手插进口袋，悠闲地吹起口哨。

大门打开后，出现两名既年轻又迷人的女子，以对称的方式一左一右走出来。她们的衣裳在腰际由皮带紧紧系住，下摆几乎长达脚踝，末端有波浪状的褶子，走路时会沙沙作响。两人都有一头棕发，在头部两侧结成两条粗辫再盘起来。谢顿发觉那很吸引人，却又纳闷她们每天早上得花多少时间梳理。刚才一路上，他并未发觉街上的妇女拥有如此精致的发型。

两名女子以明显的轻蔑眼神凝视来客。这点谢顿并不惊讶，经过一天的折腾，他与铎丝看来几乎和芮奇一样灰头土脸。

然而，两名女子还是优雅地鞠了一躬，然后半转过身，以完全一致的动作做个请进的手势，并仔细维持着彼此的对称。（她们预演过吗？）显然是要他们三人进去。

他们穿过一个精致的房间，房里零星散布着许多家具与装饰品，谢顿无法一眼看出它们的功用。地板是淡色系的，富有弹性并发出冷光。谢顿注意到他们的鞋子在上面留下不少灰尘，令他感到有些不好意思。

然后，内门突然被推开了，随即出现另一名女子，她比先前那两位无疑年长许多。当她走进来时，两名少女双脚交错，缓缓低下身子。谢顿不禁赞叹她们竟然能保持平衡，这无疑需要大量的练习。

谢顿不知道自己是否也该做出某种仪式化的敬拜，但既然对这一切毫无概念，他只是微微低下头来。铎丝则保持直立的姿势，在谢顿的感觉中，她的动作似乎带着不屑的意味。芮奇则正在张大嘴巴东张西望，好像根本没看到刚进来的那名女子。

她的体型丰满——并非肥胖，但有适度的脂肪。她将头发梳成和两名少女一样的发型，而她的衣裳也是同一种款式，不过装饰却华丽许多倍——实在太多了点，令谢顿的审美观无法接受。

她显然已步入中年，她的头发透出些许灰白，但双颊上的酒涡为她的外表带来不少青春气息。此外，她淡褐色的眼睛喜气洋洋。整体而言，她看来不算老，反而更像一位慈母。

她说："你们大家好吗？"她并未对铎丝与芮奇表现出惊讶，反倒在问候中轻易将他们包括在内。"我等待你已有一些时日，当初在斯璀璘的上方，差点就请到你了。你是哈里·谢顿博士，是我一直期待会见的人。而你，我想一定是铎丝·凡纳比里博士，因为根据报告，你一直都在他身边。这个年轻人我恐怕不认识，不过我很高兴见到他。但我们绝不该花太多时间交谈，我确定你们会希望先休息一下。"

"还有沐浴，女士，"铎丝以颇为有力的口气说，"我们每个人都得好好洗个澡。"

"是的，当然。"那女子说，"还要换一套衣服，尤其是这个年轻人。"她低头望向芮奇，和那两名少女不同的是，她脸上没有任何轻视或不以为然的表情。

她说："年轻人，你叫什么名字？"

"芮奇。"芮奇以有些哽塞与尴尬的声音说，接着又试探性地补充道，"姑奶奶好。"

"多么奇妙的巧合，"那女子的双眼闪烁着光芒，"或许是个兆头。我的名字叫芮喜尔，这是不是很奇妙？不过别管这个了，我们会好好照顾你们。然后，我们有充分的时间来餐叙。"

"女士，等一等。"铎丝说，"我能请问我们在哪里吗？"

"卫荷，亲爱的。等你觉得更熟络时，就请改口叫我芮喜尔吧。我总是喜欢不拘礼节。"

铎丝的态度转趋强硬。“我们的问题令你惊讶吗？我们想知道身在何处，难道不是很自然吗？”

芮喜尔发出一阵愉悦而清脆的笑声。“真的，凡纳比里博士，这地方的名字好歹也得改一改。我刚刚并非提出一个问题，而是在做一项陈述。你问你们在哪里，我不是反问你‘为何’，而是回答你‘卫荷’。你们如今在卫荷区。”

“在卫荷？”谢顿强而有力地问。

“的确没错，谢顿博士。打从你在十载会议上发表演说那天起，我们就想把你请来，我们很高兴现在终于请到你了。”

85

事实上，休息，放松，把全身洗干净，换上新衣服（质料光滑且有些宽松，这是卫荷服装的特色），再好好睡上一觉，花了他们一整天的时间。

来到卫荷的第二天傍晚，芮喜尔女士承诺的晚餐才有机会举行。

餐桌相当大——其实太大了，因为总共只有四个人进餐：哈里·谢顿、铎丝·凡纳比里、芮奇与芮喜尔。墙壁与天花板都打上柔和的灯光，光线的色彩不停变化，其速率足以吸引目光，却不至于快到令人心浮气躁。而桌布（其实并非布料，谢顿心中尚未判定它是什么）似乎会闪闪发光。

服侍进餐的仆人很多，个个沉默不语。当门打开的时候，谢顿似乎瞥见外面站着一些士兵，一律全副武装并荷枪实弹。这个房间像个天鹅绒手套，而那只铁拳却在不远的地方。

芮喜尔表现得殷勤而亲切，而且显然对芮奇特别喜爱，还坚持要他坐在她旁边。

芮奇已经彻底洗个干净，显得焕然一新。在他穿上新衣服，而且头发经过修剪、清洗、梳理之后，几乎使人认不出来了。现在他简直不敢开口说话，仿佛感到他的文法不再符合自己的外表。他觉得万分不自在，每当铎丝更换餐具时，他都会仔细望着她，试着百分之百模仿她的动作。

食物可口但味道过重，以致谢顿无法分辨一道道菜究竟是什么做的。

芮喜尔带着温柔的微笑，令她丰满的脸颊显得很开心，而她美丽的牙齿则闪着雪白的晶光。“你也许以为我们在食物中放了麦曲生添加物，其实并没有，这些全是卫荷自家种植的。在这颗行星上，没有任何一区比卫荷更自给自足。我们花费很大心力保持如此。”

谢顿严肃地点了点头。“你招待我们的每样东西都是一流的，芮喜尔，我们十分感谢你。”

但他在心中，却认为这些食物还是比不上麦曲生的水准。他更有一种感觉，正如他早先对铎丝嘀咕的，他正在庆祝自己的失败。或者至少是夫铭的失败，而在他看来，两者似乎是同一回事。

到头来，他还是被卫荷逮到了。当初，在上方事件发生后，夫铭曾经非常担心这个可能性。

芮喜尔说：“我既然身为女主人，或许问些私人问题也值得原谅。我猜你们三位不是一家人；你，哈里，和你，铎丝，并不是夫妻，而芮奇也不是你们的儿子。这个猜测是否正确？”

“我们三个人并没有任何关系。”谢顿说，“芮奇生在川陀，我生在赫利肯，铎丝生在锡纳。”

“那么，你们三人是怎样遇到的？”

谢顿做了简短的解释，尽可能避免提到任何细节。“过程中没有任何浪漫或重要的情节。”他补充道。

“但据我了解，当我的贴身侍卫塔勒斯中士只要将你一人带离达尔时，你曾对他百般刁难。”

谢顿以严肃的口吻说：“我越来越喜欢铎丝和芮奇，不希望和他们分开。”

芮喜尔微微一笑。“我懂了，你是个感情丰富的男人。”

“是的，没错。我感情丰富，而且十分困惑。”

“困惑？”

“可不是吗。既然你这么亲切，问了我们一些私人问题，我能否也问一个？”

“当然，亲爱的哈里，你喜欢问什么都行。”

“我们刚到的时候，你说打从我在十载会议上发表演说那天起，卫荷就想要把我请来。是什么原因呢？”

“不用说，你不会单纯到连这点都不明白。我们要你，是为了你的心理史学。”

“这点我还算了解。可是你怎么会认为，得到我就代表得到心理史学？”

“不用说，你不会粗心到把它给弄丢了。”

“事实上更糟，芮喜尔，我从未拥有这门学问。”

芮喜尔脸上现出酒涡。“但你在演说中却不是这么讲。并非我听得懂你的演说，我不是数学家，我甚至痛恨数字。可是我雇用了不少数学家，他们对我解释过你的演说内容。”

“这样的话，亲爱的芮喜尔，你必须听得更仔细些。我绝对能想象他们曾经告诉你，说我证明出心理史学的预测是可能的，但他们想必也告诉过你，那实际上是不可行的。”

“哈里，这点我无法相信。第二天你就进宫，去觐见那个伪皇帝，克里昂。”

“伪皇帝？”铎丝以讽刺的口吻咕哝道。

“可不是吗。”芮喜尔仿佛在回答一个严肃的问题，“伪皇帝，他没有接掌皇位的真正资格。”

“芮喜尔，”谢顿有点不耐烦地把那个问题推到一边，“我告诉克里昂的答案，和我刚才对你说的一模一样，然后他就让我走了。”

这回芮喜尔并未露出笑容，她的声音则变得有点尖锐。“没错，他让你走了，以寓言中猫放老鼠走的那种方式。从此以后，他就一直在追捕你——在斯璀璘，在麦曲生，在达尔。要是有胆的话，他还会追到这里来。不过到此为止吧——我们的严肃话题变得太过严肃了。让我们享受一下，让我们来点音乐。”

她说完后，轻柔悦耳的乐器旋律便突然响起。她凑向芮奇，轻声说道：“孩子，如果你不习惯用叉子，用汤匙或手指都行，我不会介意的。”

芮奇说：“好的，女士。”显然是毫不保留地接受了。但铎丝却捕捉到他的目光，并做出一组无声的嘴型：“叉子。”

于是他并未将叉子丢开。

铎丝说：“女士，这音乐真可爱。”她刻意拒绝用亲昵的称呼，“可是绝不能让它使我们分心。我心里有个想法，就是各处的追捕者可能都受雇于卫荷区。不用说，假如卫荷不是主谋，你也不会对那些事了若指掌。”

芮喜尔纵声大笑。“卫荷的耳目自然遍布各个角落，但所谓的追捕者并不是我们。否则，你们早就被一举捉来了——就像你们在达尔那样，这一次，我们终于真正成为追捕者。然而，当追捕的行动失败，当伸出的爪子抓空时，便可确定那是丹莫刺尔主使的。”

“你如此看轻丹莫刺尔吗？”铎丝喃喃问道。

“是的。这令你惊讶吗？我们已经击败他了。”

“你？或是卫荷区？”

“当然是本区，但只要卫荷是胜利者，那么我就是胜利者。”

“多奇怪啊。”铎丝说，“整个川陀似乎盛行着一种见解，那就是无论胜利或败北，或是其他任何事情，都和卫荷居民毫无关系。在我们的感觉中，卫荷只有一个意志，一只拳头，而那是属于区长所有。不用说，你，或者其他卫荷人，相较之下都无足轻重。”

芮喜尔露出灿烂的笑容。她并未立即回答，而是以慈祥的眼神望着芮奇，又掐掐他的脸颊，这才说道：“如果你相信我们的区长是个独裁者，只有一个意志支配着卫荷，那么或许你是对的。可是，即使如此，我仍然可以用人称代词，因为我的意志举足轻重。”

“为什么？”谢顿说。

“有何不可？”当仆人开始收拾餐桌时，芮喜尔说，“我，就是卫荷区长。”

86

对这项陈述首先做出反应的是芮奇。他几乎忘了强行加诸其上的斯文外衣，先发出一阵刺耳的笑声，接着说道：“嘿，大姐，你不可能是区长，区长都是哥儿们。”

芮喜尔和蔼地望着他，十足模仿他的腔调说：“嘿，小子，有些区长是哥儿们，有些区长是娘儿们。把这件事放在脑袋瓜里，让它好好煮一煮。”

芮奇双眼鼓起来，似乎吓了一大跳。最后，他总算吐出一句：“嘿，大姐，你在说平常话。”

“是呀，要多平常就多平常。”芮喜尔仍然面带笑容。

谢顿清了清喉咙，说道：“芮喜尔，你学的口音可真像。”

芮喜尔稍稍抬起头。“许多年来，我一直没机会用，但我永远不会忘记。我曾经有个朋友，一个好朋友，他是个达尔人——那是我非常年轻的时候。”她叹了一声，“当然，他并不像那样讲话——他相当聪明能干——但他可以讲那种话，而且把我也教会了。跟他那样说话实在令人兴奋，等于创造了一个世界，把周遭的一切都排除在外。那实在太美妙了，却也是一件不可能的事，因为家父的立场十分明白。如今来了这个小淘气，芮奇，不禁使我想起那段遥远的时光。他有那种口音，那种眼神，那种叛逆的表情，差不多再过六年，他就会成为少女心目中又爱又怕的对象。会不会，芮奇？”

芮奇说：“我不知，大姐——不，女士。”

“我确定你会的，而且你会变得非常像我的……那位老朋友。那个时候，为了我自己着想，我最好别再见到你。现在晚餐已经结束，芮奇，你该回到自己的房间去了。如果有兴趣，你可以看一会儿全息电视。我猜你不会读书。”

芮奇涨红了脸。“总有一天我会读，谢顿老爷说的。”

“那么我也相信你一定会。”

一名年轻女子向芮奇走来，并朝芮喜尔的方向尊敬地屈膝行礼。谢顿并未注意到召唤她的讯号。

芮奇说：“我不能留下来，陪谢顿老爷和凡纳比里姑奶奶吗？”

“等一下你就会见到他们，”芮喜尔温柔地说，“可是现在我和老爷以及姑奶奶得谈一谈——所以你必须离开。”

铎丝对芮奇做了一个坚决的嘴型：“走！”男孩回应了一个鬼脸，随即滑下椅子，跟着那名女仆走了。

芮奇离去后，芮喜尔随即转向谢顿与铎丝，说道：“那孩子当然会很安全，而且会受到良好待遇，这点请别担心。而我自己也会很安全，正如女侍刚才走过来那样，在我召唤之下，十几名武装卫士也能随传随到——而且动作快得多。我要你们了解这一点。”

谢顿以平稳的语气说：“我们绝对没有想要攻击你，芮喜尔——或是我现在得说‘区长女士’？”

“还是叫芮喜尔吧。据我所知，哈里，你可算一名摔跤选手；而你，铎丝，双刀耍得非常熟练，不过我们已经从你的房间取走那两把刀。我不要你们妄想仰赖你们的本领，因为我要哈里活着，毫发无损，而且态度友善。”

“有一点大家十分了解，区长女士，”铎丝毫无妥协地拒绝表现友善的态度，“过去四十年来，直到今天为止，卫荷的统治者都是曼尼克斯四世。他仍旧健在，而且神志完全清醒。所以说，你究竟是什么人？”

“正如我所做的自我介绍，铎丝。曼尼克斯四世是我父亲，正如你所说，他仍旧健在，而且神志清醒。在皇帝以及整个帝国眼中，他才是卫荷的区长，但他厌倦了为权力而心力交瘁，终于心甘情愿地让权力溜到我手中，而我同样心甘情愿地接收。我是他的独生女，从小被教养成一名统治者。因此，家父是法律上与名义上的区长，而我则是实际上的区长。如今，卫荷军队宣誓效忠的对象是我。而在卫荷，这才是真正算数的事。”

谢顿点了点头。“姑且接受你所说的一切。但即使如此，不管区长是曼尼克斯四世或芮喜尔一世——我想是一世吧——你们留置我都没有任何意义。我已经告诉你，我并未掌握一个可行的心理史学，也不认为我自己或其他人将来能掌握到。我也曾经对大帝这样说过，所以我对你和对他同样没用。”

芮喜尔说:“你多么天真啊。你可知道帝国的历史？”

谢顿摇了摇头。“最近我才希望自己多知道些。”

铎丝以冷淡的口气说:“区长女士，我则对帝国历史相当了解，虽然前帝国时代才是我的专长。但我们究竟是否了解，又有什么关系呢？”

“你如果知道这些历史，就该知道卫荷世族是个古老而光荣的家族，而且是达斯皇朝的后裔。”

铎丝说:“达斯皇朝的统治是五千年前的事。从那时候算起，过去一百五十代以来，他们的后人生生死死，加起来或许高达当今银河人口数的一半——只要所有的宗谱，不论多么荒诞不经，全都计算在内的话。”

“凡纳比里博士，我们的宗谱绝非荒诞不经。”芮喜尔的语调首次变得冰冷而不友善，她的双眼则像精钢一般闪烁。“它有完整的档案可供查证。在这一百五十个世代里，卫荷世族一贯保有掌权的地位，而且曾有一些时期，我们的确掌握皇位，以皇帝的名义统治帝国。”

“在历史影视书中，”铎丝说，“卫荷的统治者通常被称为‘伪皇帝’，向来不被帝国大多数地区承认。”

“那要看由谁来撰写历史影视书。将来会改由我们执笔，因为我们的皇位终将失而复得。”

“想要达到这个目的，你必须发动一场内战。”

“不会有太大的风险。”芮喜尔再度露出笑容，“这就是我必须向你们解释的，因为我需要谢顿博士的帮助，来避免这样的一场大祸。我的父亲，曼尼克斯四世，一生都是一位和平主义者。不论什么人住在皇宫里，他都一律效忠不误。而且为了整个帝国的利益，他始终保持卫荷的繁荣和强盛，成为川陀经济的重要支柱。”

“我没听说皇帝因此而更加信任他。”铎丝说。

“我确定这点没错，”芮喜尔平静地说，“因为在家父的时代，占领皇宫的皇帝都自知是代代相传的篡位者。篡位者自然不敢信任真正的统治者。可是，家父一直以和为贵。当然，他建立并训练了一支强大的维安武力，用以维系本区的和平、繁荣和稳定。帝国当局一向默许这件事，因为他们也想要卫荷保持和平、繁荣、稳定——以及忠诚。”

“可是它忠诚吗？”铎丝说。

“对真正的皇帝，当然忠诚。”芮喜尔说，“现在我们的实力已经成熟，我们已经能迅速接收政府——事实上，是藉由迅雷不及掩耳的一击。在任何人能说这是‘内战’之前，就会出现一位真正的皇帝——或说女皇，如果你喜欢吹毛求疵——而川陀将保有和过去一样的太平。”

铎丝摇了摇头。“我能开导你一下吗？以历史学家的身份？”

“我一向乐意受教。”她朝铎丝的方向稍稍凑过头去。

“不论你的维安武力规模多大，不论训练如何扎实，装备如何精良，帝国武力却有两千五百万个世界做后盾，你们绝对不是对手。”

“啊，但你刚好指出了篡位者的弱点，凡纳比里博士。帝国武力分散于两千五百万个世界；在无尽的太空中，在无数的军官统率下，那些兵力已被稀释殆尽。没有人特别愿意出兵自身星省之外，反而许多都不顾帝国死活，只愿意为自己的利益而战。反之，我们的部队都在此地，全部在川陀。在远方的将领风闻需要他们发兵驰援之前，我们便能迅速采取行动并完成任务。”

“可是反应必将随之而至，带着无可抵御的武力。”

“你确定会吗？”芮喜尔说，“那时我们将坐镇皇宫，川陀已是我们的，而且处于太平状态。帝国军队如果只管自己的事，那么每个小小的军事领袖都能统治自己的世界、自己的星省，所以说，他们为什么要来搅和？”

“难道那就是你想要的吗？”谢顿好奇地问道，“你是在告诉我，你期望统治一个即将四分五裂的帝国？”

芮喜尔说：“正是如此。我将统治川陀，统治它外围的太空殖民地，统治邻近几个属于川陀星省的行星系。我将更像川陀的皇帝，而不是整个银河的皇帝。”

“你会满足于仅仅拥有川陀？”铎丝以绝不相信的口吻说。

“为何不会？”芮喜尔突然变得慷慨激昂，她急切地将身子向前倾，双手按在餐桌上。“那正是家父谋划了四十年的目标。他如今苟延残喘地活着，只为亲眼目睹它的实现。我们为什么需要千万个世界？遥远的世界对我们毫无意义，只会削弱我们的实力，只会把我们的武力从身边抽走，洒向毫无意义的太空，只会将我们淹没在行政管理的混沌中，只会以无止无休的争吵和问题把我们拖垮——其实对我们而言，它们根本等于不存在。我们自己这个人口众多的世界，我们自己这个行星都会，已足以作为我们的银河；我们拥有自给自足的一切。至于银河其他部分，就让它四分五裂吧。每个小小的军头都能拥有自己的一小片，他们无需争斗，银河足够让他们分。”

“可是无论如何，他们还是会斗的。”铎丝说，“每一个都不肯满足于自己的星省，每一个都恐惧近邻不满足于他们自己的星省，每一个都感到不安全，因而都会梦想统治全银河，那才是唯一的安全保证。我的虚无女皇，这是绝对肯定的事。从此将会有无穷无尽的战争，而你和你的川陀必然会被卷进去——同归于尽。”

芮喜尔以明显的轻蔑口吻说：“看来似乎如此——如果我们无法看得比你更远，如果仅仅凭借普通的历史教训。”

“还有什么能看得更远的？”铎丝回嘴道，“除了历史教训之外，我们还能凭借什么？”

“除此之外还有什么？”芮喜尔说，“哈，还有他！”

她的手臂猛然伸出，食指戳向谢顿。

“我？”谢顿说，“我已经告诉你心理史学……”

芮喜尔道：“别再重复你说过的话，我的谢顿博士，它对我们毫无用处。凡纳比里博士，难道你认为家父从未体认无穷内战的危险？你以为他并未倾注过人的智慧，设法想出防范之道？过去十年来，他随时准备好在一天之内接收帝国。唯一欠缺的，就是胜利之外的安全保证。”

“那是你们无法掌握的。”铎丝说。

“在听到谢顿博士于十载会议中发表论文的那一刻，我们便掌握到了。我马上看出那正是我们需要的。家父由于年事过高，无法立刻看出它的重要性。然而，在我一番解释之下，他也看出来了。那个时候，他才正式将他的权力转移给我。所以说，哈里，我的地位是拜你之赐。而在未来，我更高的地位还是要托你的福。”

“我一直在告诉你，它不能……”谢顿以极不耐烦的口气说了半句。

“能做或不能做什么并不重要，重要的是人民相不相信什么是做得到的。只要你告诉他们，心理史学的预测是川陀能够自我统治，每个星省都能变成一个王国，而所有的王国将和平共处，哈里，他们一定会相信的。”

“在未曾掌握真正的心理史学之前，”谢顿说，“我不会做这种预测。我不要扮演江湖术士。如果你要公布这种事，请你自己去说。”

“算了，哈里，他们不会相信我的。他们会相信的是你，一位大数学家。何不满足他们一下呢？”

“说来很巧，”谢顿道，“大帝也曾经想到利用我来散播一些自我实现的预言。我拒绝了他，你却以为我会同意为你这样做？”

芮喜尔沉默了一会儿，当她再度开口时，她的声音不再激动无比，变得几乎是好言相劝。

“哈里，”她说，“稍微想想克里昂和我的不同之处。克里昂想从你身上得到的，无疑只是保障皇位的一种宣传。满足他这一点毫无意义，因为他的皇位根本保不住。难道你不知道，银河帝国处于一种衰败状态，不可能再支持多久了？管理两千五百万个世界所带来的越来越沉重的负担，令川陀本身正逐渐步向灭亡。不论你为克里昂做些什么，等在前面的都是分裂和内战。”

谢顿道：“我曾经听过一些类似的说法。它甚至有可能是真的，但是又怎么样？”

“所以说，应该帮它在毫无战事的状况下分裂。帮助我取得川陀；帮助我建立一个稳固的政府，来统治一个足够小、足以有效治理的领域。让我把自由还给银河各个角落，让每个成员依照自身的习俗和文化各行其是。银河将会借着贸易、观光和通讯等自由媒介，再度变成一个活生生的整体。这样一来，便能避免在目前这个几乎无法维系的统治力量之下，整个银河崩溃瓦解的悲惨命运。我的野心实在有限；一个世界，而不是百千万；和平，而不是战争；自由，而不是奴役。仔细想想，答应帮助我吧。”

谢顿说：“银河黎民既然不相信你，又为什么会相信我？他们根本不认识我。而我们的那些舰队指挥官，有哪个听到‘心理史学’四个字便会动容？”

“现在不会有人相信你，但是我不需要现在就行动。卫荷世族已经等待了数千年，还可以再多等几千个日子。只要和我合作，我会让你的名字响彻银河，我会让每个世界都知道心理史学成功在望。而在适当的时候，当我判断时机成熟的那一刻，你就发表你的预测，而我们则发动攻击。然后，在历史的下一瞬间，银河便会处于一个新秩序之下，享有永永远远的稳定和幸福。来吧，哈里，你能拒绝我吗？”

第十八章

颠 覆

爱玛·塔勒斯：……古川陀卫荷区武装维安部队的一名中士……除了这些毫无重要性的体格资料外，对此人的一切几乎一无所知。只知道在某个关键时刻，银河的命运曾经掌握在他手中。

——《银河百科全书》

87

翌日上午，遭到软禁的三个人在一间凹室中享用早餐，该处离他们三人的房间都不远。那实在是一顿奢豪的餐点，食物当然种类繁多，而且每一样都供过于求。

谢顿面对着餐桌上堆积如山的加味腊肠，完全不理会铎丝·凡纳比里有关反胃与腹痛的忧心警告。

芮奇说：“那娘儿们……区长女士昨晚来看我的时候说……”

“她去看过你？”谢顿问。

“是啊，她说她要确定我住得舒服。她还说有机会的话，她会带我去动物园。”

“动物园？”谢顿望向铎丝，“川陀能有什么样的动物园？猫狗展览？”

“这里的确有些本土动物。”铎丝说，“我猜想他们还进口一些其他世界的本土动物，此外某些动物则是每个世界都有的——当然，在其他世界上要比川陀数量多。事实上，卫荷有个著名的动物园，在这颗行星上，它的评价也许仅次于帝国动物园。”

芮奇说：“她是个不错的老大姐。”

“并没有那么老，”铎丝说，“但她的确让我们吃得很好。”

“这倒没错。”谢顿承认。

吃完早餐后，芮奇径自跑到别处去探险。

一旦他们回到铎丝的房间，谢顿立刻带着明显的不满说：“我不知道我们将被不闻不问多少时日。她显然早有计划，准备消磨我们的时间。”

铎丝说：“其实，此刻我们没有什么好抱怨的。比起在麦曲生或达尔，我们在这里要舒适得多。”

谢顿说：“铎丝，你不会被那个女人笼络了吧？”

“我？被芮喜尔笼络？当然没有。你怎么可能这样想？”

“嗯，你觉得舒服，吃得也好。这自然会使人松懈下来，接受命运的安排。”

“是的，非常自然。咱们何不那样做呢？”

“听好，昨天晚上你告诉我，倘若她成功会有什么后果。我自己也许没有什么历史素养，但我愿意相信你的说法。事实上，那很有道理——即使对历史门外汉而言。帝国将四分五裂，残存的碎片将互相争斗……直到……永无止境。一定要阻止她才行。”

“我同意，”铎丝说，“一定要阻止她。我想不出来的是，此时此刻，我们怎样才能做到这件鸡毛蒜皮的小事。”她仔细端详谢顿，“哈里，你昨晚一夜没睡，是吗？”

“你自己呢？”显然他的确没睡。

铎丝凝视着他，脸上笼罩着阴郁的神情。“因为我说的那些话，害你整夜都在思考银河帝国毁灭的问题？”

“还有其他一些事。有没有可能联络到契特·夫铭？”最后一句话是悄声说的。

铎丝说：“当我们在达尔开始逃避追捕时，我就试图和他联络，结果他没有来。我确定他收到了那道讯息，可是他并未回应。也许由于某种原因，他暂时无法来找我们，但他能抽身时一定会来。”

“你猜想他发生了什么事吗？”

“不，”铎丝坚毅地说，“我不这么想。”

“你怎么知道？”

“否则我总会听到一些消息，这点我敢确定。但至今我未曾听到任何消息。”

谢顿皱了皱眉头，又说：“对于这一切，我不像你那么自信。事实上，我连一点自信都没有。即使夫铭来到此地，这回他又能做些什么？他无法和整个卫荷对抗。倘若芮喜尔所言属实，他们拥有川陀上组织最严密的军队，他又有什么办法与之抗衡？”

“讨论这件事根本没有意义。你以为你能说服芮喜尔——用什么方法把话灌进她的脑袋——让她相信你并未拥有心理史学？”

“我确定她明白这一点，也了解未来许多年内我都无法改变这个事实——即使有这个可能。但她会宣称我拥有心理史学，而只要她做得足够高明，人们就会相信她。最后不论她说我的预测和断言是什么，他们都会根据她的说法采取行动——即使我一个字也没说。”

“当然，那需要些许时日。她不能让你在一夜成名，或是一周之内。想要好好做成这件事，可能要花上她一年的时间。”

谢顿正在房中来回踱步，走到墙角才猛然向后转，再大踏步走回来。“或许就是这样，可是我不知道。应该会有些压力促使她尽快行动。在我看来，她是从未培养出耐心的那种女人。而她的老父亲，曼尼克斯四世，甚至会更没有耐心。他一定感到死期将近，如果他一生都在经营这件事，他会非常希望成功之日是在他死前一周，而不是死后一周。此外……”说到这里他忽然打住，开始环顾这个空洞的房间。

“此外什么？”

“嗯，我们必须拥有自由。你可知道，我已经解决了心理史学的问题。”

铎丝睁大眼睛。“你解决了！你发展出来了。”

“不能算完全发展出来。据我判断，那可能要花上数十年……数世纪。但我现在终于知道它是可行的，而不只是理论的产物。我知道它能成功，但我必须要有充足的时间、太平的局势以及必要的环境才能工作。帝国必须保持完整，直到我——也可能是我的后继者——找出维持现状的最好方法；万一它无论如何都会分裂，则要设法让灾难减至最小程度。就是因为想到我的工作有了起点，却又无法着手进行，我昨晚才整夜未曾合眼。”

88

这是他们来到卫荷的第五天早上，铎丝正在帮芮奇穿上一件正式服装，两人对这种装束都不怎么熟悉。

芮奇以怀疑的眼神望着全息镜中的自己，看到一个准确面对着他的反射影像，模仿着他所有的动作，却没有任何左右反转。芮奇以前从未用过全息镜，忍不住试着伸手摸了摸。当他的手穿过那面镜子，而影像的手刺入他的真实身躯时，他突然哈哈大笑，几乎有点不好意思。

最后他终于说：“我看来很可笑。”

他打量着身上的短袖袍，那是用非常柔软的质料裁制的，附有一条缠绕金丝的细皮带。然后，他用双手顺了顺硬邦邦的衣领，它像个杯子那样竖在他的耳朵两旁。

“我的头好像是放在碗里的球。”

铎丝说：“但卫荷富家子弟穿的就是这种东西。凡是看到你的人都会赞美你、羡慕你。”

“我的头发得全部趴下吗？”

“这还用说，你要戴着这顶小圆帽。”

“它会让我的头更像个球。”

“那就注意别让人踢它。好，记住我告诉你的话。你要随时保持警觉，别表现得像个孩子。”

“但我就是个孩子啊。”他一面说，一面张大眼睛抬头望着她，露出一副无辜的表情。

“听你这样讲令我很惊讶。”铎丝说，“我确定你自认是个十二岁的成年人。”

芮奇咧嘴笑了笑。“好吧，我会做个好间谍。”

“那可不是我叫你做的事。别冒任何险，别躲在门后偷听。假如被当场抓到，对任何人都没好处——尤其是对你自己。”

“喔，得了吧，姑奶奶，你以为我是什么？一个乳臭未干的孩子？”

“你刚刚正是这么说的，芮奇，有没有？你只要注意听别人说的每句话，但不要表现得像是在这样做。记住你所听到的一切，然后告诉我们，就是那么简单。”

“凡纳比里姑奶奶，你说得很简单，”芮奇又咧嘴一笑，“而我做起来也很简单。”

“要小心点。”

芮奇眨了眨眼。“一定。”

一名仆役来接芮奇（从未见过那么傲慢自大、那么不客气的仆役），带他去见正在等他的芮喜尔。

谢顿望着他们的背影，若有所思地说："他也许不会看到什么动物，但他会非常仔细地偷听。把一个孩子推进那样的险境，我不确定这样做对不对。"

"险境？我可不相信。芮奇是在脐眼的贫民窟长大的，记得吧。我猜想他的生存能力比你我加起来还要强。此外，芮喜尔喜欢他，会把他做的每件事都往好处想——可怜的女人。"

"铎丝，你真的觉得她可怜吗？"

"你的意思是她不值得同情，因为她是区长的女儿，而且自认为是理所当然的区长，还因为她打算毁掉帝国？也许你是对的，但即使如此，她也有某些方面值得我们表现些许同情。比如说，她曾有一段悲剧收场的恋情，那十分明显。毫无疑问，她的心碎了——至少有那么一阵子。"

谢顿说："你曾有过一段悲剧收场的恋情吗，铎丝？"

铎丝考虑了一两秒钟，然后说："不能算有。我太专注于自己的工作，没时间心碎。"

"我早就想到了。"

"那你为何还要问？"

"我有可能猜错。"

"你自己呢？"

谢顿显得很不自在。"事实上，的确有。我曾花了些时间来修补一颗破碎的心。至少，它裂得很严重。"

"我早就想到了。"

"那你又为何还要问？"

"并非因为我认为自己有可能猜错，我不骗你。我只是想看看你会不会说谎。你说了实话，令我很高兴。"

顿了一下之后，谢顿又说：“五天过去了，什么事都没有发生。”

“不过我们一直受到良好待遇，哈里。”

“如果家畜有思想，它们也会认为受到良好待遇，虽然养肥它们只是为了屠宰罢了。”

“我承认她正在养肥帝国以待屠宰。”

“可是什么时候呢？”

“我猜是当她准备妥当后。”

“她夸口说能在一天之内完成政变，而我所得到的印象，是她能在任何一天进行。”

“即使她有这个能力，她还得确定能够消弭帝国的反击，那可能需要些时间。”

“多少时间？她计划利用我来消弭那些反击，可是她并未进行这方面的努力。没有迹象显示她试图宣传我的重要性。我在卫荷不论走到哪里，都没有任何人认识我。卫荷的群众不会聚过来向我欢呼，全息新闻里也什么都没有。”

铎丝微微一笑。“别人几乎会以为你是因为没能出名而感到难过。你太天真了，哈里。或者应该说你并非历史学家，而这是同一回事。研究心理史学必定会使你成为一位历史学家，相较之下拯救帝国的机会倒没有那么大，对于这个事实，我认为你最好更满意点。如果所有的人类都了解历史，他们或许就不会一而再、再而三地犯同样愚蠢的错误。”

“我哪里天真了？”谢顿扬起头来，视线往下射向她。

“别生气，哈里。其实，我认为那是你迷人的特点之一。”

“我知道。它激起了你的母性本能，何况你曾经受托照顾我。可是我哪里天真了？”

“你认为芮喜尔会试图对帝国民众做全面性宣传，让大家接受你是个先知。那样做她必将一无所获，万兆民众并不容易很快被打动。除了有形的惯性之外，还有社会上和心理上的惯性。而且，假如那样公然行事，她等于是在警告丹莫刺尔。”

“那她正在做什么呢？”

“我的猜想是，有关你的消息——经过适度的夸大和美化——正在传给关键的少数人；传给她觉得对她友善，或是厌恶帝国的星区总督、舰队司令，以及具有影响力的人士。一百多个这样的人若是站在她那边，就能令忠贞之士困惑好一阵子，足以让芮喜尔一世稳稳建立起她的新秩序，并击败任何可能发展出的反抗力量。至少，我猜她心中是那样盘算的。”

“但我们还没有夫铭的消息。”

“我确信他一定已经在做些什么，他不会忽略这么重要的事。”

“你有没有想到过他可能死了？”

“那是可能性之一，但我不那么想，否则我会得到消息。”

“在这里？”

“即使在这里。”

谢顿扬起眉毛，但没有再说什么。

芮奇在接近傍晚时分回来，他既高兴又兴奋，不停地叙述着猴子与巴卡鹤的种种。而在晚餐时，从头到尾也都是他主导着谈话。

直到晚餐结束，他们回到自己的寝室，铎丝才说：“好啦，芮奇，告诉我区长女士发生了些什么事。无论她所做的或所说的任何事，你认为我们该知道的通通告诉我。”

“有一件事，”芮奇变得满面春风，“我敢打赌，那就是她没出席晚餐的原因。”

“是什么事？”

“你知道吗，动物园今天关闭，只对我们开放。我们有许多人——我和芮喜尔和穿制服的各种哥儿们和穿着拉风衣裳的各种娘儿们等等。然后一个穿制服的哥儿们——另一个哥儿们，他原来不在那里——在快结束的时候走进来。他低声说了些什么，芮喜尔就转向大家，做了一个好像他们不该动的手势，于是他们就不动了。然后，她和这个新来的哥儿们走开些，这样她就能和他说话，别人却听不到她说什么。不过我继续装得心不在焉，继续逛着各个笼子，就这样凑近了芮喜尔，所以我能听到她讲的话。

“她说：‘他们怎么敢？’像是她真的火了。那个穿制服的哥儿们，他看来很紧张——我只是很快看了一眼，因为我试着装得像是在观看动物，所以大多数时间我只是听到那些对话。他说某个人，我不记得名字，但他是个将军什么的。他说这个将军说，军官都曾经对芮喜尔的老头宣誓教宗……”

“宣誓效忠。”铎丝说。

“反正差不多，而他们对于服从一个娘儿们感到不对劲。他说他们要那个老头，或者，如果他生了病之类的，他应该挑个哥儿们做区长，而不是一个娘儿们。”

“不是一个娘儿们？你确定吗？”

“他就是那么说的，他说的差不多是悄悄话。他是那么紧张，芮喜尔又是那么恼火，几乎说不出话来。她说：‘我要他的脑袋。明天他们通通要对我宣誓效忠，不论谁拒绝，不出一小时他就会后悔。’她就是这样说的，一字不差。她解散了整个活动，我们就全部回来了。她一直没对我说半句话，只是坐在那里，看来有点儿又急又气。”

铎丝说：“很好。芮奇，你可别对任何人提起这件事。”

"当然不会。这就是你要的吗？"

"正是我要的，芮奇，你做得很好。好啦，回到你的房间，把整件事忘掉，甚至不要再回想。"

他离开之后，铎丝立刻转向谢顿说："这非常有意思。过去有许许多多的例子，是女儿继父亲或母亲之后，接掌区长职位或其他高位。过去甚至有些君临天下的女皇，你无疑也知道这件事。而我想不起来在帝国历史上，有哪个女皇的领导曾经引起严重问题。这不禁令人纳闷，如今在卫荷怎么会发生这种事。"

谢顿说："有何不可？我们最近才在麦曲生待过，那里的女人完全不受尊重，不可能掌握任何的权力，不论多么低微。"

"当然没错，但那是个例外。也有一些地方，是由女性主宰一切。不过，大多数的情况，则是政治和权力多少都是两性平等的。若说掌握高位的男性较多，通常是因为女性受子女的牵绊较重——就生物观点而言。"

"但卫荷的情况又如何呢？"

"据我所知，是两性平等。芮喜尔并未犹豫僭取区长的权力，我猜想老曼尼克斯也未曾犹豫让她接手。在男性的反弹出现之际，她感到惊讶和狂怒，因为她万万没有料到。"

谢顿说："你显然因此感到高兴。为什么？"

"因为它既然如此不寻常，就一定是人为策动的结果，而我猜想幕后策动者正是夫铭。"

谢顿意味深长地说："你这么想吗？"

"我这么想。"铎丝道。

"你可知道，"谢顿说，"我也这么想。"

89

这是他们来到卫荷的第十天早上，哈里·谢顿的房门讯号突然响起，外面随即传来芮奇高亢的声音：“大哥！谢顿大哥！战争爆发了！”

谢顿花了片刻时间从睡梦中惊醒，然后匆匆爬下床来。当他推开房门的时候，身子不禁微微发抖。卫荷人喜欢让他们的住所保持低温，住在此地不久之后他便发现了。

芮奇跳进来，兴奋得睁大眼睛。“谢顿大哥，他们抓到了曼尼克斯，那个老区长！他们还……”

“芮奇，他们是谁？”

“帝国军队。他们的喷射机昨晚飞进来，到处都是。在姑奶奶的房间，全息新闻正在播报一切经过。她说要让你睡觉，但我料想你会想知道。”

“你的料想相当正确。”谢顿只耽搁了披上浴袍的时间，就立刻闯进铎丝房里。她早已穿戴整齐，正在凹室内观看全息电视。

画面中，一张整洁的小办公桌后面坐着一名男子，他的短袖军服左胸处有个耀眼的“星舰与太阳”标志。他的左右各站着一名武装士兵，两人身上也都挂着“星舰与太阳”。办公桌后面的军官正在说：“……已在皇帝陛下的和平控制之下。而在帝国部队的友善关护下，曼尼克斯区长安然无事，充分掌握着区长的权力。他很快就会出现在大家面前，来劝导所有的卫荷人保持冷静，并要求仍有武装的卫荷战士放下武器。”

此外还有几段全息新闻是由记者所播报的，那些记者都佩戴着帝国臂章，声音则毫无感情。那些新闻可说千篇一律，或是在象征性开火后，或是根本未曾抵抗，卫荷维安武力的这个、那个部队便全部投降，这个、那个市镇中心已被占领，卫荷群众面色凝重地看着帝国军队列队通过大街小巷——这样的画面不断重复着。

铎丝说：“这是一次完美的行动，哈里，完全出其不意。根本没有抵抗的机会，根本没有重大的抵抗行动。”

然后，正如刚才所预报的，区长曼尼克斯四世出现了。他笔直地站着，或许为了顾全他的面子，画面中看不见帝国军士。不过谢顿相当确定，站在镜头外的绝对少不了。

曼尼克斯相当年迈，虽然神情疲惫，但体力显然还不错。他的目光并未对准全息摄影机，而他说的话似乎都是被强迫的——正如刚才的预报，内容是劝告卫荷人要保持冷静，别做任何抵抗，以免卫荷受到伤害。此外还要和大帝充分合作，并祝大帝万寿无疆。

“没有提到芮喜尔，”谢顿说，“仿佛他的女儿并不存在。”

“没有任何人提到她。”铎丝说，“而这个地方毕竟是她的官邸，至少是其中之一，却并没有遭到攻击。即使她设法溜走，前往邻区寻求庇护，我也不信川陀上有任何角落，能让她始终安全无虞。”

“也许不能，”突然传来另一个声音，“但我在这里起码暂时安全。”

芮喜尔走进来。她穿着如常，镇静如常。她甚至带着微笑，但与其说那是笑容，更像是一种龇牙咧嘴的冷酷表情。

其他三人惊讶地望了她片刻。谢顿纳闷是否还有任何随从跟着她，或是事变的迹象一出现，他们便立刻弃她而去。

铎丝冷冷地说道："依我看，区长女士，你想发动政变的希望破灭了。显然，对方已经先发制人。"

"不是先发制人，而是我遭到了背叛。我的军官受到挑拨，他们拒绝为一名女子而战，只肯效忠他们的老主子——这违背了所有的历史和理性。然后，他们这些不折不扣的叛徒，又坐视老主子给敌人捉去，无法再领导他们抵抗到底。"

她环顾四周，找了一张椅子坐下来。"现在，帝国一定会继续衰败和死亡，就在我准备给它新生命的时候。"

"我倒认为，"铎丝说，"帝国避免了一场无限期的无端争战和破坏。用这个事实来安慰你自己吧，区长女士。"

芮喜尔仿佛没有听到对方说的话。"这么多年的准备，竟然毁于一夕之间。"她坐在那里咀嚼失败的苦果，似乎一下子老了二十岁。

铎丝说："几乎不可能在一夕之间做到这种事。想要怂恿你的军官——倘若真有此事——一定需要一段时间。"

"这种事情，丹莫刺尔是个中高手，而我显然低估了他。至于他是怎么做的，我并不知道——威胁，利诱，用似是而非的言论好言相劝。他是玩弄阴谋和鼓动叛变的高手，我早就该知道。"

顿了顿之后，她继续说："倘若他全然是以武力入侵，我将毫不费力地摧毁他派来的任何部队。谁会想到卫荷竟然会遭到背叛，而效忠的誓言那么轻易就被抛到一旁？"

谢顿自然而然以理性的态度说："但我猜想宣誓的对象并不是你，而是你的父亲。"

"荒谬。"芮喜尔中气十足地说，"当家父将区长职位交给我的时候——依法他有权这样做——任何对他效忠的誓言也自动转移到我身上，这在过去有许多先例。依照惯例，他们会对新任统治者再宣誓一次，但那只是一种仪式，而不是必需的法律程序。我的军官都知道这点，可是他们故意忘记。我是女流之辈成了他们的借口，因为他们一想到帝国的报复就吓得发抖——假使他们忠贞不二，根本不会有那种事；或者，因为他们一想到对方应允的赏赐就贪婪得打颤——如果我没看错丹莫刺尔，他们绝对得不到。”

她猛然转向谢顿。“他想要你，你知道吗，丹莫刺尔攻打我们是为了你。”

谢顿吃了一惊。“为什么要我？”

“别傻了。和我要你的原因一样……当然是把你当做工具。”她叹了一声，“至少我没有彻底遭到背叛，我还能找到忠诚依旧的战士——中士！”

爱玛·塔勒斯中士蹑手蹑脚走进来，这种步伐与他的块头似乎不太调和。他的制服笔挺亮丽，长长的金色八字胡弯曲得很厉害。

“区长女士。”他一面说，一面“啪”地一声立定站好。

他看起来仍是谢顿所谓的大块头——一个仍旧盲目服从命令，完全无视情势已有崭新变化的人。

芮喜尔对芮奇露出苦笑。“你好吗，小芮奇？我曾有意好好栽培你，现在似乎办不到了。”

“嗨，姑奶奶……女士。”芮奇笨拙地说。

“我也想要好好栽培你，谢顿博士。”芮喜尔说，“而我也必须请你原谅，我已经无能为力。”

“女士，你不需要对我感到抱歉。”

“可是我要，我不能眼睁睁让丹莫刺尔得到你。那将使他获得一次太大的胜利，至少我能阻止这件事。”

“我不会为他工作的，女士，我向你保证，就像我不会为你工作一样。”

“这不是为谁工作的问题，而是被谁利用的问题。永别了，谢顿博士——中士，轰掉他。”

中士立刻掏出手铳，铎丝随即大喊一声，同时猛力向前冲——谢顿却伸手抓住她的手肘，并且死命抓着不放。

“待在后面，铎丝，”他叫道，“否则他会杀了你。放心，他不会杀我的。你也一样，芮奇，站在后面，不要乱动。”

谢顿面向中士说：“你在犹豫，中士，因为你知道你不能发射。十天前我有机会杀你，但我没有那样做。你当时曾以荣誉向我担保，保证你会保护我。”

“你还在等什么？”芮喜尔怒吼道，“中士，我说把他射倒。”

谢顿不再说什么，他只是站在那里。那位中士则稳稳地握着手铳，瞄准着谢顿的头颅，他的双眼几乎要爆出来。

“我已经下达命令！”芮喜尔尖叫道。

“我拥有你的承诺。”谢顿以平静的口吻说。

塔勒斯中士则以哽塞的声音说：“怎么做都是荣誉扫地。”他的手垂下来，手铳掉到地板上，发出铿锵一声。

芮喜尔高声喊道：“那么你也背叛了我！”

在谢顿能够有所行动之前，在铎丝尚未挣脱他的双手之际，芮喜尔抓起那把手铳，对准中士，然后扣下扳机。

谢顿从未见过任何人遭手铳轰击。然而，或许是这个武器的名字所引起的联想，他一直以为会有一声巨响，以及血肉横飞的爆炸。事实上，至少这把卫荷手铳并未造成那种效果。它对中士胸腔内的器官究竟造成什么样的损伤，谢顿完全无从查考，但是中士在表情不变、毫无痛苦神色的情况下，就倒在地上瘫成一团，成为一具绝无疑问也绝无希望的死尸。

芮喜尔转过手铳对准谢顿，从她坚毅的表情看来，他已经没有希望活过下一秒钟。

然而，就在中士倒地那一刻，芮奇同时展开行动。他跑到谢顿与芮喜尔之间，举起双手疯狂地挥动。

“姑奶奶，姑奶奶，”他叫道，“别发射。”

一时之间，芮喜尔显得相当为难。“闪开，芮奇，我不想伤害你。”

那片刻的迟疑正是铎丝所需要的。她猛力挣脱了谢顿，以贴地俯冲的姿势撞向芮喜尔。芮喜尔大叫一声，随即仆倒在地，那把手铳则再度掉到地上。

芮奇赶紧把它捡起来。

谢顿一面发抖，一面做了一次深呼吸，然后说：“芮奇，把它给我。”

芮奇却向后退去。“你不是要杀掉她吧，啊，谢顿大哥？她对我不赖。”

“芮奇，我不会杀害任何人。”谢顿说，“她杀了那名中士，而且正准备杀我，但她由于怕伤了你而下不了手。看在这个份上，我们会让她活下去。”

现在轮到谢顿坐在椅子上，右手轻轻握着那把手铳。铎丝则从中士尸体上另一个皮套中取走神经鞭。

一个新的声音突然响起：“谢顿，把她交给我处理吧。”

谢顿抬起头来，惊喜万分地说：“夫铭！终于来了！”

“很抱歉我来得那么迟，谢顿，但我有很多事要做。你好吗，凡纳比里博士？我猜这就是曼尼克斯的女儿，芮喜尔。可是这男孩又是谁？”

“芮奇来自达尔，是我们的小朋友。”谢顿说。

一队士兵鱼贯而入，夫铭做了一个小小的手势，他们便以尊敬的态度扶起芮喜尔。

铎丝终于不必目不转睛地监视着那个女人，她用手理了理衣服，并把上衣稍稍拉平。谢顿此时突然意识到自己仍穿着浴袍。

芮喜尔轻蔑地挣脱了身旁的士兵，她指着夫铭，对谢顿说："这是谁？"

谢顿说："他是我的朋友契特·夫铭，也是我在本行星的保护者。"

"你的'保护者'？"芮喜尔纵声狂笑，"你这个傻瓜！你这个白痴！这个人就是丹莫刺尔。而你只要仔细看看你的女人凡纳比里，就不难从她脸上看出来，她也早已心知肚明。你从头到尾都陷在一个圈套里，比在我的圈套中还糟得多！"

90

当天中午，夫铭与谢顿共进午餐，除此之外没有别人，而且大多数时间两人都沉默不语。

直到这一餐快要结束时，谢顿才挪动了一下，并以轻快的声音说："好啦，阁下，我该如何称呼你？我仍然把你想成'契特·夫铭'，但即使我接受你的另一个身份，也当然不能称呼你'伊图·丹莫刺尔'。在那个身份下，你拥有一个头衔，但我不知道正确的说法。教导我吧。"

对方以严肃的口吻说："如果你不介意，就叫我'夫铭'吧，或者'契特'也行。没错，我就是伊图·丹莫刺尔，但是对你而言，我仍旧是夫铭。事实上，这两者并没有分别。我曾经告诉你，帝国正在衰败和没落，我的两个身份都相信这是真的。我也告诉过你，我想用心理史学来预防这种衰败和没落，而衰败和没落倘若无可避免，就以它作为革新和复兴的工具。对于这点，我的两个身份也都相信。"

"可是我一直在你的掌握中。我猜当我觐见皇帝陛下时，你也在附近。"

"你觐见克里昂时。没错，当然。"

"那么，你当时应该就能和我谈谈，正如后来你以夫铭的身份所做的那样。"

"又会有什么成果呢？身为丹莫刺尔，我有数不清的工作。我必须应付克里昂，一个好心肠却不很能干的统治者，尽我所能来预防他犯错。我还得为治理川陀以及整个帝国尽一己之力。此外，你也看得出来，我当初得投入大量的时间，防止卫荷造成任何伤害。"

"是的，我明白。"谢顿喃喃道。

"这可不容易，我几乎失败了。我花了许多年的时间，谨慎地和曼尼克斯周旋，学着了解他的想法，并针对他的每一步行动，策划出反制之道。我却从来没有想到，他会在有生之年把权位传给他的女儿。我没有研究过她，不知道该如何应付她全然鲁莽的行动。她和她的父亲不同，从小就把权力视为理所当然，对它的局限性没有明确的概念。所以她才会把你抓来，迫使我在准备妥当前便采取行动。"

"结果使你几乎失去了我。我曾两度面对手铳的铳口。"

“我知道。”夫铭一面说一面点头，“我们在上方也差点失去你，那是我所无法预见的另一个意外。”

“可是你还没有真正回答我的问题。你自己就是丹莫刺尔，为何还要让我为了逃避丹莫刺尔而亡命整个川陀？”

“你告诉克里昂说心理史学是纯然的理论概念，是一种数学游戏，并没有实质上的意义。这点或许的确是事实，但我如果以官方身份询问你，我确定你只会坚持自己的信念。然而心理史学的想法吸引了我，我好奇它会不会并非只是一种数学游戏。你一定了解我并非只是想利用你，我想要的是真正的、可行的心理史学。

“所以正如你所说，我让你亡命整个川陀，而可怕的丹莫刺尔则随时随地紧跟在后。我觉得这样一来，会让你的心智高度集中。它会使心理史学成为令人振奋的目标，而绝非只是数学游戏。为了真诚的理想主义者夫铭，你会尝试把它发展出来，但你不会为皇帝的奴才丹莫刺尔这样做。此外，你会因此而窥见川陀各个角落，而这同样有帮助——绝对比关在一颗遥远行星上的象牙塔里，身边全是同行的数学家更有帮助。我说得对吗？你有些进展了吗？”

谢顿说：“心理史学？是的，有了，夫铭，我以为你知道了。”

“我怎么会知道？”

“我告诉铎丝了。”

“但是你没有告诉我。无论如何，你现在告诉了我。这真是个好消息。”

“并不尽然。”谢顿说，“我仅仅刚跨出一小步，但的确是个起步。”

“这个起步能解释给非数学家听吗？”

“我想可以。你知道吗，夫铭，刚开始的时候，我将心理史学视为由两千五百万个世界的互动所决定的科学，而每个世界的平均人口为十几亿。那实在太多了，根本没有办法处理那么复杂的东西。假如我想要成功，假如我想找到一个通往实用心理史学的途径，首先我得找到一个较为简单的系统。

“所以我曾经想到，我应该回溯过去，以便处理一个单一的世界。在人类尚未殖民银河的鸿蒙时期，它是唯一住有人类的世界。在麦曲生，他们提到一个名叫奥罗拉的起源世界；而在达尔，我又听说有个叫做地球的起源世界。我曾想到它们可能是同一个世界的两个名字，但至少在一个关键点上，两者具有充分的差异，使得这个假设变得不可能。不过这不重要，我们对两者都只知道一点点，而这一点点又被神话和传说所混淆，根本没有希望利用心理史学加以研究。”

他顿了一下，呷了一口冰果汁，双眼始终紧盯着夫铭的脸庞。

夫铭说:“嗯？后来呢？”

“与此同时，铎丝对我讲了一个我称之为毛手毛脚的故事。它并没有什么深刻含意，只是极其普通的幽默小品。不过，铎丝因而提到性爱风俗因地而异，每个世界和川陀上每个区都各有不同。这使我想到，她将川陀各个行政区视为一个个独立的世界。我无端冒出一个念头，我需要研究的不只是两千五百万个不同的世界，而是两千五百万再加上八百个。这样的差别几乎可以忽略，所以我立刻抛到脑后，未曾再去想它。

“可是一路上，我从皇区转到斯璀璘，再从斯璀璘转到麦曲生，再从麦曲生转到达尔，再从达尔转到卫荷，我自己观察到各区的差异有多大。这使我越来越有那种感觉——川陀不是一个世界，而是许多世界的复合体。但是，我仍未洞察真正的关键。

“直到我听了芮喜尔的一席话——你看，我终究被卫荷抓到其实是件好事；芮喜尔的轻率驱使她想实现霸业也是件好事，因为她把一切计划与我分享——我刚才要讲的是，她告诉我说她想要的只有川陀，以及邻近几个世界而已。它本身就是一个帝国，她这么说，她还把外围世界嗤为‘等于并不存在’的遥远国度。

“就是在那一刻，我忽然看见了一定被我深藏在思想中好一段时间的灵感。这样说吧，川陀拥有格外复杂的社会结构，是由八百个小世界组成的一个人口众多的大世界。它本身就是一个足够复杂的系统，足以使得心理史学具有意义；可是和整个帝国相比，它又足够简单，或许能让心理史学成为可行。

“至于那些外围世界，那两千五百万个世界又如何呢？它们‘等于并不存在’。当然，它们会对川陀造成影响，也会受到川陀的影响，但那些都是二阶效应。如果我能让心理史学成为对川陀本身的一阶近似描述，那么外围世界所有的微小影响都能在事后再加进来，作为一种二阶修正。你懂我的意思吗？我一直在寻找一个单一世界，以便建立一个实用的心理史学，我不断在遥远的过去中寻找，其实，我要的那个世界始终在我脚下。”

夫铭带着明显的宽心与喜悦说：“太好了！”

“可是一切还有待努力，夫铭。我必须将川陀研究得足够仔细，我必须发明必要的数学来处理它。如果我够幸运，可以活完这一辈子，我也许能在去世之前找到答案。如果不行，我的后继者必须再接再厉。可想而知的是，在心理史学成为一个有用的技术之前，帝国或许已经衰亡并四分五裂。”

“我会尽一切力量帮助你。”

“我知道。”谢顿说。

“这么说，你相信我，虽然我其实是丹莫刺尔？”

“全然相信，绝对相信。不过我这么做，却是因为你并非丹莫刺尔。”

“但我的确是啊。”夫铭坚持道。

“但你的确不是。你的丹莫刺尔身份还远不如夫铭这个身份来得真实。”

“你是什么意思？”夫铭张大双眼，和谢顿的距离也拉开了些。

“我的意思是，你选择‘夫铭’这个名字，也许是出于一种自我解嘲的幽默感。‘夫铭’脱胎于‘人名’两字，对不对？”

夫铭并未做出回应，他继续凝视着谢顿。

最后谢顿终于说：“因为你不是人，对不对，夫铭／丹莫刺尔？你其实是个机器人。”

第十九章

铎丝

哈里·谢顿：……习惯上，人们仅将哈里·谢顿与心理史学联想在一起，将他视为拟人化的数学与社会变迁学。他本人也鼓励这种倾向，这点无庸置疑，因为在正式著作中，他从未透露自己如何解出心理史学的各种问题，甚至未曾提供任何线索。根据他的讲法，他的思想跃进或许都是无中生有。至于他曾摸索过的死胡同，或是曾经走过的错误道路，他始终没有让我们知道。

……他的私生活则是一片空白。有关他的双亲与手足，我们只有很简单的资料，如此而已。众所周知，他的独子芮奇·谢顿是领养的，但过程如何却无人知晓。至于他的妻子，我们只知道的确有这个人。显然，除了有关心理史学的种种，谢顿有意成为一个毫不起眼的人物。仿佛他觉得——或是想要令人觉得——他不曾活在世上，而仅仅是心理史学的化身。

——《银河百科全书》

91

夫铭冷静地坐在那里，仍然目不转睛地望着哈里·谢顿，没有任何一根肌肉在抽动。谢顿则耐心等待，他想，下一句话应该是由夫铭开口。

夫铭终于开口，不过他只是说："机器人？我？所谓的机器人，我猜你是指人造人，就像你在麦曲生圣堂里见到的那种东西。"

"并不完全像。"谢顿说。

"不是金属制品？不会熠熠生辉？不是一个无生命的拟像？"夫铭在话语中并未透出一丝兴味。

"不，人工生命不一定是金属制品。我所说的，是外形上和人类真假难分的机器人。"

"倘若真假难分，哈里，那你又如何分辨呢？"

"不是根据外形。"

"解释一下。"

"夫铭，在我逃避你的另一个身份丹莫刺尔的过程中，我听说了两个古老的世界。我刚刚告诉过你，就是奥罗拉和地球。它们似乎都被说成是第一个世界，或是唯一的世界。两者都牵涉到了机器人，但其中有一点不同。"

谢顿若有所思地凝视着餐桌对面这名男子，寻思他是否会在某方面显露出他比人类少了点——或是多了点什么。"在奥罗拉的故事中，有个机器人被说成是背离目标的变节者和叛徒。而在地球的故事中，有个机器人被说成是拯救世人的英雄。倘若假设两者是同一个机器人，会不会太过分呢？”

“会吗？”夫铭喃喃问道。

“夫铭，我是这么想的，我想地球和奥罗拉是两个不同的世界，曾经同时存在。我不知道哪个在先，哪个在后。从麦曲生人的自大和优越感来判断，我应该假设奥罗拉是起源世界，而他们所鄙视的地球人，则是由他们衍生——或是由他们退化而成。

“另一方面，瑞塔嬷嬷，就是跟我提到地球的那个人，却深信地球才是人类的故乡。当然啦，整个银河拥有万兆人口，却只有麦曲生人拥有那种奇异的民族性，他们这种微小而封闭的地位，或许正好代表地球的确是人类的故乡，而奥罗拉则是旁门左道的支系。我无法做出判断，但我把自己的思考过程告诉你，好让你能了解我最后的结论。”

夫铭点了点头。“我懂得你在做什么，请继续。”

“这两个世界是仇家，瑞塔嬷嬷的话听来绝对是这个意思。麦曲生人似乎是奥罗拉的化身，达尔人则似乎是地球的化身，而在我比较这两族人的时候，我猜想姑且不论奥罗拉是先是后，却无论如何比较先进，能够生产较精致的机器人，它们甚至在外形上和人类真假难分。因此，那个机器人是奥罗拉所设计和发明的。但他是个变节者，所以他遗弃了奥罗拉。对地球人而言，他则是英雄，所以他必定加入了地球。至于他为何那样做，他的动机又是什么，我却说不上来。”

夫铭说：“你的意思当然是‘它’为何那样做，‘它’的动机又是什么。”

“或许吧，但有你坐在我对面，”谢顿说，“我发觉很难使用无生命代名词。瑞塔嬷嬷深信那个英雄机器人——她所谓的英雄机器人——至今仍旧存在，他会在需要他的时候重返人间。在我看来，想象一个不朽的机器人，或者‘只要不忘更换磨损零件即可不朽’的机器人，是一件毫无困难的事。”

“连头脑也能换？”夫铭问道。

“连头脑也能换。我对机器人其实一点都不了解，但在我的想象中，新的头脑能从旧的那里录取所有的记录。瑞塔嬷嬷还暗示了一种奇异的精神力量，那时我便想到，一定是这样的。在某些方面，我也许是个浪漫的人，但我还不至于浪漫到那种程度，会相信一个机器人在转换阵营之后，就能改变历史的发展。一个机器人无法确保地球的胜利，也无法保证奥罗拉的败北。除非这个机器人有什么古怪，有什么奇特的能力。”

夫铭说：“你有没有想到过，哈里，你是在研究一些传说，一些可能经过了数世纪乃至数千年扭曲的传说？它们甚至在相当普通的事件上，都筑起一重超自然的帷幕。你能让自己相信一个机器人不但酷似人类，而且寿命无尽并具有精神力量吗？你这不是开始相信超人了吗？”

“究竟什么是传说，我知道得非常清楚。我不会被它们欺骗，也不会相信什么童话故事。话说回来，当某些古怪事件支持它们，而那些事件又是我亲眼目睹，甚至亲身经历……”

“比如说？”

“夫铭，我和你不期而遇，打从一开始就信任你。没错，在你根本无需介入的时候，你帮我对付了那两个小流氓，令我对你产生好感，因为当时我不了解他们其实受雇于你，遵照你的指示办事——不过别管这个了。”

“不会吧。”夫铭说，他的声音终于透出了一丝兴味。

“我信任你。我很容易就被你说服，决定不回赫利肯家乡，而让自己在川陀表面到处流浪。对于你告诉我的每一件事，我都毫无疑问地照单全收。我把自己完完全全交到你手里。如今回顾起来，我发现那简直不是我。我并非那么容易被人牵着鼻子走，但我的表现就是那样。尤有甚者，我的行为虽然那么异常，我却不觉得有什么奇怪。”

“哈里，你最了解你自己。”

“不只是我而已，铎丝·凡纳比里又如何？她是个才貌双全的女子，怎么会为了陪我逃亡而放弃教职呢？又怎么会一再冒着生命危险拯救我，似乎把保护我视为一种神圣的使命，而且从头到尾专心一志？只因为你要求她那么做吗？”

“哈里，我的确要求过她。”

“然而她给我的印象，并非那种仅仅由于某人要求她，就会做出如此彻底转变的人。我更无法相信是因为她第一眼就疯狂地爱上我，从此再也无法自拔。我多少有些希望这是真的，但她似乎相当能控制自己的感情，而我——我现在坦白跟你讲——我对她的感情却没有那么容易控制。”

“她是个了不起的女性。”夫铭说，“我不怪你。”

谢顿继续说：“此外，日主十四又如何？他是个自大狂，领导了一群顽固地拥抱着自负幻想的人。他竟然愿意收容像铎丝和我这样的外族人，并且尽麦曲生一切可能和一切力量款待我们。在我们违反了所有的规定、触犯了每一条亵渎罪之后，你怎么还是有办法说服他放我们走？

“堤沙佛这家人既小气又充满偏见，你怎么能说服他们收留我们？你又怎么能对这个世界各个角落那么熟悉，和人人都称兄道弟，并且影响每一个人，不论他们有什么特殊的癖性？说到这件事，你怎么也有办法操纵克里昂？即使能说他温顺且易受影响，你却又如何能应付他的父亲，他在任何方面都算是个粗暴专横的暴君？你怎么能做到这一切？

“最重要的是，卫荷的曼尼克斯四世花了数十年的心血，建立起一支无敌的军队，各方面的训练都精良无比，可是当他的女儿试图动用时，它却立刻四分五裂？你怎么能劝服他们步上你的后尘，让他们通通扮演起变节者？”

夫铭道：“这难道不能仅仅意味着我的手腕圆滑，习惯于应付各种不同类型的人；意味着我有能力施恩于重要人物，将来也有能力继续眷顾他们？我所做的一切，似乎都不需要超自然的力量。”

“你所做的一切？甚至包括瓦解卫荷的军队？”

“他们不希望效忠一名女性。”

“过去许多年来，他们一定早就知道，不论曼尼克斯何时放下权力，或是不论他何时去世，芮喜尔立刻会成为他们的区长，他们却未曾显露不满的迹象——直到你觉得有必要让他们显露出来。铎丝曾形容你是非常具有说服力的人，你的确如此，比任何‘人’都更具说服力。可是，和一个具有奇异精神力量的不朽机器人相比，你的说服力却理所当然——如何，夫铭？”

夫铭说：“哈里，你指望我做什么？你指望我承认自己是机器人？承认我只是外表酷似人类？承认我是不朽的？承认我是个金属的奇珍？”

坐在餐桌另一端的谢顿将上半身凑向夫铭。“是的，夫铭，我就是这个意思。我指望你告诉我真相，而我强烈怀疑你刚刚说的正是真相。你，夫铭，就是瑞塔嬷嬷口中的那个机器人答霓——笆劳的朋友。你必须承认，你毫无选择余地。”

92

他们仿佛置身于仅由两人构成的小宇宙中。卫荷的军队已被帝国部队缴械，而在卫荷的心脏地带，他们平静地坐在那里。整个川陀——或许整个银河都在注视这个事件，但在事件的中心，却存在着一个完全与世隔绝的小泡沫，能让谢顿与夫铭在其中进行他们的攻守游戏——谢顿试着提出一个新的情境，夫铭则不准备接受。

谢顿不怕遭到干扰，他确定周遭这个泡沫具有无法穿透的边界。在这场游戏结束之前，夫铭——不，这个机器人的力量，会将一切挡在一定距离之外。

夫铭终于开口："你是个聪明人，哈里，但我不懂为何必须承认自己是机器人，以及我为何毫无选择余地。你说的每件事或许都是事实——你自己的行为、铎丝的行为，以及日主的、堤沙佛的、卫荷将领们的行为——一切的一切或许都如你所说，但这绝不等于你对这些事件的诠释就是事实。不用说，每件事都能有个合乎常理的解释。你信任我，是因为你接受我的说法；铎丝觉得你的安全至为重要，是因为身为一位历史学家，她感到心理史学事关重大；日主和堤沙佛受过我的恩惠，其中的详情你一无所知；卫荷的将领们则是憎恨被一个女人统治，如此而已。我们为什么一定要求助超自然？"

谢顿说："听好，夫铭，你真心相信帝国正在衰亡吗？你真心认为绝不能坐视，一定要采取拯救它的行动，或至少减轻衰亡的冲击？”

“我是真心的。”无论如何，谢顿明白这句话是真诚的。

“你真心希望我发展出心理史学的细节，而你觉得自己无法做到？”

“我缺乏这个能力。”

“而你觉得只有我才能研究出心理史学——即使我自己有时也怀疑？”

“是的。”

“因此你一定也会觉得，只要有可能帮助我，你无论如何得全力以赴。”

“我是这么想。”

“个人的情感——自我中心的考量——并未起着任何作用？”

夫铭严肃的脸庞掠过一丝隐约而短暂的笑容，一时之间，谢顿察觉在夫铭沉稳的态度后面，隐藏着一大片疲惫而枯槁的沙漠。“我早已养成习惯，完全忽视个人情感或自我中心的考量。”

“那么我请求你帮助我。我可以仅仅根据川陀而发展出心理史学，但我会遇到很多困难。我或许能克服那些困难，但我若能知道某些关键的事实，问题不晓得会简单多少倍。举例而言，人类的第一个世界是不是地球或奥罗拉，或者根本是另一个世界？地球和奥罗拉的关系如何？是否其中之一或两者皆曾展开银河殖民？如果只有一个，另一个为何没有？如果两者皆有，最后的结果如何？有没有哪些世界是这两者或其中之一的后裔？机器人如何遭到废弃？川陀如何变成京畿世界，为什么不是别的行星？奥罗拉和地球后来发生了什么变故？现在我就能提出一千个问题，而在研究过程中，还可能再冒出十万个问题来。你明明能为我解惑，帮助我成功，夫铭，难道你会让我始终懵懵懂懂，而眼看我失败吗？”

夫铭说："假使我是机器人，我的脑子能够容纳千万个不同世界、整整两万年所有的历史吗？"

"我不知道机器人的脑容量有多少，我也不知道你的脑子能容纳多少记忆。但如果你的容量不够，你一定已将自己无法安然保存的资料记录在别处，而你自己有办法随时查取。倘若你拥有那些资料，而我确有需要，你又怎能拒绝，怎能对我有所保留？而假如你无法对我有所保留，你又怎能拒绝承认自己是机器人——那个机器人——那个变节者？"

谢顿靠回椅背，深深吸了一口气。"所以我再问你一遍：你是不是那个机器人？倘若想要心理史学，那么你就必须承认。如果你仍旧否认自己是机器人，而且说服我相信你真的不是，那么我完成心理史学的机会将变得太小、太小。所以说，看你了。你是机器人吗？你就是答霓吗？"

夫铭以一如往昔的泰然口吻说："你的论证无懈可击。我名叫机·丹尼尔·奥立瓦，其中'机'便代表机器人。"

93

机·丹尼尔·奥立瓦的口气仍然平静沉稳，但在谢顿的感觉中，他的声音似乎有些微妙的变化，仿佛一旦不用再扮演别人，他开口就更容易了。

"两万年以来，"丹尼尔说，"只要我不打算让对方知道，从来没有人猜到我是机器人。原因之一，是因为人类早已舍弃机器人，以至很少有人记得它们曾经存在过。此外，也是因为我的确具有侦测和影响人类情感的能力。其中，侦测并没有什么问题，但对我而言，影响情感却是一件困难的事，这和我的机器人本质有关。不过只要我希望那样做，我还是做得到的。我拥有那种能力，却得时时和自己的心意交战。我试着绝不轻易干预他人情感，除非情况令我毫无选择。而当我插手干预时，也几乎只是增强既有的情感，而且尽可能愈少愈好。假如根本不必这样做，即可达到我的目的，我就能免则免。

“要让日主十四接纳你们，并没有必要对他进行干涉——我称之为‘干涉’，你该注意到了，因为那不是一件愉快的事。我不必干涉他，因为他的确欠我的情，而他是个荣誉至上的人，尽管你也发现他有许多怪癖。后来我的确出手干预了，因为当时你犯了他眼中的亵渎罪，但干预程度非常小。他不急于将你们交给帝国当局，他不喜欢那些人。我只是把这种厌恶稍微加强，他便将你们交给我看管，并接受我提出的说法。正常情况下，他很可能会认为那番话似是而非。

“我也并未对你进行多么显著的干涉。你同样不信任帝国当局，如今大多数人都一样，这正是帝国衰败和倾颓的一个重要因素。非但如此，你还将心理史学这个概念引以为傲，为自己这个想法感到骄傲。你不会介意证明它是个实用的学术，这样只会让你更加骄傲。”

谢顿皱了皱眉头，说道：“对不起，机器人君，我还真不晓得自己是个如此骄傲的怪兽。”

丹尼尔温和地说：“你绝不是骄傲的怪兽。你完全了解‘被骄傲驱动’既不值得恭维也毫无用处，所以你努力抑制那种驱动力，但你同样大可否认你的动力源自心脏的跳动。这两者都是你无法作主的。虽然你为了内心的平静，将你的骄傲藏在自己找不到的地方，你却无法对我隐藏。不论你遮掩得多么仔细，它还是在那里。我只要把它稍微加强一点，你就立刻愿意采取躲避丹莫刺尔的行动，虽然在前一刻，你还会抗拒那些行动。你也随即渴望集中全力发展心理史学，而在前一刻，你还会对它嗤之以鼻。

“我认为没有必要碰触其他情感，才让你有机会推论出你的机器人理论。假使我预见了这个可能性，我或许会设法阻止，但我的先见之明和我的能力并非无限大。我也不会对如今的失败感到后悔，因为你的论证都很有道理。让你知道我是谁，以及让我以本来面目帮助你，都是非常重要的事。

“情感，亲爱的谢顿，是人类行动的一个强大动力，远比人类自己所了解的更为强力。你绝不明白轻轻一碰就能达到多大效果，以及我多么不情愿这样做。”

谢顿的呼吸变得沉重，他试着将自己视为一个被骄傲驱动的人，但他不喜欢这种感觉。“为何不情愿？”

“因为很容易做过头。早先，我必须阻止芮喜尔将帝国转变成封建式的无政府状态。我大可迅速扭转人心，结果却很可能是一场血腥的叛乱。男人就是男人——而卫荷的将领几乎都是男人。想在任何男人心中挑起对女性的仇恨和潜在恐惧，其实不必花太大工夫。这也许有生物学的根据，但身为机器人，我无法全然了解。

“我需要做的只是增强那种感觉，好让她的计划自行崩溃。哪怕我做得仅仅多出一毫米，我也会失去我想要的——一次不流血的接收。我只是要让他们在我的战士来到时不要抵抗，如此而已。”

丹尼尔顿了一下，仿佛在斟酌遣词用字，然后又说：“我不希望讨论和我的正子脑相关的数学，它在我的理解之外，不过它也许并未超过你的能力范围，只要你肯花上足够心思。无论如何，我受到‘机器人学三大法则’的支配。传统上它是以文字表述——或说很久以前曾经如此。内容如下：

“一、机器人不得伤害人类，或因不作为而使人类受到伤害。

“二、除非违背第一法则，机器人必须服从人类的命令。

“三、在不违背第一法则及第二法则的情况下，机器人必须保护自己。

“不过，两万年前我有一个……一个朋友，也是个机器人。他和我不同，不会被误认为人类。但最先拥有精神力量的是他，而且正是因为他，我才获得自身的精神力量。

“在他的感觉中，似乎应该有个比三大法则更普遍化的规定。他称之为第零法则，因为零在一之前。内容是：

“零、机器人不得伤害人类整体，或因不作为而使人类整体受到伤害。

“然后，第一法则必须变成：

“一、除非违背第零法则，机器人不得伤害人类，或因不作为而使人类受到伤害。

“其他两个法则也必须做类似修订。你明白吗？”

丹尼尔满怀期待地停下来。谢顿接口道：“我明白。”

丹尼尔继续说：“问题是，哈里，‘人类’很容易指认，我可以随手指出来。而且不难看出哪些行为会伤害人类——至少，相对而言并不困难。但什么是‘人类整体’呢？在我们提到人类整体时，我们该指向何方？我们要如何定义对人类整体的伤害？一个行动方针怎样才会对人类整体有益无害，而我们又如何分辨呢？那个悟出第零法则的机器人后来死了——变得永远停摆——因为他被迫进行一项他觉得会拯救人类整体的行动，却又无法确定它会不会拯救人类整体。当他停摆之际，他将照顾银河系的责任留给了我。

“从那时候开始，我一直努力尝试。我尽可能做最小的干预，尽量让人类自己判断什么才是好的。他们可以赌，我却不能；他们可以失误，我却不敢冒险；他们可以无意间造成伤害，换成是我则会停摆。第零法则不允许任何无心之失。

“但有时我还是被迫采取行动。如今我依旧运作如常，这就显示我的行动始终适度且谨慎。然而，在帝国开始没落和衰微之后，我不得不干预得较为频繁；而过去数十年间，我还不得不扮演丹莫刺尔这个角色，试着经营这个政府，帮它逃过覆亡的命运——但我仍然运作如常，你看到了。

“你在十载会议上发表演说后，我立刻了解到心理史学中藏着一个工具，或许有可能辨认出对人类整体有益或有害的行动。在它的帮助下，我们所做的决定将不再那么盲目。我甚至会信赖由人类自行做出决定，除非出现最紧急的危机，自己绝对不再插手。因此我很快做出安排，让克里昂知晓你的演说并召见你。然后，当我听到你否认心理史学的价值时，我被迫想出另一个办法，好歹要让你试一试。哈里，你明白吗？”

谢顿面带惧色答道：“我明白，夫铭。”

“今后，在我能和你面对面的少数机会中，我必须保持夫铭这个身份。我所有的一切资料，只要是你需要的我都会给你。而在丹莫刺尔这个身份之下，我会尽我的一切力量保护你。至于丹尼尔，你绝对不能再提这个名字。”

“我不会那样做。”谢顿连忙说，“因为我需要你的帮助，让你的计划受阻会坏了我的大事。”

“没错，我知道你不会那样做。”丹尼尔露出疲倦的笑容，“毕竟你十分自负，想要占有心理史学的全部功劳。你不会想——

绝对不会想让任何人知道，你曾经接受机器人的帮助。”

谢顿涨红了脸。“我不是……”

“但你的确是，即使你把它仔细隐藏起来，不让自己看见。这点相当重要，因为我正在以最低限度加强你心中那种情感，使你绝不能和别人提到我。你甚至不会想到你有可能那样做。”

谢顿说：“我猜铎丝知道……”

“她知道我的身份，她同样不能和别人提到我。既然你们两人都知道了我的真面目，你们彼此可以随意提起我，但绝不可对别人这样做。”

丹尼尔提高音量说：“哈里，我现在要忙别的工作。不久之后，你和铎丝会被带回皇区……”

“芮奇那孩子一定要跟我走，我不能遗弃他。此外还有个叫雨果·阿马瑞尔的年轻达尔人……”

“我懂了。芮奇也会被带回去，只要你喜欢，你还可以带其他的朋友，你们都会得到适当的照顾。你将投入心理史学的研究；你会有一组人，还会有必需的电脑设备和参考资料。我将尽可能不加干预，因此，假如你的计划受到阻碍，但并未真正达到危及这项任务的程度，那么你得自行设法解决。”

“慢着，夫铭。”谢顿急切地说，“万一，虽然有你的鼎力相助，以及我的全力以赴，心理史学终究还是无法成为一个实用的机制呢？万一我失败了怎么办？”

丹尼尔再度提高音量。“这样的话，我手中还有第二套计划。我已经在另一个世界，以另一个方法进行了很久。它同样非常困难，就某些方面而言，甚至比心理史学更为激进。它也有可能失败，但我们面前若有两条路，总会比单独一条带来更大的成功机会。

“接受我的忠告，哈里！假如有朝一日，你能建立起某种机制，藉以防杜最坏的可能性，看看你能不能想出两套机制，这么一来，如果其中之一失败，另一个仍能继续。帝国必须稳定下来，或是在一个新的基础上重建。只要有可能，就建立两个这样的基础吧。”

他三度提高音量。“现在我必须返回我的普通角色，而你必须回到你的工作岗位。你会被照顾得很好。”

他点了点头，随即起身离去。

谢顿望着他的背影，轻声道：“首先，我必须找铎丝谈谈。”

94

铎丝说：“官邸已经彻底扫荡，芮喜尔不会受到伤害。而你，哈里，会回到皇区去。”

“你呢，铎丝？”谢顿以低沉而紧绷的声音说。

“我想我会回大学去。”她说，“我的研究工作荒废了，我教的课也没人管。”

“不，铎丝，你有更重大的任务。”

“那是什么？”

“心理史学。没有你，我无法进行这个计划。”

“你当然可以，我对数学完全是文盲。”

“我对历史也是文盲——我们却同时需要这两门学问。”

铎丝哈哈大笑。“在我看来，身为数学家，你可说是出类拔萃。而我这个历史学家，只不过刚好够格，绝对不算杰出。比我更适合研究心理史学的历史学家，你要多少就有多少。”

“这样的话，铎丝，请让我解释一下。心理史学需要的，绝不只是一个数学家和一个历史学家而已，它还需要一种意志，来面对这个可能得钻研一辈子的问题。如果没有你，铎丝，我不会有那种意志。”

“你当然会有。”

“铎丝，如果你不跟我在一起，我不打算有任何意志。”

铎丝若有所思地望着谢顿。“哈里，这是个不会有结果的讨论。毋庸置疑，夫铭会作出决定。假如他决定送我回大学……”

“他不会的。”

“你怎么能肯定？”

“因为我会跟他明说。如果他送你回大学去，我就要回赫利肯，帝国可以继续走向自我毁灭。”

“你这话不可能当真。”

“但我的确当真啊。”

“难道你不了解，夫铭能令你的情感产生变化，而使你‘愿意’研究心理史学——即使没有我也一样？”

谢顿摇了摇头。“夫铭不会做出那么独断的决定。我跟他谈过，他不敢对人类心灵做太多手脚，因为他受到他所谓的‘机器人学法则’的束缚。把我的心灵改变到那种程度，使我不再想跟你在一起，铎丝，正是他不敢贸然从事的那种改变。反之，如果他不干涉我，如果你加入我的计划，他就会得到他所要的——心理史学真正成功的机会。他为什么不配合呢？”

铎丝摇了摇头。“也许基于某些他自己的理由，他不会同意。”

“他为什么不同意？你受他之托来保护我，铎丝，夫铭取消这个请托了吗？”

“没有。”

“那么他就是要你继续保护我。而我，也要你的保护。”

“保护什么？你现在已经有夫铭的保护，同时以丹莫刺尔和丹尼尔的身份保护你，这对你当然足够了。”

“即使我拥有银河中每一个人和每一份力量的保护，我想要的仍然是你的保护。”

“那么你要我并非为了心理史学，你要我是为了保护你。”

谢顿绷起脸孔。“不！你为什么一直曲解我说的话？你为什么要逼我说出你一定明白的事？我要你，既不是为了心理史学，也不是为了保护我。那些都只是借口，必要的话，我还会用更多的借口。其实我要的就是你——是你这个人。倘若你想要真正的理由，那就是因为你就是你。”

“你甚至不了解我。”

“那不重要，我不在乎——但就某方面而言，我还的确了解你。远超出你的想象。”

“真的吗？”

“当然。你听命行事，而且你为我甘冒生命危险，从来不曾迟疑，好像不顾一切后果。你学习网球的进度那么快，你学习使用双刀甚至更快，而在和玛隆的激战中，你表现得完美无缺。简直不像个人——请原谅我这么说。你的肌肉结实得出奇，你的反应时间短得惊人。每当一个房间遭到窃听，你就是有办法看出来。而且你能以某种方式和夫铭保持联络，根本不必动用任何仪器。”

铎丝说：“根据这些，你推出来什么结论？”

“这使我想到，夫铭在他的机·丹尼尔·奥立瓦身份之下，进行着一件不可能的任务。一个机器人怎么可能督导整个帝国呢？他一定有些帮手。”

“那是显然的事。可能有好几百万，我这么猜。我是个帮手，你是个帮手，小芮奇也是帮手。”

“你却是个不一样的帮手。”

“哪里不一样？哈里，给我说出来。只要你听到自己说出那句话，你就会了解有多么疯狂。”

谢顿对她凝视良久，然后低声道：“我不会说出来，因为……我并不在乎。”

“你当真不在乎？你愿意接受真正的我？”

“我会接受我必须接受的你。不论你还有什么身份，反正你就是铎丝，除了你，我不会再想要任何人。”

铎丝柔声道：“哈里，正因为我是铎丝，所以我要你得到最好的。但我觉得即使我不是铎丝，我仍然会希望你得到最好的。而我并不认为自己是那个人。”

“对我是好是坏，我并不在乎。”说到这里，谢顿踱了几步，低下头来，估量着即将说出的一番话。“铎丝，你接过吻吗？”

“当然有过，哈里。那是社会生活的一部分，而我活在社会中。”

“不，不！我的意思是，你真正吻过一个男人吗？你知道的，热情地吻！”

“嗯，有的，哈里，我有过。”

“你喜欢吗？”

铎丝犹豫了一下，然后说：“当我那样吻的时候，我喜欢它的原因，是因为我更不喜欢让我心爱的年轻男子失望，因为他的友谊对我有些特殊意义。”说到这里，铎丝的双颊飞红，她赶紧将脸别过去。“拜托，哈里，这种事我并不容易解释。”

但此刻的谢顿比以往任何时候更为坚决，他毫不放松地继续进逼。“所以说，你是为了错误的理由而吻，为了避免伤害某人的感情。”

“就某种意义而言，也许每个人都是这样。”

谢顿将这句话咀嚼了一番，又突然说：“你曾经要求某人吻你吗？”

铎丝顿了一下，仿佛在回顾她的一生。“没有。”

“或是在一吻之后，希望再被吻一次？”

“没有。”

“你曾经跟男人同床共枕吗？”他轻轻地、不顾一切地问出来。

“当然有过。我告诉过你，这些事都是生活的一部分。”

谢顿紧紧抓住她的双肩，好像是要摇晃她。“但你曾经感受到欲望，以及和一个很特别的人有那种亲密关系的需要吗？铎丝，你曾经感受过爱吗？”

铎丝缓缓地，几乎伤感地抬起头来，目光与谢顿锁在一起。“我很抱歉，哈里，可是没有。”

谢顿放开她，颓然地垂下双手。

接着，铎丝将一只手轻柔地放到他的手臂上，并且说：“所以你看，哈里，我并不是你真正想要的。”

谢顿垂下头来，双眼瞪着地板。他衡量着这一切，试着理性地思考一番。然后他放弃了，他就是要他想要的，而这份想望超越了思考也超越了理性。

他抬起头来。“铎丝，亲爱的，即使如此，我、还、是、不、在、乎。”

谢顿用双臂搂住她，缓缓将头凑过去，仿佛随时等着她抽身，偏偏一直将她愈搂愈近。

铎丝没有任何动作，于是他吻了她——先是慢慢地，流连地，继而变得热情如火。她的双臂则突然紧紧环抱住他。

等到他终于停下来，她凝望着他，双眼映着笑意。

她说：“再吻我一次，哈里——拜托你。”

读客®

科幻文库

跟着读客读科幻，经典科幻全看遍

太空歌剧、赛博朋克、奇幻史诗……

中国、美国、英国、俄罗斯、波兰、加拿大、日本、牙买加……

读客汇聚雨果奖、星云奖、轨迹奖获奖作品

精挑细选顶尖的科幻奇幻经典

陪伴读者一起探索人类文明的过去、现在和未来

亿亿万万年，直至宇宙尽头

阿西莫夫
银河帝国系列

基地系列

银河帝国：基地（Foundation）

银河帝国2：基地与帝国（Foundation and Empire）

银河帝国3：第二基地（Second Foundation）

银河帝国4：基地前奏（Prelude to Foundation）

银河帝国5：迈向基地（Forward the Foundation）

银河帝国6：基地边缘（Foundation's Edge）

银河帝国7：基地与地球（Foundation and Earth）

机器人系列

银河帝国8：我，机器人（I, Robot）

银河帝国9：钢穴（The Caves of Steel）

银河帝国10：裸阳（The Naked Sun）

银河帝国11：曙光中的机器人（The Robots of Dawn）

银河帝国12：机器人与帝国（Robots and Empire）

帝国系列

银河帝国13：繁星若尘（The Stars, Like Dust）

银河帝国14：星空暗流（The Currents of Space）

银河帝国15：苍穹一粟（Pebble in the Sky）

图书在版编目（CIP）数据

银河帝国．基地前奏/（美）阿西莫夫（Asimov,I.）著；叶李华译．-- 南京：江苏凤凰文艺出版社，2015（2023.3重印）
（读客全球顶级畅销小说文库）
ISBN 978-7-5399-8327-1

Ⅰ．①银… Ⅱ．①阿… ②叶… Ⅲ．①长篇小说－美国－现代 Ⅳ．①I712.45

中国版本图书馆CIP数据核字（2015）第097383号

银河帝国．基地前奏

［美］艾萨克·阿西莫夫 著　　叶李华 译

责任编辑　丁小卉
特约编辑　朱亦红　许姗姗
封面设计　李子琪
责任印制　刘　巍
出版发行　江苏凤凰文艺出版社
　　　　　南京市中央路165号，邮编：210009
网　　址　http://www.jswenyi.com
印　　刷　三河市龙大印装有限公司
开　　本　890毫米×1270毫米　1/32
印　　张　16
字　　数　377千字
版　　次　2015年9月第1版
印　　次　2023年3月第40次印刷
标准书号　ISBN 978-7-5399-8327-1
定　　价　61.00元

江苏凤凰文艺版图书凡印刷、装订错误，可向出版社调换，联系电话：010-87681002。